KB119100

보이 프럼 더 우즈

the Boy
from
the Woods

보이
프럼
더
우즈

할런 코벤 HARLAN COBEN 지음
노진선 옮김

📖 문학수첩

지금까지 열두 권의 책을 함께했고 앞으로도 함께할

편집자이자 친구

벤 사비어에게

숲에서 버려진 '야생 소년(Wild Boy)' 발견

'살아있는 모글리' 의 발견을 둘러싼 희대의 미스터리

현대사에서 가장 기괴한 사건 중 하나가 뉴저지주 웨스트빌에서 일어났다. 머리를 길게 기르고, 여섯 살에서 여덟 살 사이로 추정되는 남자아이가 웨스트빌 교외 부근 라마포산 주립 공원에서 혼자 살고 있었던 것으로 밝혀졌다. 한층 더 기괴한 사실은 그 소년이 누구인지, 숲에서 얼마나 혼자 살았는지 관계 당국이 전혀 모른다는 것이다.

"영화 〈정글북〉에 나오는 모글리 같았습니다." 웨스트빌 보안관보 오렌 카마이클이 말했다.

말을 알아듣기는 하지만 자신의 이름을 모르는 이 소년을 제일 먼저 발견한 사람은 뉴저지주 클리프턴에 사는 등산객 돈과 레슬리 카츠 부부다. "점심을 다 먹고 쓰레기를 치우고 있는데 숲에서 바스락거리는 소리가 들렸습니다. 처음에는 곰인 줄 알고 걱정했지만 뛰어가는 아이의 모습이 보였습니다. 아주 또렷하게요." 카츠 씨가 말했다.

그로부터 세 시간 뒤에 지역 경찰과 합류한 공원 관리인들이 임시 캠프장에서 소년을 찾아냈다. 발견 당시 소년은 여윈 몸에 넝마를 걸치고 있었다. "현재로서는 이 아이가 언제부터 이 숲에서 살았는지, 어쩌다 여기에서 혼자 살게 되었는지 알아내지 못했습니다." 뉴저지주 주립 공원 경찰 서장 토니 오리제마가 말했다. "아이는 부모나 다른 어른을 기억하지 못합니다. 현재 정부 기관에 조사를 의뢰한 상태인데 아직까지는 소년의 나이와 인상착의에 부합하는 실종

아동을 찾아내지 못했습니다."

　　지난 1년간 라마포산에 왔던 등산객들은 이 소년의 인상착의와 비슷한 "야생 소년"이나 "어린 타잔"을 봤다고 신고했지만, 대다수 사람들은 괴담 때문에 그런 아이를 본 것으로 착각했다고 여겼다.

　　뉴저지주 모리스타운에 사는 등산객 제임스 미뇨네는 이렇게 말했다. "누군가 숲에서 아이를 낳고 그대로 버려둔 것 같아요."

　　"이렇게 이상한 생존 사례는 본 적이 없습니다." 오리제마 경찰 서장은 말했다. "우린 이 아이가 언제부터 이 숲에서 살았는지 모릅니다. 며칠일 수도 있고, 몇 주, 몇 달, 심지어 몇 년일 수도 있습니다."

　　웨스트빌 경찰서에서는 이 소년을 아는 사람의 연락을 기다리고 있다.

　　"분명 이 아이에 대해 아는 사람이 있을 겁니다. 아이가 그냥 하늘에서 뚝 떨어지진 않았을 테니까요." 보안관보 카마이클이 말했다.

CHAPTER
1

2020년 4월 23일

저러고 어떻게 살까?

매일 저 고통을 어떻게 감당할까?

하루도 빠짐 없이. 한 주도 빠짐 없이. 한 해도 빠짐 없이.

여학생은 강당에 앉아 어딘가에 시선을 고정한 채 아무것도 보지 않고, 눈도 깜빡이지 않는다. 얼굴은 가면을 쓴 듯 아무런 움직임이 없다. 왼쪽이나 오른쪽을 보지도 않는다. 미동도 하지 않는다.

그저 정면만 바라본다.

여학생은 매슈를 비롯한 동급생들에게 둘러싸여 있지만 그 누구도 보지 않는다. 그 누구와도 말하지 않는다. 하지만 동급생들은 아랑곳하지 않고 그녀에게 계속 말을 건다. 라이언, 크래시(맞다, 이게 본명이다['crash'는 교통사고라는 뜻이다—옮긴이]), 트레버, 카터 같은 남학생들은 계속 그녀에게 욕하고, 끔찍한 말을 속삭이고, 빈정대고, 경멸하듯이 비웃는다. 물건을 던진다. 종이 클립. 고무줄. 코에서 파낸 코딱지도 튕긴다. 종잇조각을 입에 넣어 침으로 동그랗게 뭉친 다음, 여러 가지 방법으로 그녀에게 던진다.

종이가 그녀의 머리카락에 붙자 남학생들은 더 크게 웃는다.

나오미라는 이름의 이 여학생은 움직이지 않는다. 머리에 붙은 종이를 떼려고도 하지 않는다. 그저 정면만 바라본다. 눈물을 글썽이지도 않는다. 2, 3년 전만 해도 매일 이렇게 끊임없고 가차없는 조롱에 시달릴 때면 나오미의 눈가가 촉촉해졌던 걸 매슈는 기억한다.

하지만 이젠 아니다.

매슈는 그저 바라볼 뿐 아무 일도 하지 않는다.

이제는 선생님들도 이런 괴롭힘에 무뎌져서 잘 알아차리지도 못한다. 한 선생님만 지친 목소리로 "됐어, 크래시, 이제 그만해"라고 외치지만 크래시나 다른 학생들은 그 경고를 흘려듣는다.

그동안 나오미는 그저 견딘다.

매슈는 아이들이 나오미를 괴롭히지 못하도록 무언가를 해야 하지만 아무 일도 하지 않는다. 이젠 그러지 않는다. 예전에 한 번 나선 적이 있었다.

하지만 끝이 좋지 않았다.

매슈는 언제부터 나오미에게 저런 일이 생겼는지 기억해 내려 한다. 초등학교 때만 해도 나오미는 행복한 아이였다. 늘 방글거리는 얼굴이었다. 그게 매슈가 기억하는 나오미다. 물론 옷은 낡았고, 머리는 잘 안 감고 다녔다. 몇몇 여자아이가 그걸 살짝 놀리기는 했다. 하지만 그 정도는 넘길 수 있었다. 그러다 4학년 어느날, 심하게 아팠던 나오미가 월시 선생님 시간에 토하고 말았다. 나오미의 입에서 튀어나온 토사물이 교실 리놀륨 바닥으로 떨어져 사방에 튀었고, 축축한 갈색 조각은 킴 로저스와 테일러 러셀에게 튀었다. 토사물 냄새가 어쩌나 역겹고 시큼한지 월시 선생님은 매슈를 포함한 모든 학생을 교실에서 내보내야 했고, 아이들은 코를 틀어쥔 채 웩 소리를 내며 킥볼 경기장으로 달려갔다.

그 후로 나오미의 삶은 완전히 달라졌다.

매슈는 늘 궁금했다. 그날 아침에 나오미는 아팠을까? 나오미의 아빠는(그때 엄마는 이미 떠난 뒤였다) 아픈 나오미를 억지로 학교에 보냈을까? 그날 나오미가 그냥 집에 있었더라면 상황이 달라졌을까? 교실에서 토한 사건이 나오미에게는 인생의 중요한 갈림길이 된 걸까? 아니면 이 험하고 어둡고 괴로운 길을 가는 것은 나오미의 피치 못할 숙명이었을까?

누군가의 입에서 침으로 뭉쳐진 종이가 또다시 나오미의 머리카락에 달라붙는다. 이번에도 아이들은 욕과 잔인한 조롱을 퍼붓는다.

나오미는 그저 자리에 앉아서 조롱이 끝나기를 기다린다.

적어도 한동안은 끝나기를. 어쩌면 오늘은 이대로 끝나기를. 영원한 끝은 없다는 걸 나오미는 알아야 한다. 오늘도, 내일도 영원한 끝은 아니다. 고통은 금방 다시 돌아온다. 나오미의 영원한 동반자다.

저러고 어떻게 살까?

오늘처럼 가끔씩 매슈는 나오미에게 주의를 기울였고, 나오미를 위해 무언가 하고 싶었다.

그러지 않는 날이 더 많았지만. 그런 날에도 물론 아이들은 여전히 나오미를 괴롭혔다. 하지만 너무 자주, 늘 있는 일이다 보니 그건 배경음이 되어버렸다. 매슈는 끔찍한 진실을 알게 되었다. 잔인한 행동에도 면역이 되고 어느새 그 일은 정상적인 일상이 되어버린다. 사람들은 그걸 받아들이고 다른 일을 한다.

나오미도 이 일을 받아들였을까? 여기에 면역이 됐을까?

매슈는 답을 모른다. 하지만 나오미는 매일 교실 맨 뒷줄에, 강당 앞줄에, 학생 식당 구석 테이블에 혼자 앉아있었다.

그러다 어느 날, 강당에서 그 일이 있고 일주일이 지났을 때 나오미는 거기에 없었다.

사라져 버렸다.

매슈는 그 이유를 알아야 했다.

2

힙스터 논객이 말했다. "이 남자는 감옥에 가야 합니다. 무조건 요."

생방송 프로그램에서 반격에 나서려던 헤스터 크림스틴은 시야 가장자리로 손자와 비슷해 보이는 남학생을 발견했다. 녹화장 조명 때문에 잘 보이지 않았지만 매슈와 똑같이 생겼다.

"와, 세게 나오시네요." 프로그램 사회자가 말했다. 한때는 귀여웠을 사립학교 학생처럼 생긴 이 사회자의 주요 토론 기술은 어리둥절하다는 표정을 지으며 잠시 그대로 정지하는 것이었다. 초대 손님들이 아무리 그럴듯한 말을 해도 사실은 머저리라는 듯이. "하실 말씀 있으신가요, 헤스터?"

헤스터는 갑작스러운 매슈의 등장에 ─틀림없이 매슈다─ 당황했다.

"헤스터?"

지금은 딴생각할 때가 아니라고 헤스터는 자신을 다그쳤다. '집중해.'

"참 역겹네요." 헤스터가 말했다.

"뭐라고요?"

"들었잖아요." 헤스터는 상대의 기를 죽이기로 악명 높은 눈빛으로 힙스터 논객을 노려보았다. "당신 역겹다고요."

'매슈가 왜 여기에 있지?'

그녀가 일하는 곳에 미리 연락도 하지 않고 손자가 온 적은 한 번도 없었다. 사무실이든, 법정이든, 방송국 녹화장이든.

"좀 자세히 설명해 주시겠습니까?" 사립학교 학생처럼 생긴 사회자가 말했다.

"물론이죠." 헤스터가 이글거리는 눈빛을 힙스터 논객에게 고정한 채 말했다. "당신은 미국을 증오해요."

"네?"

"정말이에요." 헤스터는 양손을 들어 올리며 말을 이었다. "사법 제도가 왜 필요한가요? 대중의 의견이 있는데 그딴 게 왜 필요하죠? 재판도, 배심원도, 판사도 필요 없어요. 그냥 트위터 군단이 결정하면 되죠."

힙스터 논객은 허리를 살짝 곧추세웠다. "난 그렇게 말한 적 없습니다."

"당신은 정확히 그렇게 말했어요."

"증거가 있어요, 헤스터. 아주 선명하게 찍힌 동영상이요."

"우우우우, 동영상." 헤스터는 마치 유령 이야기를 하는 것처럼 손가락을 흔들었다. "이거 봐요. 배심원이나 판사는 필요 없다는 거잖아요. 트위터 군단의 자비로운 리더인 당신만 있으면……."

"난……."

"쉿, 지금 내가 말하는 중이잖아요. 아, 미안해요. 당신 이름을 잊어버렸네요. 마음속으로 당신을 계속 힙스터 논객이라고 불렀거든요. 그러니까 그냥 채드라고 불러도 될까요?" 힙스터 논객이 대답하려고 입을 벌렸지만 헤스터는 말을 멈추지 않았다. "좋아요. 말해봐요, 채드. 내 의뢰인에게 합당한 처벌이 뭐라고 생각하죠? 어차피 유죄인지 무죄인지 당신이 결정할 테니까 아예 형량까지 내려주지 그래요?"

"내 이름은," 그는 이 대목에서 힙스터의 전유물인 뿔테 안경을 치켜올렸다. "릭입니다. 우리 모두 그 동영상을 봤습니다. 당신 의뢰인은 주먹으로 그 남자의 얼굴을 때렸어요."

"분석해 줘서 고맙네요. 근데 우리를 정말로 도와주려면 어떻게 해야 하는지 알아요, 채드?"

"릭이라니까요."

"릭, 채드, 뭐든지 간에요. 우리를 도와주려면, 정말로 큰 도움을 주려면 말이죠, 당신과 당신 군단이 우리를 대신해서 모든 결정을 다 내려주면 돼요. 우리 시간이 얼마나 절약될지 생각해 봐요. 소셜 미디어에 동영상 하나만 올리면 댓글로 유죄인지 무죄인지가 결정되니까요. 좋아요, 싫어요 버튼만 누르면 되죠. 목격자나 증언, 증거도 필요 없을 거예요. 릭 채드 판사님이 있으니까요."

힙스터 논객의 얼굴이 달아올랐다. "당신의 부유한 의뢰인이 그 가난한 남자에게 무슨 짓을 했는지 온 국민이 봤습니다."

사립학교 사회자가 끼어들었다. "계속하기 전에 방금 채널을 돌리신 시청자들을 위해 동영상을 다시 보고 오겠습니다."

헤스터는 반대하려고 했으나 방송에서는 이미 저 동영상을 숱하게 틀었고, 앞으로도 숱하게 틀 것이며, 그녀가 나서서 반대해 봤자 아무 효과도 없고, 그녀의 의뢰인인 부유한 재무 상담가 사이면 그런만 더 유죄로 보일 터였다.

게다가 카메라가 잠시 꺼진 틈을 타서 아까 본 남학생이 매슈가 맞는지 확인할 수 있었다.

현재까지 조회수 400만을 기록하고 지금도 계속 증가 중인 문제의 동영상은 한 관광객이 센트럴 파크에서 아이폰으로 촬영한 것이다. 화면 속에서는 완벽한 맞춤 양복에 에르메스 넥타이를 완벽한 윈저 매듭으로 맨, 헤스터의 의뢰인 사이먼 그린이 한 젊은 남자의 얼굴에 마구 주먹을 날리고 있었다. 낡은 옷에 지저분한 행색의 젊은 남자는 에런 코벌이라는 마약 중독자였다.

코벌의 코에서 피가 펑펑 쏟아졌다.

단연코 디킨스 소설의 한 장면이었다. 부유한 특권층 남자가 정당한 이유 없이 가여운 거리의 부랑자를 불시에 두드려 패고 있었다.

헤스터는 얼른 매슈 쪽으로 목을 빼서 뿌연 연기가 낀 스포트라이트 불빛 너머로 손자와 눈을 마주치려고 했다. '유명한 피고 측 변호사'인 헤스터 크림스틴은 케이블 뉴스에 자주 출연하는 법률 자문이었고, 바로 이 방송국에서 일주일에 두 번씩 자신만의 코너도 방송했다. '크림스틴 온 크라임(Crimestein on Crime, 크림스틴의 범죄 이야기)'이라는 코너였다. 비록 그녀의 성은 '크라임'과 발음이 같은 크라임스타인이 아니라 크림스틴이었지만, 방송국에서는 같은 철자가 반복되는 게 여전히 '방송 친화적'이라고 생각했고 화면 아래쪽에 자막으로 나갈 때도 보기가 좋았으므로 그 제목을 고수했다.

매슈는 어둠 속에 서 있었다. 예전에 그 애 아빠가 그랬던 것처럼 두 손을 맞잡아 비틀면서. 그 모습을 보자 헤스터는 가슴 깊은 곳이 찌릿해서 순간적으로 숨을 쉴 수가 없었다. 얼른 녹화장을 가로질러 가서 매슈에게 왜 왔냐고 물어볼까 했지만, 주먹질하는 동영상은 이미 끝났고 힙스터 릭 채드가 입에 거품을 물며 말했다.

"봤죠?" 그의 입에서 튄 침이 수염에 자리 잡았다. "아주 또렷이 찍혔습니다. 당신의 돈 많은 의뢰인이 아무 이유 없이 노숙자를 때렸어요."

"이 동영상이 찍히기 전에 무슨 일이 있었는지 당신은 모르잖아요."

"무슨 일이 있었든 달라질 거 없죠."

"당연히 달라지죠. 그래서 사법 제도가 있는 겁니다. 당신 같은 자경단원이 무책임하게 대중을 선동해 죄 없는 사람에게 집단 폭행을 가하지 못하도록요."

"이보세요, 여기서 집단 폭행이라는 말이 왜 나옵니까?"

"당신이 한 짓이 바로 그거니까요. 이미 자백도 했고요. 당신은 세 아이의 아버지이자 전과도 없는 내 의뢰인이 지금 당장 감옥에 가야 한다고 했어요. 재판이고 뭐고 아무 절차도 없어요. 그러지 말고 당신 안의 파시스트를 솔직히 드러내세요, 릭 채드." 헤스터는 손바닥으로 책상을 내려치고는(그 소리에 사립학교 사회자가 깜짝 놀랐다) 구호를 외쳤다. "감옥에 처넣어라, 처넣어라."

"그만하세요!"

"처넣어라!"

릭 채드는 그 구호에 화가 나서 얼굴이 시뻘게졌다. "나는 그런 뜻으로 한 말이 아닙니다. 당신은 일부러 내 말을 과장하고 있어요."

"처넣어라!"

"그만하세요. 그렇게 말한 적 없습니다."

헤스터는 남을 흉내 내는 데 소질이 있어서 종종 법정에서도 유치하게는 아니더라도 교묘하게 검사를 흔들어 놓으려고 그 방법을 써먹었다. 지금도 릭 채드를 최대한 흉내 내며 아까 그가 했던 말을 그대로 반복했다. "이 남자는 감옥에 가야 합니다. 무조건요."

"그건 재판정이 알아서 할 겁니다." 힙스터 릭 채드가 말했다. "하지만 이렇게 행동하는 사람이 있다면, 그러니까 대낮에 다른 사람의 얼굴을 주먹으로 후려치는 사람이 있다면 그 사람은 해고당하는 게 마땅합니다."

"왜요? 당신과 '최악의치위생사', '여자랑붕가붕가69'가 트위터에서 그렇게 말했다는 이유로요? 당신은 전후 사정을 몰라요. 심지어 저 동영상이 진짜인지도 모른다고요."

그 말에 사립학교 사회자가 한쪽 눈썹을 치켜세웠다. "이 동영상이 조작되었단 말인가요?"

"조작됐을 수 있죠, 아무렴요. 내 다른 의뢰인 얘기를 해드리죠. 누군가 그녀의 미소 짓는 얼굴을 죽은 기린 옆에 서있던 사냥꾼 얼굴로 합성한 거예요. 전남편이 복수하려고 한 짓이었죠. 그 여자가 얼마나 많은 협박과 미움을 받았을지 상상이 가나요?"

이건 실화가 아니었다. 헤스터가 지어낸 이야기였다. 하지만

20

일어날 법한 일이고, 가끔은 그 정도로 충분했다.

"당신 의뢰인 사이먼 그린은 지금 어디 있습니까?" 힙스터 릭 채드가 물었다.

"그게 이 일과 무슨 상관이죠?"

"지금 집에 있죠? 보석으로 풀려나서요?"

"내 의뢰인은 결백해요. 좋은 남자고, 가족을 아끼는 가장이며……."

"그리고 부자죠."

"이젠 보석 제도를 없애야 한다는 건가요?"

"돈 많은 '백인'이라는 겁니다."

"이봐요, 릭 채드, 당신네 힙스터들이 다 사회적으로 '깨어있고', 멋있는 수염을 기르고, 비니도 쓰고 다닌다는 거 압니다. 그거 캉골인가요? 어쨌거나 지금 여기서 인종을 들먹이며 속단하는 건 인종차별주의자들이 인종을 들먹이며 속단하는 거나 같아요."

"와, '양비론'으로 물타기 하시네요."

"아뇨, 젊은이, 이건 양비론이 아니에요. 그러니까 잘 들어요. 당신이 모르는 게 뭐냐면요, 당신이랑 당신이 증오하는 사람들 있죠? 이 둘은 금방 하나가 될 거예요. 똑같아진다고요."

"반대로 생각해 보세요." 릭 채드가 말했다. "만약 사이먼 그린이 가난한 흑인이고, 에런 코벌이 돈 많은 백인이었다면……."

"둘 다 백인이에요. 이걸 인종 문제로 끌고 가지 말아요."

"모든 게 다 인종 문제죠. 하지만 좋습니다. 만약 낡은 옷을 입은 노숙자가 양복을 입은 백인을 때렸다면, 그 사람은 헤스터 크리스틴을 변호사로 고용하지 못할 겁니다. 지금쯤 감옥에 있겠죠."

'흠.' 헤스터는 생각했다. 꽤 일리 있는 말이라는 걸 인정하지 않을 수 없었다.

사립학교 사회자가 말했다. "헤스터?"

이 코너의 시간이 얼마 남지 않았다. 헤스터는 항복한다는 듯이 양손을 들어 올리며 말했다. "지금 내가 훌륭한 변호사라고 주장하는 거라면, 내가 어떻게 그 말에 반대하겠어요?"

방청객이 웃음을 터뜨렸다.

"자, 오늘은 여기까지입니다. 다음 코너는 대통령 후보로 급부상한 러스티 에거스를 둘러싼 최근 논쟁입니다. 러스티는 현실적인 사람일까요, 아니면 잔인한 사람일까요? 정말로 미국 역사상 가장 위험한 사람일까요? 계속 시청해 주시기 바랍니다."

헤스터는 귀에서 이어폰을 빼고, 옷에 부착되어 있던 마이크도 떼어버렸다. 중간 광고로 넘어가자 자리에서 일어나 녹화장을 가로질러 매슈에게 갔다. 이제 매슈는 키가 아주 컸다. 그것도 아빠를 꼭 닮았다. 다시 가슴이 찌릿했다.

헤스터가 입을 열었다. "엄마는……?"

"엄마는 잘 지내요. 아무 일도 없어요." 매슈가 말했다.

에스터는 도저히 참지 못하고 두 팔로, 아마도 민망해할 손자를 꼭 끌어안았다. 비록 그녀는 158센티미터가 채 안 되고, 매슈는 그녀보다 거의 30센티미터나 더 컸지만. 매슈에게서 갈수록 아빠의 얼굴이 보였다. 어릴 때, 그러니까 아빠 데이비드가 아직 살아있었을 때는 별로 아빠를 닮지 않았다. 하지만 이제는 자세며 걸음걸이, 두 손을 맞잡고 비트는 버릇, 이마 잔주름까지 아빠를 닮았고, 그걸 볼 때마다 헤스터는 새삼 마음이 아팠다. 당연히 이건 마음 아파할 일이 아니었다. 손자에게서 죽은 아들이 보이는 건 위로가 되어야 했다. 마치 데이비드의 일부가 교통사고에서 살아남아 여전히 건재하다는 듯이. 하지만 유령처럼 희미한 아들의 흔적은 오히려 그녀의 마음을 찢고 상처를 활짝 벌려놓았다. 그렇게 오랜 세월이 흘렀는데도. 헤스터는 이 고통이 가치가 있는지, 아무 감정도 못 느끼는 것보다 이 고통이라도 느끼는 게 더 나은지 의아했다. 물론 답은 뻔했다. 그녀에게는 선택의 여지가 없었고, 이런 감정이라도 느끼길 바랐다. 아무 감정도 느끼지 못하거나 언젠가 그 일에 '무덤덤해지는 것'이야말로 아들에게 가장 큰 배신일 터였다.

따라서 헤스터는 손자를 껴안고 눈을 꼭 감았다. 손자는 마치 그녀를 진정시키려는 듯 등을 토닥거렸다.

"나나?"

매슈는 그녀를 그렇게 불렀다. 나나(Nana, 할머니라는 뜻―옮긴이). "정말 괜찮으세요?"

"괜찮다."

매슈는 데이비드보다 피부가 검다. 매슈 엄마인 라일라가 흑인이기 때문이다. 따라서 매슈에게도 흑인 혹은 유색인 혹은 혼혈 혹은 그와 비슷한 모든 용어가 적용된다. 나이는 핑계가 될 수 없지만 현재 70대인 헤스터는―사람들에게는 예순아홉 이후로는 나이 세는 걸 멈췄다고 말했다―계속 변하는 인종 관련 용어들을 따라잡기가 힘들었다.

"엄마는 어디 있니?" 헤스터가 물었다.

"회사에 있을 거예요, 아마."

"여긴 어쩐 일이야?"

"학교에 어떤 여자애가 있어요."

"근데?"

"그 애가 실종됐어요, 나나. 나나의 도움이 필요해요."

3

"그 애 이름은 나오미 파인이에요." 매슈가 말했다.

두 사람은 헤스터가 타고 다니는 캐딜락 에스컬레이드 뒷좌석에 앉아있었다. 매슈는 웨스트빌에서 한 시간 동안 기차를 탄 다음, 세코커스의 프랭크 로텐버그역에서 다시 기차를 갈아타고 맨해튼에 왔다. 하지만 헤스터는 자기 차로 웨스트빌까지 손자를 데려다주는 게 더 편하고 현명한 방법이라고 생각했다. 매슈의 집에 안 간 지 한 달이나 되었으니(너무 오래되었다) 손자를 데려다주면서 고민도 들어주고, 손자 그리고 며느리와 잠시 시간을 보낼 수 있어서 일석이조인 셈이다. 잠시 생각해 보면 참 이상하고 잔인한 표현이다. 돌 하나를 던져서 새 두 마리를 죽였는데 이게 '좋은' 일이라고?

이거 봐. 난 저 예쁜 새에게 돌을 던질 거야. 왜냐고? 왜 그런 짓을 하는지 나도 몰라. 아마 내가 사이코페스라 그렇겠지. 와! 어쩌다 보니 새를 두 마리나 맞혔네! 오예! 두 마리나 죽였다!

"나나?"

"그 나오미라는 애는 네 친구니?" 쓸데없는 마음의 소리를 밀어내며 헤스터가 말했다.

매슈는 10대 아이들 특유의 심드렁한 태도로 어깨를 으쓱였다. "그니까, 여섯 살 때부터 알고 지내긴 했어요."

정확한 대답은 아니지만 헤스터는 넘어가기로 했다.

"실종된 지는 얼마나 됐어?"

"그니까, 일주일요."

그니까, 여섯 살 때부터요. 그니까, 일주일요. 헤스터는 저 말버릇을 너무 싫어했지만—저거랑 '있잖아(you know)'—지금은 그걸 따질 때가 아니었다.

"나오미에게 연락은 해봤니?"

"그 애 전화번호를 몰라요."

"경찰은 그 애를 찾고 있어?"

역시나 10대 특유의 어깨를 으쓱이는 몸짓.

"그 애 부모님과 얘기는 해봤어?"

"걔는 아빠만 있어요."

"그럼 아빠랑 얘기해 봤어?"

매슈는 그게 세상에서 제일 어처구니없는 일이라는 듯이 얼굴을 찡그렸다.

"그럼 나오미가 아픈 걸 수도 있잖니? 아니면 여행 가서 집에 없을 수도 있고."

대답이 없었다.

"왜 그 애가 실종됐다고 생각하는 거지?"

매슈는 그저 창밖을 바라봤다. 오랫동안 헤스터의 운전사로 일한 팀은 17번 고속도로에서 방향을 틀어 뉴저지주 웨스트빌 한

복판으로 들어섰다. 여기서 맨해튼까지는 채 50킬로미터가 안 된다. 어느 모로 보나 애팔래치아산맥의 일부인 라마포산이 모습을 드러냈다. 추억이 몰려와 그녀의 마음을 콕콕 찔렀다. 그것이 추억의 습성이었다.

예전에 누군가가 헤스터에게 추억은 아프다고, 특히 좋은 추억일수록 마음이 아프다고 말한 적이 있었다. 나이를 먹을수록 헤스터는 그 말이 정말 맞다는 걸 깨달았다.

7년 전에 죽은 남편 아이라와 헤스터는 뉴저지주 웨스트빌의 '전원 마을'에서(사람들은 그 동네를 그렇게 불렀다) 세 아들을 키웠다. 첫째 제프리는 치과 의사로 현재 네 번째 아내인 공인중개사 샌디와 로스앤젤레스에 살았다. 제프리가 자기 병원에서 일하는, 터무니없이 어린 치위생사와 결혼하지 않은 적은 이번이 처음이었다. 헤스터는 아들이 성장했다고 믿고 싶었다. 둘째 아들 에릭은 아버지와 마찬가지로 금융이라는 모호한 업계에서 일했다. 헤스터는 남편이나 에릭이 실제로 무슨 일을 하는지 몰랐다. 아마 A에 쌓인 돈을 B로 옮겨서 C를 만들어 내는 일일 것이다. 에릭과 며느리 스테이시는 두 살 터울로 세 아이를 낳았다. 헤스터와 아이라가 그랬듯이. 그들은 최근에 노스캐롤라이나주 롤리로 이사를 갔는데 요즘은 그곳이 대세인 듯했다.

막내이자 솔직히 말해서 헤스터가 가장 예뻐하는 아들이 매슈의 아빠, 데이비드였다.

헤스터는 매슈에게 물었다. "엄마는 몇 시에 퇴근하니?"

매슈의 엄마 라일라는 헤스터와 마찬가지로 대형 로펌에서 일했다. 비록 분야는 달라서 가족법 전문이었지만. 라일라는 컬럼

비아 로스쿨에 재학 중이던 여름 방학에 헤스터의 로펌 소속 변호사로 일을 시작했다. 그러다 데이비드를 만나게 되었다.

라일라와 데이비드는 첫눈에 사랑에 빠졌다. 둘은 결혼했고 매슈가 태어났다.

"모르겠어요. 엄마에게 문자 보낼까요?" 매슈가 말했다.

"그래."

"나나?"

"왜 그러니?"

"엄마에게 이 일은 말하지 마세요."

"이 일……?"

"나오미요."

"왜?"

"그냥요. 알겠죠?"

"알았다."

"약속하죠?"

"알았다니까." 매슈가 다그치자 헤스터가 살짝 퉁명스럽게 말했다. 그러고는 좀 더 부드럽게 덧붙였다. "약속하마. 당연하지. 약속해."

매슈가 휴대전화로 문자를 보내는 동안 팀은 익숙한 길을 우회전한 다음 좌회전하고, 다시 우회전을 두 번 더 했다. 이제 그들은 다우닝 레인이라는, 동화 속에 나올 법한 막다른 길로 들어섰다. 그들 앞에는 42년 전에 헤스터와 아이라가 지은 통나무집 스타일의 저택이 있었다. 저 집에서 헤스터와 아이라는 제프리, 에릭, 데이비드를 키웠고, 그러다 15년 전 아이들이 장성하자 부부는 웨스트빌을 떠나기로 했다. 그들은 라마포산 기슭에 자리한 이 집을 사랑했다. 헤스터보다는 아이라가 특히 더 그랬다. 아이라는 등산과 낚시를 포함해 아이라 크림스틴이라는 여성적인 이름과는 어울리지 않는 온갖 야외 활동을 좋아하는 남자였기 때문이다. 하지만 떠나야 할 때가 되었다. 웨스트빌 같은 도시는 아이를 키우기에 적합했다. 누구든 결혼하고 나면 도심을 떠나 교외로 이사하고, 아기를 몇 명 낳고, 그 아이들의 축구 경기와 춤 경연 대회에 참석하고, 중고등학교 졸업식에서 가슴이 뭉클해지고, 아이들은 대학으로 떠나고, 가끔씩 찾아와 늦잠을 자고, 그러다 아예 발길이 끊기고 나면 혼자가 된다. 그러면 모든 삶의 주기가 그렇듯이 그곳을 뒤로하고 떠나야 하는 것이다. 아이를 키우려고 도시를 떠난 다른 젊은 부부에게 집을 팔고 새롭게 시작해야 한다.

웨스트빌 같은 도시에서는 나이 든 사람이 할 일이 없었다. 원래 그런 도시였다.

그래서 헤스터와 아이라는 다음 단계로 나아갔다. 맨해튼 어퍼웨스트사이드에 있는 리버사이드 드라이브에서 허드슨강을 마주 보는 아파트를 찾아냈는데 마음에 쏙 들었다. 그들은 거의 30년간 오늘 매슈가 타고 온 그 기차를 타고 맨해튼까지 통근했다. 그 시절에는 호보컨에서 갈아탔지만. 그런데 이젠, 앞으로는 아침에 일어나 회사까지 걸어가거나 서둘러 지하철을 타고 갈 수가 있다고 생각하니 꿈만 같았다.

헤스터와 아이라는 뉴욕시에서의 삶을 즐겼다.

다우닝 레인에 있던 예전 집은 아들 데이비드와 훌륭한 며느리

라일라에게 팔았다. 그때 그들은 막 매슈를 낳은 직후였다. 데이비드로서는 어릴 때 살았던 집에서 다시 산다는 게 이상했을 텐데도 그곳이 자신만의 가정을 꾸리기에 완벽한 곳이라고 했다. 데이비드와 라일라는 집 안을 대대적으로 수리해서 자신들의 취향에 맞게 바꾸었다. 나중에 헤스터와 아이라가 찾아갔을 때는 거의 못 알아볼 정도였다.

매슈는 여전히 휴대전화를 들여다보고 있었다. 헤스터가 손자의 무릎에 손을 올리자 매슈가 고개를 들었다.

"너 무슨 짓 했니?" 헤스터가 물었다.

"무슨 짓이라뇨?"

"나오미 실종과 관련해서 말이야."

매슈는 고개를 저었다. "아무 일도 안 했어요. 그게 문제죠."

팀은 헤스터의 예전 집 진입로에 차를 세웠다. 이제 추억은 몰려드는 정도가 아니라 그녀를 집중 공격했다. 팀은 기어를 P단에 둔 다음, 몸을 돌려 헤스터를 보았다. 팀은 발칸반도에서 미국으로 이민 온 후로 헤스터를 위해 거의 20년간 일한 터라 지금 그녀가 어떤 심정일지 잘 알았다. 팀이 그녀와 눈을 마주치자 헤스터는 괜찮다는 뜻으로 고개를 살짝 끄덕였다.

매슈는 이미 팀에게 고맙다고 말하고 차에서 내린 뒤였다. 헤스터는 차 문을 열려고 손을 뻗었다가 팀의 헛기침 소리에 멈칫하고는 못 말린다는 듯이 눈을 굴리며 기다렸다. 덩치가 크고 살집이 좋은 팀은 차에서 내린 다음, 뒷좌석으로 가서 기립 자세로 그녀를 위해 문을 열어주었다. 정말 쓸데없는 짓이었는데도 헤스터가 직접 문을 열고 내리면 팀은 그것을 자신에 대한 모욕으로 받아들였다. 고맙게도 헤스터에게는 매일 싸워야 할 일 천지였으므로 이 일은 그냥 팀의 뜻을 따랐다.

"얼마나 있을지 모르겠어." 헤스터가 팀에게 말했다.

아직까지도 모국어 억양이 강하게 남아있는 영어로 팀이 대답했다. "여기서 기다리죠."

매슈는 집 안으로 들어가면서 현관문을 살짝 열어두었다. 헤스터는 다시 한번 팀을 바라본 뒤, 조약돌이 깔린 길(33년 전 그녀와 아이라가 주말에 함께 깔았던)을 걸어서 집 안으로 들어간 다음, 현관문을 닫았다.

"매슈?"

"부엌에 있어요."

헤스터는 집 뒤쪽으로 갔다. 대형 서브제로 냉장고(그녀가 이 집에 살 때는 없었던)의 문이 열려있었고, 이번에도 헤스터는 매슈 나이였을 때의 데이비드, 나아가 고등학교 시절의 세 아들이 떠올랐다. 제프리, 에릭, 데이비드는 늘 냉장고에 머리를 박고 있었다. 집에는 늘 음식이 부족했고, 아이들은 발 달린 쓰레기 압축기처럼 닥치는 대로 먹어 치웠다. 음식을 사 와도 이틀날이면 사라졌다.

"배 안 고파요, 나나?"

"응, 난 괜찮다."

"정말요?"

"그래. 무슨 일이 있었는지 말해보렴, 매슈."

매슈가 냉장고에서 머리를 빼냈다. "간식 먼저 먹어도 될까요?"

"할머니가 저녁을 사줄 수도 있는데. 네가 원한다면."

"숙제가 너무 많아요."

"좋을 대로 하렴."

헤스터는 TV가 있는 방으로 들어가 천천히 걸어 다녔다. 장작 탄 냄새가 났다. 누군가 최근에 벽난로를 사용했다. 이상한 일이었다. 아닐 수도 있고. 헤스터는 커피 테이블을 바라봤다.

깨끗했다. '너무 깨끗해.' 헤스터는 생각했다.

잡지가 가지런히 쌓여있었다. 컵 받침대가 가지런히 쌓여있었다. 모든 게 제자리에 있었다.

헤스터는 눈살을 찌푸렸다.

매슈가 열심히 샌드위치를 먹는 동안 헤스터는 위층으로 살금 살금 올라갔다. 물론 이건 그녀가 상관할 일이 아니었다. 데이비드가 죽은 지 10년이 됐으니 라일라는 행복해질 자격이 있었다. 헤스터는 악의가 전혀 없었지만 그래도 어쩔 수 없었다.

그녀는 라일라가 사용하는 침실로 들어가 킹사이즈 침대를 보았다.

예전에 데이비드는 침실 문과 먼 쪽에서 잤고, 라일라는 가까운 쪽에서 잤다. 침대는 잘 정돈되어 있었다. 티끌 하나 없이.

'너무 깨끗해.' 헤스터는 이번에도 그렇게 생각했다.

무언가가 울컥 치밀었다. 헤스터는 방을 가로질러 화장실을 들여다보았다. 역시나 티끌 한 점 없이 깨끗했다. 그런데도 멈추지 못하고 데이비드가 눕는 쪽의 베개를 확인했다.

'데이비드가 눕는 쪽? 네 아들은 죽은 지 10년이나 됐어, 헤스터. 참견하지 마.'

처음에는 보이지 않았지만 마침내 베개 위에서 연갈색 머리카락 한 올을 찾아냈다.

긴 연갈색 머리카락.

'참견하지 마, 헤스터.'

침실 창문으로 뒷마당과 그 너머 산이 보였다. 뒷마당의 잔디는 언덕과 뒤섞이더니 몇몇 나무 속으로, 나중에는 더 많은 나무 속으로, 그러다 무성하고 울창한 숲속으로 서서히 사라졌다. 헤스터의 아이들도 저기서 놀았다, 당연히. 남편은 아이들을 도와 저기에 나무집과 요새를 비롯해 온갖 놀이기구를 만들어 주었다. 막대기로 총과 칼도 만들었다. 아이들은 숨바꼭질하며 놀았다.

하루는 여섯 살 데이비드가 혼자 놀고 있는데 숲에 있는 누군가와 이야기하는 소리가 들렸다. 헤스터는 누구와 이야기했냐고 물었다. 그러자 어린 데이비드는 긴장하며 "그냥 혼자 놀고 있었어요"라고 말했다.

"하지만 네가 누군가에게 말하는 소리를 들었는데?"

"아, 제 상상 속 친구예요." 어린 아들은 그렇게 대답했다.

헤스터가 아는 한 데이비드가 그녀에게 했던 유일한 거짓말이었다.

아래층에서 현관문 열리는 소리가 들렸다.

이윽고 매슈의 목소리가 들렸다. "엄마, 왔어?"

"힐미니 이디 게시니?"

"여기. 어? 나나?"

"간다!"

패닉에 빠진 동시에 천하의 머저리가 된 듯한 기분을 느끼며 헤스터는 얼른 침실에서 나와 복도에 있는 욕실로 갔다. 욕실 문을 닫고 변기 물을 내린 다음, 심지어 그럴듯해 보이도록 세면대 수돗물까지 틀었다. 그러고는 계단 쪽으로 갔다. 라일라가 계단 밑에서 그녀를 올려다보았다.

"왔니?" 헤스터가 말했다.

"오셨어요."

라일라는 아주 근사했다. 반박의 여지가 없었다. 몸에 딱 맞는 회색 바지 정장을 입은 그녀는 아름다웠다. 정장은 몸의 곡선을 잘 살리는 디자인이었는데 사실 라일라는 몸매가 워낙 좋은 터라 머리부터 발끝까지 달라붙는 옷을 입었더라도 문제없었을 것이다. 블라우스는 특히나 검은 피부와 대조되어 눈부시게 새하얬다.

"괜찮으세요?" 라일라가 물었다.

"아, 그럼."

헤스터는 계단을 마저 내려갔다. 두 여자는 가볍게 껴안았다.

"여기까지 어쩐 일이세요, 어머니?"

매슈가 나타나서 말했다. "내 보고서 작성을 도와주려고 오셨어."

"정말? 무슨 보고서?"

"법에 관한 보고서."

라일라는 얼굴을 찡그렸다. "엄마한테 물어볼 순 없었니?"

"아, 또 텔레비전 출연에 관한 것도 있어." 매슈가 서투르게 덧붙였다. 거짓말에는 소질이 없는 아이라고 헤스터는 생각했다. 그것 또한 데이비드와 똑같았다. "기분 나빠 하지 마, 엄마. 그니까, 유명한 변호사가 되는 것에 관한 보고서야."

"정말이에요?"

라일라는 헤스터를 돌아보았다. 헤스터는 어깨를 으쓱였다.

"알았어." 라일라가 말했다.

헤스터는 데이비드의 장례식을 떠올렸다. 라일라는 어린 매슈
의 손을 잡은 채 서있었고, 눈물은 한 방울도 흘리지 않았다. 그날
은 한 번도 울지 않았다. 헤스터나 다른 사람 앞에서는 한 번도.
그날 저녁에 헤스터와 아이라는 햄버거를 먹으려고 매슈를 데리
고 앨런데일에 있는 ABG에 갔다. 헤스터는 먼저 자리를 떠서 집
으로 돌아왔다. 그러고는 뒷마당으로 가서 숲의 공터까지 걸어갔
다. 데이비드가 툭하면 와일드를 만나러 사라졌던 공터였다. 그
런데 거기서도, 집에서 멀리 떨어진 데다 밤바람까지 휘몰아치는
데도 침실에 혼자 있는 라일라가 목놓아 우는 소리가 들렸다. 너
무 거칠고, 너무 찢어지는 듯하고, 너무 고통스러운 울음이라서
헤스터는 라일라가 누구도 고칠 수 없을 정도로 망가졌을지 모른
다고 생각했다.

라일라는 재혼하지 않았다. 지난 10년 동안 사귄 남자가 있었
는지는 몰라도—틀림없이 접근하는 남자들이 아주 많았으리
라—그런 이야기는 헤스터에게 일절 하지 않았다.

그런데 이제 집 안은 너무 깔끔했고, 긴 연갈색 머리카락이 나
왔다.

'참견하지 마, 헤스터.'

헤스터는 느닷없이 두 팔을 뻗어 라일라를 다시 끌어안았다.

라일라는 깜짝 놀랐다. "어머니?"

'참견하지 마.'

"사랑한다." 헤스터가 속삭였다.

"저도요."

헤스터는 눈을 꼭 감았다. 눈물을 참기 힘들었다.

"괜찮으세요?"

헤스터는 마음을 가다듬고 뒤로 한 발짝 물러나 옷을 매만졌다. "괜찮아." 그러고는 가방에서 화장지를 꺼냈다. "그냥 좀……."

라일라는 고개를 끄덕이고는 부드럽게 말했다. "알아요."

라일라의 어깨 너머로 매슈가 보였다. 매슈는 고개를 저으며 둘의 약속을 상기시켰다.

헤스터가 말했다. "그만 가야겠다."

그러고는 라일라와 매슈에게 키스한 뒤 서둘러 집을 나섰다.

팀이 차 문을 열어둔 채 그녀를 기다리고 있었다. 그는 날씨가 어떻든, 어느 계절이든 간에 매일 검은 양복에 운전사 모자를 썼다. 헤스터가 그럴 필요 없다고 했는데도. 게다가 양복도 모자도 늘 작아 보였는데도. 덩치가 커서 그럴 것이다. 총 때문일 수도 있고.

헤스터는 뒷좌석에 올라타 마지막으로 집을 돌아보았다. 매슈가 현관에 서서 그녀를 바라보았다. 손자가 그녀의 도움을 청했다는 사실이 다시 떠올랐다.

매슈가 이런 부탁을 한 건 처음이었다. 아직 모든 사정을 다 듣지는 못했다. 하지만 그녀가 자기 연민과 자신의 불행, 마음에 뚫린 구멍 속에서 허우적거리는 동안 매슈의 인생에는 훨씬 더 크고 끔찍한 구멍이 뚫렸다는 사실을 상기했다. 매슈는 아버지 없이, 그것도 선하고 다정한 아버지이자 헤스터에게는 최고의 아들이며 아이라에게는 한층 더 소중했던 데이비드 없이 자라야 했다. 아이라는 심장마비로 죽었는데 헤스터는 그 이유가 교통사고로 아들을 잃은 슬픔을 극복하지 못해서라고 굳게 믿었다.

팀이 운전석에 올라탔다.

"매슈가 한 말 들었지?" 헤스터가 물었다.

"네."

"어떻게 생각해?"

팀은 어깨를 으쓱였다. "뭔가를 숨기고 있던데요."

헤스터는 대답하지 않았다.

"다시 맨해튼으로 돌아갈까요?"

"아직. 웨스트빌 경찰서 먼저 들러." 헤스터가 말했다.

CHAPTER
4

"이런, 이런, 이런, 이게 누구십니까. 헤스터 크림스틴이 이 누추한 경찰서까지 행차하시다니."

헤스터는 웨스트빌 경찰 서장 오렌 카마이클의 사무실에 앉아 있었다. 일흔의 나이에 은퇴를 앞두고 있는 오렌은 예전과 다름없이 근육질 남자 중에서도 최상등급이었다.

"나도 만나서 반가워요, 오렌."

"좋아 보이는군요."

"당신도요." 희끗희끗한 머리는 남자들에게 참 잘 어울린다고 헤스터는 생각했다. 너무 불공평하다. "셰릴은 잘 지내요?"

"우린 헤어졌습니다."

"정말요?"

"네."

"난 셰릴이 늘 멍청하다고 생각했어요."

"그래요?"

"기분 나빠 하진 말아요."

"전혀."

"그래도 예쁘긴 했죠." 헤스터가 덧붙였다.

"맞아요."

"그래도 멍청했어요. 내가 너무 함부로 말하는 건가요?"

"셰릴은 그렇게 생각하겠죠."

"셰릴이 어떻게 생각하든 상관없어요."

"나도 마찬가집니다." 오렌 카마이클의 미소는 눈이 부셨다. "이렇게 쿵짝이 맞는 대화를 주고받으니 재미있군요."

"그렇죠?"

"하지만 별로 좋지도 않은 내 입담 때문에 여기 오지는 않았을 거라는 생각이 드는군요."

"올 수도 있죠." 헤스터는 등받이에 등을 기댔다. "동시에 여러 가지를 하는 걸 요즘 애들이 뭐라고 하더라?"

"멀티태스킹."

"맞아요." 헤스터는 다리를 꼬았다. "지금 내가 그러는 걸 수도 있죠."

헤스터는 원래 제복 입은 남자라면 환장했는데 안 그런 여자가 있을까. 그렇기는 해도 경찰 제복을 입은 오렌 카마이클은 엄청나게 몸이 좋아 보였다.

"여기 마지막으로 왔던 때가 언제인지 기억납니까?" 오렌이 물었다.

헤스터는 미소 지었다. "제프리 때문이었죠."

"제프리가 육교에서 지나가는 차 위로 달걀을 떨어뜨리는 바람에요."

"그때가 좋았어요. 그때 왜 나한테 전화하지 않고 아이라에게 전화해서 제프리를 데려가라고 했죠?"

"아이라는 안 무서웠으니까요."

"나는 무서웠고요?"

"굳이 과거로만 국한할 수는 없지만 어쨌든 그랬습니다." 오렌 카마이클은 의자를 뒤로 기울였다. "왜 여기 왔는지 말할 건가요,. 아니면 계속 농담만 주고받을 건가요?"

"계속하다 보면 우리도 더 잘할 수 있을까요?"

"농담이요? 이보다 나빠질 순 없겠죠."

34년 전, 오렌은 숲에서 소년을 찾아낸 경찰관들 중 한 명이었다. 헤스터를 포함해 다들 소년의 미스터리가 쉽게 풀릴 거라고 생각했지만, 와일드가 자기 아이라고 나서는 사람은 아무도 없었다. 누가 와일드를 숲에 버리고 갔는지, 애초에 그 애가 어쩌다 숲에 가게 되었는지 끝내 알아내지 못했다. 소년이 얼마나 오랫동안 혼자서 살았는지, 어떻게 살아남았는지도.

오랜 세월이 흐른 지금까지도 와일드의 진짜 정체는 아무도 몰랐다.

헤스터는 오렌에게 와일드 소식을 물어볼까 생각했다. 그냥 와일드의 근황을 알아두려는 마음에. 그걸 이용해서 본론으로 쉽게 들어갈 수도 있었다.

하지만 이제 와일드는 그녀와 상관없는 사람이었다.

와일드는 신경 쓰지 말아야 했다. 그래서 여기에 온 진짜 이유를 곧바로 말했다.

"나오미 파인이라고 알아요?"

오렌 카마이클은 양손을 깍지 끼더니 납작한 배 위에 올려놓았다. "내가 이 마을에 사는 여고생을 다 알 거라고 생각합니까?"

"그 애가 여고생인 걸 어떻게 알죠?" 헤스터가 물었다.

"그냥 넘어가는 법이 없군요. 안다고 해둡시다."

뭐라고 표현해야 할지 모르겠지만 이번에도 헤스터는 직진이 최선이라고 생각했다. "한 소식통에게서 그 애가 실종되었다고 들었어요."

"소식통?"

그래, 완전 직진은 아니다. 맙소사, 오렌은 잘생긴 남자였다. "네."

"흠, 당신 손자가 나오미와 비슷한 나이 아닌가요?"

"그건 우연의 일치라 치죠."

"그건 그렇고, 좋은 애더군요. 매슈 말입니다."

헤스터는 아무 말도 하지 않았다. 오렌이 말을 이었다.

"난 지금도 농구팀 코치를 맡고 있는데 매슈는 부지런하면서도 승부욕이 강한 게 꼭……."

오렌은 데이비드의 이름을 말하려다가 멈칫했다. 둘 다 움직이지 않았다. 잠시 침묵이 둘 사이에 오가던 무언가를 빨아들였다.

"미안합니다." 오렌이 말했다.

"괜찮아요."

"이 얘기는 없었던 걸로 할까요?"

"아뇨." 헤스터가 부드러운 목소리로 말했다. "데이비드에 관한 일은 절대 그러면 안 되죠."

경찰 서장인 오렌은 그날 밤 데이비드의 교통사고 현장에 출동했다.

"당신 질문에 대답하자면, 아뇨, 난 나오미가 실종된 줄 몰랐습니다."

"신고가 들어온 것도 없고요?"

"없습니다. 왜 그러시죠?"

"일주일 동안 학교에 안 왔대요."

"그래서요?"

"그래서 당신이 전화를 좀 해줬으면 좋겠어요."

"그 애가 걱정됩니까?"

"걱정까지는 아니고 그냥 확인만 하면 내 마음이 편해진다고 해두죠."

오렌은 턱을 긁적거렸다. "내가 알아야 할 게 있나요?"

"내 전화번호 말고요?"

"헤스터."

"아뇨, 없어요. 그냥 부탁하는 거예요."

오렌은 얼굴을 찡그리더니 대답했다. "몇 군데 전화해 보죠."

"좋아요."

오렌은 헤스터를 바라보았고, 헤스터도 오렌을 바라보았다.

오렌이 말했다. "지금 당장 여기서 전화하라는 겁니까?"

"왜요? 지금 바빠요?"

오렌은 한숨을 쉬고는 제일 먼저 나오미의 집으로 전화했다. 아무도 받지 않았다. 그다음에는 무단결석 전담 경관에게 전화했다. 경관은 잠깐 기다리라고 하더니 다시 전화를 받았다. "지금까지는 학생의 결석에 정당한 사유가 있는 걸로 확인됩니다."

"부모와 직접 통화했나?"

"아뇨, 전 아니지만 다른 경관이 했습니다."

"부모가 뭐라고 했지?"

"그냥 정당한 사유가 있다고만 적혀있네요."

"다른 건 없고?"

"왜 그러시죠? 이 학생 집에 가볼까요?"

오렌은 전화기 너머로 헤스터를 바라보았다. 헤스터는 고개를 저었다.

"아니, 그냥 확실히 해두려는 거야."

"이 학생은 한 학년을 더 다니거나 방학 때 꽤 여러 과목의 보충 수업을 들어야 할 것 같아요. 이번 학기에 결석을 자주 했네요."

"그래, 고맙군."

오렌은 전화를 끊었다.

"고마워요." 헤스터가 말했다.

"천만에요."

헤스터는 잠시 생각한 뒤 천천히 말했다. "당신이 매슈를 아는 건 이해가 가요. 나를 알고, 데이비드도 알고, 또 농구팀 코치니까요."

오렌은 아무 말도 하지 않았다.

"또 당신이 지역사회 활동에 아주 열심이라는 것도 알아요. 그건 칭찬할 만한 일이죠."

"하지만 내가 어떻게 나오미를 아는지는 모르겠디?"

"네."

"아예 처음부터 말할 걸 그랬군요."

"어서 말해봐요."

"〈브렉퍼스트 클럽〉이라는 영화, 기억합니까?"

"아뇨."

오렌은 깜짝 놀란 표정이었다. "그 영화를 안 봤다고요?"

"네."

"정말요? 와, 우리 애들은 그 영화를 틀어놓고 살았는데. 자기들이 태어나기도 전에 만든 영화인데도요."

"그 얘기를 왜 하는 거예요?"

"앨리 시디라는 배우 기억해요?"

헤스터는 한숨이 나오려는 걸 참았다. "아뇨."

"몰라도 됩니다. 어쨌든 그 영화에서 앨리 시디는 학교에서 따돌림당하는 여고생이었는데 꼭 나오미 같았죠. 고해성사실 장면에서 앨리는 경계심을 늦추며 이렇게 말합니다. '전 집이 싫어요.'"

"나오미가 그렇다고요?"

오렌은 고개를 끄덕였다. "나오미가 가출한 게 이번이 처음이 아닐 겁니다. 나오미의 엄마는, 그게 언제더라, 5년 전인지 10년 전인지 잘 모르겠군요, 아무튼 예전에 떠났어요. 아빠는 맨해튼에서 맨날 야근하고요. 혼자서 딸을 키우는 게 감당이 안 되는 모양이더군요."

"그렇군요. 말해줘서 고마워요."

"배웅해 드리죠."

문 앞에 다다르자 두 사람은 몸을 돌려 정면으로 마주 보았다.

헤스터는 볼이 달아오르는 것을 느꼈다. 홍조라니. 도대체 나이는 어디로 먹는 건지.

"매슈가 나오미에 대해 뭐라고 했습니까?" 오렌이 물었다.

"그런 거 아니라니까요."

"왜 이래요, 헤스터. 내가 40년간 일해온 숙련된 경찰이라고 칩시다. 당신은 무심코 내 사무실에 들러서 손자와 같은 반인 가여운 여학생에 대해 물었어요. 내 안의 형사는 그 이유가 궁금하고, 틀림없이 매슈가 당신에게 뭔가 말했을 거라는 결론을 내렸죠."

헤스터는 부인하려고 했지만 소용없을 터였다. "오프더레코드예요. 맞아요, 매슈가 내게 알아봐 달라고 부탁했어요."

"왜죠?"

"나도 몰라요."

오렌은 그녀의 대답을 기다렸다.

"정말 몰라요."

"그렇군요."

"나오미를 걱정하는 것 같았어요."

"왜요?"

"다시 말하지만, 나도 몰라요. 하지만 당신이 괜찮다면 내가 좀 알아보려고요."

오렌은 얼굴을 찡그렸다. "어떻게요?"

"나오미의 집에 가서 아버지라는 사람과 얘기를 해보려고요. 그래도 되죠?"

"내가 안 된다고 하면 안 갈 겁니까?"

"아뇨. 그리고 나도 별일 아닌 거라고 생각해요."

"그런데도 가는 이유는 뭡니까?"

"매슈가 이런 부탁을 한 게 처음이니까요. 이해하죠?"

"이해가 갈 것도 같네요. 네. 그러다 뭔가 알아내면……."

"당신에게 바로 전화하죠. 약속해요." 헤스터는 명함을 꺼내 오렌에게 건넸다. "이게 내 휴대전화 번호예요."

"내 것도 줄까요?"

"필요 없어요."

오렌은 명함에서 눈을 떼지 않은 채 물었다. "하지만 방금 전에 나한테 전화한다고 했잖습니까?"

헤스터의 가슴속에서 심장 박동이 빨라졌다. 나이는 숫자에 불과하다. 이렇게 가슴이 두근거리면 다시 고등학생이 되어버린다.

"오렌?"

"네?"

"요즘에는 남녀 역할을 구분해서는 안 된다는 거 알아요."

"그렇죠."

"하지만 난 아직도 남자가 여자에게 전화해야 한다고 생각해요."

오렌은 그녀의 명함을 들어 올렸다. "그리고 마침 이제 난 당신 전화번호를 알고요."

"세상 좁네요."

"잘 가요, 헤스터."

"일단은 기본적인 정보만 있습니다. 곧 더 찾아낼 겁니다." 팀이 헤스터에게 서류를 건네며 말했다.

그들은 자동차 트렁크에 프린터기를 넣어 가지고 다녔고, 그 프린터기는 팀이 수납함에 보관하는 노트북과 연결되어 있었다. 가끔씩 헤스터의 법률 사무 보조원이 그녀의 휴대전화에 정보를 다운받아 주었지만 헤스터는 여전히 종이의 질감을 느끼면서 읽는 게 좋았다. 펜으로 메모하고 중요한 구절을 밑줄 치는 게 좋았다.

구식이다. 아니면 그냥 늙어서 그렇거나.

"나오미 파인의 주소는 알아냈어?" 헤스터가 물었다.

"네."

"여기서 얼마나 멀지?"

팀은 GPS를 보았다. "대략 4.2킬로미터, 6분 걸립니다."

"가지."

팀이 운전하는 동안 헤스터는 서류를 훑어봤다. 나오미 파인, 16세. 부모는 이혼. 아버지, 버나드. 어머니, 피아. 양육권은 아버지에게만 있었다. 그 사실만으로도 흥미로웠는데 나오미의 엄마는 친권까지 포기했다. 이건 매우 드문 경우였다.

집은 오래되고 낡았다. 페인트는 예전에는 흰색이었을 테지만 지금은 크림색과 갈색에 더 가까웠다. 창문은 두꺼운 천 블라인드나 금이 간 덧문으로 가려져 있었다.

"어때 보여?" 헤스터가 팀에게 물었다.

팀은 얼굴을 찡그렸다. "제 고국에 있던 안가 같네요. 혹은 반정부 인사들을 고문하는 곳 같기도 하고요."

"여기서 기다려."

진입로에는 새 차처럼 깨끗한 빨간색 아우디 A6가 ─ 아마 이 집보다 비쌀 것이다 ─ 주차되어 있었다. 가까이 다가갈수록 헤스터는 이 집이 한때는 웅장한 빅토리아 양식으로 지어진 집이었다는 걸 알 수 있었다. 집 전체를 둘러싼 포치가 있고, 비록 낡긴 했어도 섬세한 무늬가 새겨진 크라운 몰딩으로 마감되어 있었다.

이 집은 틀림없이 한때는 페인티드 레이디(Painted Lady, 미국에서
빅토리아와 에드워드 양식으로 지은 집을 일컫는 명칭—옮긴이)로 불
렸을 것이다. 비록 이제 페인트는 다 벗겨졌고, 한때 간직했던 여
성적 매력은 오래전에 사라져 버렸지만.

헤스터는 현관문을 두드렸다. 아무 대답도 없었다. 다시 두드
렸다.

남자 목소리가 들렸다. "뭐가 됐든 현관에 두고 가요."

"파인 씨?"

"지금 바빠요. 내 서명이 필요하면……."

"파인 씨. 난 물건을 배달하러 온 게 아니에요."

"누구세요?"

약간 혀 꼬부라지는 목소리였다. 문은 여전히 열지 않았다.

"헤스터 크림스틴이라고 해요."

"누구?"

"헤스터……."

마침내 문이 열렸다.

"파인 씨?"

"왜 얼굴이 눈에 익지?"

"우린 만난 적 없는데요."

"아냐, 나 당신 알아. 텔레비전에 나오는 사람이잖아."

"맞아요. 내 이름은 헤스터 크림스틴이에요."

"와." 버나드 파인은 손가락을 딱 튕기더니 헤스터를 가리켰
다. "늘 뉴스에 나오는 그 형사 사건 전문 변호사 맞죠?"

"맞아요."

"그럴 줄 알았어." 그는 뒤로 반 발짝 물러서더니 이제 경계하는 눈빛으로 헤스터를 바라보았다. "그런데 당신이 여기는 왜 온 거죠?"

"따님 일로 왔어요."

그의 눈이 조금 커졌다.

"나오미요." 헤스터가 덧붙였다.

"내 딸 이름은 나도 알아. 원하는 게 뭐요?" 그가 무뚝뚝하게 말했다.

"나오미가 학교에 결석했어요."

"그래서? 당신이 무단결석 담당 경관이라도 되나?"

"아뇨."

"그런데 내 딸이 당신과 무슨 상관이지? 나한테 원하는 게 뭐야?"

그는 힘든 업무를 마치고 집에 돌아온 직장인의 전형적인 모습이었다. 아침에 면도한 턱은 다른 사람보다 훨씬 더 거뭇해졌다. 눈가는 불그스레했다. 양복 재킷은 벗은 채 소매는 걷어붙였고, 넥타이는 느슨하게 풀었다. 헤스터는 집 안에 이미 술을 따라 마신 술잔이 있을 거라고 확신했다.

"나오미와 얘기 좀 할 수 있을까요?"

"왜?"

"난……." 헤스터는 상대의 마음을 누그러뜨리기로 유명한 미소를 지었다. "저기요, 난 나쁜 의도는 전혀 없어요. 무슨 법적인 문제 때문에 온 게 아니라고요."

"그럼 왜 왔는데?"

"이런 질문이 이상하다는 건 알지만, 나오미는 괜찮나요?"

"이해가 안 되네. 왜 당신이 내 딸 일에 상관하는 거요?"

"맞아요, 내가 상관할 바가 아니죠. 캐물을 생각은 없었어요." 헤스터는 이 일을 모든 각도에서 고려한 다음, 가장 개인적이고 솔직한 대답을 하기로 마음먹었다. "나오미는 내 손자 매슈와 같은 학교에 다녀요. 아마 나오미가 매슈 얘기를 했을 거예요."

버나드는 입을 굳게 다물었다. "여기 온 목적이 뭐야?"

"난…… 매슈와 난 그저 나오미가 별일 없는지 확인하고 싶었어요."

"그 앤 잘 지내."

버나드는 문을 닫으려 했다.

"나오미 좀 볼 수 있을까요?"

"당신이 뭔데?"

"나오미가 일주일째 결석했어요."

"그래서?"

마음을 누그러뜨리는 미소 따위는 집어치우자. 헤스터는 엄한 목소리로 말했다. "나오미는 어디 있죠? 파인 씨?"

"당신이 무슨 권리……?"

"없죠." 헤스터가 그의 말을 잘랐다. "아무 권리도, 자격도 없어요. 하지만 나오미의 친구가 나오미를 걱정하고 있어요."

"친구?" 버나드가 코웃음을 쳤다. "그래서, 당신 손자가 우리 나오미의 친구다?"

헤스터는 그의 말투를 어떻게 받아들여야 할지 알 수 없었다. "난 그저 나오미가 무사한지 보기만 하면 돼요."

"그 앤 여기 없어."

"그럼 어디 있죠?"

"그건 정말로 당신이 상관할 바가 아니고."

이제 헤스터는 좀 더 단호한 목소리로 말했다. "날 텔레비전에서 봤다고 했죠?"

"그래서?"

"그러니까 날 건드려서 좋을 게 없다는 걸 알 텐데요."

헤스터는 버나드를 노려보았다. 버나드는 뒤로 물러났다.

"나오미는 엄마를 만나러 갔어." 그는 문손잡이를 잡고 있던 손에 힘을 주었다. "그리고 크림스틴 변호사? 당신이나 당신 손자나 우리 딸 일에 상관하지 마. 지금 당장 우리 집에서 꺼져."

버나드 파인은 현관문을 닫았다. 그러고는 강조라도 하듯이 딸깍 소리를 내며 빗장을 걸었다.

밖에서 기다리고 있던 팀은 헤스터가 다가오자 차 문을 열었다.

"재수 없는 인간 같으니." 헤스터가 중얼거렸다.

시간이 늦어서 어느새 날이 저물었다. 이곳, 특히 산 부근은 조명이 전무하다시피 했다. 오늘 저녁에는 나오미 파인을 위해 더는 할 일이 없었다.

팀이 운전석에 올라타 시동을 걸며 말했다. "이제 슬슬 돌아가야겠습니다. 두 시간 후면 녹화 시작이에요."

팀은 백미러 속에서 헤스터와 눈을 마주치며 기다렸다.

"우리가 와일드의 집에 간 지 얼마나 됐지?" 헤스터가 물었다.

"올 9월이면 6년이 됩니다."

그렇게 오래되었다는 사실에 헤스터는 놀라야 마땅했다. 또한 팀이 마지막으로 와일드를 찾아간 연도와 달까지 그렇게 빨리 기억해 낸다는 사실에 놀라야 마땅했다.

하지만 헤스터는 놀라지 않았다.

"그때 와일드의 집이 있었던 곳을 아직 찾을 수 있겠어?"

"이 시간에요?" 팀은 잠시 생각했다. "아마도요."

"한번 가보자고."

"그냥 전화하시면 안 됩니까?"

"와일드에게는 휴대전화가 없을 것 같은데."

"다른 곳으로 갔을지도 모릅니다."

"아냐."

"집에 없을 수도 있고요."

"팀."

팀은 기어를 주행으로 바꿨다. "출발합니다."

5

팀은 핼리팩스 로드를 세 번이나 오간 끝에 갈림길을 찾아냈다. 이 좁은 샛길은 수풀로 거의 완벽하게 가려져 마치 거대한 덤불 속을 달리는 듯했다. 세차장에서 면발처럼 생긴 먼지떨이가 자동차 지붕을 쓸어내리듯 초목이 지붕을 긁어내렸다. 여기서 몇백 미터만 가면 스플릿 록 스위트워터 프레이어 캠프였다. 거기 사는 사람들을 요즘에는 뭐라고 부르더라? 라마포 레나페 네이션(Ramapough Lenape Nation)? 라마포 산사람? 라마포산 원주민? 아니면 그냥 라마포인? 암울한 족보를 가진 그들이 이 지역 토착민이라고 주장하는 사람들도 있었다. 혹은 독립전쟁 때 영국군이 고용한 독일 용병 헤시안 부대와 원주민의 혼혈 자손이라거나, 남북 전쟁이 일어나기 전에 도망쳐 레나페 부족 마을에 숨어있었던 노예들과의 혼혈 자손이라고 주장하기도 했다. 진실이 무엇이든 간에 현재 라마포인(헤스터는 그냥 산난하게 그렇게 불렀다)은 은둔 생활을 했다. 비록 그 수는 점점 줄고 있지만.

34년 전, 지금은 와일드(Wilde)라 불리는 소년이 여기서 800미터 떨어진 곳에서 발견되었을 때 많은 사람이 이 아이는 라마포인과 연관이 있을 거라고 생각했다. 아직까지도 그렇게 생각하는 사람들이 많았다. 물론 구체적인 물증은 전혀 없지만, 상대가 나와 다르고 가난하고 은둔자일 때는 온갖 억측을 하는 법이다. 따라서 원주민 여자가 바람을 피워서 낳은 아기를 숲에 버렸다거나, 그 부족의 괴상한 의식에 따라 아이를 숲으로 보냈다거나, 아니면 아이가 숲을 거닐다가 길을 잃었는데 원주민들이 이제 와서 그 아이를 자기들 아이라고 주장하기가 두려워서 나서지 않는다는 소문이 돌았다. 물론 전부 다 헛소리였다.

이제 해는 완전히 졌다. 이 좁은 길 양옆의 나무들은 일렬로 섰다기보다 도로 위로 몸을 내밀고 있었다. 특히 맨 위쪽 나뭇가지들이 길 위로 구부러져 반대편으로 뻗어있었다. '런던 다리 무너졌다' 놀이(아이 둘이 손을 맞잡아 들어 올리고 그 아래로 다른 아이들이 통과하는 놀이—옮긴이)를 하는 아이들처럼. 주위는 어두웠다. 헤스터는 그들이 이 길로 들어섰을 때 이미 센서가 작동했을 거라고 생각했다. 길을 따라 달리는 동안 센서가 두세 개는 더 작동했으리라. 막다른 곳에 이르자 팀이 차를 돌려 나가는 쪽을 바라보도록 주차했다.

숲은 조용하고 아무런 기척도 없었다. 자동차 헤드라이트만이 유일한 조명이었다.

"이제 어떻게 하죠?" 팀이 물었다.

"차 안에서 기다려."

"변호사님 혼자 가실 수는 없습니다."

"갈 건데?" 둘 다 문손잡이를 향해 손을 뻗었지만 헤스터가 단호한 어조로 팀을 말렸다. "자넨 여기 있어."

헤스터는 고요한 어둠 속으로 발을 내디디고 차 문을 닫았다.

와일드가 발견된 뒤 아이의 몸을 검사했던 소아과 의사들은 와일드가 여섯 살에서 여덟 살쯤 될 거라고 추정했다. 와일드는 말을 할 줄 알았다. '비밀' 친구인 헤스터의 아들 데이비드를 통해서 배웠다고 했다. 또한 빈집에 몰래 들어가 몇 시간씩 텔레비전을 보는, 더 직접적인 방법으로 배우기도 했다. 음식도 그렇게 구했다고 했다. 따뜻한 계절에는 숲에서 채집하기도 하고 사람들이 사용하는 휴지통과 공원 옆 쓰레기통을 뒤지기도 했지만, 대개는 비어있는 여름용 별장에 몰래 들어가―다시 말해 주거침입해서―냉장고와 찬장을 털었다.

그 외의 다른 삶은 아이의 기억에 없었다.

부모도, 가족도, 데이비드 외에 다른 인간과 접촉한 기억도 없었다.

하지만 자꾸 떠오르는 기억 하나는 있었다. 그 기억은 성인이 된 지금까지도 와일드를 따라다니며 밤이면 잠 못 들게 했고, 새벽에는 식은땀을 흘리며 깜짝 놀라 깨어나게 했다. 기억은 전후 맥락을 파악할 수 없었고, 그지 짧게 떠오르는 장면들만 이어졌다. 어두컴컴한 집, 마호가니 마룻널, 빨간색 계단 난간, 콧수염을 기른 남자의 초상화 그리고 비명.

"어떤 비명이었지?" 헤스터가 소년에게 물었다.

"끔찍한 비명이었어요."

"아니, 그거 말고. 남자의 비명이었니? 아니면 여자? 네 기억 속에서 비명을 지른 사람이 누구였어?"

와일드는 곰곰이 생각한 뒤에 말했다. *"저요. 제가 지른 비명이*

었어요."

헤스터는 팔짱을 낀 채 차에 기대서 기다렸다. 오래 기다릴 필요 없었다.

"헤스터."

와일드가 나타나자 헤스터는 가슴이 벅차오르다 못해 터져버렸다. 이유는 몰랐다. 아마 오늘이 유독 감상적인 날이었을 것이다. 게다가 아들의 단짝이자 데이비드가 생전에 마지막으로 만난 사람을 보니 다시 울컥했다.

"잘 있었니, 와일드."

와일드는 천재였다. 헤스터는 그 사실을 알고 있었다. 왜 천재인지는 아무도 몰랐다. 원래 아이들은 정해진 능력을 타고난다. 아이를 키우다 보면 그 사실을 알게 된다. 아이의 성격과 자질은 이미 결정되었고, 아이의 발달 과정에서 자신의 역할이 굉장히 중요하다는 생각은 부모의 착각에 불과하다는 것을. 절친한 친구가 헤스터에게 이런 말을 해준 적이 있다. 부모는 자동차 수리공과 비슷하다고. 차를 수리하고, 잘 관리하고, 계속 달리게 할 수는 있지만 차의 기본적인 특징을 바꿀 수는 없다. 수리를 맡긴 차가 스포츠카라면 그걸 SUV로 바꿔서 내보낼 수는 없는 것이다.

아이들도 마찬가지다.

그러니 와일드가 그렇게 천재인 데는 선천적인 이유도 있었다.

하지만 전문가들은 또한 조기 발달이 굉장히 중요하다고, 아이두뇌의 90퍼센트 정도가 다섯 살까지 발달한다고 주장한다. 그 나이였을 때의 와일드를 생각해 보라. 어린아이였던 와일드가 정말로 스스로를 돌보고, 먹이고, 보호하고, 위로하고, 지켜야 했다면 얼마나 많은 자극과 경험, 위험에 노출되었을지 생각해 보라.

그런 경험이 뇌의 발달을 얼마나 강화했겠는가?

와일드는 헤스터가 그를 볼 수 있도록 헤드라이트 불빛 속으로 들어갔다. 그러고는 그녀를 향해 미소 지었다. 와일드는 아름다운 남자였다. 태양의 키스를 받은 구릿빛 피부, 잔근육이 돋보이는 몸, 걷어 올린 체크무늬 셔츠 소매 밑으로 보이는 터질 듯한 팔뚝, 물 빠진 청바지, 긁힌 자국이 있는 등산화, 긴 머리카락.

아주 긴 연갈색 머리카락.

아까 헤스터가 베개에서 발견한 머리카락 같은.

헤스터는 돌려 묻지 않았다. "너 라일라랑 무슨 사이니?"

와일드는 아무 말도 하지 않았다.

"부인하지 마라."

"부인 안 했는데요."

"그럼 어서 말해봐."

"라일라에게도 욕구가 있어요." 와일드가 말했다.

"뭐라고? '라일라에게도 욕구가 있어요?' 그래서 뭐 네가 선한 사마리아인이라도 된다는 거냐, 와일드?"

와일드가 한 발짝 다가왔다. "헤스터?"

"왜?"

"라일라는 누구도 다시 사랑할 수 없어요."

더는 마음 아플 일이 없을 거라고 생각했던 헤스터에게 와일드의 그 말은 가슴속에 있던 또 다른 폭파 장치를 건드렸다.

"언젠가는 가능하겠지만 지금은 여전히 데이비드를 너무 많이 그리워해요."

헤스터는 와일드를 바라보았고 가슴속에 차곡차곡 쌓이던 감정이 가라앉는 걸 느꼈다. 그것이 분노든, 상처든, 어리석음이든, 갈망이든 간에.

"전 라일라에게 안전한 상대고요." 와일드가 말했다.

"넌 예전 그대로니?"

"그대로죠."

헤스터는 그 말을 들은 자신이 어떤 감정인지 잘 알 수 없었다. 처음에는 다들 야생 소년의 정체가 쉽게 밝혀질 거라고 생각했다. 그래서 와일드(당연히 별명이 굳어진 이름이었다)는 잠시 크림스틴 가족의 집에 머물렀다. 그러다 마침내 아동보호소에서 와일드를 브루어 가족에게 보냈다. 브루어 가족은 사랑이 넘치는 위탁 가정이었는데 역시 웨스트빌에 살았다. 와일드는 학교에 다녔고, 무엇이든 다 잘했다. 하지만 늘 따돌림을 당했다. 최선을 다해 수양 가족을 사랑했지만, 심지어 브루어 부부는 와일드를 정식으로 입양까지 했지만, 결국에는 혼자 살 수밖에 없었다. 데이비드 말고는 누구와 친하게 지낸 적도 없었다. 특히 어른들과는. 보통 사람들이 사랑하는 사람에게 버림받을까 두려움을 느낀다면 와일드는 그런 두려움이 열 배는 더 강했다.

와일드도 여자들을, 그것도 많이 사귀었지만 모두 오래가지 못했다.

"그래서 오신 거예요? 라일라에 대해 물으려고?" 와일드가 물었다.

"그것도 있고."

"다른 건요?"

"네 대자."

그 말에 와일드는 관심을 보였다. "매슈가 왜요?"

"매슈가 자기 친구를 찾아달라고 했어."

"누구요?"

"나오미 파인이라는 여학생."

"왜 매슈가 그런 부탁을 했죠?"

"모르겠다. 근데 매슈가 곤경에 처한 것 같아."

와일드는 차가 있는 쪽으로 걸어갔다. "아직도 팀이 운전하나요?"

"응."

"매슈 집에 들를 참이었어요. 절 거기까지 데려다주세요. 나머지 얘기는 차 안에서 듣죠."

뒷좌석에 앉은 헤스터가 와일드에게 물었다. "그래서 라일라하고는 그냥 가볍게 즐기기만 하는 거니?"

"제가 라일라를 그렇게 생각할 리 없잖아요. 잘 아시면서."

헤스터도 알고 있었다. "그럼 그 집에서 자는 거야?"

"아뇨. 그럴 리가요."

그럼 와일드는 정말 예전 그대로군, 헤스터는 생각했다. "라일라는 그걸로 뭐라고 안 하고?"

와일드는 대답 대신 되물었다. "어떻게 아셨어요?"

"너랑 라일라 말이냐?"

"네."

"집 안이 너무 깨끗하더구나."

와일드는 대답하지 않았다.

"넌 결벽증이잖니." 사실 저 표현은 약했다. 헤스터는 결벽증의 공식적인 증상이나 그런 건 전혀 몰랐지만 와일드는 일반인이 봐도 병이라고 생각할 정도였다. "그리고 라일라는 결벽증하고는 거리가 멀고."

"아."

"또 데이비드의 베개에서 긴 갈색 머리카락을 발견하기도 했고."

"그건 데이비드의 베개가 아니에요."

"안다."

"라일라의 침실을 엿보셨어요?"

"해서는 안 될 일이었지."

"네."

"미안하다. 그냥 좀 이상해서. 이해하지?"

와일드는 고개를 끄덕였다. "이해해요."

"난 라일라가 행복하길 바란다. 너도 행복하길 바라고."

헤스터는 데이비드도 그걸 바랄 거라고 덧붙이고 싶었지만 그럴 수 없었다. 와일드가 그녀의 불편한 심정을 알아차렸는지 화제를 바꿨다.

"이제 매슈 일을 말해주세요."

헤스터는 나오미 파인 일을 말해주었다. 와일드는 금색이 섞인, 꿰뚫어 보는 듯한 푸른색 눈으로 그녀를 바라보았다. 그리고는 헤스터가 말하는 동안 거의 꼼짝하지 않았다. 아마 요즘도 그렇겠지만 와일드의 별명은 타잔이었는데 그에게 너무나 잘 어울렸다. 마치 타잔을 연기하는 배우라도 되는 듯이 체격 하며 구릿빛 피부, 긴 머리까지 완벽했다.

헤스터의 이야기가 끝나자 와일드가 말했다. "라일라에게 말하셨어요?"

헤스터는 고개를 저었다. "매슈가 말하지 말아달라고 부탁했어."

"저한테는 말하셨잖아요."

"매슈가 너한테 말하지 말라고는 안 했으니까."

와일드는 희미하게 웃었다. "허점을 제대로 찾아내셨네요."

"변호사로서 당연한 일 아니니? 그런 결점이 있어도 날 사랑해다오."

와일드는 눈을 돌렸다.

"왜 그러니?"

"둘이 꽤 돈독하던데. 라일라랑 매슈요. 왜 라일라에게 말하지 말라고 했을까요?"

"나도 그게 의문이다."

둘은 말없이 앉아있었다.

열여덟 살이 됐을 때 와일드는 웨스트포인트에 진학했고, 온갖 상을 모조리 휩쓸며 졸업했다. 와일드의 졸업식에 참석하려고 크림스틴 가족 전부(헤스터, 아이라, 세 아이)가 차를 타고 45분간 달려 미합중국 육군 사관학교에 갔다. 졸업 후에 와일드는 해외에서 복무했는데 대개 특수 부대였다. 헤스터는 그 부대들 이름을 도저히 기억할 수 없었다. 비밀 임무였고, 세월이 흐른 지금까지도 와일드는 자신이 한 일을 말할 수 없었으며, 말하려고 하지도 않았다. 기밀이었다. 하지만 너무도 익숙한 후렴구가 계속 반복되는 노래 가사처럼, 와일드가 거기에서 무엇을 보았든, 무슨 일을 했거나 경험했거나 잃었든 간에 전쟁은 와일드를 벼랑 끝으로 내몰았다. 혹은 와일드의 경우에는 과거의 유령들이 깨어났을 수도 있고. 누가 알겠는가.

복무를 마치고 웨스트빌로 돌아온 와일드는 '정상적인' 사회에 동화되려고 노력하는 시늉마저 그만두었다. 수양 동생 롤라와 함께 크로(CRAW)라는 보안 회사를 차리고 사설탐정 비슷한 일을 했지만 오래 하지 못했다. 새로운 차원의 미니멀리즘을 보여주는, 작은 트레일러처럼 생긴 이동 주택을 사서 수도와 가스 같은 공공 설비를 전혀 이용하지 않은 채 산기슭에서 살았다. 머무는 장소를 약간씩 옮기기는 했지만 그래도 늘 도로에서 소리를 지르면 들리는 거리에 있었다. 와일드가 자기를 찾아온 사람이 있다는 걸 어떻게 아는지 헤스터는 세세한 기술까지는 몰랐다. 그저 동작 감지기와 센서, 야간 카메라 같은 기기를 이용한다는 정도만 알고 있었다.

"근데 왜 저한테 이 얘기를 하신 거예요?" 와일드가 물었다.

"내가 계속 여기 있을 순 없으니까. 난 재판도 해야 하고, 방송에도 출연해야 하고, 할 일이 많아."

"그렇군요."

"그리고 실종자를 찾는 데 너보다 더 적합한 사람이 어디 있겠니?"

"그렇죠."

"마침 베개에서 머리카락도 나왔고."

"알았어요."

"난 매슈 곁에 자주 있어주지 못했어." 헤스터가 말했다.

"매슈는 잘 지내요."

"실종된 여학생이 심각한 위험에 처했다고 생각하는 것만 빼면."

"그것만 빼면요."

팀이 차를 돌리자 집에서 걸어 나오는 매슈가 보였다. 전형적인 10대 청소년의 걸음걸이였다. 고개는 숙이고, 어깨는 방어하듯이 움츠리고, 발은 질질 끌고, 두 손은 청바지 주머니에 깊이 찔러 넣었다. 귀에 하얀색 에어팟을 꽂은 탓에 차 소리를 듣지 못했고, 그들을 보지도 못했다. 팀이 차로 매슈를 막아서다시피 하자 매슈는 한쪽 귀에서 에어팟을 뺐다.

헤스터가 먼저 차에서 내렸다.

매슈가 물었다. "나오미를 찾으셨어요?"

조수석에서 내리는 와일드를 본 매슈가 얼굴을 찡그렸다. "아저씨가 왜……?"

"내가 말했다." 헤스터가 해명했다. "와일드는 비밀을 지킬 거야."

매슈는 다시 할머니를 바라봤다. "나오미를 찾으셨어요?"

"그 애 아빠와 얘기했다. 나오미는 잘 지낸다고, 엄마에게 갔다고 하더구나."

"그래서, 통화하셨어요?"

"나오미 엄마랑?"

"나오미랑요."

"아니, 아직."

"그럼 아마 나오미 아빠가 거짓말을 했을 거예요."

헤스터가 와일드를 바라보았다.

와일드는 매슈에게 다가갔다. "왜 그렇게 생각하지, 매슈?"

매슈의 눈이 그들을 피해 사방으로 빠르게 움직였다. "그냥, 음, 나오미가 무사한지만 확인해 주실래요?"

매슈에게 더 가까이 다가간 사람은 헤스터가 아니라 와일드였다. "매슈, 날 봐라."

"보고 있어요."

거짓말이었다.

"너 지금 위험에 처했니?" 와일드가 물었다.

"네? 아니에요."

"그럼 말해봐."

헤스터는 계속 뒤에 물러나 있었다. 그녀가 라일라와 와일드의 관계를 걱정하는 가장 큰 이유가 이것이었다. 데이비드의 기억 때문도 아니었고, 데이비드가 영원히 잊히는 게 고통스러워서도 아니었다. 적어도 그게 다는 아니었다. 와일드는 매슈의 대부였다. 데이비드가 죽었을 때 와일드는 두 모자의 곁을 지켰다. 그들의 부탁을 들어주고, 매슈의 삶에서 더 많은 역할을 했다. 아버지도, 계부도 아니었지만 그저 아는 아저씨 이상으로 매슈를 돌봐주었고, 헤스터와 라일라는 그 사실에 감사했다. 성차별적인 발언처럼 들릴 수 있겠지만 매슈에게는 아직 남자 어른이 필요하다고 믿었기 때문이다.

라일라와 와일드의 연애가 매슈에게 어떤 영향을 줄까?

매슈는 멍청하지 않았다. 헤스터가 집 안을 잠깐만 훑어봤는데도 둘이 사귄다는 걸 알아차렸다면, 매슈도 틀림없이 그 사실을 알 것이다. 그러니 자신의 대부가 엄마와 몇몇 밤을 함께 보낸다는 사실을 매슈는 어떻게 받아들일까? 만약 둘의 관계가 틀어지면 매슈는 어떻게 될까? 매슈가 그 일로 상처받지 않게 할 수 있을 정도로 라일라와 와일드가 성숙할까? 아니면 그렇게 할 수 있다는 생각 자체가 순진한 걸까?

이제 매슈는 와일드보다 키가 컸다. 대체 어느 틈에 그렇게 된 거지? 와일드는 매슈의 어깨에 한 손을 올리고 말했다. "말해봐라, 매슈."

"파티에 가야 해요."

"알았어."

"크래시의 집에서 열리는 파티예요. 라이언, 트레버, 달라, 트리시 모두 다 올 거예요."

와일드는 기다렸다.

"요즘 그 애들이 나오미를 더 많이 괴롭혔어요." 매슈는 눈을 질끈 감았다. "엄청나게 잔인한 짓을 했어요."

헤스터가 끼어들었다. "누가 말이냐?"

"학교에서 인기 있는 아이들이요."

"너도?" 헤스터가 물었다.

매슈는 바닥만 바라보았다.

이번에는 와일드가 물었다. "매슈?"

마침내 입을 연 매슈가 힘 빠진 목소리로 말했다. "아뇨……." 매슈는 머뭇거렸고, 두 사람은 기다렸다. "하지만 전 그 일이 일어나게 내버려 뒀어요. 말리지 않았어요. 말렸어야 했는데. 크래시와 트레버와 달라는 나오미에게 장난을 쳤어요. 못된 장난을요. 그리고 이제…… 이제 나오미는 사라져 버렸어요. 그래서 크래시의 파티에 가려는 거예요. 뭔가 알아낼 수 있을까 해서요."

"어떤 장난을 쳤다는 거지?" 헤스터가 물었다.

"제가 아는 건 그게 다예요."

그때 한 남학생이 운전하고 조수석에 다른 남학생을 태운 차 한 대가 그들 옆으로 다가와 멈춰 섰다. 운전하는 남학생이 경적을 울렸다.

"그만 가야 해요." 매슈가 말했다. "제발…… 계속 찾아보세요. 알았죠?"

"사무실 직원에게 나오미 엄마의 주소를 찾으라고 해뒀다. 엄마랑 통화해 보마." 헤스터가 말했다.

매슈가 고개를 끄덕였다. "고맙습니다."

"우리가 또 만나봐야 할 사람이 있니, 매슈? 나오미 친구라든가."

"나오미는 친구가 없어요."

"그럼 선생님이나 친척……."

매슈가 손가락을 딱 튕기더니 흥분하며 말했다. "오브라이언 선생님."

와일드가 물었다. "에이바 오브라이언?"

매슈는 고개를 끄덕였다. "우리 학교 미술 선생님이에요. 보조 교사."

"넌 그 선생님이……."

헤스터의 말이 끝나기 전에 다시 경적이 울렸고, 헤스터가 그 쪽을 노려보자 잠잠해졌다.

"가야겠어요. 파티에서 뭔가를 알아냈으면 좋겠어요."

"뭘 말이냐?" 헤스터가 물었다.

하지만 매슈는 대답하지 않은 채 자동차 뒷좌석에 올라탔다. 와일드와 헤스터는 매슈를 태운 차가 멀어지는 걸 지켜봤다.

"그 오브라이언이라는 선생님을 아니?" 헤스터가 와일드에게 물었다.

"네."

"어떻게 아는지 물어봐야 해?"

와일드는 아무 말도 하지 않았다.

"나도 안 물어보려고 했다. 그 선생님이 널 만나줄까?"

"네."

"다행이구나." 매슈가 탄 차가 모퉁이를 돌아 사라지자 헤스터가 물었다. "어떻게 생각하니?"

"매슈가 숨기는 게 있는 거 같아요."

"나오미 엄마가 전화해 줄지도 몰라. 나오미랑 통화하게 해줄 수도 있고."

"어쩌면요." 와일드가 말했다.

"넌 그렇게 생각하지 않나 보구나."

"네, 저 그렇게 생각 안 해요."

둘 다 몸을 돌려 크림스틴 저택이 있는 막다른 길을 내려다보았다.

"나는 방송하러 다시 맨해튼으로 가야 해." 헤스터가 말했다.

"네."

"지금은 이 일에 라일라를 끌어들일 시간이 없구나."

"아마 그게 최선일 거예요. 가서 방송하세요. 제가 라일라와 얘기해 볼게요. 그다음에는 에이바 오브라이언도 만나보고요."

헤스터는 그녀의 휴대전화 번호가 적힌 명함을 건넸다. "계속 연락하자, 와일드."

"네, 헤스터."

CHAPTER

6

라일라가 현관문을 열어주며 물었다. "무슨 일 있어?"

"아무 일도 없어."

"그럼 왜 현관으로 들어왔어?"

와일드는 늘 뒷문으로 들어왔다. 언제나. 집 뒤쪽에 있는 숲을 넘어서 오기 때문이다. 어릴 때 데이비드가 그를 집 안에 몰래 들였던 시절 이후로 와일드는 늘 그랬다.

"응?"

라일라에게는 그녀의 아름다움을 살아 숨 쉬고 맥박이 뛰는 개체로 만들어 주는 열정과 에너지가 있었다. 그런 그녀에게 끌리고, 그녀를 바라보고, 그 일부가 되고 싶은 마음이 드는 건 너무 당연했다.

"오늘은 함께 저녁 못 먹겠어." 와일드가 말했다.

"아."

"미안. 일이 생겼어."

"설명할 필요 없어."

"원하면 이따 다시 올게."

라일라는 그의 얼굴을 뚫어지게 바라보았다. 와일드는 그녀에게 매슈와 나오미 일을 말해주고 싶었다. 하지만 장단점을 모두 고려해 본 끝에 라일라에게 아들 일을 말해주는 것보다 매슈의 비밀을 지켜주는 게 더 중요하다는 결론을 내렸다. 적어도 오늘은. 당분간은. 힘든 결정이었지만 라일라는 이해해 줄 것이다.

아마도.

"어차피 내일 아침에 일찍 출근해야 해." 라일라가 말했다.

"알았어."

"그리고 오늘 밤에 매슈가 외출했어. 언제 돌아올지 몰라."

와일드는 라일라의 말을 인용하며 그녀를 살짝 흉내 냈다. "설명할 필요 없어."

라일라는 미소를 지었다. "아, 알 게 뭐야. 올 수 있으면 와."

"늦을 거야."

"상관없어." 라일라는 잠시 뒤에 다시 말했다. "왜 현관으로 들어왔는지 말 안 했어."

"길에서 매슈를 봤어."

거짓말은 아니었다.

"매슈가 뭐래?"

"크래시라는 아이의 파티에 가는 길이라고 했어."

"크래시 메이너드."

"그 메이너드?"

"응, 메이너드 장원(莊園). 대시 아들이야."

"대시 아들 이름이 크래시라고?"

"대시가 〈열아홉 번째 남자〉인가 하는 영화를 좋아한대. 거기

등장인물 이름인가 봐. 안 믿기지?"

와일드는 어깨를 으쓱였다. "이름이 와일드인 내가 할 소리는
아니지."

"인정."

주위는 어두웠고, 귀뚜라미가 자장가를 연주했다. 늘 그를 위
로해 주는 동반자였다. "그만 갈게."

"잠깐." 라일라가 청바지 주머니를 뒤졌다. "꼭 자연인 티를 내
야 할 필요는 없잖아." 그러더니 자동차 열쇠를 꺼내 와일드에게
던졌다. "내 차 타고 가."

"고마워."

"천만에."

"아마 금방 돌아올 거야."

"기다리고 있을게, 와일드."

라일라는 문을 닫았다.

8개월 전, 와일드가 에이바 오브라이언을 처음 만났을 때 그녀
는 17번 고속도로 옆에 마구잡이로 늘어서 있는, 칙칙한 회색과
베이지색 단독주택 단지에 살았다. 그날 밤, 깜빡거리는 가로등
불 아래서 둘이 비틀거리며 에이바의 집으로 가는 동안 그녀는
이 주택 단지 안의 집들이 다 너무 비슷해서 종종 다른 집 문에 열
쇠를 밀어 넣는다고 농담을 했다.

와일드에게는 해당하지 않는 말이었다. 그는 에이바가 사는 집
의 정확한 위치와 주소를 아직 기억했다.

처음 문을 두드렸을 때는 아무 대답도 없었다. 와일드는 집 안

구조를 알고 있었다. 2층 오른쪽 창문을 확인했다. 불이 켜져있었다. 그렇다고 해서 안에 사람이 있다는 뜻은 아니었다. 와일드는 창 앞을 지나가는 그림자가 있는지 지켜보았지만 보이지 않았다.

그는 다시 노크했다.

발을 끄는 소리가 나더니 잠시 정적이 흘렀다. 이제 거의 저녁 9시였다. 아마 에이바 오브라이언은 현관에 달린 외시경을 들여다보고 있으리라. 와일드는 서서 기다렸다. 잠시 후 체인을 옆으로 미는 소리가 들리더니 손잡이가 돌아갔다.

"와일드?"

에이바는 큼직한 목욕 가운을 입고 있었다. 와일드도 저 가운을 알고 있었다. 심지어 직접 입기까지 했다.

"잠깐 들어가도 될까?"

와일드는 에이바의 얼굴을 살피며 그녀가 그를 다시 만나서 기쁜지, 슬픈지 알아내려 했다. 그녀가 어떻게 생각하든 달라질 것은 없었지만. 그러나 에이바의 표정은 복잡했다. 놀란 듯했고 반가워하는 것도 같았지만 다른 무언가가 있었다. 그게 정확히 뭔지는 알 수 없었다.

"지금?"

와일드는 굳이 대답하지 않았다.

에이바는 몸을 앞으로 숙이더니 그의 눈을 바라보며 속삭였다. "지금 손님이 와있어, 와일드."

아, 그제야 그녀의 표정에서 보았던 또 다른 감정을 정확히 알 수 있었다.

에이바의 얼굴이 부드러워지더니 그녀가 지나치게 다정한 목소리로 말했다. "아, 와일드. 왜 하필 오늘 밤이야?"

어쩌면 오지 말았어야 했다. 에이바를 만나는 일은 헤스터에게 맡겼어야 했다.

"나오미 파인 일이야."

그 말에 에이바가 관심을 보였다. 그녀는 뒤를 힐끗 돌아보더니 현관 계단으로 나와 현관문을 닫았다.

"나오미가 왜? 나오미한테 무슨 일 있어?" 에이바가 물었다.

"실종됐어."

"그게 무슨 말이야? 실종이라니?"

"나오미가 당신 학생이지?"

"그런 셈이야."

"그런 셈이라는 게 무슨 말이야?"

"실종됐다는 건 무슨 말이야?"

"나오미가 계속 결석 중인 거 알았어?"

"아픈가 보다 했어." 에이바는 목욕 가운을 더 단단히 여몄다. "이해가 안 되네. 당신이 나오미에게 관심을 갖는 이유가 뭐야?"

"난 나오미를 찾는 중이야."

"왜?" 와일드가 곧바로 대답하지 않자 에이바가 다시 물었다. "나오미 아빠한테 물어봤어?"

"내 동료가 물어봤어." 헤스터라고 말하는 것보다 이편이 편했다.

"근데?"

"나오미가 엄마에게 갔다고 그랬대."

"그렇게 말했대?"

"응."

이제 에이바는 정말로 걱정스러운 표정이었다. "나오미의 엄마는 오랫동안 나오미와 연락을 끊고 살았어."

"우리도 그렇게 들었어."

"근데 왜 날 찾아온 거야?"

"한 소식통이 말하길 당신이 나오미와 친하다고 해서." 이번에도 매슈라고 말하기보다는 이편이 편했다.

"그래도 이해가 안 돼. 왜 당신이 나오미를 찾는 거야? 누가 당신을 고용했어?"

"아니, 그냥 부탁받았어."

"누구한테?"

"말할 수 없어. 나오미가 어디 있을지 짐작 가는 데 없어?"

에이바 뒤에서 문이 열리더니 엄청나게 긴 수염을 기른 덩치 큰 남자가 문간을 채웠다. 그는 에이바를 보다가 와일드에게 시선을 옮겼다. "안녕하세요."

"안녕하세요." 와일드도 인사했다.

남자는 다시 에이바를 바라보았다. "난 그만 가는 게 좋겠어."

"그럴 필요 없습니다. 금방 끝나요." 와일드가 말했다.

수염을 기른 남자는 다시 에이바를 바라보더니 마치 거기서 답을 봤다는 듯 고개를 끄덕이며 말했다. "우리 약속은 다음으로 미룰까?"

"그래."

남자는 에이바의 볼에 키스하고, 와일드의 등을 툭 치더니 계단을 터덜터덜 내려갔다. 그러고는 GMC 터레인에 올라타 후진한 다음, 손을 흔들고 사라졌다. 와일드는 다시 에이바에게로 몸을 돌리며 사과해야 하나 생각했다. 하지만 에이바는 필요 없다는 듯 손을 흔들었다.

"들어와."

와일드는 그와 에이바가 처음 키스했던 빨간 소파에 앉아 재빨리 집 안을 훑어보았다. 여기서 그녀와 사흘을 보냈던 때와 별로 달라지지 않았다. 한쪽 벽에는 전에 못 본 그림 두 개가 아주 살짝 비스듬하게 걸려있었다. 하나는 괴로운 표정의 얼굴을 그린 듯한 수채화였고, 또 하나는 여기서 멀지 않은 후벤코프산을 그린 유화였다.

"저 그림, 당신이 그린 거야?" 와일드가 물었다.

에이바는 고개를 저었다. "학생들."

그럴 거라고 짐작했다. 에이바는 자기 그림을 보여주는 걸 싫어했다. 와일드가 그 이유를 물었을 때 에이바는 이렇게 말했다. '그림은 지극히 개인적이야. 너무 자기중심적이기도 하고. 내 결점을 훤히 다 보여주잖아.'

"이 중에 나오미가 그린 게 있어?"

"아니. 하고 싶으면 어서 해."

"뭘?"

에이바는 벽을 향해 고갯짓했다. "그림 똑바로 걸라고. 지린 기 보면 당신은 못 견디잖아."

와일드는 에이바의 집에서 자는 동안 밤이면 집 안을 돌아다니며 벽에 걸린 그림들이 똑바로 걸려있는지 확인했다. 때로는 수

평자를 들고. 그의 집 벽에 아무것도 걸어두지 않는 이유였다.

와일드가 액자를 매만지는 동안 에이바는 그에게서 가장 멀리 떨어진 의자에 앉았다. "왜 나오미를 찾는지 말해줘."

"아니, 말 안 할 거야."

"뭐라고?"

와일드는 각도를 똑바로 맞춘 그림에서 손을 뗐다. "설명할 시간이 없어. 날 믿어, 에이바?"

에이바는 머리카락을 뒤로 넘겼다. "믿어야 해?"

약간 날 선 목소리 같기도 했는데 확실치 않았다.

그러더니 다시 에이바가 말했다. "그래, 와일드, 당신 믿어."

"나오미에 대해 말해줘."

"그 애가 어디 있는지 나도 몰라. 당신이 묻는 게 그거라면."

"하지만 나오미가 당신 수업 듣는 거 맞지?"

"그럴 예정이었어."

"무슨 말이야?"

"나오미에게 다음 학기에 수채화 기초반에 들어오라고 했어. 그럼 그때부터는 내 수업을 듣는 거지."

"그럼 아직 당신 수업을 듣지도 않았는데 당신이 나오미를 안단 말이야?"

"응."

"어떻게?"

"난 일주일에 세 번씩 학생 식당에서 일해. 인력을 줄이는 바람에 식당 일손이 턱없이 부족하거든." 에이바는 몸을 앞으로 내밀었다. "당신도 그 학교 다녔지?"

"응."

"안 믿겠지만, 당신과 내가, 음⋯⋯." 에이바는 적확한 단어를 찾는 듯이 위를 바라보더니 마땅한 표현이 없다는 듯 어깨를 으쓱이고는 말을 이었다. "사귀었을 때 난 당신이 누군지 전혀 몰랐어. 그러니까 당신 과거 말이야."

"알아."

"어떻게?"

"구분할 수 있어."

"사람들이 당신을 다르게 대했지? 신경 쓰지 마. 중요하지 않아. 당신도 학교 다닐 때 왕따였겠네?"

"어느 정도는."

"어느 정도는." 에이바가 그의 말을 반복했다. "당신은 힘이 세고 매력적이고 운동도 잘하니까. 나오미에게는 그런 면이 하나도 없어. 나오미는 그냥 그런 애야, 와일드. 공부 잘하고, 아이들이 괴롭히는 전형적인 왕따. 이런 말 정말 끔찍하지만, 나오미는 어딘가 만만해 보여서 괴롭혀도 될 것 같은 느낌이 들었어. 외면하고 싶은 인간 본성이지. 우리 안에는 그런 구경거리를 즐기는 면이 조금은 있어. 마치 나오미는 그런 취급을 받아도 싸다는 듯이. 학생들만 그런 게 아니야. 다른 선생님들도 히죽거려. 그걸 즐긴다기보다, 딱히 나오미를 보호하려고 하지 않아."

"하지만 당신은 나오미를 보호하려고 했군."

"노력했지. 하지만 종종 상황만 악화될 뿐이었어. 변명이라는 거 알지만 내가 그 애를 두둔하면, 뭐랄까, 도움이 안 됐다고 해두자. 그래서 난 대신 나오미를 혼내는 척해. 그걸로 나오미의 평판이 좋아질 수도 있으니까. 그리고 그 벌로 나오미가 점심시간에 학교 식당에 못 가게 해. 대신 내가 그 애를 미술실로 데려가지. 가끔 내가 식당 당번이 아닐 때는 나오미랑 함께 있기도 했어. 다른 아이들과의 관계에는 별 도움이 안 되겠지만 적어도……."

"적어도 뭐?"

"적어도 나오미는 쉴 수 있지. 적어도 몇 분간은 학교에서 평온을 누릴 수 있어." 에이바는 눈을 깜빡거리며 눈물을 참았다. "만약 나오미가 실종됐다면, 아마 가출했을 거야."

"왜 그렇게 생각해?"

"나오미의 인생은 지옥이니까."

"집에서도?"

"지옥이 올바른 말인지는 모르겠지만, 가정환경도 별로 좋지 않아. 나오미가 입양된 거 알아?"

와일드는 고개를 저었다.

"나오미는 입양된 아이치고 입양에 대해서 너무 자주 말해."

"어떤 면에서?"

"이를테면 진짜 부모가 자기를 구하러 오는 환상에 빠져있더라고. 나오미를 입양한 부모는 온갖 인터뷰와 심사를 거쳤어. 마침내 모두 통과하고 상으로 갓난아기인 나오미를 받았지. 그런데 아이를 받자마자 엄마가 감당을 못 했어. 심지어 나오미를 보육원에 돌려보내려고도 했대. 믿어져? 그 애가 무슨 택배로 배달되는 물건이라는 듯이 말이야. 어쨌든 나오미 엄마는 신경쇠약에 걸렸어. 적어도 본인은 그렇게 주장해. 그래서 나오미와 나오미 아빠를 버렸지."

"그 엄마가 지금 어디 사는지 알아?"

"아, 지금은," 에이바는 인상을 쓰며 손가락을 까딱거려 인용부호를 넣었다. "'회복되었대.' 부자 남자랑 재혼했어. 나오미 말로는 파크 애비뉴에 있는 고급 타운 하우스에 살아."

"나오미가 최근에 무슨 말 안 했어? 뭐든 도움이 될 만한 말."

"아니." 잠시 뒤에 에이바가 말을 이었다. "그러고 보니까 생각나네."

"뭐가?"

"요즘 나오미는 좀…… 좋아 보였어. 더 여유 있고 차분해 보였지."

와일드는 아무 말도 하지 않았지만 그 대답이 마음에 들지 않았다.

"이젠 당신 차례야, 와일드. 왜 나오미에 대해 묻는 거야?"

"나오미를 걱정하는 사람이 있어."

"누구?"

"말할 수 없어."

"매슈 크림스틴이겠지."

와일드는 아무 말도 하지 않았다.

"아까 말했듯이, 와일드, 당신을 만났을 때 난 당신이 어떤 사람인지 몰랐어."

"하시만 이제는 아는군."

"응." 갑자기 에이바가 눈물을 글썽였다. 와일드가 손을 잡아주었지만 에이바는 그의 손을 뿌리쳤다. 와일드는 그런 그녀를 내버려 두었다. "와일드?"

"응."

"나오미를 찾아야 해."

와일드는 주택 단지 주차장으로 걸어갔다. 그러고는 라일라의
BMW를 몰고 200미터쯤 가서 쓰레기통 옆에 세웠다. 헤스터의
말이 맞았다. 라일라는 게을렀다. 아름다운 게으름뱅이였다. 자
기 몸은 늘 깔끔하고 단정하게 관리하며 샤워도 자주 했지만, 주
변까지 그렇게 하지는 못했다. BMW 뒷좌석에는 테이크아웃한
컵들과 프로틴 바 포장지가 어질러져 있었다.

와일드는 기어를 P단에 두고 뒷좌석 쓰레기를 버렸다. 세균 공
포증이 있는 건 아니었지만 수납함에 항균 로션이 있어서 다행이
었다. 와일드는 에이바의 집을 돌아보았다. 에이바는 긴 수염을
기른 그 덩치 큰 남자에게 다시 전화할까? 아닐 것이다.

와일드는 에이바와 함께 보낸 시간을 손톱만큼도 후회하지 않
았다. 사실 아까 그녀를 처음 봤을 때 이상하게 마음이 아팠다. 뭐
랄까…… 갈망에 가까운 감정을 느꼈다. 자기 합리화나 정당화인
지는 몰라도, 그가 여자들과 오래 사귀지 못한다고 해서 새로운
사람과 함께하는 새로운 경험까지 소중히 여기지 않는다는 뜻은
아니었다. 그는 절대 그들에게 상처를 주고 싶지 않았지만, 어설
픈 위로나 개소리를 늘어놓는 게 더 최악일 것이다. 그래서 사탕
발림하거나 여자를 보호해 주는 척하지 않고 완전히 솔직해지기
로 했다.

와일드는 밖에서 잤다. 요즘에도 그랬다.

이유는 설명하기 힘들었다. 그래서 가끔은 쪽지를 써두고 몰래

숲으로 가서 몇 시간 있다가 아침이 되면 다시 집으로 돌아갔다. 옆에 다른 사람이 있으면 잠들 수 없었다.

간단했다.

밖에서 잘 때는 엄마 꿈을 많이 꿨다.

어쩌면 엄마가 아닐 수도 있다. 그냥 빨간색 계단 난간이 있는 그 집에 살았던 여자일 수도 있다. 알 수 없었다. 하지만 꿈에서 그의 엄마는—일단은 그렇게 부르자—긴 빨간 머리에 에메랄드 같은 눈동자, 천사의 목소리를 가진 아름다운 여자였다. 그의 엄마가 정말로 그렇게 생겼을까? 그 모습은 너무 완벽해서 아마 실제로 그렇다기보다는 망상에 가까우리라. 그가 만들어 냈거나 심지어 텔레비전에서 봤던 얼굴일 수 있다.

기억은 종종 무리한 요구를 한다. 기억은 늘 여백을 채워야 한다고 우기기 때문에 결함이 있다.

휴대전화가 울렸다. 헤스터였다.

"에이바 오브라이언하고 얘기했니?"

"네."

"네가 그 여자를 어떻게 아는지 캐묻지 않은 나를 칭찬해 줄래?"

"정말 배려심이 넘치세요."

"그래서 그 선생이 뭐라던?"

와일드는 알게 된 사실을 밀해주었다. 와일드의 말이 끝나자 헤스터가 말했다. "나오미가 차분해 보였다는 얘기 말이다. 그게 걸리는구나."

"저도요."

사람은 삶을 끝내기로 마음먹으면 종종 차분해 보인다. 결정은 이미 내렸으므로 이상하게 마음의 짐도 사라진다.

"새로운 소식이 있다. 희소식은 아니야." 헤스터가 말했다.

와일드는 기다렸다.

"나오미 엄마가 내게 전화해 줬다. 나오미가 어디 있는지 모른대."

"그럼 아빠가 거짓말을 한 거군요."

"아마도."

거짓말을 했든 안 했든 나오미의 아빠를 찾아가서 손해 볼 일은 없다.

전화기 너머에서 누군가가 헤스터를 불렀고, 주변이 소란스러웠다.

"별일 없는 거죠?" 와일드가 물었다.

"생방송 해야 해. 와일드?"

"네."

"빠르게 대처해야 한다. 너도 동의하지?"

"별일 아닐 수도 있어요."

"네 직감이 그렇게 말하니?"

"전 직감 안 믿어요. 사실만 믿죠."

"뭔 헛소리야. 그럼 사실에 따르면 이 여학생을 걱정해야 하니?"

"네." 와일드가 동의했다. "그리고 매슈도요."

전화기 너머가 더 소란스러워졌다.

"끊어야겠다, 와일드. 또 통화하자."

헤스터는 전화를 끊었다.

헤스터는 뉴스 데스크 뒤, 등받이가 있는 가죽 스툴에 앉아있었다. 스툴은 조금 높아서 발이 바닥에 닿지 않았다. 프롬프터에는 첫 줄이 걸려있고, 다음 줄로 넘어갈 준비가 되어있었다. 오늘 헤스터 담당인 헤어스타일리스트 로리는 두 손가락으로 헤스터의 머리카락을 잡아당기며 머리 모양을 마무리했다. 메이크업 아티스트 브라이언은 마지막 단계에 사용하는 컨실러를 발랐다. 방송 시작까지 남은 시간이 표시되는 빨간색 타이머는 드라마 속 폭탄에 부착된 타이머와 비슷하게 생겼는데 이제 2분 남았다고 알려주었다.

오늘 밤 헤스터와 공동으로 진행할 사회자는 휴대전화를 들여다보고 있었다. 헤스터는 잠시 눈을 감았다. 볼 위로 메이크업 브러시가 지나갔고, 손가락이 머리카락을 부드럽게 잡아당겨 제자리로 보냈다. 이 모두가 이상하게 위로가 되었다.

전화기가 진동하자 헤스터는 한숨을 쉬며 눈을 뜨고 로리와 브라이언에게 *1*만 가보라고 손짓했다. 원래는 이렇게 방송 시작 직전에 전화를 받지 않지만 발신인이 손자였다.

"매슈?"

"나오미 찾았어요?"

매슈가 절박하게 속삭였다.

"왜 속삭이는 거냐? 지금 어디야?"

"크래시 집이에요. 나오미 엄마랑 통화하셨어요?"

"응."

"뭐래요?"

"나오미가 어디 있는지 모른대."

매슈는 신음에 가까운 소리를 냈다.

"매슈, 우리한테 숨기는 게 뭐냐?"

"그건 중요치 않아요."

"중요해."

매슈의 말투가 시무룩해졌다. "제 부탁은 잊어주세요. 아셨죠?"

"그렇게는 못 하겠다."

PD가 외쳤다. "방송 10초 전입니다."

공동 사회자가 휴대전화를 주머니에 넣더니 허리를 똑바로 세 웠다. 그러고는 헤스터를 돌아보았다가 그녀가 통화 중인 걸 보 고는 이렇게 말했다. "저기, 헤스터, 오늘 인사말은 당신이 할 거 예요."

PD는 손을 들어 5초가 남았다고 알려주었다. 그가 엄지를 접 자 이제는 4초가 되었다.

"다시 전화하마." 헤스터가 말했다.

PD가 검지를 접는 동안 헤스터는 휴대전화를 앞에 내려놓았다.

3초는 눈 깜짝할 정도로 짧은 시간 같지만 방송에서는 아니다. 그 3초는 헤스터가 그녀의 코너 담당 PD인 앨리슨 그랜트를 힐 끗 바라본 뒤 고개를 끄덕이기에 충분한 시간이었다. 앨리슨이 인상을 쓰고 고개를 끄덕이며, 헤스터의 부탁대로 하기는 하지만 정말 내키지 않는다는 내색을 하기에도 충분한 시간이었다.

그렇기는 해도 헤스터는 미리 준비해 두었다. 살다 보면 덮어 야 할 때가 있고, 터뜨려야 할 때가 있는데 지금은 후자였다.

PD가 카운트다운을 마치더니 헤스터를 가리켰다.

"안녕하십니까. 〈크림스틴 온 크라임〉에 오신 걸 환영합니다. 오늘 주요 내용은, 요즘 가장 인기 있는 주제죠, 급부상한 대통령 후보 러스티 에거스와 그의 선거 운동을 둘러싼 논쟁입니다."

여기까지는 프롬프터에 있었다. 이다음부터는 아니었다.

헤스터는 숨을 깊이 들이쉬었다. '일단 시작했으면 끝……'

"하지만 먼저 방금 들어온 속보를 전해드리겠습니다." 헤스터가 말했다.

공동 사회자가 눈살을 찌푸리며 그녀를 돌아보았다.

매슈가 겁에 질렸다는 사실이 마음에 걸렸다. 헤스터는 그걸 떨쳐낼 수가 없었다. 매슈는 겁에 질렸고, 그녀에게 도움을 청했다. 그렇다면 할 수 있는 일은 다 해야 한다.

미국 전역에서 나오미 파인의 사진이 텔레비전 화면을 가득 채웠다. 앨리슨 그랜트가 찾아낸 유일한 사진이었고, 꽤 힘들게 찾아냈다. 소셜 미디어에는 나오미의 사진이 한 장도 없었다. 요즘 같은 시대에는 정말로 이상한 일이었다. 하지만 이런 걸 찾아내는 데 도가 튼 앨리슨은 스위트워터 고등학교 학생 사진을 전담한 사진작가의 웹사이트를 뒤져서 나오미의 사진을 찾아냈다. 그리고 사진작가에게 연락해 사진에 들어간 그의 로고를 지우지 않는 조건으로 방송에 사용해도 된다는 허락을 받아냈다.

헤스터는 말을 이었다. "뉴저지주 웨스트빌에 사는 한 여학생이 실종됐습니다. 여러분의 도움이 필요합니다."

에이바의 주택 단지 주차장에서 와일드는 그의 앞에 놓인 선택지를 따져보았다. 오늘 밤에는 더 이상 할 수 있는 일이 없었다. 이미 늦은 시간이었다. 따라서 첫 번째 선택지는 라일라의 집으로 돌아가 그녀가 기다리는 2층 침실로 조용히 올라가서……

이보다 더 나은 선택지가 있나?

혹시 몰라서 와일드는 매슈에게 문자를 보냈다. 어디야?

매슈: 크래시 메이너드의 집이요.

아까 라일라에게 그렇게 듣기는 했지만 와일드는 자기가 이미 알고 있다는 티를 내도 될지 확신이 없었다.

와일드: 나오미도 왔어?
매슈: 아뇨.

와일드가 이제 뭐라고 말할까 고민하는데 움직이는 점이 나타났다. 매슈가 문자를 작성 중이라는 뜻이었다.

매슈: 젠장.
와일드: 왜?
매슈: 문제가 생긴 것 같아요.

와일드의 양 엄지는 마음처럼 빠르게 움직이지 않았지만 마침내 답장을 작성했다. 무슨 일?

답이 없다.

와일드: 매슈?

첫 번째 선택지의 천국 같은 이미지—2층 침실 따뜻한 이불 속에서 소송 의견서를 읽는 라일라—가 눈앞에 어찌나 생생하게 펼쳐지는지 라일라의 살냄새까지 나는 듯했다.

와일드: 매슈?

답이 없다. 라일라의 이미지는 연기로 변해 허공으로 날아가 버렸다.

젠장.

와일드는 메이너드 장원을 향해 차를 몰았다.

매슈는 언덕에 자리한 크래시 메이너드의 대저택에 있었다.

저택 외관은 고풍스러웠고, 고딕 양식으로 만든 대리석 기둥이 늘어서 있었다. 이 저택을 보면 매슈는 예전에 할머니가 데려갔던, 특권층만 이용할 수 있는 골프장이 생각났다. 할머니가 거기 갔던 이유는 의뢰인이 거기서 무슨 상을 받았기 때문이었다. 매슈가 기억하기로 할머니는 그 골프장을 별로 좋아하지 않았다. 와인을 벌컥벌컥 들이켰던 할머니는—알고 보니 너무 많이 마셨다—점점 실눈을 뜨고 주위를 둘러보더니 얼굴을 찡그리며 나직이 중얼거렸다. 금수저와 특권층, 그들끼리 결혼하는 것을 못마땅하게 여기는 말이었다. 매슈가 왜 그러냐고 물었더니 할머니는 그를 위아래로 훑어본 뒤 옆 사람이 들을 수 있을 정도로 크게 말했다. "넌 반은 유대인이고, 반은 흑인이지. 이 골프장 출입이 두 배로 금지될 거다." 그러고는 잠시 뜸을 들였다가 검지를 허공에 들어 올리며 덧붙였다. "아니면 오히려 널 받아줄지도 몰라. 널 받아주면 일석이조가 되니까." 옆에 있던, 백발에 스프레이를 떡칠한 노부인이 할머니를 향해 혀를 쯧쯧 차며 조용히 하라고 쉬쉬했지만 할머니는 엿이나 먹으라고 쏘아붙였다.

그게 할머니였다. 나나는 논란을 만들면 만들었지 절대 피하지 않았다.

그런 할머니는 창피하면서도 위안이 되었다. 창피한 건 당연했다. 위안이 되는 이유는, 할머니가 늘 그의 편이 되어줄 것임을 알기 때문이다. 매슈는 그 사실을 한 번도 의심하지 않았다. 할머니가 아무리 체구가 작고, 아무리 나이가 많아도 상관없었다. 그에게 할머니는 초인간이었다.

부모님들은 '파티'라고 우기지만 실상은 크래시의 집 '아래층'(크래시의 부모님은 거길 지하실이라고 부르는 걸 싫어했다)에 그냥 모여서 노는 오늘 모임에는 열두 명 정도가 있었다. 이 아래층은 매슈가 지금껏 가본 곳 중에서 최고로 멋졌다. 집 외관은 고풍스러울지라도 내부는 최신식이었다. 홈 시어터는 MOD 디지털 사운드가 갖춰진 스크린과 마흔 개 넘는 좌석이 있었다. 입구 쪽에는 체리목으로 만든 바와 실제 극장에 있는 팝콘 기계까지 있었다. 복도에는 오래된 영화 포스터와 크래시의 아빠가 제작하는 방송 프로그램 포스터가 일렬로 걸려있었다. 온갖 게임기와 오락기가 잔뜩 설치된 방은 애즈버리 파크에 있는 유명한 오락실인 실버볼의 축소판이었다. 한쪽 복도로 가면 참나무 술통이 있는 와인 저장실이 나왔다. 다른 복도는 지하 터널처럼 생겨서 규격대로 지어진 정식 농구장으로 이어졌는데 메디슨 스퀘어 가든에 있는 닉스 플로어와 똑같았다. 이 집에는 저렇게 명소를 본떠서 만든 장소가 많았다.

지금까지 저 농구장에서 농구를 했던 사람은 없었다. 오락기를 가지고 놀았던 사람도 없었다. 홈 시어터에서 영화를 보고 싶어 했던 사람도 없었다. 그렇다고 매슈가 여기 자주 온 건 아니었다. 지금까지 매슈는 학교에서 잘나가는 아이들과 거리를 두며 지냈는데 요즘 들어 이들과 친해지려고 노력했다. 솔직히 말해서, 매슈는 여기가 좋았다. 이 아이들은 상상을 초월할 정도로 멋있게 놀았는데 이를테면 맨해튼에서 열렸던 크래시의 생일 파티가 그랬다. 파티에 초대받은 아이들은 크래시의 아빠가 빌린 검은색 리무진을 타고 갔고, 파티는 예전에 은행이었다는 아주 큰 장소에서 열렸다. 게다가 대시 메이너드가 제작한 리얼리티 쇼 〈속옷 입은 핫모델〉에 참가했던 여자 모델들이 그 파티에 참석한 모든 남학생의 '일일 파트너'가 되어주었다. 유명한 탤런트가 파티의 DJ를 맡았고, 그가 "내 친한 친구이자 오늘 파티의 주인공"이라고 소개하자 크래시가 백마를, 진짜 말을 타고 등장했다. 그 뒤를 이어 크래시의 아버지가 아들에게 생일 선물로 준 빨간색 테슬라를 몰고 나왔다.

오늘 저녁에는 대부분의 아이들이 '일반' TV룸에 모여있었는데 벽에는 98인치 삼성 4K 울트라 HD 텔레비전이 걸려있었다. 크래시와 카일은 매든 미식축구 비디오 게임을 하고 있었고 루크, 메이슨, 케이틀린, 달라, 라이언, 그리고 물론 서턴(서턴은 언제나 빠지지 않았다) 등 나머지 아이들은 마치 하늘에서 거인이 내던지기라도 한 듯이 고급 빈백 의자에 널브러져 있었다. 대부분 약에 취해있었다. 케일럽과 브리아나는 진도를 나가려고 복도 저쪽에 있는 다른 방으로 갔다.

방 안은 어두웠고, 텔레비전의 푸른 불빛과 각자 들고 있는 휴대전화 불빛이 아이들 얼굴을 비춰 유령처럼 창백하게 만들었다. 서턴은 오른쪽에 있었는데 그녀답지 않게 혼자였다. 매슈는 이 틈을 이용하고 싶어 서턴에게 다가갈 방법을 고심했다. 매슈는 7학년 때부터 서턴을 짝사랑했다. 금발에 깨끗한 피부, 뼈까지 녹아내릴 듯한 미소를 가진 서턴은 몸놀림이 우아했다. 늘 친절하고 다정했지만 검은 띠 6단의 무술 실력까지 겸비해 매슈 같은 남자아이들은 늘 친구로 남을 수밖에 없었다.

대형 텔레비전 화면에서는 크래시가 조종하는 팀의 쿼터백이 장거리 패스를 던져 터치다운에 성공했다. 크래시는 벌떡 일어나 자축하는 춤을 추더니 카일에게 "쌤통이다!"라고 외쳤다. 관중석에서 뜻뜻미지근한 웃음이 터져 나왔다. 다들 휴대전화를 들여다보고 있었다. 크래시는 좀 더 호응해 달라는 듯이 주위를 둘러봤지만 아이들은 더 이상 반응하지 않았다.

어차피 오늘 밤은 분위기가 축 처져있었다.

방 안에는 두려움 혹은 자포자기한 듯한 기운이 감돌았다.

"간식 더 필요해?" 크래시가 물었다.

아무도 대답하지 않았다.

"얘들아, 내 얘기 듣고 있니?"

아이들이 건성으로 대답했고, 그걸로 충분했다. 크래시는 인터컴 버튼을 눌렀다. 멕시코 억양이 들어간 여자 목소리가 대답했다. "네, 도련님?"

"여기 나초랑 케사디야 좀 더 가져다줄 수 있어, 로사?"

"물론이죠, 도련님."

"과카몰리도 좀 더 만들어 줄 수 있어?"

"물론이죠, 도련님."

화면 속에서는 다시 경기가 시작되며 크래시 팀의 선수가 상대편 진영으로 공을 던졌다. 루크와 메이슨은 맥주를 마셨다. 케이틀린과 라이언이 마리화나를 나눠 피우는 동안 달라는 줄(Juul)에서 가장 최근에 출시된 전자 담배를 피웠다. 이곳은 예전에 크래시 아빠가 시가를 피우던 방이어서 뭘 피우든 냄새가 나지 않도록 처리해 놓았다. 케이틀린이 서턴에게 전자 담배를 건넸다. 서턴은 담배를 받아 들었지만 입에 물지는 않았다.

카일이 말했다. "아, 난 로사가 만든 과카몰리가 너무 좋아."

"그렇지?"

크래시와 카일은 하이파이브를 했고, 누군가가―아마 메이슨일 것이다―억지웃음을 터뜨렸다. 루크도 따라 웃었고, 그러자 케이틀린에 이어 거의 모든 아이가 따라 웃었다. 매슈와 서턴만 제외하고. 매슈는 아이들이 왜 웃는지 알 수 없었지만―로사가 만든 과카몰리 때문에?―아이들의 웃음에서는 진정성이 전혀 느껴지지 않았다. 마치 다들 평소처럼 행동하려고 지나치게 애를 쓰는 듯했다.

메이슨이 말했다. "걔가 앱 확인했어?"

침묵이 흘렀다.

"난 그냥……."

"아니." 크래시가 메이슨의 말을 잘랐다. "나한테 업데이트되면 알려주는 앱이 있어."

다시 침묵이 흘렀다.

매슈는 살며시 방을 빠져나가 아무도 없는 와인 저장실로 갔다. 문을 닫고 메이너드 포도원이라고 적힌―맞다, 이 집은 포도원도 소유하고 있다―술통에 앉아 할머니에게 전화를 걸었다.

"매슈?"

"나오미 찾았어요?"

"왜 속삭이는 거냐? 지금 어디야?"

"크래시 집이에요. 나오미 엄마랑 통화하셨어요?"

"응."

매슈는 가슴이 두근거렸다. "뭐래요?"

"나오미가 어디 있는지 모른대."

매슈는 눈을 감고 신음했다.

"매슈, 우리한테 숨기는 게 뭐냐?"

"그건 중요치 않아요."

"중요해."

하지만 매슈는 아무 말도 할 수 없었다. 아직은. "제 부탁은 잊어주세요. 아셨죠?"

"그렇게는 못 하겠다."

그때 어떤 남자가 할머니에게 말하는 소리가 들렸다. "방송 10초 전입니다." 그러자 또 다른 누군가가 뭐라고 중얼거렸는데 알아들을 수 없었다.

"다시 전화하마." 할머니는 그렇게 말하고 전화를 끊었다.

매슈가 전화를 귀에서 떼는데 익숙한 목소리가 들렸다. "여기 있었네?"

매슈는 문 쪽으로 몸을 돌렸다. 서턴이었다. 서턴은 어두운 TV 룸에 있다가 나온 터라 아직 눈이 부신 듯했다.

"왔어?" 매슈가 말했다.

서턴은 손에 맥주병을 들고 있었다. "마실래?"

매슈는 고개를 저었다. 서턴이 그의 침이 섞여서 더럽다고 생각할까 두려웠다. 하지만 그랬다면 애초에 권하지도 않았겠지?

서턴은 마치 이곳에 처음 와봤다는 듯이 와인 저장실을 둘러봤다. 하지만 서턴은 늘 저 아이들과 함께 다녔다. 언제나.

"여기서 뭐 하고 있었어?" 서턴이 물었다.

매슈는 어깨를 으쓱였다. "그냥."

"너 오늘 밤에 평소랑 다른 거 같아."

매슈는 서턴이 그걸 알아차렸다는 게 놀라웠다.

하지만 그냥 어깨를 으쓱였다. 맙소사, 넌 여자랑 대화할 줄 모르니?

그러자 서턴이 말했다. "그 앤 괜찮아."

너무 갑작스러웠다.

"왜 아무 말도 없어, 매슈?"

"그 애가 어디 있는지 알아?"

"아니, 하지만……." 이번에는 서턴이 어깨를 으쓱였다.

전화가 진동하자 매슈는 화면을 힐끗 보았다.

어디야?

와일드 아저씨였다. 매슈는 얼른 답했다. 크래시 메이너드의 집이요.

나오미도 왔어?

아뇨.

서턴이 매슈에게 다가왔다. "다들 널 좀 걱정하고 있어."

"누가?"

"크래시랑 카일이랑 나머지 애들이." 서턴은 그 푸른 눈으로 매슈를 바라보았다. "나도 그렇고."

"난 괜찮아."

이번에는 서턴의 휴대전화가 진동했다. 전화를 들여다보던 서턴의 눈이 휘둥그레졌다. "미쳤어."

"왜?"

서턴은 아름다운 눈을 들어 매슈를 바라보았다. "네가……?"

복도가 소란스러웠다.

매슈는 문자를 쳤다. 젠장.

와일드: 왜?

크래시가 와인 저장실에 들이닥친 순간 매슈는 발신 버튼을 눌렀다. 문제가 생긴 것 같아요.

카일이 곧바로 크래시를 뒤따라서 들어왔다. 둘 다 손에 휴대전화를 들고 있었다. 크래시가 어찌나 빠르게 다가오는지 매슈는 맞을 대비를 하듯이 두 주먹을 들어 올렸다. 크래시는 멈칫하더니 항복한다는 뜻으로 양손을 들어 올리고는 미소 지었다.

지나치게 환한 미소였다. 매슈의 가슴 깊은 곳에서 무언가가 동요했다.

"워, 워." 크래시가 매슈를 달래주려는 목소리로 말했지만 그 말은 뱀처럼 매슈의 등을 타고 내려갔다. "우리 진정하자."

크래시 메이너드는 딱 보기에는 잘생겼다. 곱슬거리는 검은 머리에 아이돌 가수처럼 사색하는 표정, 최신 유행하는 옷을 차려입은 가냘픈 체구. 하지만 자세히 들여다보면 어떤 면에서도 특별하지 않았다. 예전에 할머니가 매슈에게 부잣집 딸을 소개해주려고 하면서 이런 농담을 했다. "그 애가 가진 돈을 생각하면 아주 예뻐 보이는 아이지."

크래시는 히죽 웃는 해골이 달린 큼직한 은반지를 끼고 다녔는데 그의 가늘고 매끈한 손가락과 너무 안 어울려서 오히려 우스꽝스러워 보였다.

크래시는 지나치게 환한 미소를 지으며 휴대전화를 들어 매슈에게 화면을 보여주었다. "이거 좀 설명해 볼래?"

그러고는 해골 반지를 낀 손가락으로 화면을 눌렀다. 해골이 매슈에게 윙크하는 듯했다. 크래시의 손끝에서 동영상이 재생되더니 익숙한 방송국 뉴스 로고가 나오고, 이어서 그의 할머니가 등장했다.

"하지만 먼저 방금 들어온 속보를 전해드립니다……."

나오미의 사진이 화면에 나왔다.

"뉴저지주 웨스트빌에 사는 한 여학생이 실종됐습니다. 여러

분의 도움이 필요합니다. 현재 나오미 파인은 실종된 지 적어도 일주일이 지났습니다. 이 여학생을 봤다는 신고나 몸값 요구는 없었습니다만 친구들은 나오미가 위험에 처했을까 걱정하고 있습니다…….”

맙소사…….

매슈는 가슴이 철렁 내려앉았다. 이 생각은 미처 못했다. 나나가 이 얘기를 방송에 내보낼 줄은. 아니면 내심 이렇게 되기를 바라고 있었을까? 이 뉴스가 친구들 사이에 빠르게 퍼졌다는 사실에는 놀라지 않았다. 앱에 표시된 시간을 보니 방송이 나가고 채 2분이 되지 않았다. 요즘에는 그랬다. 누군가 나오미 파인을 검색어로 지정해서 뉴스 알람을 해두었거나, 학부모가 뉴스를 보자마자 자녀에게 “저 학생 너희 학교에 다니지 않니?”라는 문자를 보냈을 수도 있다. 혹은 CNN 트위터를 팔로우하는 사람이 있거나. 어찌 됐든 요즘에는 그렇게 순식간에 뉴스가 퍼졌다.

크래시의 미소는 흐트러지지 않았다. “이 사람, 네 할머니 맞지?”

“응, 근데…….”

크래시는 좀 더 말해보라는 듯이 해골 반지를 낀 손을 까닥거렸다. “근데?”

매슈는 아무 말도 하지 않았다.

크래시가 조롱하는 말투로 말했다. “할머니한테 일렀냐?”

“뭐라고?” 매슈는 그 말에 화난 척하려고 했다. “아니. 당연히 아니지.”

크래시는 여전히 미소를 띤 채―이제 그 미소는 반지에 달린 해골의 미소와 묘하게 비슷해 보였다―한 발짝 다가와 매슈의 어깨에 양손을 올렸다. 그러더니 아무런 경고도 없이 무릎을 들어 곧장 매슈의 사타구니로 날렸다. 힘을 더 가하려고 매슈의 어깨를 내리누르면서.

사타구니를 맞은 매슈는 너무 아파서 발끝으로 섰다.

엄청나게 뜨겁고, 아무 생각도 나지 않는 통증이 순식간에 밀려들었다. 눈에 눈물이 고였고, 몸의 구석구석이 전부 닫혔다. 매슈는 무릎에서 힘이 빠지며 바닥으로 쓰러졌다. 배에서 올라오는 통증에 폐까지 마비되었다. 매슈는 바닥에 누워 무릎을 가슴으로 끌어당긴 채 태아처럼 몸을 둥글게 말았다.

크래시는 허리를 숙여 매슈 귀 옆에 대고 속삭였다. "내가 바보인 줄 알아?"

그러더니 매슈의 뺨을 바닥에 짓눌렀다. 매슈는 여전히 숨을 쉴 수 없었다. 마치 몸의 일부가 다시는 회복될 수 없을 정도로 부서진 듯했다. 다시는 정상으로 돌아가지 못할 듯했다.

"넌 루크, 메이슨과 함께 차를 타고 왔잖아. 네가 그 차에 타기 전에 할머니랑 같이 있는 걸 봤다고 걔들이 그랬어."

'숨 쉬어. 어떻게든 숨 쉬어.' 매슈는 마음속으로 생각했다.

"할머니에게 뭐라고 일렀냐, 매슈?"

매슈는 이를 악물고 간신히 눈을 떴다. 카일이 문 옆에서 망을 보고 있었다. 서턴은 보이지 않았다. 서턴이 그를 함정에 빠뜨린 걸까? 정말로 그랬을까……? 아니다. 서턴은 방송에 이런 뉴스가 나올 줄 전혀 몰랐다. 게다가 서턴은 절대…….

"매슈?"

매슈는 눈을 들었다. 지금도 너무 아파서 몸이 찢어지는 듯했다.

"우린 널 죽이고도 감옥에 안 갈 수 있어. 너도 알지?"

매슈의 몸이 얼어붙었다. 크래시는 주먹을 쥐더니 은반지에 달린 해골을 매슈의 코앞에 가져다 댔다.

"할머니한테 뭐라고 했어?"

CHAPTER
8

와인 저장실에서 두 층 위, 거대한 저택의 서쪽 건물에 붙은 둥근 탑 안에는 대시 메이너드와 그의 아내 딜리아가 버건디색 가죽 윙백 의자에 앉아있었다. 그들 앞에는 세라믹으로 만든 '흰 자작나무' 장작과 가스를 원료로 삼은 불꽃이 타오르는 대형 벽난로가 있었다. 3년 전에 증축한 이 서재는 〈미녀와 야수〉에 나오는 서재를 그대로 본떠서 천장부터 바닥까지 떡갈나무로 만든 붙박이 책꽂이가 설치되어 있고 거기에 구리 레일을 따라 움직이는 이동 사다리가 달려있었다.

대시 메이너드는 시어도어 루스벨트의 전기를 읽고 있었다. 그는 어릴 때부터 역사를 좋아했다. 비록 역사의 일부가 되는 데는 전혀 관심이 없었지만. 고맙지만 사양이었다. 그가 만든 유명하면서도 악명 높은 자기개발 토크쇼 〈더 러스티 쇼〉가 엄청난 인기를 끌었고, 그 뒤를 이어 방송가에서 '고품격 게이멀리티(game-ality)'('게임 쇼'와 '리얼리티' 프로그램의 기괴한 합성어)라고 부르게 된 새로운 장르의 프로그램까지 만들어서 대성공을 거두기는 했어도 대시 메이너드의 원래 직업은 다큐멘터리 감독이었다. 1937년 난징 대학살을 주제로 한 강렬한 PBS 단편 다큐멘터리로 에미상까지 수상했다. 대시는 자료 조사와 인터뷰, 야외 촬영을 좋아했지만 무엇보다 편집실에서 뛰어난 능력을 발휘해 오랜 시간 촬영한 영상으로 설득력 있는 내러티브를 만들어 낼 수 있었다.

인근에 있는 레스턴 칼리지의 정치사회학 학과장인 딜리아 리스 메이너드는 학생들이 제출한 에세이를 읽는 중이었다. 대시는 학생들의 과제를 읽는 아내를 지켜보는 걸 좋아했다. 미간에 팬 주름, 얇아진 입술, 흥미로운 구절이 나왔을 때 고개를 천천히 끄덕거리는 행동. 작년 여름 대시와 딜리아(어떤 사람들은 농담 삼아 그들을 더블 D라고 불렀다)는 결혼 25주년을 기념해 열여섯 살 아들 크래시, 열네 살 쌍둥이 딸 키에라와 카라를 데리고 발트해로 요트 여행을 떠났다. 낮이면 한적한 섬에 정박하며 수영도 하고, 제트스키와 웨이크보드를 탔다. 오후와 밤에는 상트페테르부르크와 스톡홀름, 리가 같은 항구에 내려 도시를 구경했다. 환상적인 여행이었다.

대시에게는 이 망할 놈의 나라를 떠나서 가족끼리 여행했던 그때가 지금 와서 생각해 보니 폭풍전야였다.

그들은 행운아였다. 대시도 그 사실을 알고 있었다. 사람들은 그들을 '할리우드 엘리트'라고 분류하기를 좋아했지만 사실 대시는 브루클린 중심지인 베드퍼드 스타이베선트에서 태어나고 자랐다. 그의 집은 세 가구가 모여 사는 평범한 연립주택이었다. 부모님은 둘 다 맨해튼에 있는 헌터 칼리지에서 학생들을 가르쳤다. 대시의 이름은 그의 아버지가 좋아하는 작가, 대실 해밋에서 따왔다. 대시와 딜리아는 워싱턴 DC의 중고 서점을 돌며 레이먼드 챈들러, 애거사 크리스티, 나이오 마시, 그리고 물론 대실 해밋의 초판본을 보러 다니는 동안 처음으로 가까워졌고 깊은 유대감을 느끼게 되었다. 당시 국회의사당에서 제대로 된 보수도 받지 않고 인턴으로 일하던 두 사람은 초판본을 살 여력이 없었다. 하지만 지금 이 서재는 세상에서 가장 많은 초판본을 보유한 곳 중 하나였다.

흔히들 말하듯이 바뀌는 건 순간이다.

대시의 제작사에서 만든 프로그램, 그러니까 거물급 유명 인사들이 '평범한' 미국인으로 위장하고 6개월간 일반인들과 함께 사는 프로가 프라임 타임에 방송되어 엄청난 인기를 끈 뒤로 대시와 딜리아는 지난 10년간 균형 잡힌 삶을 살려고 노력했다. 돈이나 명성뿐 아니라 그들이 중요하다고 생각하는 핵심 가치인 가족과 공부에도 소홀하지 않았다. 그러기 위해 끊임없이 일정을 조율해 나갔다.

덕분에 대개는 균형 잡힌 삶을 살 수 있었다. 물론 크래시는 약간 버릇이 없고 행동이 거칠었으며, 키에라는 가벼운 우울증이 있었지만 요즘에는 오히려 그게 정상인 듯했다. 부부로서 대시와 딜리아의 관계는 더할 나위 없이 돈독했다. 따라서 아들이 아래층에서 조촐한 파티를 여는 동안 단둘이서 조용한 시간을 보내는 오늘 같은 밤이 그들에게는 매우 소중했다.

대시는 이런 시간을 사랑했다. 이런 시간이 행복했다. 여생을 이렇게 보내고 싶었다.

하지만 그럴 수 없었다.

서재 문을 두드리는 소리가 나더니 대시가 "들어와"라는 말을 하기도 전에 개빈 체임버스가 들어왔다. 전직 해군 대령인 그는 현재 어느 때보다 확장 추세에 있는 개인 경호 사업을 하고 있었다. 삭발에 가까울 정도로 짧게 자른 머리, 대쪽같이 곧은 자세, 흔들림 없는 눈빛의 그는 지금도 만년 해군처럼 보였다.

"무슨 일인가요?" 대시가 물었다.

개빈은 딜리아를 바라보았다. 마치 그녀가 자리를 피해주면 좋겠다는 듯이. 대시는 눈살을 찌푸렸다. 딜리아는 움직이지 않았다.

"말하세요." 대시가 말했다.

"방금 속보가 나왔습니다. 나오미 파인이라는 여학생이 실종됐다고 합니다." 개빈이 말했다.

대시는 딜리아를 바라보았다. 딜리아는 어깨를 으쓱였다.

"그런데요?"

"나오미는 크래시와 같은 학교 학생입니다. 같이 듣는 수업도 있고요."

"그게 무슨 상관이……."

"그 여학생은 아드님과 연락하고 지내는 사이였습니다. 주로 문자로요. 게다가 방금 그 속보를 전한 사람이 누군지 아십니까? 헤스터 크림스틴입니다. 크림스틴의 손자 매슈가 지금 크래시와 함께 아래층에 있습니다."

딜리아는 손에 들고 있던 학생의 에세이를 사이드 테이블에 내려놓으며 말했다. "그게 우리와 무슨 상관인지 난 아직도 모르겠어요, 대령님."

개빈이 말했다. "저도 모르겠습니다……."

"그런데요?"

"……'아직은'요." 개빈은 강조하기 위해 한 번 더 말했다. "저도 아직은 모르겠습니다." 그러고는 차렷 자세로 서서 정면을 바라보며 말을 이었다. "죄송한 말이지만 전 우연을 믿지 않습니다. 특히 지금은요."

"그럼 우리가 어떻게 해야 한다는 거죠?"

"아드님과 이야기한 다음, 아드님과 나오미의 관계를……." 그때 그의 휴대전화가 진동했다. 개빈은 재빨리 전화를 받았다. 마치 상관에게 경례하듯이. "네."

3초 뒤 개빈 체임버스는 전화기를 주머니에 넣으며 말했다.

"서재에서 나오지 마십시오. 사고가 생겼습니다."

스카이라인 드라이브를 따라 메이너드 장원—장원이라니, 이름 한번 거창하다—으로 달리는 동안, 와일드는 휴대전화가 다시 진동하며 매슈의 문자가 오기를 바랐다.

하지만 전화기는 진동하지 않았다.

매슈의 마지막 문자가 자꾸 떠올라 그를 괴롭혔다. '문제가 생긴 것 같아요.'

헤스터에게 말한 대로 와일드는 직감을 따르지 않았지만, 장원으로 들어가는 진입로에 접어드니 본능적으로 매슈의 마지막 문자를 무시해서는 안 되겠다는 느낌이 들었다.

'문제가 생긴 것 같아요.'

메이너드 장원은 라마포인들이 자기들 땅이라 주장해 논란이 되는 산의 3만7천 평에 달하는 꼭대기에 우뚝 솟아있었다. 장원 안에는 열두 마리의 말을 키우는 마구간과 말을 타고 장애물 넘기를 할 수 있는 코스, 수영장과 테니스장이 있었다. 그 외에 또 뭐가 있는지는 아무도 몰랐다. 장원 중앙에 자리 잡은 저택은 1920년대 석유 재벌이 신고전주의 조지언 양식으로 지었다. 방이 서른다섯 개나 되는 이 저택을 관리하려면 터무니없이 많은 돈이 드는 터라 이 장원은 25년 가까이 방치되어 있었다. 그러다 마침내 거물급 텔레비전 제작자이자 케이블 방송사 소유주인 대시 메이너드와 그의 아내 딜리아가 이 저택에 입성했고 이곳을 예전처럼, 아니 전보다 더 화려하게 바꾸어 놓았다.

와일드는 화려한 대문 앞에서 차를 세웠다. 거기서도 족히 500미터는 더 올라가야 저택이 나왔다. 멀리 불빛이 보일 뿐 다른 조명은 없었다. 와일드는 인터컴 버튼을 누르며 휴대전화를 확인했다. 문자가 왔는데도 자신이 진동을 느끼지 못한 것이기를 바랐다.

하지만 매슈에게 온 문자는 없었다.

와일드는 다시 문자를 보냈다. 지금 정문 앞에 있어.

"무슨 일입니까?" 인터컴에서 목소리가 흘러나왔다.

와일드는 운전면허증을 꺼내 카메라 앞에 들어 올렸다.

"매슈 크림스틴 때문에 왔습니다."

침묵이 흘렀다.

"크래시 친구요."

"매슈와 어떤 관계죠?"

"매슈랑요?"

"네."

별걸 다 묻는군. "매슈의 대부입니다."

"방문하신 목적은요?"

"매슈를 데리러 왔습니다."

"매슈는 아까 메이슨 퍼듀의 차를 타고 왔습니다. 갈 때도 메이슨과 함께 갈 거라고 말했고요."

"계획이 바뀌었습니다."

다시 침묵이 흘렀다.

와일드가 말했다. "여보세요?"

"잠깐만 기다려 주세요."

몇 분이 지났다.

와일드는 다시 인터컴 버튼을 눌렀다.

아무 대답도 없었다.

다시 버튼을 누른 채 한동안 손가락을 떼지 않았다.

여전히 대답이 없었다.

와일드는 대문 부근에 전선이 있는지 살폈다. 없었다. 대문 옆 철책에는 감전 장치가 되어있지 않았다. 잘됐다. 높고 끝이 뾰족하긴 했지만 그런 건 문제 되지 않았다. 당연히 보안 카메라는 있었다. 그것도 아주 많이. 그것 역시 문제 되지 않았다. 오히려 와일드는 누군가가 봐주기를 바랐다.

와일드는 기어를 P단에 놓고 다시 차에서 내렸다. 대문을 바라봤다. 높이가 4미터쯤 되어 보였고, 창살은 15센티미터 간격이었다. 금속 대문의 좌우 절반이 만나는 지점이 넘어가기에 적당해 보였다. 그곳의 창살이 더 굵었다. 도움닫기를 한 다음, 그냥 뛰어 올라서 넘어가면 끝이다. 와일드는 평생 무언가를 오르며 살았다. 산, 나무, 바위, 벽. 어릴 때도, 민간인일 때도, 군인일 때도. 이 정도 대문은 비록 창살 끝이 뾰족하기는 해도 별로 어렵지 않았다.

그가 대문을 향해 크게 두 걸음 달려갔을 때 인터컴에서 목소리가 흘러나왔다. "멈춰요. 그러지 마⋯⋯."

그 뒤는 듣지 못했다.

와일드는 뛰어올랐고, 발로 쇠창살을 디뎠다. 마치 수직으로 달리듯이 양손으로 창살을 잡은 채 몸을 끌어 올리며 위로 올라갔다. 꼭대기에 이르자 반대편으로 넘어가 왼손을 놓고 두 다리를 뻗었다. 신발창이 창살 위로 미끄러지며 브레이크 역할을 해주었다. 와일드가 창살에서 손을 떼고 땅에 떨어지자 차 두 대가 그를 향해 쏜살같이 달려왔다.

한 대도 아니고 두 대가.

너무 과한 거 아닌가.

아닐 수도 있고. 최근 뉴스에 대시 메이너드가 나온 적이 있다. 본인은 완강하게 부인했지만, 소문에 따르면 그는 자기 쇼에 출연하는 사람들의 일거수일투족을 모두 촬영해 둔다고 했다. 분장실에서 나누는 대화까지도. 또 소문에 따르면 그 영상으로 여러 거물급 유명 인사와 정치인을 무너뜨릴 수 있다고 했다. 특히 전직 자기개발 전문가이자 현재 미합중국 상원의원 러스티 에거스를. 신예 독재자 에거스는 현재 대통령 후보로 섬섬 더 많은 사람의 지지를 얻고 있었다.

두 차 모두 헤드라이트로 와일드를 비추더니 끼익 소리를 내며 멈춰 섰다. 각 차에서 두 명씩, 남자 네 명이 내렸다. 와일드는 그들이 볼 수 있도록 손을 내밀고 있었다. 어이없이 총에 맞아 죽고 싶지는 않았으니까.

왼쪽에서 덩치 큰 두 남자가 그에게 다가왔다. 둘 다 가슴을 내밀고 양팔을 흔드는 모습이 자기들 서열이 높다는 걸 너무 과시하려는 듯했다. 한 명은 후드 티를 입었고, 또 다른 남자는 토르같은 머리 모양에 금발로 염색했는데 몸에 잘 맞지 않는 양복 재킷을 입고 있었다.

몸에 잘 맞지 않는 이유는 왼쪽 겨드랑이에 찬 권총집 때문이었다.

와일드는 저런 부류를 익히 알고 있는데 저들은 무기를 들지만 않으면 딱히 문제가 되지 않았다. 와일드는 마음의 준비를 하고, 자신에게 어떤 선택지가 있는지 꼼꼼히 살폈다. 그때 오른쪽에 있는 차에서 한 남자가 내리더니 한 손을 들어 그들을 저지했다. 삭발에 가까운 반백 머리, 군인처럼 흐트러지지 않는 자세, 틀림없이 이 남자가 리더였다.

"안녕하시오." 반백 머리가 와일드에게 외쳤다. "철책을 아주 멋지게 넘더군."

"칭찬 고마워요."

"두 손은 항상 우리가 볼 수 있게 해주시오."

"난 무기 없어요."

"당신은 더 이상 안으로 들어갈 수 없어."

"더 들어가고 싶은 마음도 없습니다. 난 대자를 데리러 왔을 뿐이에요. 매슈 크림스틴."

"그렇군. 하지만 우리에게는 나름의 방침이 있소."

"방침?"

"오늘 밤 이 집에 들어오는 모든 미성년자는 이 집을 어떻게 떠날지 알려야 할 의무가 있지." 반백 머리가 합리적인 이유를 댔다. "개인적으로 초대를 받았거나 제대로 된 조사를 거치기 전에는 아무도 이 집에 출입할 수 없다는 사실을 이미 학생들에게 분명히 고지했소. 매슈 크림스틴은 메이슨 퍼듀와 함께 왔어. 갈 때도 메이슨 퍼듀와 함께 갈 거라고 했고. 그런데 당신이 미리 알리지도 않고 이렇게 나타났으니……."

그는 두 손을 양옆으로 벌렸다. 너무 합리적인 설명이라서 와일드는 짜증이 날 지경이었다. "우리가 얼마나 곤란한 상황에 처했는지 알겠소?"

"그러니까 매슈에게 연락하세요."

"모임을 방해하지 않는 게 우리 방침이오."

"방침이 참 많군요." 와일드가 말했다.

"질서를 유지하는 데 도움이 되지."

"난 내 대자를 만나고 싶습니다."

"유감스럽지만 지금은 안 되겠소." 와일드 뒤에서 정문이 열렸다. "지금 당장 떠나주시오."

"그렇게는 안 되겠는데요."

반백 머리는 미소를 지은 것도 같았다.

"한 번 너 부탁하지."

"매슈에게 지금 데리러 와달라는 문자를 받았습니다. 난 아이의 부탁대로 할 뿐입니다."

"그냥 대문 밖으로 나가기만 하면……."

"그러니까 그렇게는 안 된다니까." 와일드가 그의 말을 잘랐다.

덩치 큰 두 놈은 와일드의 태도가 마음에 들지 않았는지 다소 굵은 눈썹을 찌푸렸다. 머리를 염색한 토르가 다음 단계로 나아갈 수 있는 허락이 떨어지기를 바라며 반백 머리를 돌아보았다.

"당신에게는 어떤 법적 자격도 없소, 와일드 씨." 자신의 이름이 나오자 와일드는 움찔했지만 아주 잠깐이었다. 아까 대문에서 면허증을 보여줬으니 그의 이름을 아는 건 당연했다. "당신은 그 학생의 아버지가 아니잖소. 안 그런가?"

반백 머리가 미소 지었다. 그는 그 질문의 답을 알고 있었다. 단지 와일드가 매슈의 대부라는 사실뿐 아니라 더 구체적으로. 다시 말해 그와 라일라의 관계를 알고 있었다.

"더 중요한 사실은 당신이 철책을 불법으로 넘은 무단침입자라는 거요."

다들 와일드에게 한 걸음 다가왔다. 와일드는 정면에 있는 리더만 뚫어지게 바라보았지만 시야 가장자리에서 토르가 몸을 수그린 채 옆걸음으로 좀 더 다가오는 게 보였다. 마치 자기가 보이지 않는 닌자라도 된다는 듯이. 하지만 와일드는 눈동자를 움직이지 않았다.

반백 머리가 말했다. "우리에게는 당신의 위협에 무력으로 대항할 수 있는 권리가 있소."

이제 그들은 벼랑 끝에 서 있었다. 인류 역사상 무수한 남자가 여기서 미끄러져 피비린내 나는 폭력 속으로 추락했다. 와일드는 그들이 정말로 싸우게 될 거라고는 생각하지 않았다. 저들로서는 뉴스나 SNS에 오를 만한 큰 사건을 일으켜 겨우 잠잠해진 논란을 다시 일으키는 위험을 감수하지 않을 터였다. 하지만 모르는 일이다. 원래 벼랑 끝에선 까딱 잘못하면 떨어진다. 모든 변수를 고려해서 세운 계획도 틀어지기 마련이다.

인간은 악할 수도 있고, 선할 수도 있다. 그건 중요치 않다. 중요한 건 인간은 자신의 행동이 초래한 결과를 거의 고려하지 않는다는 사실이다.

한마디로 인간은 종종 그냥 멍청하기 짝이 없다.

그때, 상황이 바뀌었다.

처음에는 와일드만 그 변화를 알아차렸다. 아주 짧은 몇 초 동안에는 오로지 와일드만 그걸 알고 있었다. 2초, 아마도 3초쯤. 그이상은 아니었다. 와일드는 자신의 유리한 입장이 곧 사라지리라는 걸 알고 있었다. 하지만 이 변화가 그에게 유리한 것이기를 바랐다.

와일드는 지금 자신이 느끼는 감정이 '동요'라는 것을 경험상 알고 있었다.

그걸 징조라거나 조짐, 혹은 예감이라고 부르는 사람도 있었다. 가뜩이나 고도화된 그의 능력을 거의 초자연적 경지로 끌어올리는 무언가라고 생각하는 사람도 있었다. 하지만 그건 사실이 아니었다. 천 년이 넘는 세월을 살면서 인간은 진화하기도 하고 퇴화하기도 했다. 최근의 예를 들자면 GPS 내비게이션이 있다. 연구 결과에 따르면 이제 인간은 GPS에 의존하는 탓에 뇌의 일부인 해마(길을 찾을 때 사용하는 부위)와 전액골 피질(계획을 세우는 것과 연관된 부위)이 이미 변하고 있으며 심지어 위축되기까지 했다. 불과 몇 년 만에 이렇게 됐을진대 인류 역사 전체를 생각해 보라. 원래 인간은 동굴과 숲에서 살았고, 자면서도 경계를 게을리하지 않았으며, 아무런 보호도 받지 못했고, 원시적 생존 본능은 늘 활발하게 작용했다. 그러다 집을 지어서 살고, 문에 자물쇠를 채우고, 문명에 순응하는 세월이 오랫동안 지속되었으니 생존 본능이 얼마나 무뎌지고 부식되었겠는가. 하지만 와일드는 그렇지 않았다. 그가 기억하는 시절부터 와일드는 그런 원시적 본능이 깨어있는 상태에서 자랐다. 미처 말로 표현은 못 해도 포식자에게 언제든 공격받을 수 있다는 사실을 이해했다. 그걸 알아차리고, 어떤 종류의 동요에든 대처하는 법을 배웠다.

물론 엄청나게 예민한 청각이나 후각, 시각을 가진 야생동물들에게는 아직도 그런 능력이 남아있다. 그들은 위험이 다가오기 전에 도망친다. 와일드에게도 그런 능력이 있었다.

따라서 와일드만 그 소리를 들었고, 다른 사람은 듣지 못했다. 아직은.

그냥 부스럭거리는 소리일 뿐이었다. 하지만 누군가가 그들을 향해 달려오고 있었다. 아마 한 명 이상일 것이다. 누군가가 위험에 처해 빠르게 달리고 있었다. 다른 사람이 쫓고 있었다.

와일드는 반백 머리에게서 시선을 떼지 않은 채 토르에게 좀 더 가까이 다가갔다. 무기를 소지한 사람과 최대한 가까이 있어야 했다.

딱 1초 뒤에 비명이 들렸다. "도와주세요!"

매슈였다.

여기서 와일드는 본능을 누르고 훈련받은 대로 행동해야 했다. 본능은 그에게 대자의 비명이 들려오는 쪽으로 달려가라고 했다.

그게 자연스러운 반응이리라. 하지만 와일드는 이미 마음의 준비를 한 터였다. 반백 머리 뒤쪽, 언덕 위의 집에서 울려 퍼진 비명에 모두가 그쪽으로 고개를 돌렸다. 그것 역시 자연스럽고 예상되는 반응이었다. 비명이 터질 가능성이 있다는 걸 몰랐다면 그렇게 반응할 수밖에 없다.

토르 역시 매슈의 비명이 들리는 쪽을 바라보았다.

그렇게 와일드에게서 눈을 돌렸다.

와일드에게는 그 정도 틈이면 충분했다. 나머지는 1초 만에 이뤄졌다. 와일드는 왼쪽 팔꿈치를 들어 올린 채 몸을 돌려 토르의 머리 옆을 쳤다. 토르가 뒤로 비틀거리자마자 와일드는 오른손을 토르의 재킷 안으로 집어넣어 겨드랑이에 있는 권총집에서 권총 손잡이를 찾아냈다.

매슈가 다시 "도와주세요!"라고 외쳤을 때 토르는 바닥에 쓰러졌고, 와일드는 권총을 들어 올려 반백 머리와 다른 두 남자를 번갈아 겨눴다.

"손가락만 까딱해도 내 총에 맞아 죽을 겁니다." 와일드가 말했다.

바닥에 쓰러진 토르가 신음하더니 와일드에게 달려들었다. 와일드는 발로 그의 머리를 찼다. 진입로를 탁탁 뛰어오는 발소리가 점점 가까워졌다. 잠시 다들 기다렸다. 매슈가 모퉁이를 돌아 나왔다. 보아하니 살기 위해 필사적으로 달리는 듯했다. 다른 두 소년이 곧 뒤따라 나왔다.

매슈는 어리둥절한 표정으로 걸음을 멈췄다. 따라오던 두 소년도 마찬가지였다.

"대문 밖으로 나가서 차에 타." 와일드가 매슈에게 말했다.

"하지만……."

"빨리."

두 소년 중 하나가 말했다. "우린 그냥 게임 하는 중이었어요. 그렇게 말씀드려, 매슈. 우린 그냥 노는 중이었다고 말해."

반백 머리가 여전히 두 손을 들어 올린 채 그렇게 말하는 소년 앞으로 가서 섰다. "내 뒤에 서라, 크래시."

"그냥 게임이었어요." 크래시가 말했다.

"게임." 와일드가 그 말을 반복했다.

"네, 미드나잇 스컬이라는 게임이에요." 크래시는 손에 낀 반지의 히죽 웃는 해골을 가리켰다. "밤에 하는 술래잡기 같은 거죠. 말씀드려, 매슈."

매슈는 움직이지 않았다. 눈은 눈물이 맺혀 번들거렸다. 멀리서 차에 시동 걸리는 소리가 들렸다. 지원군이다.

"매슈, 빨리 차에 타!"

매슈는 얼른 정신을 차리고 서둘러 대문 쪽으로 갔다. 와일드 역시 총으로 계속 그들을 겨눈 채 뒷걸음질했다. 그의 눈은 반백 머리에게 고정되어 있었다. 그가 리더였다. 다른 남자들은 그의 허락 없이 움직이지 않을 터였다. 반백 머리는 마치 '괜찮으니 여기서 나가요. 막지 않을 테니까'라고 말하듯이 고개를 끄덕였다.

10초 뒤, 와일드는 매슈를 조수석에 앉힌 채 재빨리 빠져나왔다.

CHAPTER
9

헤스터가 리무진에 올라탔을 때 전화가 왔다.

예상한 일이었다. 여학생이 실종되었다는 폭탄을 떨어뜨렸는데 아무것도 터지지 않기를 바랄 수는 없다. 사실 헤스터는 그렇게 되기를 바라고 있었다. 누군가가 앞으로 나서거나 행동하거나 실수를 저지르거나 무슨 짓이든 해서 사건의 진상이 드러나기를. 현재 모든 장단점, 선택지, 가능성을 합쳐볼 때 나오미는 가출했고 아마도 자살할 생각일 것이다. 너무 냉정하고 분석적으로 들리겠지만, 만약 그 끔찍한 일이 이미 벌어졌다면 할 수 있는 일은 아무것도 없다. 그런데 만약 나오미가, 예를 들어 수면제를 먹었거나 손목을 그었거나 어딘가로 떠났거나 고층 건물이나 다리 가장자리에 서있다면 이 방송이 그 애를 살릴 수 있는 최선의 방법이었다.

하지만 다시 생각해 보면—모든 면을 다 고려해야 하므로—헤스터가 이렇게 밀어붙이는 게 역효과를 낳을 수도 있다. 나오미가 패닉에 빠져서 결심을 실행에 옮길 수 있고, 혹은 누군가에게 납치되었다면 납치범을 자극해 폭력을 행사하게 만들 수도 있다. 헤스터는 그럴 위험이 있다는 사실도 충분히 이해했다. 하지만 원래 헤스터는 아무 일도 하지 않고 기다리는 것과는 거리가 먼 여자였다.

맨 처음 걸려온 전화의 발신인은 '웨스트빌 경찰서 서장'이었다. 오렌일 것이다.

"빠르네요." 헤스터가 말했다.

"네?"

"기분 좋다고요, 오렌. 하지만 다음에는 며칠 더 있다가 연락해요. 너무 절박해 보이잖아요."

"내가 지금 좀 절박하긴 하죠. 대체 그 속보는 뭡니까, 헤스터?"

"봤어요? 내 팬이라니 고맙네요."

"지금 농담할 기분 아닙니다."

"나오미의 실종에는 어딘가 이상한 점이 있어요."

"그럼 나한테 왔어야죠."

"갔잖아요. 기억 안 나요?"

"기억합니다. 근데 뭐가 달라진 겁니까?"

"나오미 아빠가 나오미는 엄마랑 함께 있다고 했는데 엄마는 나오미와 함께 있지 않다고 했어요. 나오미의 선생님이……."

"잠깐만. 나오미의 선생님하고도 얘기했습니까?"

"미술 선생인지 상담 선생인지 기억이 안 나네요. 에이바 뭐라고 했어요."

"언제 그 선생이랑 얘기할 시간이 있었습니까?"

이 대목은 대충 넘어갈 수 있을 것 같지 않았다. "내가 아니라 와일드가 만났어요."

정적이 흘렀다.

"오렌?"

"와일드요? 이 일에 와일드를 끌어들였습니까?"

"저기, 오렌, 아마도 방송 전에 당신에게 귀띔했어야 했겠지만⋯⋯."

"아마도?"

"정말로 예감이 안 좋아요. 이 일에 경찰이 나서야 해요."

다시 정적이 흘렀다.

"오렌?"

"매슈가 당신을 이 일에 끌어들였어요. 왜죠?" 오렌이 물었다.

이제는 헤스터가 침묵을 지켰다.

"당신 손자가 뭘 숨기든 간에 이제는 털어놔야 합니다. 당신도 알 거예요."

그들이 빠른 속도로 메이너드 장원에서 멀어지자 와일드가 물었다. "무슨 일이 있었던 거야?"

"크래시가 말한 대로예요." 매슈가 움찔하며 말했다. 아직도 숨을 헐떡거렸다. "게임 하는 중이었어요."

"지금 나한테 거짓말을 하겠다고?"

매슈는 눈을 깜빡거리며 눈물을 참았다. "엄마한테 말하면 안 돼요."

"말 안 할 거야."

"다행이네요."

"네가 할 거니까."

"안 돼요. 아저씨한테는 말할 수 있지만 엄마한테는 비밀로 해야 해요."

"미안하지만 그렇게는 안 돼."

"그럼 아저씨한테도 말 안 할 거예요."

"아니, 매슈, 넌 무슨 일이 있었는지 나한테 말할 거야. 그런 다음에 네 엄마한테도 말할 거고."

매슈가 고개를 푹 숙였다.

"매슈?"

"알았어요."

"그래서, 어떻게 된 거야?"

"아저씨도 나나의 계획을 알았어요?"

"무슨 계획?"

"나나가 방송에서 나오미에 대해 말했어요. 온 국민에게 나오미가 실종되었다고 발표했어요."

와일드도 헤스터가 그렇게 나오지 않을까 생각하긴 했다. 헤스터는 나오미의 실종과 관련된 단서가 사라질까 걱정하고 있었다. 그러니 나오미가 실종되었다고 대놓고 말하는 것보다 더 좋은 방법이 어디 있겠는가?

"할머니가 방송에서 뭐랬어?"

"저도 못 봤어요. 하지만 크래시랑 카일이랑 다른 애들은 봤죠."

"그래서 걔들이 화난 거야?"

매슈는 눈을 깜빡거렸다.

"매슈?"

"크래시가 무릎으로 내 사타구니를 찼어요." 매슈의 눈에 또 눈물이 고이더니 주르륵 흘러내렸다.

와일드는 운전대를 잡은 손에 힘을 주었다.

"내가 나나에게 뭐라고 했는지 말하라고 했어요. 난 그냥 몸을 웅크리고 때리는 대로 맞았어요. 그러다 틈이 보여서 달아났죠."

"지금은 괜찮니?"

"네."

"병원에 데려다줄까?"

"아뇨. 그냥 조금 쓰리다가 말 거예요."

"그럴 거야. 크래시가 나오미랑 연관이 있니?"

"모르겠어요. 그게……."

"그게 뭐?"

"다른 사람에게는 말하면 안 돼요. 알았죠? 나오미 일이나 오늘 밤 일이요."

"그 얘기는 이미 끝났잖아, 매슈."

"엄마에게 뭐라고 말할지 생각해 볼게요. 하지만 내일 말할게요, 네? 오늘 밤에는 아무 말도 하고 싶지 않아요."

매슈의 집이 있는 거리에 접어들었을 때 요란한 사이렌 소리가 들리더니 순찰차 경광등의 푸른 불빛이 보였다. 확성기에서 "당장 차 세워라"라는 말이 흘러나왔다. 매슈의 집까지 200미터도 안 남은 터라 와일드는 차창 밖으로 천천히 가셌냐고 손짓했다. 순찰차는 다시 사이렌을 울리며 얼른 그들 옆으로 다가와 나란히 달렸다.

확성기에서 귀에 익은 목소리(오렌 카마이클이라는 걸 둘 다 알고 있었다)가 타협의 여지 없는 어조로 말했다. "당장 세워!"

놀랍게도 오렌은 순찰차로 그들 앞을 가로막았고, 와일드는 인도 옆으로 차를 댈 수밖에 없었다. 오렌은 차 문을 열고 나와 그들에게 다가왔다. 그가 차 옆에 섰을 때는 와일드가 차창을 완전히 내린 뒤였다.

"왜 이래요, 오렌? 우리가 여기 사는 거 알잖아요."

오렌이 한쪽 눈썹을 치켜세웠다. "우리?"

'실수했군.' 와일드가 생각했다. "매슈 말이에요. 이 차도 그렇고요. 무슨 말인지 알잖아요."

오렌은 차 안을 들여다보고 매슈에게 고개를 끄덕였다. 매슈도 인사했다. "안녕하세요, 서장님."

"어디 갔다 오는 길이니?"

와일드가 대답했다. "메이너드 장원이요."

"거긴 왜 간 거냐?"

"그게 왜 궁금하세요?" 와일드가 되물었다.

오렌은 와일드를 무시했다. "매슈?"

"파티가 있었어요." 매슈가 대답했다.

오렌은 조금 오래 매슈를 바라보았다. "얼굴이 안 좋구나, 매슈."

"괜찮아요."

"정말이냐?"

와일드는 아까 있었던 사고를 오렌에게 말해야 할지 고민했지만, 매슈가 먼저 대답하는 바람에 입도 떼지 못했다. "네, 정말이에요, 코치님. 미드나잇 스컬 게임을 해서 그래요."

"뭐?"

"술래잡기 같은 거예요. 야외에서 달리면서 하는 거요. 그래서 제 꼴이 이래요."

오렌 카마이클은 얼굴을 찡그렸다. 그러고는 와일드를 힐끗 바라보았다. 와일드는 아무런 내색도 하지 않았다. 그러자 오렌이 말했다. "왜 할머니에게 나오미 파인을 찾아달라고 했지?"

아, 그것 때문에 차를 세우라고 했군. 와일드는 생각했다. 오렌은 매슈에게 확실한 대답을 듣기 위해, 매슈가 유명 변호사인 엄마와 할머니 없이 혼자 있을 때 다그치고 싶었던 것이다.

와일드가 말했다. "대답하지 마라."

오렌은 그 말이 마음에 들지 않았다. "뭐?"

"대답하지 말라고 했습니다."

"넌 여기서 어떤 법적 자격도 없다, 와일드."

"네, 오늘 그 말 참 자주 듣네요. 하지만 보호자가 없는 상황에서 서장님이 매슈를 신문하도록 두지 않을 겁니다."

"전 나오미가 어디 있는지 몰라요. 정말이에요." 매슈가 불쑥 말했다.

"그럼 왜 할머니에게 나오미를 찾아달라고 부탁했니?"

"그냥 걱정이 됐어요. 며칠째 학교에 나오지 않았고, 또……."

"또?"

"매슈, 대답하지 마라." 와일드가 말했다.

"또 아이들이 나오미를 괴롭히니까요. 그것뿐이에요."

"너도 그 무리에 속하니, 매슈?"

와일드는 한 손을 들었다. "됐어요. 그만하세요. 이 대화는 이

걸로 끝입니다."

"어림없는 소리……."

와일드는 다시 시동을 걸었다.

"당장 시동 꺼라." 오렌이 퉁명스럽게 말했다.

"우릴 체포하실 건가요?"

"아니."

"그럼 가던 길 가겠습니다. 원하시면 매슈 집까지 따라오세요."

하지만 오렌은 따라오지 않았다.

와일드가 라일라의 집 진입로에 들어서자 현관문이 열렸다. 주위가 캄캄했지만 등 뒤의 불빛 덕분에 현관에 서있는 사람이 라일라라는 걸 알 수 있었다. 라일라는 한 손을 높이 들고 어색하게 흔들었다. 차에서 내려 다가간 뒤에야 라일라가 들고 있는 휴대전화가 보였다.

"당신에게 온 전화야." 라일라가 와일드에게 말하더니 덧붙였다. "내 전화로 왔어."

와일드가 고개를 끄덕이자 라일라는 전화기를 건넸다. 와일드는 전화를 받았다.

"우리 아무 문제 없는 거죠?"

반백 머리였다. 와일드는 놀라지 않았다. 그들은 와일드의 자동차 번호판을 봤을 것이다. 저 정도 능력 있는 사람이라면 자동차 등록증과 거기 적힌 이름, 주소, 집 전화번호와 휴대전화 번호쯤은 쉽게 알아냈을 것이다. 라일라가 차 소유주였으므로 그녀의 번호로 전화한 것이다.

"그런 것 같군요." 와일드가 대답했다.

"크래시가 부적절한 행동을 했을 수는 있소."

"흠."

"요즘 그 애가 스트레스를 많이 받고 있더군. 이해해 줬으면 좋겠소."

"여학생이 실종됐습니다."

"크래시는 그 애에 대해 아무것도 몰라."

"그럼 왜 그렇게 스트레스를 받는 거죠?"

"다른 일 때문이오."

"당신 이름을 물어봐도 될까요?" 와일드가 물었다.

"이유는?"

"당신은 내 이름을 아니까."

잠시 정적이 흘렀다. "개빈 체임버스요."

"체임버스 보안 회사의 그 체임버스 말입니까? 체임버스 대령?"

"그렇소. 지금은 은퇴했지만."

'대단하군.' 와일드는 생각했다. 메이너드가에서 보안 하나는 확실히 하고 있었다. 와일드는 라일라가 듣지 못하도록 자리를 옮기고 싶었지만, 그녀의 표정으로 보아 그랬다가는 더 곤란해질 것 같았다.

"크래시가 매슈에게 무슨 짓을 했는지 아십니까, 대령님?"

그 말을 들은 라일라의 눈이 커졌다.

"지하에도 CCTV가 설치되어 있소." 개빈이 대답했다.

"그럼 봤겠군요?"

"봤지. 애석하게도 그 영상은 이제 존재하지 않소. 실수로 삭제됐지. 무슨 말인지 알 거요."

"잘 알죠."

"우리 사과를 받아주겠소?"

"맞은 사람은 내가 아닙니다."

"그렇다면 매슈 군에게 우리 사과를 전해주겠소?"

와일드는 아무 말도 하지 않았다.

"메이너드가를 안전하게 지키는 게 내 일이오, 와일드 씨. 이 집엔 아이들의 주먹다짐보다 훨씬 더 중요한 문제가 있소."

"이를테면요?"

개빈은 대답하지 않았다. "당신의 실력이 뛰어나다는 거 알고 있소. 하지만 나도 마찬가지지. 게다가 내겐 막강한 인력 (manpower)까지 있어. 우리 둘이 갈등을 일으키면 아마 좋게 끝나지 않을 거요. 부수적인 피해가 생기겠지. 알아듣겠소?"

와일드는 라일라와 매슈를 보았다. 부수적 피해.

"난 협박을 별로 좋아하지 않습니다, 대령님."

"우리 둘 다 불안한 마음으로 여생을 보내고 싶지는 않을 거요. 맞죠?"

"맞습니다."

"그래서 내가 우정의 손을 내미는 거고."

"우정은 너무 과한 것 같군요."

"맞는 말이오. 그럼 프랑스어로 데탕트라고 해두지. 그건 그렇고, 그 총은 가지시오. 우린 무기라면 아주 많으니까. 잘 있어요,

와일드 씨."

와일드는 전화를 끊었다. 라일라가 말했다. "그게 대체 무슨 말이야?"

와일드는 휴대전화를 건넸다. 그의 머리가 바쁘게 돌아갔다. 곧 벌어질 거라고 생각했던 위협이자 가장 걱정했던 위협은 저들이 따라오는 것이었다. 하지만 이제 그 위협은 당분간 사라진 듯했다. 매슈는 집에 무사히 돌아왔다. 따라서 와일드는 이제 다시 나오미 파인에게 주의를 돌렸다.

나오미의 아빠는 헤스터에게 나오미가 엄마와 함께 있다고 했지만 그건 거짓말이었다. 따라서 나오미의 아빠가 명백한 출발점이었다.

라일라가 물었다. "그 전화가 나오미 파인과 관계가 있어?"

매슈는 작은 신음을 냈다. "엄마도 알아요?"

"모르는 사람이 없지. 할머니 보도가 나간 뒤로 학교에서 비상 문자를 보냈어. SNS에 있는 학부모 공지 계정마다 계속 댓글이 달렸고. 무슨 일인지 말 좀 해줄래?"

"매슈가 말해줄 거야." 와일드는 그렇게 말하며 자동차 열쇠를 라일라에게 던졌다. "난 가봐야 해."

"잠깐만. 어딜 간다는 거야?"

설명하려면 시간이 너무 오래 걸릴 터였다. "괜찮으면 이따 다시 올게."

"와일드?"

"매슈가 설명할 거야."

와일드는 몸을 돌려 숲을 향해 달렸다.

CHAPTER

10

심리학자 앤더스 에릭슨이 창시하고 맬컴 글래드웰이 언급해서 유명해진 이론이 있다. 어떤 분야에서든 1만 시간을 연습하면 전문가가 될 수 있다는 이론이다. 와일드는 그 이론을 믿지 않았지만 사람들에게 용기를 주는 그런 단순한 슬로건이 대중에게 얼마나 잘 먹히는지는 안다.

그는 숲을 가르며 빠르게 달렸다. 눈은 이미 어둠에 적응되었다. 에릭슨이 주장한 저 이론은 집중도와 몰입도를 고려하지 않았다. 와일드는 생애 첫 기억이 있던 시절부터 늘 이렇게 숲속을 달렸다. 혼자서 숲에 적응하며 살아남았다. 연습이 아니라 삶이었다. 몸에 배어있었고, 생존이었다. 물론 시간을 얼마나 투자했는지도 중요하다. 하지만 집중도가 더 중요하다. 선택의 여지가 없다고 상상해 보라. 재미로 숲속을 돌아다니거나 아빠가 좋아해서 따라온 아이와, 숲을 내 손바닥 들여다보듯 훤히 알지 못하면 죽기 때문에 필사적으로 집중하는 아이는 완전히 다르다. 그건 꾸며낼 수 없다. 누군가가 시각장애인으로 사는 경험을 해보려고 눈을 가렸다고 하자. 미안하지만 이건 시각장애인이 되는 것과 다르다. 언제든 눈가리개를 벗어버릴 수 있기 때문이다. 이는 자발적인 실명이며 통제되어 있고 안전하다. 운동할 때 어떤 코치들은 학생들에게 목숨이 달린 것처럼 경기에 임하라고 말한다. 아마 동기를 부여하기 위한 충고일 것이다. 하지만 그 일에 목숨이 달려있지 않은 한―사실이 그렇기도 하고―진짜 목숨이 달린 사람과는 집중도가 비교되지 않는다.

최고의 운동선수? 그건 생사가 걸린 상황에 처한 사람이다. 까딱하면 죽을 수도 있을 때 인간의 기량은 엄청나게 향상된다.

그게 바로 숲에 살았던 어린 시절의 와일드였다.

나오미의 집에 다가가니 순찰차 한 대와 지역 방송국에서 나온 뉴스 중계차 세 대가 보였다. 아수라장은 아니었다. 이건 올해 최고의 뉴스라거나 대단한 특종이 아니었으니까. 하지만 틀림없이 헤스터의 속보를 듣고 달려온 사람들이었고, 경찰은 그들에게 돌아가라고 종용했다. 집 현관에는 오렌 카마이클이 서있었다. 오렌과 이야기하는 남자는 나오미의 아빠 버나드 파인일 것이다. 버나드는 화가 난 듯했는데 딸이 실종돼서가 아니라 경찰과 언론이 찾아왔기 때문이었다. 버나드가 손을 마구 휘두르는 동안 오렌은 진정하라는 듯이 두 손을 들고 있었다.

문자가 왔는지 와일드의 휴대전화가 두 번 진동했다. 확인해보니 에이바 오브라이언의 문자였다.

나오미 찾았어?

와일드는 그냥 무시해 버리고 싶었지만 그러면 안 될 것 같았다. 아직 못 찾았어.

움직이는 점이 나타나더니 다시 에이바의 문자가 도착했다. 오늘 밤에 우리 집으로 와. 문 잠그지 않을게.

다시 움직이는 점이 나타났다. 보고 싶어, 와일드.

그는 대답하지 않고 휴대전화를 주머니에 집어넣었다. 답이 없는 게 무슨 의미인지 에이바도 이해할 것이다. 이런 식으로 의사표현을 하는 건 싫었지만.

와일드는 숲에서 살그머니 빠져나왔다. 몸을 낮게 숙인 채 나오미의 옆집 뒷마당으로 갔다. 아무도 그를 보지 못했다. 와일드는 쪼그리고 앉아있었다. 나오미의 아빠는 오렌에게 할 말을 다 하고는 문을 쾅 닫았다. 오렌 카마이클은 몇 초 동안 움직이지 않았다. 마치 문이 다시 열리기를 기대하는 듯이. 끝내 문이 열리지 않자 오렌은 몸을 돌려 순찰차를 향해 걸어갔다. 순찰차 옆에는 나이가 한참 어린 경관이 서있었다.

"기자들 다 보내." 오렌이 말했다.

"네, 서장님. 안으로 들어가나요?"

오렌은 얼굴을 찡그렸다. "안으로 들어가?"

"아시잖아요. 집 안을 수색할 때처럼요."

"아빠가 자기 입으로 딸이 안전하다잖아."

"하지만 텔레비전에서는……."

"텔레비전 보도는 증거가 아니야." 오렌이 쏘아붙였다. "기자들이나 보내."

"네, 서장님."

젊은 경관이 자리를 뜨자 와일드는 오렌에게 가보기로 하고 자리에서 일어나 순찰차로 다가갔다. 어서 상황을 파악하고 싶었기에 모습을 드러내자마자 서장을 불렀다. "오렌?"

오렌이 돌아보았다. 자신을 부른 사람이 와일드라는 걸 알고는 눈살을 찌푸렸다. "와일드? 네가 왜 여기 있는 거냐?"

"나오미 아빠가 뭐래요?"

"그건 네가 알 바 아니야."

"나오미 아빠가 헤스터에게 거짓말한 거 아시죠?"

오렌 카마이클은 한숨을 쉬었다. "대체 헤스터는 왜 널 이 일에 끌어들인 거냐?"

"나오미 아빠는 헤스터에게 나오미가 엄마와 함께 있다고 했어요."

"그 말이 맞을 수도 있지."

"방금 전에도 그렇게 말하던가요?"

"나오미는 안전하다고 했어. 나오미의 프라이버시를 존중해 달라고 하더구나."

"그래서, 그러실 거예요?"

"부모 어느 쪽도 실종 신고를 하지 않았다."

"그래서요?"

"그래서, 이제 거의 자정이야. 내가 현관문을 박차고 들어가기라도 바라는 거냐?"

"나오미가 위험에 처했을지 몰라요."

"저 아빠가 나오미를 죽이기라도 했다는 거야?"

와일드는 대답하지 않았다.

"그것 봐라." 오렌이 말했다. 이 모든 것에 지친 기색이 역력했다. "이 아이는 전에도 가출한 적이 있어. 내 생각에는 이번에도 가출했을 거다."

"더 심한 일이 일어났을 수도 있어요."

오렌은 운전석으로 들어갔다. "그렇다면 우리도 결국 알게 되겠지." 그러고는 순찰차 시동을 걸었다. "집에 가거라, 와일드."

오렌이 차를 몰고 떠나자 와일드는 다시 숲으로 갔다. 그러고는 첫 번째 나무 뒤에 서서 눈만 빼고 얼굴이 다 가려지는 얇은 검은색 복면을 썼다. 와일드는 이 복면을 늘 가지고 다녔다. 요즘 세상은 사람보다 CCTV가 더 많았다. 혹은 그렇게 보였다. 진실은 아무도 모른다. 그래서 프라이버시라고는 없는 이 세상에서 프라이버시를 중요시하는 와일드는 늘 복면을 가지고 다녔다.

오렌의 순찰차가 시야에서 사라지자 와일드는 크게 한 바퀴 돌아 나오미의 집 뒤로 갔다. 부엌과 2층 침실 한 군데, 지하실에 불이 켜져있었다. 어릴 때 와일드는 숱한 호숫가 별장과 오두막에 몰래 들어갔다. 소리 없이 집을 살피고, 주위를 돌아보고, 진입로와 집 안에 불이 켜져있는지 확인하고, 집에 사람이 있는지 알아내는 법을 배웠다. 무단침입하려면 잠기지 않은 문이나 창문만 찾아내면 된다(종종 놀라울 정도로 간단하다). 그런 문이나 창문이 없을 때는 다음 단계로 넘어간다. 문의 잠금장치가 너무 튼튼하거나 경보 장치가 너무 복잡하면 어린 와일드는 다른 집으로 갔다. 어린 나이인데도 와일드는 자신이 다녀간 흔적을 남기지 않는 법을 알고 있었다. 예를 들어, 침대에서 잤으면 이튿날 아침에 반드시 정리해 두었다. 음식을 먹거나 필요한 물건이 있을 때면 주인이 알아차리지 못할 정도로만 먹거나 훔쳐 가려고 주의했다.

와일드가 너무 어려서 기억도 못 하는 시절에 누군가가 그에게 이런 요령을 가르쳤을까? 아니면 본능적인 행동일까? 와일드도 몰랐다. 결국 인간은 동물이다. 동물은 살아남기 위해 해야 할 일을 한다.

아마 그렇게 간단한 이유였을 것이다.

주머니에 든 휴대전화가 진동했다. 이것은 그가 직접 만든 버너 폰(단기간 사용하고 버리는 휴대전화―옮긴이)이었다. 와일드는 이것만 사용했고 한 번에 1, 2주 이상은 사용하지 않았다. 밤이면 전화기를 꺼두었다. 꺼둔 뒤에도 옆에 두지 않고―전원을 꺼두어도 추적당할 수 있기 때문에―길가에 파묻어 둔 강철 보관함 속에 넣어놓았다.

헤스터의 전화였다. "라일라랑 함께 있니?"

"아뇨."

"그럼 어디 있니?"

"나오미의 집을 살펴보고 있어요."

"계획은 있고?"

"네."

"말해다오."

"모르시는 게 좋아요."

와일드는 전화를 끊고 나오미의 집으로 다가갔다. 요즘에는 다들 동작 감지 센서가 달린 등을 설치하는 터라 가까이 다가가는 순간 불이 확 켜진다. 이 집에도 그런 등이 달려서 불이 켜진다면 와일드는 그냥 다시 숲으로 달려갈 것이다. 전혀 문제 될 것 없다.

하지만 이 집은 불이 켜지지 않았다. 잘됐다. 와일드는 계속 다가갔다. 벽에 붙을수록 발각될 확률은 낮아진다.

부엌 창문을 들여다보았다. 나오미의 아빠 버나드 파인이 식탁에 앉아 휴대전화를 보고 있었다. 초조해 보였다. 와일드는 집 주위를 돌며 1층 창문들을 들여다보았다. 다른 사람은 없었고, 인기척도 없었다.

와일드는 허리를 숙이고 지하실 창문을 확인했다. 창문마다 암막 블라인드가 쳐져있었지만 양옆으로 한 줄기 빛이 새어 나왔다.

지하실에 누가 있는 건가?

2층 돌출부로 올라가는 건 와일드에게 별로 어렵지 않았다. 다만 돌출부가 튼튼할지, 그의 체중을 지탱할 수 있을지 걱정이었지만 해보기로 했다. 버나드 파인의 침실로 보이는 방에서 나오는 불빛이 복도에 드리워졌다. 와일드는 뒤쪽 모퉁이 창문 쪽으로 올라가 양손으로 눈 주위를 감싼 채 침실을 들여다보았다.

선들이 춤을 추는 화면 보호기가 작동 중인 컴퓨터만이 방 안의 유일한 조명이었다. 벽에는 아무것도 걸려있지 않았다. 10대에게 인기 있는 남자 배우라든가 좋아하는 록그룹, 10대 소녀의 뻔한 취향이 드러나는 어떤 포스터도 없었다. 높이가 아주 낮은 침대를 뒤덮은 동물 인형만 제외하고. 수십 개, 어쩌면 수백 개도 되어 보이는 그 인형들은 크기와 색이 제각각이었다. 대부분 곰이었지만 기린, 원숭이, 펭귄, 코끼리도 있었다. 저렇게 인형이 많은데 나오미가 어떻게 침대에 누울 수 있는지 의문이었다. 틀림없이 그냥 저 위로 뛰어들 것이다. 인형 뽑기 기계 속에서 사는 사람처럼.

나오미는 외동이므로 이 방은 틀림없이 나오미의 방일 거라고 와일드는 생각했다.

창문은 키퍼가 달린 잠금장치로 잠겨있었다. 주로 2층 방 창문에 많이 설치하는 잠금장치였는데, 도둑들은 대부분 벽을 타고 2층까지 올라오지 않는다. 물론 와일드는 달랐다. 와일드는 지갑에서 셀룰로이드 카드를 꺼냈다. 이게 신용카드보다 더 나았다. 더 잘 구부러졌다. 와일드는 그 카드를 두 개의 창틀 사이로 밀어 넣어 레버를 열림 상태로 밀었다. 간단했다. 5초 뒤에 와일드는 방 안에 있었다.

이제 어떻게 할까?

재빨리 벽장을 살펴봤다. 맨 위 선반에 분홍색 피엘라벤 칸켄 배낭이 있었고, 옷은 가지런히 걸려있었으며, 빈 옷걸이는 없었다. 이건 무슨 뜻일까? 아직 확신이 서지 않았다. 배낭은 비어있었다. 만약 나오미가 가출했다면 이 배낭에 짐을 챙겨 가지 않았을까? 옷 몇 벌이 사라진 흔적이 있지 않았을까?

확실한 단서는 없었지만 흥미로웠다.

예전에는 책상 서랍을 열어보거나, 일기장을 찾아내려고 베개 밑이나 매트리스 밑을 살펴봤지만 요즘 청소년들은 첨단 장비에 비밀을 간직한다. 휴대전화를 뒤지는 편이 나을 것이다. 현대인들은 그곳에 자신의 인생을 저장한다. 아니, 요즘 청소년들에게만 해당되는 말이 아니다. 어른들도 마찬가지다. 인류는 그런 장치 안에서 프라이버시를 지키려는 어떤 구실도 다 포기했다. 대체 무엇을 위해서? 대답하기 힘들다. 아마 편의를 위해서일 것이다. 혹은 거짓 유대 관계를 만들기 위해서거나. 유대 관계가 전혀 없는 것보다는 나을 것이다.

하지만 와일드에게는 해당되지 않았다. 따지고 보면 진정한 유대감도 그의 취향은 아니었다.

경찰은 나오미의 휴대전화를 위치 추적 했을까?

아마 했을 것이다. 그래도 헤스터에게 위치 추적을 부탁하는 문자를 보냈다.

나오미의 데스크톱 컴퓨터는 켜져있었다. 와일드는 마우스를 움직이면서 패스워드로 잠겨있을까 걱정했는데 다행히 아니었다. 인터넷 창을 열어보았다. 나오미의 이메일 정보, 즉 아이디와 패스워드는 저장되어 있었다. 아이디는 NaomiFlavuh(Flavuh는 '맛'을 뜻하는 'flavor'를 발음 그대로 쓴 것으로 딸기 맛, 바닐라 맛처럼 '나오미 맛'이라는 뜻이다—옮긴이)였는데 귀여우면서도 약간 슬펐다. 와일드는 클릭해서 바로 메일함으로 들어갔다. 어찌나 신나는지 양 손바닥을 비빌 뻔했다. 자신이 금광을 찾아낸 것이기를 바랐다. 하지만 그의 기대는 깨져버렸다. 여기 있는 이메일은 지극히 무해했다. 학교 숙제 공지, 대학 신입생 모집 스팸 메일, 갭과 타깃 그리고 와일드가 잘 모르는 브랜드인 포에버21, 팍선 같은 데서 보낸 쿠폰과 세일을 알리는 메일이 전부였다. 매슈를 통해서 요즘 아이들은 부모가 사용하지 않는 앱이나 문자를 통해 연락한다는 걸 알고 있었다. 이메일로 연락을 주고받는 아이들은 없었다.

와일드는 잠시 동작을 멈추고 귀를 기울였다. 아무 소리도 나지 않았다. 계단을 올라오는 소리는 들리지 않았다. 그는 마우스의 커서를 맨 위로 가져가서 열어본 페이지 버튼을 눌렀다. 나오미가 최근에 캐시를 삭제하지 않았기를 바랐다.

다행히 기록이 남아있었다.

이베이에서 동물 인형을 검색한 기록이 있었다. 동물 인형 수집에 관해 이야기하는 게시판과 레딧 링크도 있었다. 와일드는 침대를 돌아봤다. 동물 인형들은 조심스럽게 진열되어 있었다. 몇몇 동물이 그를 바라보았다. 와일드는 잠시 저 인형들을 생각했다. 평생 괴롭힘을 당했던 이 아이를 생각했다. 틀림없이 나오미는 수업이 끝나자마자 온갖 조롱과 욕설에서 도망쳐 집으로 쏜살같이 달려왔으리라. 그러고는 이 침대를 향해 높이 뛰어올랐으리라. 자기가 만든 이 외로운 동물원으로 도피했으리라.

그 생각을 하자 놀랍게도 분노가 치밀었다.

사람들은 평생 이 아이를 괴롭혔다. 만약 누군가가 이 애에게 더 심한 짓을 했다면, 이 아이가 절박한 선택을 하도록 내몰았다면…….

와일드는 분노를 누르고 하던 일로 돌아갔다. 얼굴에는 아직 복면을 쓰고 있었다. 그럴 가능성은 별로 없지만, 만약 버나드 파인이 2층으로 올라오거나 그를 발견한다면 주먹을 날리고 도망칠 것이다. 그의 정체를 드러낼 만한 단서는 아무것도 없다. 키와 체격(180미터에 84킬로그램)만으로는 누구인지 전혀 알지 못할 것이다.

와. 드디어 찾아냈다.

나오미가 같은 반 친구들을 검색한 기록이 있었다. 여섯, 아니 일곱 명이었는데 두 이름이 곧바로 눈에 띄었다. 하나는 매슈였고, 다른 하나는 크래시 메이너드였다. 매슈도 그렇고 다른 아이들에 대한 검색도 표면적이고 간단했다. 이게 무슨 의미가 있을까? 아니면 요즘 아이들은 늘 구글에서 서로를 검색하나? 누군가를 처음 만나면 인터넷에서 그 사람을 검색해 보나? 나오미는 어릴 때부터 이 아이들을 알고 지냈다. 함께 자랐고, 함께 학교에 다녔으며, 그들의 조롱과 주먹질의 희생양이었다.

그런데 왜 이제 와서 그 애들을 검색했을까?

와일드는 나오미가 구글에서 검색한 다른 항목도 죽 훑어보았다. 특별한 건 없었다. 이상한 두 단어와 그 뒤를 잇는, 역시나 이상한 세 단어만 제외하고.

챌린지 게임
챌린지 게임 실종

와일드는 덧붙여진 단어에 집중했다. 실종.

그러고는 관련 링크들을 클릭했다. 글을 읽는 동안 가슴이 답답해졌다. 중간쯤 읽었을 때 어떤 소리가 들려서 깜짝 놀랐다.

발소리였다.

가까운 곳에서 나는 소리는 아니었고, 이 방으로 다가오는 소리도 아니었다. 그 점이 이상했다. 집 안에는 한 사람뿐이었다. 나오미의 아빠인 버나드 파인. 하지만 그는 부엌에 있었고, 이 발소리는 부엌에서 나는 소리가 아니었다. 곰곰이 생각해 보니 이 집에 들어온 뒤로 아래층에서 아무 소리도 나지 않았다.

발소리는 희미했다. 분명히 집 안에서 나는 소리였다.

와일드는 인터넷 창을 닫고 슬그머니 방을 가로질러 복도로 나갔다. 계단을 내려다보았다. 발소리가 점점 더 커졌다. 이제 목소리도 들렸다. 버나드 파인의 목소리 같았다. 누구랑 얘기하는 거지? 무슨 말을 하는지 알아들을 수 없었다. 와일드는 더 잘 듣기 위해 계단 옆으로 살금살금 다가갔다.

그때 계단 아래에 있던 문이 벌컥 열렸다.

지하실로 들어가는 문이었다.

와일드는 얼른 뒤로 물러섰다. 이제 목소리가 또렷해서 무슨 말인지 알아들을 수 있었다.

"빌어먹을 뉴스에 나왔다니까! 그 여자도 우리 집에 왔어. 누구긴 누구야? 텔레비전에 나오는 변호사 있잖아. 실종 속보를 전한 여자."

버나드 파인은 지하실 문을 닫았다.

"방금 경찰도 왔었어. 그래, 카마이클 서장이 현관문을 두드렸어. 어쩌면 아직⋯⋯." 와일드는 벽에 등을 바짝 댔지만 위험을 무릅쓰고 고개를 내밀어 보았다. 버나드 파인은 한 손에 휴대전화를 들고, 다른 손으로는 커튼을 젖히며 앞마당을 내다보았다.

"지금은 안 보여, 응. 하지만 못하겠어. 서장이 길 저쪽에서 감시하고 있을 수도 있잖아. 아까 방송국 차량도 있었어⋯⋯. 아마 우릴 감시할 거야."

'우리?' 와일드는 생각했다.

버나드가 자신을 왕족이라고 생각하지 않는 한(예전에 국왕은 자신을 지칭할 때 'I' 대신 'we'를 썼다—옮긴이) '우리'는 한 사람 이상을 의미한다. 하지만 와일드가 둘러본 바로 이 집에는 한 사람

뿐이었다. 버나드 파인. 만약 이 집에 다른 사람이 있다면, 있을 만한 곳은 하나뿐이다.

지하실.

"그래, 래리. 네가 반대했던 거 알아. 하지만 그때는 선택의 여지가 없었어. 난 체포되고 싶지 않아. 이제 일이 너무 커져버렸어."

버나드가 2층으로 올라오는 계단을 서둘러 오르기 시작했다. 그 계단 꼭대기 옆에 와일드가 서있었다. 버나드는 한 번에 두 계단씩 올라왔다. 와일드는 반사 신경에 의지해 다시 나오미의 침실로 뛰어들어 구석으로 갔다. 버나드는 딸의 방을 들여다보지 않고 와일드를 지나갔다.

'지하실이야.'

그렇게 생각한 와일드는 지체하지 않았다. 버나드가 나오미의 침실 앞을 지나 자기 침실로 들어가자마자 와일드는 방에서 나갔다. 발볼만 이용해―발가락은 소리가 나니까―계단을 내려간 다음, 오른쪽으로 돌아 지하실 문으로 갔다. 손잡이를 돌려보니 잠겨있지 않고 돌아갔다.

와일드는 조용히 문을 열고 안으로 들어간 다음, 문을 닫았다.

아래쪽에 흐릿한 불빛이 보였다. 와일드에게는 두 개의 선택지가 있었다. 첫째, 계단을 살금살금 내려가 자신이 보게 될 것을 향해 몰래 다가가기. 둘째, 정면 돌파하기.

와일드는 두 번째를 선택했다.

복면을 벗고 계단을 천천히 내려갔다. 자신을 감추지 않았다. 서둘지도 않았고, 꾸물대지도 않았다. 계단을 다 내려간 와일드는 빛을 향해 돌아섰다.

나오미가 입을 딱 벌렸다.

"소리 지르지 마라. 난 널 도와주러 왔어." 와일드가 말했다.

지하실은 싸구려 자재로 마감되었다. 콘크리트 벽에는 플라스틱으로 된 가짜 널빤지를 접착제로 붙여놓았다. 접이식 소파는 중고품이었는데 지금은 펼쳐져 퀸사이즈 침대가 되었다.

침대는 동물 인형으로 뒤덮여 있었다.

나오미 파인은 소파 팔걸이에 앉아있었다. 어깨를 축 늘어뜨린 채 바닥을 보고 있어서 머리카락이 구슬로 된 커튼처럼 얼굴 앞에 내려와 있었다. 나오미는 마르지 않았다. 이 말은 아마 요즘 기준으로 보자면 통통하다는 뜻일 텐데 와일드는 그런 쪽은 잘 몰랐다. 또 예쁘지도 않았고, 못생기지도 않았다. 그 애의 외모는 그 애가 당하는 일과 아무 상관이 없어야 하는데 그렇지 않았다. 현실에서는 그렇지 않았다. 특히나 10대 아이들의 세상에서는. 그래서 와일드는 나오미를, 그 애 전체를 바라보았고 그러자 마음이 동요했다. 그 애를 객관적으로 보고 싶었지만 아마도 지금까지 들은 이야기 때문에 완전히 객관적일 수는 없었으리라. 솔직히 말해서 나오미 파인은 다른 무엇보다도 만만해 보였다. 정말로 그런 분위기가 풍겼다. 세상에는 똑똑해 보이는 사람도 있고,

멍청해 보이는 사람도 있고, 강해 보이는 사람도 있고, 약해 보이
는 사람도 있고, 용감해 보이는 사람도 있다. 그런데 나오미는 늘
움찔하는 듯이 보였다. 세상을 향해 자신을 때리지 말라고 부탁
하는 듯이. 그것만으로도 세상은 그 애의 면전에서 그 애를 조롱
하고 싶어 할 것이다.

"저 아저씨 알아요. 숲에 살던 소년이죠?" 나오미가 말했다.

꼭 그렇다고 할 수는 없다. 맞을 수도 있고.

"아저씨 이름이 와일드죠?"

"응."

"우리에게는 아저씨가 부기맨(아이들을 잡아가는 귀신―옮긴
이)이었어요."

와일드는 아무 말도 하지 않았다.

"부모님이 아이들에게 숲에 가지 말라고 그랬거든요. 왜냐하
면 숲에 사는 아저씨가 우릴 잡아먹을 거라면서요. 그리고 아이
들이 귀신 이야기를 하거나 무서운 이야기를 할 때는 늘 아저씨
가 주인공이었어요."

"멋지구나. 너도 내가 무섭니?"

"아뇨."

"왜?"

"전 아웃사이더에게 끌리거든요."

와일드는 미소를 지었다. "나도."

"《앵무새 죽이기》 읽어본 적 있어요?"

"응."

"아저씨는 우리의 부 래들리였어요."

"그럼 넌 스카우트겠구나."

"네, 네." 나오미가 어처구니없다는 듯이 눈을 굴리자 와일드의 가슴이 다시 동요했다.

"래리가 누구니? 아빠가 그 사람이랑 통화 중이던데."

"삼촌이에요. 시카고에 사세요." 나오미는 고개를 숙였다. "사람들에게 말할 거예요?"

"아니."

"그럼 그냥 갈 거예요?"

"네가 원한다면." 와일드는 나오미에게 다가가 최대한 부드럽게 말했다. "챌린지 게임."

나오미는 그를 올려다보았다. "그걸 어떻게 아세요?"

아까 나오미의 컴퓨터에서 보기도 했지만 또한 와일드는 몇년 전에 읽었던 기사를 기억했다. 기사에서는 그걸 '48시간 챌린지'라고 불렀다. 비록 나중에는 도시 괴담으로 치부되기는 했지만. 그것은 일종의 온라인 게임이었는데 게임이라기에는 꽤 끔찍했다. 10대 아이들이 일부러 사라져 부모를 패닉에 빠뜨리고, 자녀가 납치되었거나 더 끔찍한 일을 당했다고 믿게 만드는 것이다. 더 오래 '사라질수록' 더 많은 점수를 받았다.

"중요한 건 그게 아니야. 지금 너도 그 게임을 하는 거니?" 와일드가 물었다.

"전 아직도 이해가 안 가요. 아저씨는 왜 여기 온 거죠?"

"널 찾고 있었어."

"왜요?"

"널 걱정하는 사람이 있어."

"누구요?"

와일드는 머뭇거리다가 굳이 숨길 이유가 없다고 생각했다. "매슈 크림스틴."

나오미는 미소를 짓는 듯했다. "그럴 줄 알았어요."

"왜?"

"아마 매슈는 자책하고 있을 거예요. 그럴 필요 없다고 말해주세요."

"그래."

"매슈도 그저 그 무리에 끼고 싶었을 뿐이에요."

위층에서 인기척이 났다. 나오미의 아빠일 것이다. "무슨 일이 있었던 거니, 나오미?"

"자기개발서 읽어본 적 있어요?"

"아니."

"전 늘 읽어요. 제 인생은……." 나오미는 말을 멈추고 눈을 깜빡거리며 눈물을 참더니 고개를 흔들었다. "어쨌든 그런 책에서는 늘 작은 변화를 일으키라고 해요. 자기개발서에서요. 그래서 저도 그렇게 해봤죠. 하지만 효과가 없었어요. 다들 여전히 절 미워했어요. 그게 어떤 기분인지 아세요? 매일 학교 가기 무서워서 오장육부가 전부 다 꼬이는 기분을요?"

"아니. 하지만 짜증 나겠다."

나오미는 그 대답이 마음에 들었다. "네. 완전요. 하지만 절 불쌍하게 여기지는 마세요, 알았죠?"

"알았어."

"약속해요?"

와일드는 오른손을 가슴 위에 댔다.

"어쨌든 전 해보기로 마음먹었어요." 나오미가 말했다.

"뭘?"

"변화를 일으키기로요." 나오미의 얼굴이 밝아졌다. "다 갈아 엎기로요. 엄청난 변화, 중대한 변화를요. 그래서 루저로서의 과거를 지우고 새로 시작할 수 있도록요. 이해하겠어요?"

와일드는 아무 말도 하지 않았다.

"그래서, 네, 전 변화를 일으켰어요. 사라져 버렸죠. 처음에는 숲에 숨었어요." 나오미는 미소를 지었다. "전 아저씨가 전혀 무섭지 않거든요."

와일드도 빙긋 웃었다.

"그렇게 이틀이 지났죠."

"힘들지 않았니?"

"아뇨, 사실은 좋았어요. 숲에 혼자 있는 거요. 이해하시죠?"

"응."

"하긴 아저씨는 누구보다 그런 기분을 잘 알겠네요. 그건 도피이자 잠시 고통을 미뤄둔 듯했죠. 하지만 아빠가, 아빠는 머리가 빨리 돌아가는 편은 아니에요. 전 그런 편이고요. 그러니까 제가 루저이긴 하지만……."

"넌 루저가 아냐."

나오미는 와일드의 값싼 동정에 실망했다는 눈빛으로 그를 힐끗 보았다. 와일드는 '미안하다'라고 말하듯이 양손을 들어 올렸다.

"어쨌든 아빠 탓은 아니에요. 이 모든 게요. 그렇다고 해서 아빠가 이 상황을 호전시킨 것도 아니지만요. 무슨 말인지 아시죠?"

"대충은."

"그래서 전 이틀 동안 자취를 감췄는데 아빠에게서 계속 문자가 오는 거예요. 경찰에 신고하겠다고요. 뭐 그것도 이 게임의 일부이긴 하죠. 게다가…… 아빠가 저 때문에 술을 너무 많이 마실까 걱정되기도 했어요. 그건 원치 않았거든요. 그래서 집으로 돌아왔죠. 48시간은 실종이라기엔 턱없이 부족했지만요. 그러고는 아빠에게 제가 무슨 일을 꾸미는지 말했어요."

이제 발소리가 들렸지만 와일드는 돌아보지 않았다. 걱정되지 않았다. "그래서 아빠가 널 도와주겠다고 했니?"

"아빠는 바로 이해했어요. 아빠도 절 루저라고 생각했으니까요." 나오미는 한 손을 들어 올렸다. "동정하지 마세요."

"알았다."

"전 그저 그 애들과 어울리고 싶었을 뿐이에요. 그 애들에게 잘 보이고 싶었어요."

"그 애들이라면 크래시 메이너드를 말하는 거니?"

"크래시, 카일, 서턴, 전부 다요."

와일드는 날 괴롭히는 아이들에게 잘 보이고 싶어 해서는 안 되며, 다른 사람에게 날 맞추려고 하는 건 늘 잘못된 선택이고, 늘 너 자신에게 솔직해야 하며, 내 원칙을 고수하고, 날 괴롭히는 아이들에게 맞서 싸우라는 짧은 연설을 시작하고 싶었다. 하지만 나오미는 이미 그런 이야기를 들었을 테고, 그런 말을 해봐야 꼰대 같다는 소리만 들을 것이다. 나오미는 이 상황을 모든 면에서 그보다 훨씬 더 잘 알고 있었다. 나오미는 매일 그 상황에서 살았지만 와일드는 아니었다. 나오미는 이 방법이, 이 챌린지 게임이 그녀를 더 '멋진' 사람으로 만들어 주기를 바랐고 어쩌면 정말로 그렇게 될지 모른다. 누가 알겠는가. 어쩌면 나오미가 다시 나타났을 때 크래시와 그 무리는 그 애를 다시 보게 될지 모른다. 모든 게 바뀔지도 모른다.

그러니 와일드가 무슨 자격으로 그 방법이 효과가 없을 거라고 말한단 말인가.

"그러다 아빠가 아이디어를 내놓았어요. 저는 그냥 이 지하실에 숨어있고, 아빠는 절 걱정하는 척하는 걸로요."

"그런데 경찰이 찾아왔구나."

"맞아요. 우린 거기까지는 생각하지 못했어요. 아빠는 사실대로 말할 수 없었어요. 아빠가 한 짓이, 제가 한 짓이 알려지면 어떻게 될지 생각해 보세요. 전 학교에서 버티지 못할 거예요. 그래서 아빠는 지금 완전히 겁에 질렸어요."

지하실 문이 열리더니 계단 꼭대기에서 버나드 파인이 외쳤다. "나오미?"

"괜찮아요, 아빠."

"누구랑 얘기하고 있는 거야?"

나오미의 미소가 환해졌다. "친구요."

와일드는 고개를 끄덕였다. 그가 도울 수 있는 일이 있는지 묻고 싶었지만 이미 답을 알고 있었다. 그래서 그냥 계단이 있는 쪽으로 걸어갔다. 와일드를 본 버나드 파인의 눈이 휘둥그레졌다.

"당신 대체……?"

"막 가려던 참이었습니다." 와일드가 말했다.

"여길 어떻게……?"

나오미가 말했다. "괜찮아요, 아빠."

와일드는 계단을 올라갔다. 버나드 파인을 지나칠 때 그에게 손을 내밀었다. 파인은 그의 손을 잡았다. 와일드는 명함을 건넸다. 이름은 적혀있지 않고 전화번호만 있었다.

"혹시 도움이 필요하면 연락하세요." 와일드가 말했다.

버나드는 창문을 힐끗 바라보았다. "경찰이 당신을 볼지도 모르는데……."

하지만 와일드는 고개를 젓고 뒷문 쪽으로 다가갔다. 이제 손에는 복면을 들고 있었다. "못 볼 겁니다."

1분 뒤 와일드는 다시 숲으로 돌아갔다.

라일라의 집으로 가는 동안 와일드는 헤스터에게 전화했다.

"나오미는 무사해요."

와일드는 사정을 설명했다.

그의 설명이 끝나자 헤스터가 외쳤다. "지금 장난해?"

"이건 희소식이에요. 나오미는 무사해요."

"얼씨구, 희소식? 나오미는 무사해요? 환장하겠네. 넌 못 봤나 본데 나는 여학생이 실종됐다고 전국에 생중계했어. 근데 네 말에 따르면 지금 그 애가 자기 집 지하실에 숨어있다는 거잖아. 내가 얼마나 바보처럼 보이겠니."

"아." 와일드가 말했다.

"아?"

"그것밖에 할 말이 없네요. 아."

"난 가진 게 명성밖에 없는 사람이야. 그거랑 뛰어난 미모."

"괜찮을 거예요, 헤스터."

헤스터는 한숨을 쉬었다. "그래, 알아. 라일라에게 돌아가는 길이니?"

"네."

"매슈에게 말할 거야?"

"네, 대충은요."

"그런 다음에 라일라랑 함께 잘 거고?"

와일드는 대답하지 않았다.

"미안하다." 헤스터가 말했다.

"좀 주무세요, 헤스터."

"너도 그래라, 와일드.

이튿날 나오미는 다시 학교로 돌아갔다. 나오미는 사람들이 너무 캐묻지 않기를 바랐으나 다들 질문을 퍼부어 댔다. 나오미의 거짓말은 곧 무너졌고, 나오미가 챌린지 게임을 했다는 사실이 밝혀졌다.

이전까지 나오미에게 학교생활이 지옥이었다면 이 일이 밝혀지면서 열 배는 더 힘든 지옥이 되었다.

일주일 뒤 나오미 파인은 다시 사라졌다.

다들 나오미가 가출했을 거라고 짐작했다.

그러고는 나흘 뒤, 절단된 손가락 하나가 발견되었다.

CHAPTER

12

일주일 뒤

차 한 대가 그의 집 근처에 있는 숨겨진 샛길로 들어섰다.

와일드가 그걸 아는 이유는 샛길 초입에 경보 장치 기능이 있는 고무호스를 놓아두었기 때문이다. 미국 전역의 주유소에서 매일 볼 수 있는 평범한 고무호스였다. 구식이지만 동물들이 지나갈 때마다 울리는 동작 감지기보다 훨씬 효과적이다. 동작 감지기는 매시간 잘못된 경보를 울린다. 반면 고무호스는 자동차처럼 무거운 물체가 누를 경우에만 작동한다.

누군가 침입했다는 알림창이 떴을 때 와일드는 휴대전화의 작은 화면을, 더 정확히 말하면 혈육을 찾아주는 사이트에서 온 이메일을 보고 있었다. "바로 여기서 당신의 DNA 결과를 볼 수 있습니다!"라고 자랑스럽게 광고하는 사이트였다. 와일드는 링크를 누를지, 아니면 지금까지 그랬던 것처럼 그냥 이 문제를 덮어둘지 고민했다. 마찬가지로 이 검사를 받아야 할지, 애초에 이 험난한 여정 자체를 시작해야 할지도 고민했다. 와일드는 가명으로 자신의 DNA를 보내면 안전할 거라는 결론을 내렸다. 꼭 결과를 볼 필요는 없었다. 결과는 그냥 저 링크 뒤에 남겨둘 수 있다.

왜 와일드가 아직까지 이 검사를 받지 않았는지, 당연히 거쳤어야 할 이 단계를 생략했는지 의아해하는 사람도 있을 것이다. 유전자 분석 업체인 23andMe와 Ancestry.com 같은 회사들이 지금까지 수백 명, 혹은 수천 명의 사람이 가족을 찾을 수 있도록 도왔다고 쉴 새 없이 광고해 대는데 와일드도 자신의 타액이 묻은 면봉을 보내서 혈통을 알아내는 게 당연하지 않았을까? 별생각 없이, 즉석에서 대답하자면 당연히 '예스'다. 하지만 시간을 할애해서 그 문제를 생각해 보고, 모든 여파를 다 고려해 보면 와일드는 확신이 서지 않았다.

자연 속 삶을 즐기고 대다수 사람에게 정을 붙이지 못하는 내가 혈육이라고 주장하며 내 삶에 밀치고 들어올 이방인들을 만나려고 굳이 마음의 문을 열어야 할까?

내가 정말 그걸 원할까?

과거를 알아서 좋은 게 뭘까?

고무호스 경보 장치가 켜지자 보다 최신식인 나머지 경보 장치도 활성화되었다. 이 샛길로 들어서는 차들은 대부분 실수로 들어선다. 방향을 잘못 튼 것이다. 특히 몇 년 전에는 더욱 그랬다. 사실 와일드는 아예 샛길 초입에 공터를 만들어 두었다. 길을 잘못 든 것을 깨달은 운전자가 방향을 돌려서 다시 나가기 수월하도록. 하지만 이제는 지나치게 무성해진 초목이 큰 효과를 발휘해 메인 도로에서는 이 샛길이 잘 보이지 않았고, 덕분에 실수로 이 길에 들어서는 사람도 훨씬 줄어들었다.

그런데도 여전히 실수를 저지르는 사람들이 있었고, 이번에도 그런 경우일 수 있었다.

하지만 두 번째, 세 번째 경보 장치가 켜지자 이 차는 돌아갈 마음이 없다는 게 확실해졌다. 누군가 그를 찾아왔다는 뜻이었다.

와일드는 에코 캡슐이라는 타원체 모양의 주문 제작한 집에서 살았다. 초소형 스마트 하우스 혹은 공공 설비를 이용하지 않는 친환경 거주지 혹은 소형 이동 주택 등 여러 명칭으로 불리는 에코 캡슐은 와일드가 페르시아만에서 복역할 때 만났던 슬로바키아인 친구가 만들었다. 구조는 거대한 공룡알처럼 생겼는데 눈에 잘 띄지 않도록 다섯 가지 색의 무광 페인트로 군복 무늬처럼 칠했다. 전체 주거 공간은 2평이 채 안 되는 원룸이었지만 필요한 건 다 있었다. 간이 부엌에는 쿠킹 플레이트와 미니 냉장고가 있고, 욕실에는 절수 기능이 있는 수도꼭지와 샤워기, 분뇨를 소각해 재로 만드는 변기가 갖춰져 있었다. 식탁, 서랍장, 저장고, 트윈이나 더블로 바꿀 수 있는 접이식 침대 같은 가구는 모두 붙박이였고 물푸레나무 합판으로 마감한 벌집 모양의 허니콤 패널로 만들었다. 캡슐 외관은 강철로 된 뼈대에 단열 유리섬유를 씌워서 만들었다.

한마디로 에코 캡슐은—굳이 아닌 척할 이유가 없다—끝내주게 멋졌다.

이 집을 보고 와일드가 '열성 환경주의자' 혹은 극단적 환경주의자라고 생각할지 모르지만 사실은 그렇지 않았다. 이 집은 와일드를 보호해 주고 프라이버시를 제공했다. 사력으로 진기의 물을 만들 수 있었으므로 공공 설비를 이용할 필요가 전혀 없었다. 지붕에는 태양광 전지가 있고, 풍력 발전용 터빈도 달려있어서 배터리를 충전해야 할 때 사용할 수 있었다. 타원형 외관 덕분에 빗물을 모으기가 쉬웠지만 혹시라도 비가 내리지 않으면 호수 또는 개울에 가거나 호스를 이용하거나 어떤 식으로든 부족한 물을 보충할 수 있었다. 그렇게 모은 물을 역삼투압 필터로 거르고, 자외선 LED 램프로 살균하면 즉시 음용할 수 있다. 물 저장 탱크와 온수기는 한 사람이 쓰기에 충분했다. 하지만 솔직히 말해서 라일라의 집에 갈 때마다 강력한 제트 분사 기능이 있고 뜨거운 물이 끝없이 나오는 듯한 샤워기로 호사를 누릴 수 있어서 행복했다.

에코 캡슐에는 세탁기도, 건조기도, 전자레인지도, 텔레비전도 없었다. 하지만 와일드는 별로 불편하지 않았다. 그에게 전기가 필요한 물건은 노트북과 휴대전화뿐이었는데 이 정도는 에코 캡슐 내부에서 쉽게 전력을 제공받을 수 있었다. 내부에는 온도 조절 장치나 전등 스위치도 없었다. 이런 기능은 전부 스마트홈 앱을 통해 실행했다.

에코 캡슐은 트레일러에 연결해 쉽게 이동할 수 있었다. 거기서 거기라고는 해도 와일드는 몇 주나 몇 달에 한 번씩 꼭 장소를 옮겼다. 지금까지도 그렇게 자주 이동하는 건 좀 지나친 감이 있었지만 한곳에 너무 머무르면 마치 에코 캡슐이(덩달아 그 자신도?) 뿌리를 내리는 듯한 느낌이 들었다.

와일드는 그 느낌이 싫었다.

현재 와일드는 그 DNA 사이트 링크를 클릭할까 고민하며 에코 캡슐의 걸윙 도어(gull wing door, 문을 열면 갈매기 날개처럼 위로 올라가며 열리는 문—옮긴이) 밖에 서 있었다. 태양광 전지하고 연결된 동작 감지 센서와 카메라가 그의 휴대전화로 촬영 중인 화면을 전송해 주었다. 빨간색 아우디 A6 한 대가 다가오더니 정차했다. 운전석 문이 열리고 한 남자가 반쯤 굴러떨어지듯이 내렸다가 잠시 후에야 똑바로 섰다. 와일드는 그를 알아보았다. 한번 만난 적이 있었다.

버나드 파인, 나오미의 아빠였다.

"와일드!"

설치해 둔 마이크를 통해 버나드가 그를 부르는 소리가 들렸다. 현재 와일드는 마이크 없이는 그 소리를 들을 수 없을 정도로 멀리 떨어져 있었다. 와일드는 서둘러 샛길을 내려가 그쪽으로 달려갔다. 거기까지는 500미터쯤 된다. 에코 캡슐에 총이 있었지만(군대에서 사용하는 베레타 M9) 굳이 가져올 이유가 없었다. 와일드는 총을 좋아하지 않았고, 잘 쏘지도 못했다. 메이너드 장원에서 토르의 총을 빼앗았을 때 쏠 필요가 없어서 다행이라고 생각했다. 사람을 다치게 하는 게 싫어서라기보다 그 거리에서도 와일드의 사격술은 좋게 말해서 의심스러운 수준이기 때문이다.

와일드는 조용히 버나드 파인 뒤로 다가갔다.

"무슨 일입니까?"

버나드는 움찔하며 뒤로 빙글 돌았다. 와일드는 자신이 여기 산다는 걸 버나드가 어떻게 알아냈는지 의아했지만 따지고 보면 별로 대단한 비밀도 아니었다. 사람들은 이런 식으로 와일드에게 연락할 수 있다는 걸 알고 있었다.

"당신 도움이 필요합니다." 버나드가 말했나.

와일드는 그가 좀 더 말하기를 기다렸다.

"또 사라졌어요. 나오미 말입니다. 이번에는 가출한 게 아니에요." 버나드가 말했다.

"경찰에 신고했습니까?"

"네."

"그런데요?"

버나드는 눈을 굴렸다. "몰라서 물어요?"

당연히 경찰은 나오미가 또 가출했다고 생각할 것이다. 버나드 말로는 나오미의 실종이 자작극이었다는 사실이 밝혀지면서 아이들은 나오미를 더 심하게 괴롭히고 조롱했다고 한다. 나오미는 더 큰 실의에 빠졌다. 경찰로서는 이번 사건에서 양치기 소년(이 경우에는 소녀)의 측면을 배제하지 않을 수 없었다.

"내가 돈을 낼게요. 듣기로는……." 버나드가 머뭇거렸다.

"듣기로는 뭐요?"

"당신이 그런 일을 한다고 들었습니다. 잘나가는 탐정 같은 거라고요."

그것 역시 과장이었다. 보안 회사 '크로(CRAW)'에서 W는 그의 이름을 딴 것이고, 그의 전문 분야는 해외 주재 공무원의 신변 보호였다. 출생증명서조차 찾을 수 없는 특이한 신분 덕분에 와일드는 극도의 비밀 유지가 필요한 가장 민감한 사건들을 담당했다. 돈을 충분히 번 뒤에는 회사에 나가지 않았지만 그래도 크로의 말없는 파트너로 남아 그들이 '컨설팅'하는 일들의 켕기는 부분을 처리하는 쪽으로 '은퇴'했다.

"나오미는 가출한 게 아니에요." 버나드가 다시 한번 말했다.

혀 꼬부라진 소리였다. 충혈된 눈, 꼬깃꼬깃한 셔츠, 느슨하게 풀어진 넥타이로 보아 퇴근 후에 술을 마신 듯했다.

"왜 그렇게 생각하죠?"

버나드는 곰곰이 생각하더니 대답했다. "그냥 아빠의 직감이라고 한다면 설득이 될까요?"

"전혀요."

"나오미는 납치됐습니다."

"누구에게요?"

"모르겠어요."

"폭력 흔적이 있었나요?"

"폭력이요?" 버나드가 얼굴을 찡그렸다. "무섭게 왜 그래요?"

"나오미가 납치됐다는 증거라도 있습니까?"

"증거는 전혀 없어요."

"무슨 뜻이죠?"

버나드 파인은 두 손을 옆으로 벌리더니 징그럽게 미소 지었다. "우리 애가 여기 있는 거 아니죠? 네?"

"난 도와줄 수 없겠군요."

"나오미가 납치됐다는 걸 내가 증명하지 못해서요?"

버나드는 비틀거리며 너무 빠르게 와일드에게 다가갔다. 마치 그를 공격하려는 듯이. 와일드는 한 걸음 물러섰다. 버나드는 걸음을 멈추더니 항복한다는 듯이 한 손을 들어 올렸다.

"이봐요, 와일드, 당신 이름이 뭐든 간에 당신 말이 맞다고 칩시다. 나오미가 가출했다고 쳐요. 설사 그렇다 해도 그 애는 어딘가에 혼자 있을 겁니다." 버나드는 두 손을 들어 올리고 한 바퀴 돌았다. 마치 자기 딸이 이 숲에 있을지도 모른다고 말하듯이. "나오미는 학교에서 그 무식한 놈들한테 큰 상처를 받았고, 이제는 두려움과 슬픔에 떨고 있어요……. 그 애를 찾아야 해요."

인정하기 싫었지만 맞는 말이었다.

"날 좀 도와줘요. 아니, 내가 아닙니다. 난 잊어버려요. 당신은 나오미를 만났고, 둘이 잘 통했잖습니까. 그러니 나오미를 도와 줘요."

와일드는 손을 내밀었다. "자동차 키 주세요."

"네?"

"내가 당신 집까지 운전할 테니까 가는 길에 당신이 아는 걸 전 부 다 말해요."

CHAPTER

13

헤스터는 집중하려고 했지만 사춘기 고등학생처럼 마음이 들떴다.

오늘 〈크릭스틴 온 크라임〉의 초대 손님은 유명한 시민운동가 겸 변호사 사울 스트라우스였다. 오늘의 주제는 요즘 거의 모든 프로그램이 다 그렇듯이 배경이 의심스러운 토크쇼계의 거성, 러스티 에거스의 파격적인 대통령 선거 유세였다.

하지만 곧 중간 광고가 시작하리라는 걸 아는 헤스터는 방금 전 오렌 카마이클에게 받은 문자를 생각했다.

지금 방송 중인 거 압니다. 내가 올라갈 테니까 끝나고 잠깐 볼 수 있을까요?

헤스터는 늘뜬 마음으로 — 맙소사, 이 나이에도 이렇게 마음이 들뜨다니 — 그러자고, 그리고 그가 언제든 올라올 수 있도록 안내 데스크에 그의 이름을 남겨두겠다고 답장을 보냈다. 하마터면 말미에 하트나 웃는 얼굴 이모티콘을 보낼 뻔했지만 다행히 정신을 차렸다.

그래도 여전히 마음이 들떴다.

광고가 끝나자 헤스터는 프롬프터에 올라온 사울 스트라우스의 짤막한 약력을 읽었다. 버몬트주 골수 공화당 주지사의 아들로 해군에서 복무했고, 브라운 대학 졸업 후에 컬럼비아 로스쿨에서 교편을 잡았다. 현재는 부당한 대우를 받는 사람들과 억울한 일을 당한 사람들, 환경문제, 동물 권익의 믿음직한 옹호자로 지칠 줄 모르고 활동했다. 한마디로 어떤 대의든 간에 지나치게 공감하며 맹렬하게 변호했다.

"확실히 해두죠." 헤스터는 본론으로 곧장 들어갔다. "그러니까 당신은 러스티 에거스가 아니라 〈더 러스티 쇼〉를 제작한 제작자들을 고소하는 거죠? 맞요?"

헤스터는 사울 스트라우스가 60대 초반일 거라고 짐작했다. 전체적인 스타일은 진보적인 정치 성향의 미술 대학 교수 같았다. 뒤로 묶은 희끗희끗한 머리는 등까지 내려왔고, 체크무늬 셔츠에 짙고 어두운 오렌지색 코듀로이 재킷을 입었는데 팔꿈치에 장식용 패치가 붙어있었다. 수염은 어떻게 보면 멋스럽고, 어떻게 보면 아미시 교도 같기도 했으며 목에 걸린 안경 걸이에는 돋보기가 매달려 있었다. 하지만 옷을 어떻게 입든지 간에 그에게서는 여전히 나이 든 해군의 단호한 면이 보였다.

"그렇습니다. 전 〈더 러스티 쇼〉의 광고주 중 한 명을 대변하고 있습니다. 광고주는 자신이 사기를 당했을지 모른다는 정당한 걱정을 하고 있고요."

"어느 광고주죠?"

테이블 위에 포개진 스트라우스의 손은 크고 두툼했으며 손가락은 소시지 같았다. 지난번에 스트라우스가 출연했을 때 헤스터는 대화 도중 아주 잠깐 그의 팔뚝에 손을 올려놓았는데 팔뚝이 대리석처럼 단단했다.

"판사님께 당분간 의뢰인의 이름을 비밀로 해달라고 부탁한 상태입니다."

"하지만 사기로 고소하는 거 맞죠?"

"네."

"설명해 주시죠."

"한마디로 우리는 〈더 러스티 쇼〉가 제 의뢰인과 다른 광고주들에게 사기를 쳤다고 생각합니다. 그들의 브랜드에 피해를 줄 수 있는 정보를 고의로 숨겼기 때문입니다."

"그게 어떤 정보죠?"

"아직 확실하지 않습니다."

"그런데 어떻게 고소를 하나요?"

"깨끗한 양심의 소유자인 제 의뢰인은 러스티 에거스 및 그의 프로그램과 계약했습니다. 그때 방송국과 대시 메이너드는……."

"대시 메이너드가 〈더 러스티 쇼〉의 제작자죠?"

사울 스트라우스는 씩 웃었다. "아, 그 이상이죠. 대시 메이너드와 러스티 에거스는 오랫동안 친구였습니다. 메이너드는 그 프로를 제작했고, 현재 우리가 알고 있는 러스티 에기스라는 가짜 존재를 창조했죠."

헤스터는 '가짜 존재'에 대해 더 물을까 고민했지만 그냥 넘어가기로 했다. "알겠어요, 좋습니다. 하지만 난 여전히 당신의 주장이 이해가 안 되네요."

"대시 메이너드는 러스티 에거스에게 피해를 줄 수 있는 정보를 쥐고 있었고……."

"그걸 어떻게 알았죠?"

"……기밀 유지 협약(계약에 영향을 끼칠 만한 특정 사안은 쌍방이 논의하되 그 내용을 제3자에게 알리지 않는다는 내용의 계약—옮긴이)을 맺었는데도 그 정보가 무엇인지 밝히지 않았습니다. 〈더 러스티 쇼〉가 언제든 잘못돼서 제 의뢰인의 브랜드에 해를 끼칠 걸 알면서도 그 프로그램의 광고를 판 거죠."

"하지만 그 프로그램은 잘못되지 않았잖아요."

"아직까지는 그렇죠."

"사실 〈더 러스티 쇼〉는 방송이 중단됐어요. 러스티 에거스는 현재 미합중국의 유력한 대선 후보니까요."

"맞습니다. 그게 바로 요점입니다. 현재 그는 대선 출마 중이기 때문에 훨씬 더 철저하게 조사받아야 합니다. 대시 메이너드의 그 위험한 영상이 공개되면……."

"잠깐만요, 그 영상이 존재한다는 증거가 있나요?"

"……제 의뢰인의 사업은 심각하게, 그리고 돌이킬 수 없는 피해를 볼 겁니다."

"〈더 러스티 쇼〉에 광고를 편성했기 때문에요?"

"네, 물론입니다."

"그러니까 요컨대 당신은 사기 혐의로 〈더 러스티 쇼〉의 제작진을 고소하지만 그 사기는 아직 일어나지 않았고, 일어났다는 증거도 없으며, 더욱이 그 사기의 근거는 존재하는지도 모르고,

설사 존재한다고 해도 피해를 줄지 안 줄지, 어떻게 피해를 줄지도 모르는 무언가라는 거군요. 요약하자면 대충 그렇게 될까요?"

스트라우스는 그 요약이 마음에 들지 않았다. "아뇨, 그건……."

"사울?"

"네?"

헤스터는 몸을 앞으로 내밀었다. "이 소송은 터무니없어요."

스트라우스는 헛기침을 했다. 그의 큼직한 손이 긴장했다. "판사는 우리에게 청구인 자격이 있다고 했습니다."

"오래 못 갈 거예요. 당신도 알고, 나도 알죠. 우리 솔직해집시다. 이 우스꽝스러운 고소는 사람들의 관심을 끌어 대시 메이너드를 압박하기 위한 술수잖아요. 러스티 에거스에게 망신을 주고, 그의 선거 유세에 타격을 줄 수 있는 영상을 공개하도록 하기 위해서요."

"아뇨, 전혀 그렇지 않습니다."

"러스티 에거스를 지지하시나요?"

"뭐라고요? 지지하지 않습니다."

"사실," 헤스터는 제작진이 화면에 집어넣은 인용문을 그대로 읽었다. "당신은 이렇게 말했죠. '무슨 일이 있어도 러스티 에거스를 막아야 한다. 그는 미국을 상상할 수 없는 공포에 빠뜨릴 수 있는 정신 나간 허무주의자이며 세세 질서를 무너뜨리고 싶어 한다. 설사 그로 인해 수백만 명이 죽는다 해도.'" 헤스터는 다시 스트라우스를 돌아보았다. "이렇게 말씀하신 거 맞죠?"

"맞습니다."

"정말로 그렇게 믿으시나요?"

"당신은 안 그런가요?"

헤스터는 거기에 말려들지 않았다. "그러니까 만약 대시 메이너드가 러스티 에거스에게 피해를 줄 무언가를 가지고 있다면, 그 정보가 대중에게 알려져야 한다고 믿으시는군요."

"물론입니다. 이건 이 세상 최고 권력자를 뽑는 선거예요. 후보들은 자신에 관한 모든 것을 투명하게 공개해야 합니다."

"그게 이번 고소의 진짜 목적이고요."

"투명하게 공개하는 건 중요합니다, 헤스터. 동의하지 않나요?"

"동의해요. 다만 난 그보다 더 중요한 게 있다고 믿어요. 바로 헌법이죠. 법치주의요."

"그러니까 당신은 러스티 에거스와 대시 메이너드를 옹호하는 겁니까?"

"난 법을 옹호해요."

"과장하고 싶지는 않지만……."

"너무 늦었어요."

"……만약 히틀러가 집권하는 걸 막을 수 있다면……."

"아, 사울, 그 얘기는 꺼내지 말아요. 부탁이에요."

"왜죠?"

"그냥요. 내 코너에서는 하지 말아요."

사울 스트라우스는 카메라를 향해 몸을 내밀더니 카메라에 대고 말했다. "대시 메이너드에게는 인류 역사를 바꿔놓을 수 있는 영상이 있습니다."

"과장하고 싶지 않다면서요." 헤스터가 못 말린다는 표정으로 눈을 굴렸다. "그건 그렇고, 그런 영상이 존재한다는 걸 어떻게 알게 됐죠?"

스트라우스는 헛기침을 했다. "우리에겐, 음, 여기저기 정보원이 있습니다."

"이를테면요?"

"아니 포플린도 그중 하나죠."

"아니 포플린이요?" 헤스터는 의심스럽다는 말투로 말했다. "아니 포플린이 당신 정보원이라고요?"

"그중 하나입니다, 네." 스트라우스는 헛기침을 했다. "아니 포플린은 직접……."

"시청자들을 위해 분명히 하자면, 아니 포플린은 미치광이 음모론자가 된 유명 인사로 〈더 러스티 쇼〉에 출연한 적이 있습니다."

"그 설명은 오해의 소지가 있군요."

"아니 포플린은 9/11 사태가 내부자 소행이라고 하지 않았나요?"

"그건 이 일과 관련 없습니다."

"바로 그 아니 포플린이 매주 우리 프로그램 PD에게 연락해서 초대 손님으로 출연하게 해달라고 했죠. UFO나 켐트레일(항공기가 화학물질을 공중에 살포해서 생기는 구름으로, 음모론자들은 이것이 유해 물질을 의도적으로 살포해 사람들을 해치기 위해서라고 믿는다―옮긴이) 혹은 그와 비슷한 허튼소리에 관한 새로운 이론을 소개하고 싶다면서요. 정말이에요? 아니 포플린이 정보원이라고요?"

"외람된 말씀이지만……."

"외람될 말이면 하지 말아요, 사울."

"……당신은 러스티 에거스의 선거 유세가 얼마나 위험한지 모르는 것 같네요. 우리에게는 그 영상을 방송해서 민주주의를 구할 의무가 있습니다."

"그럼 그 영상을 방송할 합법적인 방법을 찾아내세요. 아니면 당신이 구할 민주주의도 없을 테니까."

"지금 제가 하는 일이 그겁니다."

"그 하찮은 사기 소송으로요?"

"전 상대가 주차 위반을 한 적이 있는지부터 알아볼 수 있습니다. 그러다 그 사람이 살인이라도 저질렀다는 걸 알게 되면 좋고요."

"와, 과장이 심하네요. 하지만 당신과 러스티 에거스는 같은 가치관을 가진 것 같군요."

"뭐라고요?"

"목적이 수단을 정당화한다. 아주 옛날부터 내려오던 말이죠. 당신들 둘이서 나라를 세우지 그래요?" 스트라우스의 얼굴이 달아올랐다. 하지만 그가 반격하기 전에 헤스터는 카메라를 향해 몸을 돌렸다. "잠시 후에 돌아오겠습니다."

PD가 외쳤다. "끝났습니다."

사울 스트라우스는 불만이 많았다. "맙소사, 헤스터, 대체 왜 그러는 겁니까?"

"아니 포플린이라고요? 제정신이에요?" 헤스터는 고개를 절

레절레 흔들고는 문자를 확인했다. 2분 전에 오렌이 보낸 문자가
있었다.

올라갑니다.

"난 그만 가야 해요, 사울."

"세상에, 어떻게 그런 말을 할 수가 있습니까? 어떻게 날 러스
티 에거스와 똑같이 취급할 수가 있죠?"

"그 소송은 말도 안 돼요."

사울 스트라우스는 그녀의 팔에 한 손을 올렸다. "러스티 에거
스는 멈추지 않을 거예요, 헤스터. 모든 게 파괴되고 아수라장이
되고 허무주의가 팽배해질 겁니다. 알겠어요? 그자가 원하는 건
기본적으로 무정부 상태예요. 당신과 내가 소중히 여기는 모든
걸 무너뜨릴 거라고요."

"난 가야 해요, 사울."

헤스터는 옷깃에서 마이크를 뗐다. 무대 옆에서 앨리슨 그랜트
PD가 기다리고 있었다. 헤스터는 태연하게 물었다.

"나 찾아온 손님 있어?"

"경찰 서장 제복 입은 그 섹시한 할아버지 말이에요?"

헤스터 입에서 저절로 본심이 튀어나왔다. "그 남자 귀엽지?"

"짐승남 만난 거 축하해요."

"어디 있어?"

"그린룸으로 안내했어요."

녹화장마다 방송 시작 전에 초대 손님들이 대기하는 그린룸이

있었다. 하지만 이상하게도 이름만 그린룸일 뿐 실제로 내부는 초록색이 아니었다.

"나 어때 보여?" 헤스터가 물었다.

앨리슨이 어찌나 꼼꼼하게 뜯어보는지 말을 살 때처럼 치아까지 보자고 할까 봐 걱정되었다. "똑똑해요."

"뭐라고?"

"방송 직후에 들르게 했잖아요. 화장이랑 머리 손질 다 끝난 상태로 만나려고."

"잘했지?" 헤스터는 치마를 쓸어내리고 복도를 걸어갔다. 그린룸은 방송국 앵커들과 언론인들 포스터로 도배되어 있었는데 3년 전에 찍은 헤스터 사진도 있었다. 팔짱을 낀 채 비스듬히 선 사진 속 그녀는 강해 보였다. 헤스터가 그린룸에 들어섰을 때 오렌은 문을 등진 채 서서 그녀의 포스터를 보고 있었다.

"어때요?" 헤스터가 물었다.

오렌은 그녀를 돌아보지 않은 채 대답했다. "지금이 더 섹시하네요."

"섹시하다고요?"

오렌은 어깨를 으쓱였다. "더 예쁘다거나 더 아름답다는 표현은 당신에게 어울리지 않아요, 헤스터."

"그 칭찬 받도록 하죠. 그 칭찬 받고 당신이 취소하기 전에 얼른 도망가야겠네요."

오렌은 몸을 돌려 미소 지었다. 너무나 근사한 미소였다. 헤스터는 발가락이 찌릿찌릿했다.

"이렇게 만나니 좋군요."

"나도요. 그리고 나오미 일은 미안해요."

"다 지난 일입니다. 나보다는 당신이 더 난처하게 됐죠."

그랬다. 나오미의 실종이 자작극으로 밝혀지자 온라인에서 많은 사람이 헤스터를 조롱했다. 헤스터의 적들은—소셜 미디어를 하는 사람이라면 누구나 적이 있다—그녀의 실수를 한껏 즐겼다. 이틀 뒤 헤스터가 논란의 여지가 많은 선거에 대한 캘리포니아 법정 판결에 관해 의견을 밝히자 열두 명의 트위터 정신병자들(헤스터는 그들을 그렇게 불렀다)이 분노에 차서 그녀를 공격했다. "잠깐만, 이 사람은 애들 장난이 전국적인 비상사태라고 했던 여자 아니야?" 그게 요즘 추세인 변형된 양비론으로—맞다, 헤스터는 이제 '양비론'이라는 단어조차 싫었다—누군가가 과거에 저지른 실수를 들먹여 그가 말한 타당한 의견의 신빙성까지 떨어뜨렸다. 얼마나 오래전에 저질렀든, 얼마나 대수롭지 않은 실수든 상관없었다. 마치 완전무결한 사람의 의견만이 고려할 가치가 있다는 듯이.

"또 가출했습니다." 오렌이 말했다.

"나오미가요?"

"네. 나오미의 아빠가 찾아왔더군요. 단순 가출이 아니라고 했어요."

"어쩔 건가요?"

"어쩌겠습니까? 부하 직원들에게 알렸죠. 그러니까 순찰 중에 그 애를 보면 연락할 겁니다. 하지만 이번에도 가출한 게 확실한 것 같더군요."

"나오미가 스트레스를 많이 받았을 거예요."

"네, 나도 그게 걱정입니다."

헤스터는 이 나오미 사태가 여전히 의문이었지만—특히 왜 매슈가 이 일에 그녀를 끌어들였는지—나오미가 돌아오자 매슈는 입을 다물어 버렸고, 그저 같은 반 친구로서 막연히 걱정되었을 뿐이라고만 했다.

"그런데 여기는 어쩐 일로 왔죠?" 헤스터가 물었다.

"이 정도면 시간이 충분히 지난 것 같아서요."

"네?"

"내가 너무 빨리 전화했다고 했잖습니까. 절박해 보인다고."

"그랬죠."

"내가 좀 구식이다 보니 옛날 방식으로 약속을 잡아야 한다고 생각했어요."

"아."

"직접 만나서요."

"아."

"다이얼 전화기로 전화해야 하는데 요즘에는 그런 전화기가 없으니까요."

"아."

오렌이 다시 미소 지었다. "근데 완전히 망한 것 같군요."

"내가 또 '아'라고 해야 하나요?"

"아뇨, 이제 요령을 터득했습니다. 언제 나랑 저녁 먹을래요?"

"아마 난 관심 없는 척해야겠죠? 내 바쁜 스케줄을 확인해 봐야 한다는 식으로요."

"아." 오렌이 말했다.

"네, 오렌. 난 당신하고 꼭 저녁 먹고 싶어요."

"내일 어떤가요?"

"좋아요."

"7시?"

"내가 예약해 둘게요."

"양복 입고 와야 합니까?"

"아뇨."

"좋아요."

"좋아요."

침묵이 흘렀다.

오렌은 마치 그녀를 안으려는 듯 앞으로 다가오더니 마음을 바꿔서 어색하게 살짝 손만 흔들었다. "그럼 잘 있어요."

헤스터는 오렌이 그녀를 지나 문밖으로 나가는 모습을 지켜봤다.

'그래.' 제자리에서 폴짝 뛰어 양 발꿈치를 부딪치고 싶은 충동을 누르며 헤스터는 생각했다. '섹시한 할아버지 맞아.'

CHAPTER

14

러스티 에거스는 너무 과장된 몸짓으로 텔레비전을 꺼버리고는 하얀 소파 위로 리모컨을 던졌다.

"저건 그저 날 귀찮게 하려는 쓸데없는 소송이에요."

개빈 체임버스는 고개를 끄덕였다. 두 사람은 크롬과 흰색으로 꾸며진 러스티의 세련된 펜트하우스에서 헤스터 크림스틴이 사울 스트라우스를 인터뷰하는 방송을 보던 중이었다. 고층 건물에 자리 잡은 이 펜트하우스에서는 천장부터 바닥까지 뚫린 통창 너머로 숨 막히게 근사한 맨해튼의 스카이라인을 볼 수 있었다. 이 펜트하우스가 맨해튼이 아닌 뉴저지주 호보컨에 있어서 맨해튼을 마주 보기 때문이었다. 허드슨강 근처에 사는 뉴요커는 뉴저지주의 그럭저럭 괜찮은 전망을 보지만, 같은 허드슨강 반대편에 사는 뉴저지 주민들은 뉴욕시의 입이 딱 벌어지는 전망을 즐길 수 있다. 지금처럼 건물 불빛이 허드슨강에 반사되어 반짝거리는 밤이면 검은 벨벳 같은 강물에 다이아몬드를 뿌려놓은 듯하다.

"재판이 더 진행되기 전에 판사가 기각할 겁니다." 러스티가 자신감 넘치는 태도로 말했다. 그는 늘 자신감이 넘치는 태도로 말했다.

"그렇겠죠." 개빈 체임버스가 말했다.

"헤스터 크림스틴이 인터뷰를 아주 잘하더군요." 러스티가 말했다.

"그러게요."

"합리적이었어요. 스트라우스에게 헛소리하지 말라고 따끔하게 충고하기도 하고."

"네."

"하지만 쉽게 물러서진 않을 거예요. 그렇죠?"

"사울 스트라우스요?" 개빈 체임버스는 고개를 끄덕였다. "그럴 겁니다."

"스트라우스랑 아는 사이죠?"

"네."

"함께 복무했죠?"

그랬다. 둘은 해군에서 함께 복무했다. 아주 오래전에. 개빈은 늘 사울 스트라우스를 존경했다. 사울은 강인하고 저돌적이며 용감했다. 하지만 거의 모든 면에서 문제가 있었다.

"마지막으로 스트라우스를 만난 게 언젠가요?"

"오래전입니다."

"그래도 아직 유대감이 남아있을 테죠. 해외에서 함께 복무했으니까."

개빈은 대답하지 않았다.

"한번 얘기해 볼 수 있겠어요?"

"무슨 얘기요?"

"이 일에서 손 떼라고요."

예전에 개빈은 사울 스트라우스가 감성적이고 너무 낙관적이며 친환경을 추구하고 비현실적인 진보주의자이기는 해도, 헌신적이고 열정적이라고 생각했다. 하지만 시간이 지날수록 스트라우스 같은 사람들은 위험할 정도로 자신들의 의견을 고집했는데 특히 러스티 에거스에 관해서 그랬다.

"어림도 없습니다." 개빈이 말했다.

"그럼 스트라우스는 날 정말로 증오하는 걸까요?"

개빈 체임버스와 사울 스트라우스는 둘 다 정치 성향이 반대인 부모, 다시 말해 보수주의자 아버지와 진보주의자 어머니 사이에서 태어났다. 개빈은 아버지를 닮은 반면, 스트라우스는 어머니의 뜻을 이어받았다. 둘이서 격의 없이 대화하고 토론하던 시절에 개빈은 스트라우스가 순진하고 지나치게 동정심이 많다고 생각했고, 스트라우스는 개빈이 지나치게 분석적인 진화론자라고 생각했다. 하지만 그런 식으로 상대를 돌려서 비난하던 것도 아주 오래전 일이었다.

"스트라우스는 광신자가 됐습니다." 개빈이 말했다.

"그런 것 같더군요."

"네."

"당신 친구 스트라우스와 나는 어떤 면에서 똑같아요. 우리 둘 다 현재 시스템이 조작되었다고 믿죠. 그 시스템이 미국인을 실망시켰다고 믿어요. 그걸 고칠 수 있는 유일한 길은 다 갈아엎는 거라고 믿고요."

러스티 에거스는 맨해튼 전망을 내다보았다. 그는 뼛속까지 뉴저지 사람인 터라―우크라이나인 아버지와 자메이카인 어머니 사이에서 태어나 뉴와크의 아이언바운드에서 가난하게 자란 그는 도심 한복판인 마틴루터킹대로에 있는 세인트 베네딕트 사립 남자 고등학교에 다니다가 전액 장학금을 받고 프린스턴 대학에 진학했다―강 건너 맨해튼보다는 자신의 고향인 뉴저지주에 집을 마련했다. 물론 이 전망 때문이기도 했고. 게다가 기차나 페리를 타면 30분 안에 미드타운이나 월스트리트에 갈 수 있었다. 또한 러스티는 전형적인 뉴저지주 출신으로 유명했다. 그는 뉴저지주의 명물을 3S라고 즐겨 불렀는데 그의 마음속에는 스프링스틴(Springsteen)과 시나트라(Sinatra), 〈소프라노스(Sopranos)〉가 한 조각씩 있었다(스프링스틴과 시나트라는 뉴저지주 출신 가수이고, 드라마 〈소프라노스〉는 뉴저지주를 배경으로 한다―옮긴이). 러스티는 거칠지만 호감이 가고, 세상 물정에 밝으면서도 위협적이지 않았으며, 머리카락이 충격적일 정도로 붉은(여기서 그의 별명이 유래했다) 듬직한 곰 인형 같은 남자라는 인상을 주었다. 백인으로 통할 정도로 살갗이 희지만 그래도 어디까지나 흑인이라서 인종차별주의자들은 자기가 인종차별주의자가 아니라는 걸 증명하려고 그를 지지했다.

또한 러스티 에거스는 똑똑했다. 화목한 집안에서 외동으로 태어난 러스티는 프린스턴 대학에서 철학과 정치학을 복수 전공했다. 졸업 후에는 개인적 의견과 잡학이 섞인 보드게임을 만들어서 처음으로 큰돈을 벌었다. 러스티 에거스는 평탄한 삶을 사는 듯했으나, 어느 날 빡빡한 배송 스케줄을 맞추려고 암페타민을 과다 복용한 대형 화물 트럭 운전사가 뉴저지 턴파이크에서 중앙 분리대를 들이받고 러스티 가족이 탄 차와 정면으로 충돌했다. 러스티의 부모님은 즉사했고, 러스티는 심각한 부상을 입어서 두 달간 입원했다. 그날 밤에 자동차를 몰았던 사람으로서 러스티는 자신만 살아남았다는 데 큰 죄책감을 느꼈다. 비록 그 사고는 전혀 그의 잘못이 아니었는데도. 러스티는 방황했다. 진통제에 중독되었고 그다음에는 우울증 진단을 받았다. 한동안 힘든 시기를 보냈다.

그렇게 끔찍했던 3년이 지났다.

러스티 에거스가 아직도 이 암흑기를 극복하지 못했다고 주장하는 사람들도 있지만, 지금도 다리를 절뚝거리는 그는 마침내 불사조처럼 잿더미 속에서 일어났다. 오랜 친구인 대시와 딜리아 메이너드의 도움을 받아서. 이전에 많은 사람이 그랬듯이 러스티도 자기 힘으로 일어섰다고 주장할 테지만, 사실 젖 먹던 힘까지 짜내서 그를 일으켜 세운 사람은 메이너드 부부였다. 대시의 도움을 받아 러스티 에거스는 자기개발 토크쇼 분야의 거성이 되었다. 그러다 2년 전, 그 명성과 신용을 등에 업고 압도적인 표 차이로 미합중국 상원의원이 되었다. 그의 표현대로 하자면 "완전히 독립적으로(independent, '독립적'이라는 뜻 외에 '무소속'이라는 뜻도 있다. 여기서는 중의적으로 사용되었다—옮긴이)".

'파티는 주말에나 필요하지 정치에는 필요 없다('party'에는 정당이라는 뜻도 있다—옮긴이)'가 러스티의 신조였다.

오바마에서 트럼프까지 정치판의 모든 벼락스타가 그랬듯이 러스티 에거스는 자신의 차례를 기다리는 걸 포기하고, 자신이 이룬 성공을 바탕으로 이제 미국에서 가장 높은 자리를 목표로

했다.

개빈에게 등을 돌린 채 창밖을 내다보며 러스티가 물었다. "그쪽은 잘 지내고 있습니까?"

메이너드 부부를 가리키는 말이었다. "잘 지냅니다. 약간 스트레스를 받고는 있지만요."

"당신이 지켜줘서 든든할 겁니다."

이 아파트의 실내장식은 적당히 부족했다. 금이나 대리석은 전혀 없고, 전부 흰색이었으며, 최소한의 가구와 장식만 있었다. 천장에서 바닥까지 뚫린 통창으로 보이는 전망이 너무 멋져서 다른 장식은 필요 없었다.

"내 부탁대로 그들을 돌봐줘서 고마워요, 개빈."

"돈 받고 하는 일입니다."

"그렇기는 해도 이젠 현장에서 뛰지 않잖아요."

"그럴 때도 있습니다. 드물기는 하지만. 의원님?"

러스티는 얼굴을 찡그렸다. "우리가 알고 지낸 세월이 몇 년인데 그런 호칭을 써요?"

"이게 더 편합니다."

"편한 대로 하세요, 대령님." 러스티가 살짝 웃으며 대답했다.

"제가 보안 회사를 운영하고 있지만 동시에 변호사라는 것도 아시죠?"

"압니다."

"변호사 일을 많이 하는 건 아니지만 그래도 전 변호사 시험에 합격했습니다. 따라서 의원님을 포함한 고객이 제게 하는 말은 변호사와 의뢰인 간의 비밀 유지 특권에 의해 보호됩니다."

"그게 없더라도 난 개빈을 믿어요. 당신도 알 텐데요."

"그렇기는 해도, 의원님 역시 그 특권의 보호를 받습니다. 법적으로요. 그 사실을 아셨으면 합니다. 전 의원님의 믿을 수 있는 친구입니다, 네. 하지만 법적으로도 의원님이 제게 한 말을 발설할 수 없습니다."

러스티 에거스는 미소를 지으며 그를 돌아보았다. "난 당신을 내 내각에 임명하고 싶어요."

"그런 얘기가 아닙니다."

"국가 안보 보좌관으로요. 국방 장관도 괜찮고요."

그 말에 아무리 흥분하지 않으려 해도 은퇴한 전직 해군 대령인 개빈 체임버스는 역시 인간이었다. 내각 인사로 임명된다고 생각하니 아찔했다. "절 믿어주시는 건 고맙게 생각합니다."

"당신은 그럴 자격이 있어요."

"의원님, 제가 도울 수 있게 해주십시오."

"이미 돕고 있어요."

"사실은 소문을 들었는데……."

"말 그대로 그건 그냥 소문입니다." 러스티가 말했다.

"그럼 왜 저한테 메이너드가를 경호하라고 하신 겁니까?"

러스티는 그를 돌아봤다. "정치학에서 말하는 말발굽 이론을 아시나요?"

"그게 왜요?"

"사람들은 대부분 좌파와 우파가 선형 연속체 위에 있다고 생각하죠. 그러니까 선의 한쪽 끝이 좌파고, 다른 쪽 끝이 우파라고요. 둘은 정반대고, 서로에게서 멀리 떨어져 있다고요. 하지만 말발굽 이론에 따르면 그 선은 말발굽 모양에 더 가깝습니다. 오른쪽 끝을 향해서, 왼쪽 끝을 향해서 가다 보면 끝이 안쪽으로 구부러지면서 양극단은 중앙에 있는 사람들보다 훨씬 더 가까워지죠. 심지어 원에 가깝다고 말하는 사람들도 있습니다. 심하게 왼쪽으로 구부러지는 선과 오른쪽으로 구부러지는 선은 사실상 구분이 불가능하다고요. 둘 다 형태만 다른 독재죠."

"의원님?"

"네?"

"저도 정치학을 공부했습니다."

"그럼 내가 하려는 일을 이해하겠네요." 러스티는 다리를 절 때마다 몸을 움찔거리며 개빈에게 다가갔다. 그 끔찍한 밤에 부서진 다리는 아직도 종종 아팠다. "대다수 미국인은 상대적으로 중도라고 할 수 있죠. 대다수가 중도에서 약간 왼쪽이거나 오른쪽이에요. 전 이들에게는 관심이 없습니다. 그들은 실용적이죠. 마음이 쉽게 바뀝니다. 유권자들은 늘 대통령이 그 사람들, 중도에 호소해야 한다고 생각합니다. 미국의 절반은 대략 우파고, 절반은 대략 좌파니까 중도를 잡아야 한다고요. 하지만 난 그러지 않을 겁니다."

"그게 메이너드 부부와 무슨 연관이 있는지 모르겠군요."

"난 분노를 연료로 삼고 소셜 미디어에 집착하는 정치 문화의 새로운 진화입니다. 말하자면 최종 진화죠. 현 상태의 종말."

러스티의 눈이 이글거렸고, 미소는 끝내주게 멋졌다. 집 안에 다른 사람은 없었는데도 개빈은 수백만 명의 환호가 들리는 듯했다.

"내가 하고 싶은 말은, 만약 적들이 나와 가까운 친구인 대시와 딜리아가 나에 관한 어떤 정보를, 무슨 정보든 쥐고 있다고 생각한다면 그걸 얻기 위해 무슨 짓이든 서슴지 않을 거라는 겁니다. 그들을 해쳐서라도요."

"그러니까 그저 친한 친구들을 보호하기 위해서라는 겁니까?"

"내 말이 안 믿기나요?"

개빈은 얼굴을 찡그리고는 엄지와 검지를 거의 맞닿을 듯이 붙여서 '아주 조금'을 표시했다. 러스티는 껄껄 웃었다. 폭발하듯 터지는 웃음이 아주 매력적이었다. 사람의 마음을 누그러뜨리는 웃음이었다. "난 딜리아를 프린스턴 시절부터 알고 지냈습니다. 아시죠?"

당연히 개빈도 그 전설적인 이야기를 전부 알고 있었다. 러스티는 대학교 3학년 때 딜리아를 사귀었다. 둘은 여름 방학에 국회 의사당에서 민주당 쪽 인턴으로 일하면서 헤어졌고 딜리아는 거기서 또 다른 인턴, 신예 다큐멘터리 감독이었던 대시 메이너드를 만나 사랑에 빠져 결혼했다. 이상하게도 러스티와 대시는 그렇게 만났다. 워싱턴에서 민주당을 위해 인턴으로 일하면서.

모든 것이 거기서 시작되었다.

"메이너드 부부는 나에 대해 모르는 게 없어요." 러스티가 말했다.

"이를테면 어떤 거요?"

"그렇다고 심각한 건 아닙니다. 나의 엄청난 약점을 쥐고 있다는 건 아니에요. 하지만 그 시절에 대시는 모든 걸 녹화했죠. 전부 다요. 무대 뒤나 자기 집에서 열린 파티에서 있었던 일을요. 범죄와 관련된 명백한 증거 같은 건 전혀 없지만 그래도 대시가 찍은 영상을 뒤지다 보면 내 적들이 쓸 만한 게 하나쯤 있지 않겠어요? 내가 초대 손님에게 무례하게 굴었다든가, 방송국 직원에게 짜증을 냈다든가, 여자 팔꿈치에 손을 올렸다든가, 뭐가 됐든지요."

"특별히 걸리는 게 있습니까?"

"전혀요."

개빈은 그 말을 믿지 않았다.

"그냥 앞으로 몇 주만 더 그들을 지켜보세요. 그럼 다 끝날 겁니다."

CHAPTER

15

버나드 파인이 현관문 잠금장치를 해제하는 순간, 와일드는 그의 허락을 기다리지 않고 집 안으로 들어가 곧장 계단으로 향했다.

"잠깐만요. 어딜 가는 겁니까?"

와일드는 대답하지 않고 계단을 올라갔다. 버나드 파인은 뒤처졌지만 상관없었다. 와일드는 나오미의 침실로 들어가 조명 스위치를 켰다.

"뭘 찾는 거예요?" 버나드가 물었다.

"내가 도와주길 바라는 거 맞죠?"

"네."

와일드는 나오미의 침대를, 그 위에 놓인 동물 인형을 바라보았다. "나오미가 특히 좋아하는 게 있습니까?"

"특히 좋아하는 거 뭐요?"

"동물 인형 말입니다."

"그걸 내가 어떻게 알아요?"

와일드는 벽장을 열고 선반을 살펴본 뒤 버나드에게 말했다.

"배낭."

"뭐요?"

"지난번에 여기 왔을 때는⋯⋯."

"잠깐만, 대체 우리 딸 방에는 언제 들어온 겁니까?"

와일드는 설명하고 싶지 않았다. 하지만 버나드의 당황스러운 표정이 서서히 적대적으로까지 변하는 걸 보니 아무래도 설명해야 할 것 같았다. "당신과 내가 만난 날요."

"하지만 그때 당신은 지하실에 있었는데?"

"지하실에 가기 전에 이 방에 있었습니다."

"내 딸하고?"

"무슨 소리를 하는 겁니까. 아뇨. 나 혼자요. 당신도 알잖아요. 나오미는 지하실에 있었다는 걸."

버나드는 머릿속을 정리하려는 듯 고개를 흔들었다. "이해가 안 되네. 나오미 침실에는 어떻게 들어온 거예요?"

"지금 중요한 건 그게 아니에요. 나오미의 배낭이 사라졌다는 게 중요합니다."

와일드는 선반을 가리켰다. 버나드는 그의 손끝을 따라가 빈 선반을 보더니 어깨를 으쓱였다. "아마 학교에 있을 겁니다. 사물함에요. 학교에 메고 가는 걸 자주 봤어요. 매일 메고 갔죠."

"무슨 색이었습니까?"

"검은색이었을 거예요. 아니면 짙은 남색이거나."

"내가 말하는 건 이 선반에 있던 분홍 배낭입니다."

이번에도 버나드는 어리둥절한 표정이었다. "그걸 어떻게⋯⋯. 전에도 이 벽장을 봤나요?"

"네."

"왜요?"

와일드는 목소리에 짜증이 실리지 않도록 조심했다. "나오미를 찾고 있었으니까요. 지금처럼."

"분홍색 배낭에 대해서는 전혀 몰라요."

와일드는 벽장을 한 번 더 꼼꼼히 살폈다. 아무리 봐도 지난번 선반에 있었던 분홍색 피엘라벤 칸켄 배낭은 없었다. 옷걸이도 확인했다. 지난번에는 옷걸이마다 옷이 걸려있었지만 지금은 네 개가 비었다. 옷걸이 세 개는 벽장 바닥에 흩어져 있었다. 마치 옷걸이에서 옷을 서둘러 벗겨낸 듯이.

결론은 하나뿐이다. 나오미는 그 분홍색 배낭에 옷을 챙겨 갔다.

와일드는 다시 침대와 동물 인형으로 눈을 돌렸다. 잠시 눈을 감고 지난번에 여기 왔을 때는 침대가 어땠는지 생각해 내려 했다. 사라진 인형이 있는지 알아낼 수 있기를 바랐다. 하지만 쓸데없는 짓이었다. 하나 혹은 그 이상의 인형이 사라졌다면 나오미가 마음먹고 가출했다는 사실을 뒷받침해 줄 것이다. 하지만 그런 추가 증거는 굳이 필요하지 않았다.

"나오미는 가출한 겁니다." 와일드가 말했다.

"그건 모르는 거예요."

"파인 씨?"

"그냥 버니라고 불러요."

"나한테 감추는 게 뭡니까, 버니?"

"무슨 말인지 모르겠군요."

"나한테 말하지 않은 게 있다는 거 압니다."

버나드는 턱을 문질렀다. 와일드는 그의 마음을 읽으려 했지만 뚜렷이 읽히는 게 없었다. 버나드는 딸에게 소홀하기는 해도 딸을 사랑하는 아빠일까? 아니면 다른 무언가가 있는 걸까? 확실히 믿을 수 없는 사람이라는 느낌이 들기는 했다. 버나드 파인은 위험한 사람일까? 아니면 그저 와일드가 평소처럼 부정적인 걸까?

그때 버나드가 입을 열었다. "어제 나오미에게 이런 문자를 받았어요."

그러고는 와일드에게 자신의 휴대전화를 건넸다. 문자는 짧은 두 문장이 전부였다.

걱정하지 마세요. 전 무사해요.

"당신이 무슨 생각 하는지 압니다." 버나드가 말했다.

이제는 별로 의심의 여지가 없었다. 사라진 배낭과 옷가지. 납치의 흔적이나 징후는 전혀 없고, 몸값이나 다른 요구 사항도 없었다. 거기에다 다른 요소, 그러니까 요즘 들어 부쩍 심해진 괴롭힘, 과거에 가출한 전적, 실패한 챌린지 게임을 더하면 결론은 뻔하다.

"당신이 알아야 할 게 또 있어요." 버나드가 말했다.

와일드는 그를 바라보았다.

"누군가 그 애를 해쳤어요." 버나드의 눈가가 촉촉해졌다. "평소처럼 괴롭혔다는 말이 아니에요."

"그럼요?"

"폭력을 썼어요."

방 안이 조용해졌다.

"자세히 설명해 보세요." 와일드가 말했다.

버나드가 말문을 열기까지는 시간이 좀 걸렸다. 그는 자신의 손을 내려다보았다. 석류석이 박힌 학교 반지를 끼고 있었는데 반지를 비틀어 손가락 주위로 돌리기 시작했다. "나오미가 사라지기 전날, 퇴근하고 집에 돌아왔더니 나오미가 냉동실에 있던 콩이 든 비닐봉지를 오른쪽 눈 위에 올려놓고 있더군요. 이튿날 아침에 보니 눈 주위가 멍들어 있었습니다."

"어쩌다 그렇게 됐는지 물어봤나요?"

"당연하죠."

와일드는 기다렸다. 버나드 파인은 엄지손톱을 세게 물어뜯었다.

"문에 부딪혔다고 하더군요."

"그 말을 믿었나요?"

"당연히 안 믿었죠." 그가 퉁명스럽게 대꾸했다. "하지만 나오미는 그렇게만 말했어요. 10대 아이들에게 사실대로 털어놓으라고 설득해 본 적 있어요? 강요해서 되는 일이 아닙니다. 나오미는 괜찮다고 하고 방으로 올라갔어요."

"나오미가 정말로 괜찮은지 가서 살펴봤나요?"

"당신 아이 없죠?"

와일드는 그 말을 살펴보지 않았다는 뜻으로 받아들였다.

"다 연결되어 있어요." 버나드가 말했다.

"뭐가요?"

"챌린지 게임, 나오미를 괴롭힌 아이들, 나오미가 다시 사라진 거요. 뭔가가 잘못됐어요." 버나드는 고개를 갸웃하더니 와일드를 처음 보는 사람처럼 바라보았다. "당신은 왜 내 딸에게 관심을 갖는 겁니까?"

와일드는 대답하지 않았다.

"지하실로 찾아왔던 날 이전에도 나오미와 아는 사이였나요?"

"아뇨."

"그런데도 나오미를 찾으러 우리 집에 무단침입했군요. 알지도 못하는 아이를 찾으려고요. 왜 그랬습니까?"

그때 버나드 파인이 권총을 꺼내 들었다.

와일드는 머뭇거리지 않았다. 버나드가 무슨 짓을 하는지 깨닫는 순간 이미 움직이고 있었다. 총을 든 사람은 상대가 그렇게 나오리라고 예상하지 못한다. 적어도 처음에는. 이 방에 있는 두 명 중 하나(와일드)는 전투에 고도로 훈련되어 있었고, 다른 하나는 아니었다. 버나드는 와일드 옆에 너무 가까이 서있는 실수를 저질렀다. 와일드는 버나드를 향해 재빨리 한 발짝 내디뎠다. 그러고는 한 손으로 권총을 낚아채고, 다른 손으로는 힘을 많이 주지 않은 상태에서 손날로 버나드의 목을 가격했다. 너무 세게 쳤다가는 영구적인 손상을 입힐 수 있다. 와일드는 그저 상대가 숨이 막히고, 반사적으로 구역질을 하고, 근육의 긴장이 풀릴 정도로만 쳤다.

공격은 성공했다.

버나드는 한 손으로 목을 붙잡고, 다른 손은 항복의 뜻으로 흔들며 비틀비틀 뒷걸음질했다. 와일드의 손에 들어온 총은 가벼웠다. 리볼버의 약실을 열어 확인해 보니 총알이 없었다.

목소리를 되찾은 버나드가 말했다. "그냥 당신을 겁주려고 한 거예요."

'바보 같으니.' 와일드는 그렇게 생각했지만 아무 말도 하지 않았다.

"당신도 이해할 겁니다. 당신은 우리 집에 무단침입했고, 내 딸과 친해졌으니까요. 당신은 숲에서 혼자 사는 괴짜잖아요. 당신이 나라면 의심스럽지 않겠어요?"

"난 당신 딸이 어디 있는지 몰라요."

"그럼 설명해 봐요. 나오미가 챌린지 게임을 하는 동안 누가 당신에게 그 애를 찾아달라고 한 겁니까?"

와일드는 대답할 마음이 없었다. 하지만 한 걸음 물러나서 객관적으로 바라보니 버나드의 말은 생각해 볼 필요가 있었다. 매슈는 그 일을 제대로 설명한 적이 없었다.

"전화기 좀 줘봐요." 와일드가 말했다.

"뭐라고요? 왜요?"

와일드가 그저 손을 내밀자 버나드는 전화기를 건넸다. 와일드는 메시지 버튼을 클릭했고, 나오미가 보낸 문자 '걱정하지 마세요. 전 무사해요'를 찾아냈다. 부녀지간에 오간 나머지 대화를 보려고 위로 갔다가 멈칫했다.

"왜요?" 버나드가 물었다.

둘 사이에, 아빠와 딸 사이에 오간 메시지가 없었다.

"나머지 메시지는 왜 없습니까?"

"네?"

"이게 당신과 나오미가 처음 주고받은 문자는 아닐 텐데요."

"당연히 아니죠. 잠깐만, 지금 뭐 하는 겁니까?"

와일드는 통화 내역을 확인했다. 나오미에게 전화를 건 기록이 있었지만 많지는 않았다. 마지막으로 건 전화가 한 달도 더 전이었다.

"당신과 나오미가 주고받은 나머지 문자는 어디 있습니까?"

"뭐라고요? 글쎄요. 거기 있겠죠."

"없어요."

버나드는 어깨를 으쓱였다. "그걸 지울 수도 있나요?"

지울 수 있다. 휴대전화를 사용하는 사람이.

"왜 딸과 나눈 메시지를 지웠습니까?"

"내가 지우지 않았어요. 나오미가 지웠나 보죠."

그럴 리 없다.

와일드는 문자를 입력했다.

"뭐 하는 겁니까?" 버나드가 물었다.

와일드는 그를 무시하고 계속 입력했다.

안녕, 나오미. 나 와일드야.

나오미는 정말로 와일드가 보낸 문자라고 믿지 않을 수도 있다. 아빠가 그녀를 속이는 거라고 생각할 수도 있다.

일명 부 래들리.

이렇게 말하면 알 것이다.

네 아빠 전화기로 보내는 거야. 아빠가 걱정하고 있어. 나도 그렇고. 네가 괜찮은지 알려다오.

와일드는 나오미에게 그의 휴대전화 번호를 알려주고 거기로 전화하거나 문자를 보내달라고 했다. 그런 다음 휴대전화를 다시 버나드에게 던지고, 리볼버는 주머니에 집어넣었다.

이제 매슈와 이야기할 차례였다. 와일드는 문으로 걸어갔다.

"날 도와줄 겁니까?" 버나드가 물었다.

와일드는 걸음을 멈추지 않은 채 대답했다. "나오미를 도울 겁니다."

16

버나드의 집에서 나오자마자 와일드는 나오미에게서 빠른 답장이 왔기를 바라며 아까 번호를 알려준 자신의 휴대전화를 확인했다.

하지만 답장은 없었다.

만약 나오미가 가출했다면 바로 답장하지 않았을까? 혼자만의 착각일지 몰라도 와일드는 그렇게 생각했다. 지하실에서 처음 만났을 때 두 사람은 마음이 통했다. 두 아웃사이더는 서로를 이해했다. 하지만 어쩌면 정말로 그렇다기보다 그가 자신을 투사한 것일 수도 있다.

와일드는 매슈에게 문자를 보냈다.

집이니?

움직이는 점이 나타나더니 '네'라는 글자가 떴다.

잠깐 들러도 될까?

매슈는 엄지를 치켜든 이모티콘을 보냈다.

와일드는 숲으로 들어가며 헤스터에게 전화했다.

"읊어봐." 전화를 받으며 헤스터가 말했다.

"네?"

"내 친구가 전화 받을 때 그렇게 받더라고. 귀여운 거 같아서 따라 해봤어. 무슨 일이야?"

"나오미 파인이 또 사라졌어요."

"들었다."

"누구한테요?"

헤스터는 헛기침했다. "오렌한테." 그녀의 목소리가 약간 이상했다.

"오렌이 뭐래요?"

"나오미 아빠가 찾아와서 딸이 없어졌다고 난리를 쳤대. 하지만 오렌 말로는 이번에도 가출했을 거라더라."

"나오미 아빠가 저도 찾아왔어요."

"네가 보기에는 어떻던?" 헤스터가 물었다.

"제 발로 나간 것 같아요."

와일드는 사라진 옷과 배낭, 나오미의 아빠가 받은 걱정하지 말라는 문자에 대해 설명했다.

"문자는 못 믿겠다. 나오미가 납치당했다면 범인이 휴대전화를 가져가서 문자를 보냈을 수 있어."

"맞아요."

"하지만 사라진 옷과 그 애의 전적을 생각해 보면 가출한 것 같기도 하구나."

"동의해요."

"어느 쪽이든, 이걸 어떻게 돌려서 말해야 할지 모르겠는데……."

"그쪽으로는 영 소질이 없으시죠."

"……이제 이 일은 우리가 알 바 아니야. 네가 돈이 필요하다면 모를까."

"돈은 필요 없어요."

"그럼 왜 알아보는 거냐?"

"두 가지 이유 때문이죠."

"내가 맞혀보마. 첫째, 넌 나오미를 만난 적이 있고 그 애가 마음에 들었던 거야. 그래서 그 애를 돕고 싶은 거지. 설사 가출했다 해도. 넌 그 애가 걱정되는 거야."

"맞아요."

"그럼 두 번째는?"

"뭔지 아시잖아요, 헤스터."

헤스터는 한숨을 쉬었다. "매슈."

"지난번에 매슈는 우리에게 전부 다 말하지 않았어요. 나오미를 찾았을 땐 그냥 넘어갔고요. 근데 나오미 아빠 말로는 나오미의 눈이 멍들어 있었대요. 누군가에게 맞은 것처럼."

"말도 안 돼. 너 설마 매슈가……."

"물론 아니죠. 하지만 매슈가 우리에게 전부 다 말하지 않은 건 사실이에요."

"그리고 넌 그 여자애가 마음에 들고."

와일드는 그 말을 잠시 생각했다. "네. 그리고 그 애는 외톨이예요. 아무도 없어요."

"너랑 배꼽을 맞췄던 그 선생이랑 친하다며."

와일드는 얼굴을 찡그렸다. "방금 '배꼽을 맞췄던'이라고 하셨어요?"

"그럼 '섹스했던'이 낫니?"

"배꼽을 맞춘다는 표현보다는 낫네요. 에이바에게 연락해 볼 수는 있죠. 하지만 에이바는 어디까지나 학교 선생님이에요. 나오미의 친구나 친척이 아니라고요."

"그래서 네 계획은 뭐냐?"

"매슈와 얘기해 보려고요."

"지금? 나라면 너무 몰아붙이지 않겠다."

"안 그럴 거예요. 통신사에 아는 사람 좀 있으세요?"

"아마 있을걸."

"나오미의 휴대전화 위치 좀 추적해 주실래요? 지금 어디 있는지 알아봐 주세요."

"부탁해 보마."

"아니면 오렌에게 부탁하셔도 되고요. 오렌이랑 배꼽을 맞춘 뒤에요."

"재미있구나."

와일드는 휴대전화를 주머니에 넣었다. 숲은 한시도 조용하지 않았다. 가끔은 직관과 통찰을 발휘해 그런 현상을 사유했고 조용하지 않은 정적의 효과를 생각해 보기도 했지만 그에게 이 정적은 의미가 남달랐다. 와일드는 그걸 즐긴다기보다 필요로 했다. 그렇다고 해서 '대도시'에 가면 미칠 것 같거나 하지는 않았다. 그도 가끔은 변화를 즐겼다. 하지만 그에게 이 숲은 집이었다. 너무 오래 집을 비우면, 너무 오랫동안 이 정적 속으로 도망치지 않으면 감압증에 걸린 잠수부처럼 통증을 느꼈다.

선문답하는 헛소리처럼 들린다. 아마 그럴 것이다.

매슈는 부엌에서 와일드를 기다리고 있었다.

"엄마는 집에 없어요." 매슈가 말했다.

와일드도 알고 있었다. 라일라에게 오늘 늦을 거라고 들었다. "나오미가 또 사라졌어."

매슈는 대답하지 않았다.

"알고 있었니? 학교에 안 나와서 알게 된 거야?"

"네."

"그래서?"

매슈는 어깨를 으쓱였다. "가출했나 보다 했어요. 지난주에 애들이 심하게 괴롭혔거든요. 좀 벗어나고 싶을 거라고 생각했어요."

"지난번에는 걱정 많이 했잖아."

"그런데 아무것도 아닌 일로 끝났죠."

"그때 왜 그렇게 걱정한 거니?"

매슈는 다른 쪽 발에 체중을 실었다. "말했잖아요."

"그 챌린지 게임 소문을 들어서 그랬다고?"

"네."

"그 말은 못 믿겠다, 매슈."

매슈가 눈을 크게 떴다. "제가 거짓말을 한다는 거예요?"

"뭔가 감추는 거겠지. 그것도 거짓말이나 마찬가지야."

매슈는 화난 척하면서 고개를 젓더니 이내 이렇게 말했다. "별 거 아니에요."

"그래도 말해봐."

"그런 얘기 하는 거 불편……."

"그럼 그냥 불편해." 와일드가 말했다.

"참 나, 아저씨는 우리 아빠가 아니에요."

"정말 이러기야?" 와일드는 매슈를 노려봤다. "지금 그 작전을 쓰겠다고?"

매슈는 고개를 숙이고 작은 목소리로 말했다. "죄송해요."

와일드는 기다렸다.

"제가 나오미에게 상처를 줬어요."

와일드는 저 말이 나오미를 때렸다는 뜻인가 해서 맥박이 빨라졌지만 아무 말도 하지 않았다.

"댄스파티가 있었어요."

"언제?"

"두 달 전에요."

매슈는 그렇게만 말하고 입을 다물었다.

잠시 뒤에 와일드가 물었다. "어디에서 열린 파티였지?"

"크래시 메이너드의 집에서요. 파티와 비슷하기는 했지만 진짜 파티는 아니었어요. 그보다는 학교 행사에 가까웠죠. 몇 년 전에 학교 댄스파티에서 몇몇 학생이 술을 마시고 약을 한 적이 있거든요. 그 후로 학교 측에서는 체육관에서 파티 여는 걸 허락하지 않았어요. 그래서 메이너드가에서 자기 집을 빌려주겠다고 자진해서 나섰죠. 우리 반 전체가 그 집에 갔어요."

"나오미도?"

"반 전체가 다 갔다니까요, 네." 매슈는 계속 바닥을 바라봤다.

와일드는 팔짱을 꼈다. "계속해 봐."

"나오미는 동물 인형을 가져왔어요. 펭귄이요. 그 애한테는 그 펭귄이 마음을 편안하게 해주는 반려동물 같은 거였나 봐요, 모르겠어요. 그렇다고 해서 별난 행동을 한 건 아니었어요. 작은 인형이었는데 그냥 가방에 달아두었죠. 그러다가 몇몇 여자아이에게 보여줬나 봐요. 아이들이 키득거리면서 놀리기 시작했죠. 어쨌든 크래시가 다가가서 나오미에게 말을 걸었어요. 크래시는 아주 친절했고, 그 빌어먹을 해골 반지도 보여줬죠. 다 무슨 꿍꿍이가 있었으니까 잘해준 거예요. 나오미의 주의를 돌리려고요. 나오미는 웃으면서 아주 행복해했는데…… 그때 남자아이 둘이 나오미에게 달려들어서 가방을 낚아챘어요. 나오미는 소리를 지르면서 그들을 쫓아 저택 뒤의 숲으로 달려갔어요. 다들 깔깔대고 웃었죠."

매슈는 잠시 뜸을 들였다.

"너도 웃었니?"

"네, 하지만 별로 재미있지는 않았어요."

"그래도 일이 벌어지는 건 봤지?"

"전 서턴 홈스와 얘기하는 중이었어요."

서턴 홈스. 와일드와 매슈가 남자 대 남자로서 이야기한 적은 많지 않았지만 매슈가 그 애를 좋아한다는 건 와일드도 알고 있었다. 지금까지 와일드의 에코 캡슐에 가본 사람은 매슈가 유일했다. 매슈가 집에서 벗어나고 싶어 할 때면 와일드는 그 애를 에코 캡슐로 데려갔다. 그렇게 야외에 있다 보면, 혹은 캠핑하다 보면, 혹은 자연과 하나가 되다 보면―뭐라고 부르든지 간에―늘 마음을 터놓고 얘기를 나누게 되었다.

"그때쯤에는 어두워졌어요." 매슈가 말을 이었다. "그 집에는 휴대용 조명등이 있었어요. 실외에서 야구 경기 할 때 쓰는 거요. 아이들 절반은 휴대용 술통을 들고 있다가 달콤한 음료가 나오면 보드카와 에틸알코올을 섞어 마셨죠. 하지만 난 숲을 지켜보고 있었어요. 나오미가 돌아오길 기다렸죠. 5분이 지나고, 아마 10분쯤 지났을 거예요. 숲에서 카일이 나오더군요. 카일은 한 손을 들어 올리고 있었어요. 처음에는 카일이 뭘 쥐고 있는지 몰랐어요. 가까이 다가오자 보이더군요." 매슈는 눈을 감았다. "펭귄 인형의 머리였어요. 머리만요. 머리에서 솜이 삐져나오고 있었어요."

와일드는 가슴이 철렁 내려앉았다.

"다들 환호했죠."

와일드는 비난조로 들리지 않게 하려고 노력했다. "너도?"

"계속 들을 거예요, 말 거예요?"

매슈 말이 맞았다. 그 얘기는 나중에 얼마든지 할 수 있을 것이다. 지금 매슈는 너무도 작아 보였다. 매슈가 교통사고로 아빠를 잃은 아이라는 사실을 다시 한번 떠올렸다. 매슈는 그저 그 무리에 끼고 싶었을 뿐이다. 와일드로서는 결코 이해할 수 없는 일이었다. 왜냐하면 그는 늘 혼자 있고 싶었기 때문이다.

"그때쯤에는 저도 꽤 취해있었어요."

"취해있었다면……?"

"술에요."

"마약도 했니?"

"아뇨, 마약은 안 했어요. 하지만 술은 많이 마셨어요. 그게 결코 어떤 일에 대한 변명이 될 수 없다는 건 알지만 그래도 중요하다고 생각해요. 난 비틀거리면서 돌아다녔고, 그러다 점점 더 시간이 흘렀는데 아무도 집에 가려 하지 않는다는 걸 깨달았죠. 크래시의 부모님은 우리가 파티에서 술을 마신다는 걸 알고 술이 깰 때까지 집에 있는 게 제일 안전하다고 판단했나 봐요."

일리 있는 말이라고 와일드는 생각했다.

"그래서 난 크래시가 라이터를 꺼내는 걸 봤어요. 라이터를 켜니까 불꽃이 생기더라고요. 크래시는 그걸로 나오미의 펭귄 머리에 불을 붙였어요. 아무렇지도 않다는 듯이요. 환하게 미소 지으면서 주위를 둘러봤어요. 제 생각에는 나오미의 반응을 보고 싶었던 것 같아요. 하지만 나오미는 펭귄을 가져간 애들을 뒤쫓아 숲으로 간 뒤에 돌아오지 않았어요."

매슈는 사과를 집어 들고 거실로 갔다. 와일드도 따라갔다.

"그다음에는 어떻게 됐니, 매슈?"

매슈는 손바닥으로 감싸고 있는 사과를 내려다보았다. 매슈의 눈에는 저 사과가 펭귄으로 보이는 게 아닐까 와일드는 생각했다. "그때 제 기분이 어땠는지 설명할 수 있다면 좋겠어요."

"해 봐."

"비참하고 우울했어요. 이제 서턴은 크래시와 함께 있었어요. 커플들은 서로 더듬다가 사라지기 시작했고요. 전 그냥, 모르겠어요, 그 자리에 안 어울리는 느낌이었고 화가 났고 바보가 된 기분이었어요. 그리고 너무 취해서 그냥…… 그 애를 찾아다녔죠.

나오미요. 주위는 어두웠어요. 하지만 아저씨 덕분에 난 숲속을 돌아다니는 법을 알고 있었죠. 그러다 발을 헛디뎌서 나무에 얼굴을 부딪쳤어요. 더 어지럽더군요. 입술에서는 피가 났고요. 그때 나오미를 발견했어요. 나오미는 바위에 앉아있었죠. 그 애의 옆얼굴을 봤는데 달빛을 받은 나오미는 정말 예뻤어요. 난 그 애에게 다가갔어요. 나오미는 내가 다가가는 소리를 들었을 텐데도 돌아보지 않았어요. 얼굴에 눈물 자국은 없었어요. 눈가가 젖어 있지도 않았고요. 나오미에게 괜찮냐고 물어봤더니 '그건 그냥 거지 같은 인형일 뿐이야'라고 하더군요. 진심으로 하는 말 같았어요. 정말로 인형 따위는 상관없다는 듯이요. 더 가까이 다가갔는데 다리가 풀려서 나오미 옆에 털썩 주저앉았죠. 우리는 메이너드 저택 뒤에 있는 냇가에 앉아있었어요. 냇물이 졸졸 흐르는 소리가 듣기 좋았을 텐데 정작 전 무슨 생각을 했는지 아세요?"

"모르겠는데."

"오줌이 마렵더라고요. 그래서 실례한다고 하고는 근처에 있는 나무 뒤로 갔어요. 그 정도로 취해있었어요. 거기서 바지를 내리고……. 어쨌든 다시 바지를 입고 돌아가서 나오미 옆에 앉았어요. 우리는 이야기를 나눴죠. 정말 좋았어요. 어릴 때부터 나오미를 알고 있었는데 이야기를 나눈 적은 처음인 것 같았어요. 그렇게 이야기를 나눈 적은 없었어요. 어쨌든 난 취해있었고, 졸졸 흐르는 시냇물 소리가 날 위로해 줬어요. 달빛이 쏟아졌고, 백만 가지 감정이 다 들었죠. 몇 시인지도 몰랐어요. 저 멀리 불이 들어온 조명등이 보였죠. 그러다 어느 순간, 내가 나오미에게 키스했어요. 나오미가 내게 키스했을 수도 있고요. 누가 먼저 했든 상호 합의에 의한 키스였어요. 그걸 알아주셔야 해요. 절대 나오미가 싫어하지 않았어요. 우리는 서로를 만지기 시작했어요. 내 마음은, 이걸 어떻게 표현해야 할지 모르겠네요. 그게 싫지 않았어요. 좋았어요. 내가 나오미를 좋아하는지 싫어하는지도 몰랐어요. 그게 중요하다고도 생각하지 않았고요. 달리 설명할 길이 없네요."

'10대들이란.' 와일드는 생각했다. 파티에서 만난 여학생과 남학생. 어른들은 싫어할지 몰라도 이건 고릿적부터 있었던 일이다.

"끔찍한 얘기 해드릴까요?"

와일드는 고개를 살짝 끄덕였다.

"우리는 점점 더 대담해졌어요. 나오미 손이 내 다리로 올라오고 그랬죠. 마음 한구석으로는 '아, 너무 좋다' 싶다가도 또 한편으로는 '너 미쳤어? 지금 우리 학교 최고 왕따랑 이러고 싶어?' 하는 생각이 들더라고요." 매슈는 말을 멈추고 한 손을 들어 올리더니 고개를 저었다. "내가 설명을 제대로 못 하는 거 같아요. 근데 상관없어요. 왜냐하면 그때, 나오미의 손이 내 다리로 올라오고 내 손이 나오미의 셔츠 안으로 들어간 그때 대형 스포트라이트 불빛이 우리 얼굴을 비췄으니까요. 우린 깜짝 놀라 서로에게서 떨어졌어요. 웃음소리가 들리더군요. 누구인지 알아보기 힘들었지만 크래시와 라이언은 확실히 있었어요. 그리고…… 나오미는 달아났죠. 토끼처럼요. 벌떡 일어나더니 가버렸어요. 난 볼 수도 없었어요. 불빛이 아직 내 눈을 비추고 있었거든요. 난 손을 들어서 불빛을 가렸어요. 다들 웃으면서 내가 나오미와 함께 있었다고 놀렸죠. 난 눈을 깜빡거렸고, 눈물이 흐르기 시작했어요. 그냥 죽어버리고 싶었어요. 이 치욕을 절대 지우지 못할 거라고 생각했죠. 그리고 그 후로 두 달간 실제로 그랬고요. 내 서열이 어디였든지 간에 바닥으로 떨어져 버렸어요. 나오미 같은 바닥은 아니었지만 그래도 바닥이었죠."

"널 비웃던 남자아이들에게 뭐라고 했니?" 와일드가 물었다.

"별일 아니라고 했어요. 그냥 재미 좀 본 거라고." 매슈는 마른 침을 삼켰다. "나오미는…… 나오미는 쉬운 애라고."

"참 훌륭하구나."

매슈는 눈을 감았고, 와일드는 그만하기로 했다.

"나오미와 그 일에 대해 얘기했니?"

"아뇨."

"정말로?"

매슈는 대답하지 않았다.

"언제 나오미를 다시 봤지?"

"학교에서요. 하지만 우린 서로를 피했어요." 매슈는 생각했다. "솔직히 말하면 내가 더 피해 다녔어요. 몇 주 동안 정말 힘들었거든요."

와일드는 진심으로 엄지와 검지를 비비고 싶었다(상대가 사소한 일로 징징거릴 때 그걸 비꼬는 제스처. 상대의 징징거림에 맞춰 바이올린으로 슬픈 노래를 연주하겠다는 표현에서 나왔다—옮긴이). "정말 끔찍하구나. 하지만 나오미가 사라졌을 때 네가 왜 그렇게 걱정했는지 아직 잘 모르겠다."

"왜냐하면 아직 제 얘기가 끝나지 않았으니까요."

매슈의 눈에서 눈물이 흘러넘쳤다. 와일드는 가슴이 철렁 내려앉았다.

"핑계 대는 건 생략할게요, 네? 왜냐하면 핑곗거리가 없으니까요. 전 나오미가 몇 년 동안 겪었던 수모를 아주 조금 맛보았을 뿐이에요. 아주 조금요. 그런데도 죽을 것 같았죠. 그래서 크래시가 제게 다시 그 무리에 낄 수 있는 방법을 제안했을 때 받아들였어요. 제게는 그것만이 중요했거든요. 다른 이유는 없어요. 제가 그렇게 했다는 게 중요하죠."

"뭘 했는데?"

"장난을 좀 쳤어요."

"무슨 장난?"

매슈는 대답하지 않았다.

"매슈?"

"나오미에게 만나자고 했어요. 데이트처럼요. 다시 만나고 싶다고, 다른 사람에게는 말하지 말고 지난번에 만났던 메이너드 저택 뒤에서 보자고 했죠."

"나오미가 뭐라던?"

"좋다고 했어요." 매슈는 어깨를 으쓱였다. "신난 것 같았어요."

매슈는 눈을 감았다.

와일드는 무표정을 유지하려고 노력했다. "그다음엔?"

"그다음에는 제가 장난을 쳤죠."

"어떻게?"

"일종의 바람을 맞혔어요."

"매슈?"

매슈는 고개를 들었다.

"지금은 애매하게 말할 때가 아니야. 일종의 바람을 맞혔다는 게 무슨 말이야?"

"제가 바람을 맞혔어요. 전 잠수를 타기로 되어있었어요. 그 래서 나오미가 '어디야'라고 문자를 보내면 답장하지 않기로 했죠."

"그런데 답장을 보냈니?"

"네."

"뭐라고 했어?"

"미안하다고요."

"나오미가 뭐라고 했니?"

"아무 말도 없었어요. 그 후로는 저와 두 번 다시 말하지 않았어요."

매슈는 지하실에서 나오미가 매슈에 대해 했던 말을 떠올렸다. '아마 매슈는 자책하고 있을 거예요. 그럴 필요 없다고 말해주세요. 매슈도 그저 그 무리에 끼고 싶었을 뿐이에요.'

아마 나오미는 매슈를 용서했을 테고, 매슈는 면죄부를 구하고 있을 것이다. 하지만 와일드는 매슈에게 면죄부를 주고 싶은 생각이 없었다.

"너 없이 나오미 혼자 냇가에 있었을 때 무슨 일이 있었지?"

"크래시가 나타났어요. 다른 아이들과 함께."

"그다음엔?"

"그다음엔 저도 몰라요. 적어도 그땐 몰랐어요. 그래서 나나에게 연락한 거고요. 이튿날에 나오미가 사라졌거든요. 전…… 저도 모르겠어요. 제가 무슨 생각을 했는지. 그 애들이 나오미에게 무슨 짓을 했다고 생각했어요."

"이를테면?"

"이를테면, 모르겠어요." 매슈는 양손을 들어 올렸다. "하지만 결국 나오미는 무사했잖아요. 아저씨가 나오미를 찾아냈죠. 크래시가 나오미에게 그 망할 놈의 챌린지 게임 얘기를 한 거예요. 나오미에게 그 게임을 하라고 한 거죠. 그게 다예요."

그때 차 한 대가 진입로에 들어서는 소리가 들렸다. 와일드는 복도로 나가서 창밖을 내다보았다. 한눈에 봐도 명품으로 보이는 양복을 입고 키가 큰 남자가 반짝이는 검은색 메르세데스 벤츠 SL 550에서 내렸다. 그러고는 매너 좋은 신사가 되려고 서둘러 조수석으로 갔지만 라일라는 이미 차 문을 열고 차에서 내렸다.

그러니까 라일라가 와일드에게 늦을 거라고 말한 이유가 이것이었다.

와일드는 아무 말 없이 조용히 계단을 내려가 뒷문으로 나갔다. 매슈도 이해할 것이다. 전에도 이런 적이 있었다. 라일라는 저 명품 양복을 집에 들이지 않을 것이다. 아직은. 매슈가 집에 있을 때는. 하지만 라일라는 와일드에게 한동안 떨어져서 지내자고 할 것이고, 와일드는 그 말대로 할 것이고, 라일라는 저 남자를 만나다가 결국에는 깨질 것이다. 그렇다고 그러기를 바라서는 안 된다. 와일드는 바라지 않았다고, 자신은 그저 라일라가 행복하기만 바란다고 스스로에게 말했다. 하지만 라일라는 당분간 저 남자를 만날 것이고, 와일드도 다른 여자를 만날 것이다. 그는 아직 라일라에게 연애 감정이 없었고―라일라는 와일드가 그녀 인생에서 사라지기를 바란 적이 한 번도 없었다. 특히 매슈의 인생에서는 더욱더 사라지기를 원치 않았다―언젠가 저 명품 양복이 사라지면 와일드는 다시 이 집에서 자고 갈 것이다. 어쩌면 그런 주기로 사는 것도 괜찮을 것이다. 어쩌면 원래 그래야 하는지도 모른다. 아니면 와일드가 라일라의 요구에 너무 매번 응하지 말고, 라일라의 요구를 다 들어주지 말아야 하는지도 모른다. 어쩌면 와일드 때문에 라일라가 새로운 남자를 사귀었다가도 쉽게 헤어지는지 모른다. 아닐 수도 있고. 어쩌면 라일라는 와일드와 잘되어야 하고, 명품 양복은 잊어야 할지도 모른다. 와일드가 자기합리화를 하는 것일 수도 있다. 그리고 어쩌면, 그냥 어쩌면, 라일라가 무엇을 원하는지 혹은 필요로 하는지 혹은 무엇이 그녀에게 최선인지 결정하는 사람은 그가 아니어야 할지도 모른다.

그사이에 밤이 깊었다. 내일 아침에 에이바 오브라이언을 찾아갈 것이다. 그녀에게 답이 있을지 모른다. 어쩌면 두 가지 의미에서 답을 줄지 모른다. 와일드는 걸음을 멈추고 메르세데스가 진입로에서 빠져나가는 소리를 들으면서 그렇게 생각했다.

17

아침 5시에 일어난 와일드는 제일 먼저 휴대전화 문자를 확인했다. 새로 온 문자는 없었다. 나오미는 아직도 그의 문자에 답하지 않았다. 이게 무슨 의미일까? 알 수 없었다.

와일드는 반바지를 입고 에코 캡슐 앞에서 스트레칭했다. 아침 공기가 상쾌했다. 심호흡을 했더니 몸이 찌릿찌릿했다. 와일드는 뛰다시피 걸으며 숲을 가로지르는 것으로 하루를 시작하는 날이 많았다. 정상에 오르자 휴대전화를 꺼내 에이바 오브라이언에게 학교에서 만나자고 문자를 보냈다. 아직 아침 5시 15분이라서 답장을 기대하지 않았는데 움직이는 점들이 나타났다. 에이바가 답장을 작성하고 있다는 뜻이었다. 그러고 보니 에이바도 아침에 일찍 일어나는 타입이었다. 에이바는 오후 1시에 학교 뒤쪽에 있는 교사 전용 주차장 입구에서 만나자고 했다. 와일드는 답장을 입력했다.

우리 둘 다 일어났는데 내가 지금 집으로 갈까?

이번에도 움직이는 점들이 나타나더니 답장이 떴다. 지금은 안 돼.

와일드는 지난번에 봤던, 수염 기른 거구의 남자를 떠올리며 고개를 끄덕였다. 1시에 교사 전용 주차장 입구에서 봐.

등산을 마친 와일드는 접이식 의자를 펼친 다음, 거기에 앉아 책을 읽었다. 그가 기억하는 아주 어린 시절부터 그는 지독한 독서광이었다. 오래전 공원 관리인들이 그를 발견했을 때 와일드는 이미 글을 읽을 줄 알았다. 전문가들은 그 사실에 매우 당황해했다. 그들은 와일드가 거짓말을 하거나 착각하지 않고서는 불가능한 일이라고 주장했다. 누군가가 아이를 먹이고 옷을 입히고 글도 가르친 것이라고 했다. 독학으로 글을 깨우칠 수는 없다고. 하지만 와일드가 알기로 그는 혼자서 글을 깨우쳤다. 사람들의 집에 몰래 들어가 텔레비전을 봤을 때 〈세서미 스트리트〉와 〈리딩 레인보우〉 같은 교육 프로그램도 있었다. 또한 어떤 집에서는 아이에게 글을 가르치는 교육용 비디오테이프도 찾아냈다. 그게 결정적이었다.

그렇게 와일드는 읽는 법을 배웠다.

그 일을 생각하다 보니 DNA 혈통 검사가 떠올랐다.

아직 결과를 보지 않았다. 결과가 보고 싶을까? 그의 인생에 그 검사 결과로 인한 혼란이 꼭 필요할까? 와일드는 현재의 자신에게 만족했다. 모든 면에서 간소하게 살고 싶은 터라 인생에 많은 사람을 들이고 싶지 않았다. 그런데도 굳이 그 문을 열어야 할까?

그 결과가 궁금한 걸까?

와일드는 책을 내려놓았다. 양장본 소설이었다. 그는 리더기로 읽는 전자책보다는 주로 진짜 책으로 읽었다. 과학 기술을 싫어한다거나 책장을 넘길 때의 질감이 좋아서가 아니라 에코 캡슐 내에 이미 전자 기기는 충분했기 때문이었다. 그러니 그냥 종이책을 사서 읽고 기증하는 게 제일 나았다.

DNA 사이트에서 온 메일이 있었다. 두 달 전, 와일드는 가명으로 검사를 신청하고 시험관에 침을 넣어서 보냈다. 그에게는 가명으로 된 신분증이 여러 개 있었는데 불에 타지 않고 침수도 되지 않는다고 광고하는 금속 보관함에 넣어 에코 캡슐에서 100미터 안에 있는 숲에 묻어두었다. 그 안에는 현찰도 있었고 그 가명들로 만든 통장도 있었다. 와일드는 필요하면 얼마든지 자취를 감출 수 있었다.

그는 링크를 클릭한 다음, DNA 샘플을 보낼 때 설정한 아이디와 비밀번호를 입력했다. 그러자 그의 혈통 구성을 보여주는 페이지가 나왔는데 여러 나라에 분포되어 있었다. 가장 큰 비율을 차지하는 것은 막연하게 '동유럽인'이라고만 나왔다. 이걸로 뭘 알 수 있을까? 아무것도 없다. 이 사실로 인해 그가 스스로에게 느끼는 감정이 변하거나 진실에 한 발짝 다가가게 됐을까? 아니다.

그의 혈통 구성 아래의 작은 배너에는 이렇게 적혀있었다.

당신에게는 100명이 넘는 친척이 있습니다! 더 알고 싶으면 이 링크를 클릭하세요!

클릭해야 할까?

저걸 클릭하면 어머니나 아버지를 알게 될 수도 있다. 처음에는 '와, 굉장한데'라는 생각이 들었지만 이내 '정말로 있으면 어쩌지?'라는 생각으로 바뀌었다. 대부분의 사람들은 자기 삶에서 무언가가 빠졌다는 느낌이 들기 때문에 이런 답을 찾으려고 한다. 이 답이 그 막연한 공백을 채워줄 거라고 믿는다. 대다수는 살면서 더 많은 사람과 관계를 맺고 싶어 한다. 더 많은 가족, 더 많은 친척. 하지만 와일드는 아니었다. 그런데 왜 이 판도라의 상자를 연단 말인가?

하지만 무지는 결코 축복이 아니다. 그것이 와일드의 신조였다. 그러니 링크를 클릭하지 않을 이유가 없었다. 지금은 그냥 잠깐 보는 것 이상의 어떤 일도 할 필요가 없었다. 그냥 클릭해서 정보가 있는지만 보자.

와일드는 링크를 클릭했다.

마치 게임쇼에 참가했는데 사회자가 커튼을 막 젖히는 중인 듯했다. 커튼 뒤에는 새 차가 있을 수도 있고, 아무것도 없을 수도 있다.

결과는 아무것도 없는 쪽에 훨씬 더 가까웠다.

어머니나 아버지와 일치하는 결과는 없었다. 형제 혹은 이복형제도 없었다. 사실 가장 가까운 친척이라고 해봐야 'PB'라는 이니셜의 육촌 혹은 팔촌으로 와일드의 DNA와 2.44퍼센트 일치했고, 여덟 개의 세그먼트를 공유했다. 다음과 같은 설명이 적힌 작은 그래프가 있었다.

> 당신과 PB는 증조부모가 같을 수 있습니다. 하지만 당신은 PB와
> 세대가 다를 수 있고(육촌 혹은 팔촌의 자녀), 조부모 중에서 한 명

아무것도 모르는 것보다는 나았지만 대단한 정보도 아니었다. 이 PB라는 사람에게 연락해 거기서부터 가계도를 만들어 갈 수도 있었다. 하지만 나오미가 가출하고, 매슈는 자신이 나오미에게 저지른 짓 때문에 괴로워하고, 라일라는 명품 양복과 데이트하는(그렇다고 해서 그게 신경 쓰인다는 건 아니라고 와일드는 다시 한번 생각했다) 지금 이 상황에서는 생각만 해도 지쳤다.

나중으로 미뤄도 된다.

와일드는 졸업한 이후로 스위트워터 고등학교에 한 번도 간 적이 없었다. 학교에 다가갈수록 옛 기억들이 몰려들었다. 적어도 한 가지 기억은 확실히 떠올랐다. 매슈의 아빠 데이비드가 바로 옆에서 함께 걷는 듯했다. 둘은 거의 매일 이렇게 함께 걸어 다녔다. 그러다 데이비드가 고등학교 2학년 때 면허를 딴 뒤로는 함께 차를 타고 다녔다. 그 기억들이 그를 감상에 빠뜨리려고 했지만 와일드는 넘어가지 않았다.

지금은 안 된다. 다른 데 정신을 팔 수 없다.

와일드가 다닐 때는 학교에 청원 경찰이 없었다. 요즘은 상황이 달라졌다. 빳빳한 유니폼을 입은 청원 경찰은 심각한 얼굴에 총을 소지하고 있었다. 와일드가 도로에 나타난 순간부터 그들은 그를 주시했다. 와일드는 길 한가운데로 걸어갔고, 미소를 지으며 손이 잘 보이게 했다.

고등학교에 가는데 손이 잘 보이게 해야 한다니. 정말 말세다.

"무슨 일입니까?" 키가 더 큰 쪽 경찰이 물었다.

"교사 전용 주차장에서 에이바 오브라이언을 만나기로 했습니다."

연필로 그린 듯이 가느다란 콧수염을 기른 또 다른 청원 경찰은 어찌나 어려 보이는지 이 학교 학생이라고 해도 믿을 정도였다. 불과 1, 2년 전에 고등학교를 졸업한 뒤 낡은 세단을 타고 도심 주위를 돌아다니며 시간을 보내는 그런 부류의 남자 같았다. 그가 와일드의 이름을 찾아 명단을 훑어보는 동안 키 큰 경찰은 와일드와 기 싸움이라도 하려는 듯 그를 노려보았지만 와일드는 개의치 않았다. 뿐만 아니라 몸을 수색당하고, 주머니에 든 물건을 다 꺼내고, 금속 탐지기가 몸을 훑어도 개의치 않았다. 이렇게 변해버린 세상이 슬플 뿐이었다. 이렇게 무장한 두 남자를 정말로 학교 주위에 배치하고 싶었을까? 박봉의 경찰 지망생 두 명에게 총을 줘서 잘난 척하기 좋아하는 10대들과 섞어놓는 게 정말로 우리 아이들을 보호하는 길이라고 생각한 걸까? 오히려 재앙을 만드는 법 같았다. 와일드는 보안 업체에서 일했던 터라 많은 경쟁사가 부모들의 이런 불안을 부추겨 학교와 큰 계약을 따낸다는 걸 잘 알고 있었다.

문제를 만들어라. 그런 다음 해결책을 제시해서 돈을 벌어라.

젊은 청원 경찰이 전화했고, 2분 뒤 에이바 오브라이언은 와일드를 복도로 안내했다. 와일드는 에이바의 걸음걸이가 마음에 들었다. 이상하게 들리겠지만 사실이 그랬다. 아름답고 강해 보였다.

리놀륨 바닥을 걸어가는 그들의 발소리만 들리는 걸 보니 틀림없이 수업 중이었다. 와일드는 예전에 이 복도를 돌아다니던 시절을 떠올렸다. 당연히 이 복도가 어디로 이어지는지 아직 기억했다. 어떻게 잊겠는가. 체육실을 지날 때 에이바가 벽에 걸린 사진을 가리켰다.

"난 매일 당신 얼굴을 볼 수 있어."

'스위트워터 스포츠 명예의 전당'이라고 적힌 명단에 대략 오십 명의 얼굴 사진이 있었다. 와일드는 육상 경기 부문에 이름이 올랐다. 시상식에는 참가하지 않았다. 그런 자리는 좋아하지 않았다. 고등학교 3학년 때 와일드는 거의 모든 육상 분야에서 이 학교 최고 기록을 달성했다. 허들, 단거리, 장거리. 학교 미식축구 코치는 그에게 테일백을 하라고 설득했지만 와일드는 동지애가 넘치고 열광적인 하이파이브를 하는 단체 경기를 좋아하지 않았다. 특히 미식축구는 질색이었다. 부족이나 씨족끼리의 싸움 같았다.

"사진 속 당신은 화난 사람 같아." 에이바가 말했다.

"남자답게 보이고 싶었어."

에이바는 잠시 사진을 바라보았다. "목표에 명중하지 못한 것 같은데."

"내가 원래 사격에는 소질이 없어."

와일드는 롤라 나세르를 찾아 명판을 쭉 훑어봤다. 오래 걸리지 않았다. 남자답게 보이려는 의도가 전혀 없는 롤라의 환한 미소가 눈부신 햇살처럼 다가왔다. 롤라 나세르는 집에서도 저랬다. 환하고 말이 많고 진지하고 열정적이었다. 와일드와는 정반대였다. 어쩌면 불행한 가정환경을 보상하려고 억지로 쓴 가면인지도 모른다. 하지만 그렇다고 하기에는 그 가면이 벗겨진 적이 없었다.

"축구부 부장." 와일드의 시선을 따라간 에이바가 롤라의 명판을 읽었다. "와, 올 아메리칸(all-American, 각 스포츠 분야에서 전미 최고 아마추어 선수에게 주는 상―옮긴이)에 선정됐네?"

"롤라는 이 학교에서 배출한 최고의 축구 선수야."

"친했어?"

"동생이야." 와일드는 그렇게 말하고 덧붙였다. "피 안 섞인 동생."

에이바는 그를 교실 겸 미술실로 안내했다. 사방이 알록달록한 색으로 가득했다. 와일드는 실내를 둘러보았다. 미술실은 안락했다. 아마추어 솜씨를 뛰어넘은 학생들과 굉장한 재능이 엿보이는 학생들의 작품이 섞여있었고 반쯤 굽다 만, 박물관에 놓아두어도 손색이 없을 듯한 조각도 있었다. 이곳은 생명력이 넘쳤다. 그것도 아주 많이.

"그래서, 확인해 봤어." 에이바가 말했다.

그녀의 말투는 사무적이었다. 와일드는 기다렸다.

"나오미는 지난주 목요일부터 결석했어. 정당한 사유 없는 결석이야. 학교에서 이메일로 경고장을 보냈더라."

"지난번에 실종되었다가 돌아온 뒤로 상황이 안 좋았다고 들었어."

"누구한테 들었어?"

"나오미 아빠한테." 매슈를 끌어들일 이유는 없었다. 와일드는 얼른 나머지 이야기도 해주었다. 버나드 파인이 찾아오고, 나오미의 방에 가보고, 옷가지와 배낭이 사라진 일.

"응, 상황이 안 좋았어. 예상했던 대로." 와일드의 설명이 끝나자 에이바가 말했다.

"나오미의 반응은 어땠어?"

"아이들이 괴롭힌 일로?"

"응."

"나오미는, 모르겠어, 더 내향적이 된 것 같아. 속마음을 털어놓게 하려고 했지만 별말 없었어."

"당신 말고 나오미가 또 이야기할 만한 사람이 있을까?"

"내가 아는 한 없어." 에이바는 고개를 갸웃했다. "나오미가 자길 찾아낸 사람이 당신이라고 하더라. 둘이 지하실에서 대화를 나눴다고."

"응."

"나오미는 당신을 좋아해, 와일드."

"나도 나오미가 좋아."

"왜 그렇게 끔찍한 게임을 했는지 나오미가 말했어?"

"그걸 계기로 리셋 하고 싶었대."

"리셋?"

"학교 친구들과 다시 시작하고 싶다고. 재도전하는 거지. 만약 자기가 그 게임을 해내면, 세상을 깜짝 놀라게 하면, 다들 자신을 다르게 볼 거라고 생각했나 봐."

에이바는 고개를 저었다 "이해는 가 하지만……."

와일드는 아무 말도 하지 않았다.

"고등학교 3년이 얼마나 짧은지 이 애들이 알았으면 좋겠어."

"불가능해."

"알아. 메인주에 사는 우리 할아버지가 최근에 아흔두 살이 되셨어. 내가 할아버지에게 그 나이까지 사는 게 어떤 기분이냐고 물어봤지. 그랬더니 할아버지가 눈 깜짝할 사이에 그 나이가 됐다는 거야. 할아버지가 이러시더라. '어느 날 열여덟 살이 돼서 군대에 지원했지. 훈련을 받으려고 남쪽으로 가고 있었어. 그런데 정신을 차려보니 여기야.' 그 정도로 빠르대. 할아버지가 그렇게 말했어. 마치 1948년에 더플백을 메고 버스에 올라탔는데 내려보니 지금이라는 듯이."

"멋진 분이시네." 와일드가 말했다.

"맞아. 당신한테 이 얘기를 왜 하는지 모르겠네. 다만 어른인 우리도 그 말을, 인생이 그렇게 순식간에 지나갈 거라는 말을 믿기가 힘든데 하물며 친구들에게 괴롭힘을 당하는 열여섯 살 여학생이 이 거지 같은 고등학교가 세상의 전부가 아니라고 믿기는 불가능하지."

와일드는 고개를 끄덕였다. "그래서 나오미가 어디에 있을지 짐작 가는 데 있어?"

"그 애가 가출했다는 데 우리 둘 다 동의한 줄 알았는데."

"아마 그럴 거야."

에이바가 물었다. "나오미 엄마한테 연락해 봤어?"

"지난번에 당신이……."

"그래, 알아. 하지만 그건 그때 일이고. 나오미가 당신에게 다시 시작하고 싶다는 말을 했다고 했지? 나한테도 그 비슷한 말을 했어. 그 챌린지 게임이 실패한 후에 나오미는 여기, 이 도시에서 다시 시작하기는 불가능하다는 걸 깨달았어. 새로운 시작은 새로운 곳에서 해야지."

"그러니까 지금 엄마랑 있을 수도 있다는 말이야?"

"나오미는 엄마가 여행 갈 거라고 했어. 당시에는 잘 몰랐는데 나오미가 같이 가고 싶어 했던 것 같아."

"나오미의 엄마가 어디로 갔는지 알아?"

"그냥 해외라는 것만 알아."

"알았어. 연락해 볼게."

에이바가 손목시계를 보았다. 와일드는 그 동작이 무엇을 암시하는지 알고 있었다.

"수업이 있나 보네."

"응." 에이바는 그렇게 말하고는 다시 말을 이었다. "저번에 내가 보낸 문자 있잖아."

와일드는 당연히 무슨 문자를 말하는지 알고 있었다. 오늘 밤에 우리 집으로 와. 문 잠그지 않을게. 보고 싶어, 와일드.

"신경 쓰지 마." 와일드가 말했다.

"예전에 당신과 함께 보냈던 밤이 그리웠을 뿐이야. 그 문자를 보낼 때 내가 좀 외로웠거든."

"나도 그럴 때가 있지."

"정말?"

와일드는 같은 말을 두 번 할 필요가 없다고 생각했다.

"이상해." 에이바가 말했다. "그때 우리 관계 말이야. 지금은 그런 이야기를 할 때가 아니지만……."

"좋았어. 정말로." 와일드가 말했다.

"하지만 오래갈 수 없었어. 그렇지?" 에이바의 말투에서 후회나 그 비슷한 감정은 전혀 느껴지지 않았다.

와일드는 대답하지 않았다.

"그건 마치 단기간만 생존할 수 있는 활기찬 생명체 같았어. 전 생애가 그 며칠 안에 압축되어 있었지."

와일드는 에이바가 잘 표현했다고 생각했다. "맞아, 그런 셈이 었어."

둘 다 서 있었고, 뭘 해야 할지 몰랐다. 에이바는 와일드에게 다 가가 그의 볼에 키스했다. 와일드는 에이바의 눈을 바라보며 하 마터면 다시 사귀자고 할 뻔했다. 하마터면. 하지만 말하지 않았 다.

대신 주제를 바꿔서 다른 질문을 던졌다. "메이너드가의 아들 을 알아?"

에이바는 눈을 깜빡거리더니 뒤로 한 발짝 물러났다. "크래시? 듣기는 많이 들었어."

"평판이 어때?"

"끔찍해. 걔가 나오미를 괴롭혔잖아. 뭐가 더 있는 것 같기는 하지만."

"뭐가 더 있다니?"

"그 애의 맹세가 너무 과하구나(햄릿에 나오는 대사. 지나친 부정 은 긍정이라는 의미이다―옮긴이)." 최대한 셰익스피어식 억양을 살려서 에이바가 말했다.

"크래시가 나오미를 좋아했다는 뜻이야?"

"그렇게 말하지는 않겠어. 크래시는 서턴 홈스와 사귀는 중이 니까. 하지만 나오미가 크래시의 마음을 사로잡은 것 같아. 아마 크래시 본인도 어떻게 된 영문인지 모를 거야."

"오늘 크래시 메이너드가 학교에 왔어?"

"아마 그럴걸. 왜?"

"수업이 몇 시에 끝나지?"

헤스터는 수영모를 쓰고 45분 동안 실내 수영장을 왕복했다. 그녀의 사무실이 있는 고층 건물 아래층에 있는 수영장이었다. 자유영으로 출발해서 평영으로 돌아오는 수영장 왕복은 올해로 20년째 그녀가 주로 하는 운동이었다. 그전에는 수영장을 별로 좋아하지 않았다. 물에 젖은 수영복을 갈아입으려면 짜증이 났고, 몸에서는 염소 표백제 냄새가 났다. 머릿결도 나빠지고, 멍할 정도로 지루했다. 하지만 바로 그 멍할 정도의 지루함 때문에 마침내 헤스터는 수영을 하게 되었다. 철저히 혼자서 철저한 정적과 바로 그 철저한 지루함—이번 주만 해도 수천 번까지는 아니라도 수백 번은 반복하게 될 팔의 움직임—을 느끼다 보면 이른바 '선(禪)'의 상태에 들어선다. 물과 표백제에 감싸인 상태로 헤스터는 최종 변론과 증언, 반대 신문을 연습했다.

하지만 오늘은 혼자 물을 가르며 부드럽게 수영하는 동안 일이 아닌 다른 생각을 했다. 오렌을 생각했다. 오늘 밤에 그와 만날 일을 생각했다.

'그냥 저녁 한 끼 같이 먹는 거야.' 헤스터는 그 사실을 다시 상기했다.

오렌은 그녀에게 데이트를 신청했다.

'데이트가 아냐. 그냥 옛 친구와 저녁만 먹는 거야.'

아니다. 남자는 절대 옛 친구로서 함께 식사하자는 말을 하려고 여자의 직장까지 찾아오지 않는다. 이건 진짜다. 데이트였다. 진짜 데이트.

헤스터는 샤워를 하고 머리를 말리고 정장을 입었다. 엘리베이터에서 내렸더니 비서 세라 맥린이 그녀가 확인해야 할 메시지를 한 다발 건넸다. 헤스터는 그걸 받아 들고 사무실로 가서 문을 닫았다. 그러고는 책상 앞에 앉아 심호흡을 하고 인터넷 창을 열었다.

"하지 마, 헤스터." 그녀가 큰 소리로 말했다.

하지만 언제부터 헤스터 크림스틴이 다른 사람, 특히 헤스터 크림스틴의 충고를 들었단 말인가?

헤스터는 검색창에 '셰릴 카마이클'이라고 쳤다.

맞다. 오렌의 전부인.

헤스터의 절반은 몸에서 빠져나와 위로 떠오른 채 못마땅하다는 투로 혀를 끌끌 찼다. 아직 의자에 앉아있는 나머지 반은 허공에 떠있는 절반을 바라보며 인상을 쓰고는 이렇게 대꾸했다. "그래, 너 잘났다."

헤스터가 엔터 버튼을 누르자 스크린에 검색 결과가 올라왔다. 맨 위에 있는 결과는 뉴욕 시립 대학교에서 교수로 일하는 셰릴 카마이클이었다. 이건 아니다. 이건 틀림없이 다른 사람이다. 헤스터는 결과를 죽 훑어보았다. 과연 인터넷에 60대 중반에서 후반의 이혼녀에 관한 정보가 있기나 할지도 의문이었다. 하지만 마침내 플로리다주 베로 비치에 사는 셰릴 카마이클을 찾아냈을 때 헤스터가 알게 된 사실은 상상했던 것 이상으로 훨씬 충격적이었다.

"맙소사……."

셰릴 카마이클은 온갖 소셜 미디어를 다 하고 있었다. 인스타그램 계정은 팔로워가 80만 명이 넘었다. 인스타그램 약력인지 뭔지에는 이렇게 적혀있었다.

> 유명인
> 피트니스 모델
> 인플루언서이자 자유로운 영혼
> "내 인생을 사랑해!"
> #60이넘어서도멋지게

'아, 짜증 나.' 헤스터는 생각했다.

약력 밑에는 '문의'라는 말과 함께 이메일 주소가 적혀있었다. 문의? 뭘 문의한다는 거지? 혹시 성매매 문의를 의미하는 건가 싶어서 헤스터는 머릿속이 하얘졌지만 마침내 이 '문의'가 광고를 의미한다는 걸 깨달았다. 정말로 그랬다.

회사에서는 셰릴이 자기들 제품과 함께 사진을 찍어서 올리는 대가로 돈을 지불했다.

인스타그램에 올라온 사진을 보고 있자니 헤스터는 속이 불편해졌다. 예전에는 머리가 등 한가운데까지 내려왔던 셰릴이 ─ 헤스터는 딱 달라붙는 반바지에 그보다 더 달라붙는 티셔츠를 입고 어린이 야구장에 왔던 셰릴과 그녀를 쳐다보지 않는 척했던 아빠들을 떠올렸다 — 이제는 머리를 짧게 잘라서 뾰족뾰족 세웠다. #비키니여신#운동목표#스쿼트#나자신을사랑하기#해변에서노닥거리기 같은 태그가 달린 여러 개의 아슬아슬한 사진 속에 나오는 셰릴의 몸매는 예전보다 더 좋았다.

윽. 셰릴 카마이클은 여전히 매력적이었다.

그때 휴대전화가 울렸다. 번호를 보니 와일드였다.

"읊어봐." 헤스터가 말했다.

"뭐 하세요?"

"날 열등감으로 몰아넣고 있지."

"뭐라고요?"

"신경 쓰지 마라. 무슨 일이니?"

"통신사에서 연락 왔어요?"

나오미의 전화로 위치 추적을 해봤는지 묻는 말이었다. "지금 계속 감시 중인데 아직까지는 아무런 활동도 없다."

"전원이 꺼져있다는 뜻인가요?"

"그래."

"언제, 어디서 전원이 꺼졌는지 알아낼 수 있대요?"

"물어보마. 어젯밤에 매슈랑 얘기했니?"

"네."

"무슨 얘기 했니?"

"매슈에게 직접 물어보시는 게 낫겠어요."

와일드는 매슈의 신뢰를 배신하고 싶지 않았다. 헤스터는 이해했다.

"부탁드릴 게 하나 더 있어요." 와일드가 말했다.

"난 이 일에 많은 걸 투자하고 싶지 않다. 나오미가 가출한 게 아니라는 확실한 증거라도 나오지 않는 한."

"알겠어요. 나오미 엄마에게 한 번만 더 전화해 주실 수 있어요?"

와일드는 미술 교사 에이바 오브라이언에게 들었던 이야기를 전했다.

"만약 엄마가 나오미를 데려갔다면 아이 아빠에게 말하지 않았을까?"

"그거야 모르죠. 엄마에게 전화 한 통만 해보면 해결될 거예요. 너무 바쁘시면⋯⋯."

"왜, 네가 전화하려고? 해서 뭐라고 할래? '안녕하세요, 전 당신 딸을 찾고 있는 30대 후반 싱글 남자입니다'라고?"

"일리 있네요."

"내가 할게."

"별일 없는 거죠, 헤스터?"

헤스터는 원피스 수영복을 입은 셰릴 카마이클의 사진을 바라보고 있었다. 《스포츠 일러스트레이티드》 수영복 특집판 표지에 실려도 손색이 없을 정도였다. "난 잘해야 평균인데."

"뭔가 짜증이 나신 것 같네요."

"그럴지도 모르지. 넌 어디니?"

"아직 학교에 있어요. 크래시에게 묻고 싶은 게 있어서요."

와일드는 헤스터와 통화를 끝내고 에이바를 돌아보며 물었다.

"정말 괜찮겠어?"

"응."

"당신에게 피해가 갈 수도 있어."

에이바는 어깨를 으쓱였다. "어차피 올해까지만 근무하기로 되어있어. 보조 교사들은 다 그래. 예산 부족으로."

"유감이야."

에이바는 아무렇지 않다는 듯 손을 흔들었다. "어차피 다시 메인주로 돌아갈 때가 됐어."

두 사람은 계속 미술실에서 기다렸다. 와일드는 내부를 천천히 돌며 곳곳에 놓인 학생들의 다양한 작품을 감상했다. 어떤 면에서는 지금까지 그가 갔던 어떤 박물관보다도 훌륭했다. 드로잉 작품에 수채화, 조각, 모빌, 도자기, 금속공예품까지. 당연히 재능은 아직 다듬어지지 않았지만 열정과 창의성만큼은 그를 완전히 사로잡았다.

그들은 문 옆에 서서 마지막 수업이 끝나는 종이 울리기를 기다렸다.

"내가 이 학교에 다닐 때는 여기가 미술실이 아니었는데." 와일드가 말했다.

"그럼 뭐였어?"

"시시 선생님의 공예실."

에이바가 미소 지었다. "램프를 만들었어? 아니면 발 올려놓는 스툴?"

"램프."

"그 램프는 지금 어디 있어?"

그를 위탁 보호해 주다가 입양해 준 브루어 부부에게 주었다. 현재 두 부부는 플로리다주 주피터에서 외부인의 출입이 통제되는 주택가에 살았다. 8년 전 와일드와 롤라는 두 부부의 이사를 돕기 위해 이삿짐 트럭을 빌려 95번 국도를 따라 플로리다주까지 장거리를 운전했다. 가는 내내 롤라는 도로변에 있는 온갖 희한한 명소에 들르고 싶어 했다. 사우스캐롤라이나주에 있는 UFO 환영 센터라든가 조지아주에 있는 미국에서 제일 작은 교회 같은.

그 후로 와일드는 플로리다주에 간 적이 없었다.

종이 따르릉 울리자 와일드는 비품을 넣어두는 벽장으로 들어갔다. 에이바는 복도로 나가는 문 옆에 서있었다.

2분쯤 지나자 크래시 메이너드가 들어왔다. "절 찾으셨어요, 오브라이언 선생님?"

와일드는 내다볼 수 있도록 벽장문을 살짝 열어두었다.

에이바가 말했다. "그래, 와줘서 고맙다."

크래시는 스툴 옆에 세워진 찰흙 조각상에 손을 댔다.

"아직 안 말랐어." 에이바가 경고했다.

"절 왜 부르셨어요? 전 1학년 이후로 미술 수업을 들은 적이 없는데요."

"미술 수업 때문에 부른 게 아니야. 자리에 좀 앉을래?"

"엄마가 기다리셔서……."

"나오미 파인이 어디 있는지 아니?"

와일드는 에이바의 방식이 마음에 들었다. 돌려서 말할 이유가 없었다.

"제가요?" 크래시는 마치 자기가 알 거라는 생각 자체가 지금까지 들어본 말 중에서 가장 충격적이고 이해가 안 된다는 듯이 말했다. "그걸 제가 어떻게 알겠어요?"

"너랑 나오미는 같은 반이니까."

"그거야 그렇지만……."

"그렇지만?"

크래시는 잘난 척하듯이, 그와 동시에 어색한 듯이 킥킥 웃었다. "우린 친구라고 할 수도 없는데요."

"그래도 나오미와 얘기는 하잖아."

"아닌데요."

에이바는 팔짱을 꼈다. "그럼 왜 나오미가 너랑 얘기했다고 말했을까?"

"나오미가 그랬어요?"

"응."

크래시는 잠시 생각했다. 그의 얼굴에 수줍은 미소가 퍼지는 동안 머리를 바쁘게 굴리는 게 보였다. "이런 말은 하면 안 되는데."

"무슨 말?"

"나오미가 절 좋아하는 걸 수도 있어요."

"만약 좋아한다면?"

"그러니까 만일 나오미가 저랑 얘기를 나눴다고 말했다면," 크래시는 어깨를 으쓱였다. "모르겠어요. 어쩌면 자랑하려고 그랬는지도 모르죠."

"자랑?"

"네. 아니면, 모르겠어요, 제가 나오미에게 잘해줬거든요. 그러니까, 저한테 인사하면 저도 인사해 줬어요."

"와. *진짜* 잘해줬구나." 에이바가 말했다.

하지만 크래시는 그게 비꼬는 말이라는 걸 깨닫지 못했다. "하지만 진지한 대화를 나눈 적은 없어요. 무슨 말인지 아시죠?"

"알 것 같다. 이제 매슈가 너희 집에서 나오미를 만나기로 해놓고 잠수를 탔던 날에 무슨 일이 있었는지 말해봐."

정적이 흘렀다.

"크래시?"

크래시는 휴대전화를 들어 올리더니 버튼을 눌렀다. 와일드는 그 행동이 마음에 걸렸다. "엄마에게서 계속 문자가 오고 있어요, 오브라이언 선생님."

"알았어."

"저 가야 해요."

"내 질문에 대답부터 해."

"선생님이 뭘 물으시는 건지 모르겠어요."

"아니, 넌 알고 있어. 나오미가 내게 말하길……."

"나오미가 선생님에게 말했다고요?"

"그래."

"그럼 제게 물을 이유가 없잖아요." 크래시가 대꾸했다. 와일드는 제법 훌륭한 응수라고 인정하지 않을 수 없었다. "전 그만 가볼게요, 오브라이언 선생님."

"내가 알고 싶은 건……."

크래시가 에이바를 향해 몸을 빙글 돌리며 너무 가깝게 다가섰다. "전 나오미 파인에 대해서 아무것도 몰라요!" 수줍어하던 어조는 사라졌다. "모른다고요!"

에이바는 물러서지 않았다. "넌 그날 밤에 그 애를 봤어."

"봤다면 어쩔 건데요? 그 애는 우리 사유지에 있었어요."

"왜 매슈 크림스틴에게 나오미를 바람맞히라고 했지?"

"매슈가 그렇게 말했어요?" 크래시는 고개를 절레절레 흔들었다. "선생님, 저는 얼마든지 여기서 나갈 수 있어요. 선생님은 제게 여기 남도록 강요할 수 없다고요. 안 그래요?"

"그거야 물론 그렇지만……."

"그럼 전 갈게요."

와일드는 자신이 못 나갈 이유가 없다고 생각하며 벽장문을 열고 말했다. "나는 널 막을 수 있어." 그러고는 미술실을 가로질러 문을 등지고 섰다. 말 그대로 크래시의 퇴로를 막았다. 에이바가 와일드를 노려보며 고개를 저었다. 이렇게 나서면 안 된다는 뜻이었다.

크래시가 인상을 썼다. "뭐야?"

"나오미가 어디 있는지 말해." 와일드가 말했다.

크래시가 실눈을 떴다. "당신 지난번에 우리 집에 왔죠? 내 경호원의 총을 빼앗은 사람이 당신이죠?"

에이바가 다시 와일드를 노려봤다. 와일드는 무시했다.

"우린 널 겁주려는 게 아니야." 와일드가 말했다. 사실일 수도 있고 아닐 수도 있다. "나오미가 어디 있는지만 알면 돼."

갑자기 뒤에서 문이 벌컥 열리며 그의 등을 치는 바람에 와일드는 균형을 잃었다. 열린 문 사이로 토르가 달려들었다. 상대를 기습 공격하려는 라인배커처럼 어깨를 숙인 채. 와일드는 스스로에게 욕을 퍼부었다. 크래시는 당연히 경호원을 데리고 다닐 테니 휴대전화로 도움이 필요하다는 신호를 보낼 거라고 예상했어야 했다. 멍청하게 방심했다가 허를 찔렸다.

덕분에 이제 그는 심각한 위험에 처했다.

토르가 와일드를 향해 뛰어올랐다. 조금도 주저하지 않고. 와일드는 어떻게 대처해야 할지 아직 생각하는 중이었다.

하지만 너무 늦었다.

토르는 근육질 두 팔로 와일드를 안았고 어깨로 와일드의 배를 들이받으며 그를 뒤로 밀었다. 와일드를 꼭 끌어안은 동시에 바닥에서 들어 올린 채 계속 앞으로 돌진하며 와일드를 바닥에 내리꽂을 준비를 했다.

이건 확실히 좋지 않았다.

토르는 화가 단단히 나있었다. 아마도 지난번에 상사 앞에서 와일드에게 총을 빼앗기는 수모를 당했기 때문일 것이다. 이건 그 보복이었다.

와일드는 어떻게 대처해야 할지 고민했다. 사실 대처법은 전혀 없었다. 발은 허공에 떠있었고, 몸은 옴짝달싹할 수 없었으며, 바닥으로 떨어지기 일보 직전이었다. 만약 그들이 서있거나 앞으로 나아가는 속도가 느렸다면 머리로 토르의 코를 들이받으려고 시도했을 것이다. 하지만 지금 토르는 와일드의 가슴에 얼굴을 대고 있었다.

그 방법은 쓸 수 없다.

사실 어떤 방법도 쓸 수 없다.

날아올 주먹에 대비하고 열세를 만회하는 수밖에 없다. 다음 움직임을 생각해 두는 방법밖에 없다.

바닥으로 떨어지기 직전에 와일드는 몸을 세게 비틀었다. 그래도 바닥에 내리꽂히는 걸 피하지는 못했다. 전혀. 와일드는 포마이카 바닥으로 떨어졌다. 아주 세게. 그의 몸에서 공기가 훅 빠져나갔다. 하지만 몸을 비튼 덕분에 와일드를 끌어안고 있던 토르의 양팔도 어그러졌고, 추락하던 토르는 살집이 두툼한 팔로 착지하지 못하고 팔꿈치로 바닥을 찧었다.

이제 한 남자는 팔꿈치를 다쳤고, 다른 남자는 숨을 쉴 수 없었다.

'거리를 둬야 해.' 와일드는 생각했다.

그 생각밖에 할 수 없었다. 거리를 둬야 한다. 토르에게서 빠져나와야 한다. 그와 토르 사이에 가능한 한 많은 공간을 둬야 한다.

전열을 가다듬고 열세를 만회해야 한다.

여전히 바닥에 누운 채 와일드는 숨을 쉬고 싶다는 욕망, 아니 절대적인 '필요'를 무시하려고 노력했다. 그게 중요했다. 전에도 이렇게 숨이 막혔던 적이 있었다. 온몸이 마비되는 끔찍한 경험이었다. 하지만 그 경험을 통해 마비 증상은 주로 공포 때문에 일어난다는 사실을 알게 되었다. 질식할 것 같고 다시는 숨을 못 쉴 것 같다는 '느낌'이 모든 걸 차단한다. 뇌가 발이나 다리에 내리는 명령을 차단한다. 하지만 이제는 알고 있다. 비록 본능적으로는 다시는 숨을 못 쉬게 될 것만 같아도 언젠가는 다시 숨을 쉬게 될 것임을. 패닉에 빠지지 않는다면 더 빨리. 그래서 와일드는 그냥 가만히 있고 싶은 유혹과 싸우며 몸을 둥그렇게 말았다. 다시 숨을 쉴 수 있을 때까지.

그렇게 폐가 터질 듯한 상태로 몸을 옆으로 굴려서 빠져나왔다.

"놔줘요!" 에이바가 외쳤다.

하지만 토르는 가차 없었다. 와일드를 덮쳐 양 무릎으로 그의 등 아래쪽을 뭉갰다. 와일드는 척추에 유리 조각이 박히는 듯한 통증을 느꼈다. 에이바가 토르를 떼어내려고 했지만, 그는 아주 작은 비듬을 털어내듯 어깨를 들썩여 에이바의 손을 뿌리쳤다. 와일드는 돌아누우려고, 에이바를 도우려고 했지만, 토르는 허락하지 않았다. 그는 와일드의 팔 밑으로 자신의 팔을 집어넣더니 작정하고 와일드를 조르기 시작했다. 옛날 영화나 싸움의 기술을 가르치는 영상을 보면 주먹을 날리는 장면만 나온다. 남자들은 서서 주먹을 날리고 때로는 발로 상대를 차기도 한다. 하지만 대다수의 싸움은 바닥에서 끝난다. 얽혀서 싸우게 된다. 토르는 체격과 체중에서 와일드보다 우세할 것이다. 게다가 와일드를 기습 공격했다. 또한 와일드는 아직도 숨을 제대로 못 쉬고 있다.

승리의 비결은 종종 희생이다. 와일드는 미식축구를 보면서 오펜시브 라인맨의 보호를 받는 쿼터백들, 150킬로그램의 라인맨이 화물 열차처럼 들이받아도 꿈쩍하지 않는 쿼터백들이 성공한다는 걸 알게 되었다. 훌륭한 쿼터백은 공격을 받아도 표적에게서 절대 눈을 떼지 않는다.

그게 바로 지금 와일드가 하는 일이었다.

와일드는 자기보다 덩치가 큰 토르가 주먹을 날리도록 내버려두었다. 그에게는 다른 타깃이 있었기 때문이다.

손가락.

와일드는 자신이 상체를 잽싸게 좌우로 움직이면 토르가 그의 어깨를 붙잡으리라는 걸 알고 있었다. 그래서 일부러 몸을 움직이며 그 순간이 오기를 기다렸다. 오로지 토르가 그의 어깨를 향해 손을 뻗을 순간에만 집중했다. 마침내 토르가 손을 뻗자 와일드는 두 손을 들어 토르의 손가락 하나를 붙잡았다. 그러고는 온 힘을 다해 뒤로 꺾었다.

손가락이 뚝 소리를 내며 부러졌다.

토르가 울부짖었다.

'거리를 둬.' 와일드는 생각했다.

그러고는 다시 몸을 굴려 빠져나왔다. 토르의 얼굴이 분노와 고통으로 일그러졌다. 그가 다시 와일드에게 달려들려는 찰나, 낫처럼 허공을 가르는 목소리가 들렸다. "그만."

개빈 체임버스였다.

19

학교 주차장으로 나가자 개빈 체임버스는 토르를 검은색 캐딜락 에스컬레이드에 태워 병원으로 보냈다. 토르는 다친 반려동물처럼, 부러진 손가락을 다른 손으로 조심스럽게 떠받치고 있었다. 그다음에는 겁먹은 크래시를 크래시의 어머니가 운전하는 흰색 메르세데스 벤츠 S 클래스 쿠페에 태웠다. 크래시의 어머니는— 와일드는 그녀의 이름이 딜리아라는 걸 알고 있었다—화가 잔뜩 나있었다. 그녀는 차에서 내려 개빈에게 설명을 요구했다. 와일드는 떨어져 있어서 개빈이 뭐라고 하는지 들을 수 없었지만, 그래도 간간이 자신에게 날아오는 따가운 눈총은 느낄 수 있었다.

학생들이 모여들었다. 와일드는 카일과 라이언, 서턴을 비롯해 지난 몇 년 동안 매슈에게 들었던 몇몇 아이를 알아볼 수 있었다. 매슈도 거기 있었는데 창피해하는 표정이었다. 매슈는 '이게 대체 무슨 일이에요'라고 묻는 듯한 눈으로 와일드를 바라보았다. 와일드는 아무 내색도 하지 않았다.

마침내 딜리아 메이너드가 다시 차에 올라타고 문을 쾅 닫은 뒤, 조수석에 앉은 크래시와 함께 자리를 떴다. 매슈를 비롯한 구경꾼들도 흩어졌다. 개빈 체임버스는 와일드에게 돌아와 말했다. "좀 걸읍시다."

두 사람은 벽돌 건물 뒤쪽과 철책 사이를 천천히 걸었다.

미식축구 경기장과 경기장을 둘러싼 400미터 트랙이 보였다. 그 트랙은 와일드의 과거와 좀 더 연관이 있는 곳으로 여기서 그는 '영광의 시절'을 보냈다. 하지만 그곳을 바라보는 와일드는 전혀 향수에 젖지 않았다. 문득 달리기를 하는 10대 시절 자신의 모습 같은 것도 보이지 않았다. 인생은 앞으로 나아가는 것이다. 가끔씩 예전의 나에게 인사를 할 수는 있지만 지나간 나는 다시 돌아오지 않는다. 그리고 그건 종종 좋은 일이다.

"그 여학생은 돌아오지 않았나?" 개빈이 말했다.

"또 사라졌습니다."

"자세히 말해주겠소?"

"싫은데요."

개빈은 고개를 저었다. "당신이 여기서 한 행동, 그러니까 아이를 그런 식으로 다그치고 우리 직원에게 상처를 입힌 행동 때문에 내 입장이 난처해졌소." 그가 잠시 뜸을 들였다. "우리가 서로 합의한 줄 알았는데."

"그건 나오미가 다시 사라지기 전의 일이죠."

"크래시가 거기에 연루되었다는 증거는 있고?"

와일드는 아무 말도 하지 않았다.

개빈은 손을 귀로 가져갔다. "대답이 안 들리는데?"

"그래서 그 애에게 물어보려고 한 겁니다."

"당신은 선을 넘었어. 아이 엄마가 화가 잔뜩 났소. 그 미술 선생을 신고하겠다는군."

"그 선생님 잘못이 아닙니다. 내가 꾸민 일이에요."

"훌륭한 태도군. 학교 이사회에서도 동의할지는 모르겠지만."

"선생을 해고하겠다고 겁주다니." 와일드는 고개를 살짝 저었다. "당신이 하기에는 좀 저급한 행동 아닙니까?"

개빈이 빙그레 웃었다. "맞소, 그렇지. 당신에 관한 기록을 읽어봤소, 와일드. 당신의 군사 기록은 대부분 일급비밀이지만 그래도 다 방법이 있지. 아주 인상적이더군. 당신의 인생사 전체가. 하지만 전에도 말했듯이 내게는 돈과 인력이 있소. 그러니 이렇게 합시다. 내가 당신을 대신해서 그 애에게 물어보겠소. 만약 크래시 메이너드가 그 여학생에 대해 무언가 알고 있다면, 당신에게 연락하지."

둘은 계속 걸었다.

"질문이 있는데요." 와일드가 물었다.

"뭐지?"

"지난번에 당신은 그 집에 아이들의 주먹다짐보다 훨씬 더 중요한 문제가 있다고 했죠."

"그게 질문이오?"

"그 문제가 뭡니까?"

"모르는 게 나을 거요."

"정말 그럴까요?"

개빈 체임버스가 미소 지었다. "나오미 파인과는 관계없는 일이오."

"그럼 러스티 에거스와 관계가 있나요?"

또 다른 검은색 캐딜락 에스컬레이드가 그들 앞에 와서 섰다. 개빈은 와일드의 등을 툭툭 치며 차를 향해 갔다.

"계속 연락합시다. 또 보진 말고." 개빈이 와일드에게 말했다.

와일드가 에코 캡슐로 돌아가려고 숲으로 들어갔더니 매슈가 기다리고 있었다. 두 주먹을 꽉 쥔 채 제자리를 서성이면서. "대체 왜 그런 거예요?"

"화났니?"

와일드는 숲길로 들어섰다. 매슈는 뒤처져서 따라왔다.

"말해보세요."

"뭘?"

"우리 학교에 왜 온 거냐고요?"

"크래시 메이너드에게 나오미에 대해 물어봤다."

"하필 우리 학교에서요? 지금 장난해요?"

"그게 왜 불만이지, 매슈?"

"거긴 제가 다니는 학교라고요. 알아요?"

와일드는 걸음을 멈췄다.

"네가 나오미에게 한 짓을 벌써 잊었니?"

그 말에 매슈는 입을 다물었고 얼굴이 창백해졌다. 숲은 고요하고 엄숙하게 서 있었다. 마침내 입을 연 매슈가 차분해진 말투로 말했다. "아뇨."

매슈는 고개를 숙였다. 젠장, 그 모습이 영락없이 데이비드였다. 아들의 얼굴에 나타난 아빠의 흔적이 너무 강해서 와일드는 하마터면 뒤로 물러설 뻔했다. 잠시 뒤에 매슈가 다시 고개를 들더니 와일드의 얼굴을 보고 쏘아붙였다. "그만하세요."

"난 아무 짓도 안 했어."

"아뇨, 했어요. 제가 그 표정 싫어하는 거 알잖아요. '아, 맙소사, 지 아빠랑 똑같네' 하는 표정요."

와일드는 미소 짓지 않을 수 없었다. "알았다."

"그만하라고요."

"그래. 미안하다." 와일드는 손으로 그 표정을 지우는 시늉을 했다. "됐지?"

매슈는 한숨을 쉬었다. "아저씨 진짜 한심해요."

와일드는 슬며시 웃었다.

"왜 웃어요?"

"네 아빠도 똑같이 말했을 테니까."

매슈는 어이없다는 듯이 눈을 치떴다. "좀 그만하세요."

와일드는 종종 매슈에게 네가 좋든 싫든 자기는 데이비드 이야기를 할 거라고 경고했다. 데이비드의 영혼을 달래주기 위해서가 아니라—와일드의 세계관에서 한 번 죽은 사람은 그걸로 끝이었다—매슈를 위해서였다. 매슈는 아빠를 도둑맞았다. 그렇다고 해서 아빠의 추억이나 영향력까지 도둑맞아야 한다는 뜻은 아니었다.

"성인군자이신 우리 아빠는 이 일에 대해 뭐라고 했을까요?" 매슈는 정말 내키지 않는다는 듯이 물었다.

"이 일이라니?"

"제가 나오미에게 한 짓이요."

"화를 냈을 거야."

"외출 금지 명령을 내렸을까요?"

"당연하지. 또 너한테 사과하라고 했을 거다."

"저도 하려고 했어요." 매슈는 그렇게 말했다가 다시 덧붙였다. "사과할 거예요."

"잘 생각했다. 그리고 네 아빠는 성인군자가 아니야. 실수투성이였지. 하지만 늘 그 실수를 바로잡았어."

이제 두 사람은 에코 캡슐에서 멀지 않은 산골짜기를 가로지르고 있었다. 매슈가 물었다. "언제나 그랬어요?"

"뭐가?"

"아빠는 언제나 실수를 바로잡았나요?"

와일드는 가슴속에서 무언가가 파닥이는 걸 느꼈다. "그러려고 노력했지."

"엄마는 아저씨가 그날 밤 사고에 대해서 뭔가 숨긴다고 생각해요."

와일드는 걸음을 멈추지 않았지만 그 말에 마음이 아팠다. "엄마가 그렇게 말했니?"

"정말로 숨기는 게 있어요?"

"아니."

매슈는 와일드를 바라보았다. 데이비드를 닮았다는 말은 취소다. 저렇게 의심스러운 눈으로 그를 바라볼 때는 라일라를 더 닮았다. 매슈는 눈을 깜빡거리더니 말했다. "상관없어요. 안 그래요? 어차피 아빠는 돌아가셨으니까."

와일드는 그 말을 생각해 보고는 그의 대답이 필요치 않다고 결론을 내렸다.

매슈가 물었다. "그래서 크래시가 뭐래요?"

갑자기 화제가 바뀐 데다 단어의 정의도 바뀌자(교통사고를 뜻하는 '크래시'에서 사람 이름으로) 와일드는 잠깐 어리둥절했다. "별말 없었어. 하지만 긴장한 것 같더라."

"그러니까 아저씨는 크래시가 나오미에게 무슨 짓을 했다고 생각하는 거예요?"

"모든 정황으로 볼 때 나오미는 제 발로 집을 나갔어."

"그런데요?"

"그런데 뭔가가 이상해."

그 말에 매슈가 빙그레 웃었다. "저한테 세상은 언제나 혼돈이라고 했잖아요."

"변칙이 있는 건 당연하지만 그래도 혼돈으로 가는 패턴이 있거든."

"혼돈으로 가는 패턴이라." 매슈가 그의 말을 반복했다. "뭔가 말이 안 되는데요."

'맞는 말이야.' 와일드가 생각했다.

"저도……." 매슈가 더듬거렸다. "저도 그날 밤에 제가 나오미에게 한 짓을 생각해요. 바람맞힌 거요. 죄책감이 들어요. 어떤 면에서 이건 전부 제 탓이에요. 그렇죠?"

매슈는 기다렸다. 와일드도 기다렸다.

그러다 마침내 와일드가 말했다. "위로의 말을 듣고 싶은 거니?"

"위로해 주고 싶은 마음이 든다면요."

"안 드는데."

두 사람은 에코 캡슐에 도착했다. 에코 캡슐에 온 적이 있는 유일한 손님인 매슈는 좁은 공간에서 공부하는 걸 좋아했다. "정신이 덜 산만하거든요." 매슈는 그렇게 말했다. 매슈는 물리 시험공부를 하고 싶다고 했다. 과학을 잘하는 아이였다. 와일드는 밖에서 책을 읽었다.

두 시간 뒤에 매슈가 밖으로 나왔다.

"신나는 공부 한판 했니?" 와일드가 물었다.

"네, 덕분에요. 근데 그런 표현은 다시는 쓰지 마세요."

두 사람은 매슈의 집으로 함께 걸어갔다. 집에 도착하자 와일드는 물을 좀 달라고 했다. 평소에는 매슈를 집까지 바래다주고 나면 곧장 떠났다. 하지만 나오미의 이상한 실종과 크래시 일 때문에 라일라가 올 때까지 기다리는 게 좋을 듯했다.

또한 두 가지 이유로 라일라를 만나고 싶었다. 첫째는 아까 매슈가 말한 이유 때문이었다. 라일라가 오래전 위험한 산악 도로에서 일어났던 사고에 대한 와일드의 공식적인 설명에 아직도 의문을 품고 있다는 말.

"매슈?"

"네?"

와일드는 아까 에이바가 크래시와 나눴던 대화를 생각했다. "나한테 숨기는 거 있니?"

"네?"

"나오미 일과 관련해서 말이야."

"아뇨."

매슈는 물잔을 건네더니 2층으로 올라갔다. 그러고는 자기 방으로 들어간 뒤 문을 닫았다. 와일드에게 뭘 할 거라고 말하지 않았고, 와일드도 묻지 않았다. 와일드는 TV가 있는 방에 앉아 기다렸다. 7시가 되자 라일라의 차가 진입로로 들어섰다. 라일라가 현관문을 열고 들어오자 와일드는 일어섰다.

"왔어?" 와일드를 본 라일라가 말했다.

"응."

"마침 당신한테 할 말이 있어." 라일라가 말했다.

이것이 와일드가 기다린 두 번째이자 더 중요한 이유였다.

"응, 알아." 와일드가 말했다.

라일라가 멈칫했다. "안다고?"

"지난번 당신이 그 남자랑 왔을 때 난 매슈와 여기 있었어. 뒷문으로 조용히 빠져나갔지."

"아."

"응."

"아직 초창기야. 어떤 사이가 될지 모르……."

"설명할 필요 없어."

"그래도 해야 할지 몰라."

라일라는 와일드를 바라봤다. 와일드는 라일라가 무슨 말을 하고 싶어 하는지 알고 있었다. 그녀는 그 명품 양복과 다음 단계로 나아갈 준비가 된 것이다. 이해력이 떨어지는 사람들을 위해 설명하자면, 육체적인 단계 말이다.

"걱정 마." 와일드가 말했다.

"걱정이 너무 많이 돼." 라일라가 반박했다.

"내 말은……."

"당신이 무슨 뜻으로 한 말인지 알아, 와일드."

와일드는 고개를 끄덕이며 그대로 서있었다. "그만 갈게."

"우리 어색해지지 않는 거지?"

"한 번도 그런 적 없었잖아."

"가끔은 그랬어. 그리고 가끔은 당신이 너무 거리를 뒀지."

"방해하고 싶지 않았어."

"당신이 왜 방해가 되겠어. 매슈에게는 아직 당신이 필요해. 나도 그렇고."

와일드는 방을 가로질러 라일라의 볼에 키스했다. 지나칠 정도로 부드럽게. "내가 필요할 땐 언제든 여기 있을 거야."

"사랑해, 와일드."

"나도 사랑해, 라일라."

와일드는 미소 지었고, 라일라도 미소 지었다. 와일드는 가슴속에서 무언가가 살짝 금이 가는 걸 느꼈다. 라일라는…… 글쎄, 라일라가 어떤 감정인지 와일드는 알 수 없었다.

"잘 있어." 와일드는 그렇게 말하고 뒷문으로 나갔다.

헤스터가 고른 레드팜이라는 식당은 맛과 캐주얼한 분위기, 음식에 대한 유머가 어우러진 현대식 딤섬 전문점이었다. 예를 들어 그녀가 가장 좋아하는 만두는 '팩맨'이었는데 옛날 비디오 게임에 나오는 그 캐릭터처럼 생겼다. 레드팜은 예약을 받지 않았지만 헤스터는 단골이었기 때문에 필요할 때면 구석 테이블을 내줄 수 있는 직원을 알고 있었다. 식당 분위기는 낭만적이고 조용하다기보다는 독창적이고 세련되었다. 하지만 첫 번째 데이트 아닌가.

부담 없는 분위기가 좋겠지?

오렌은 헤스터에게 주문을 맡겼다. 이제 테이블은 만두로 가득했다. 삼색 채소 만두, 새우와 망고 만두, 돼지고기와 게살수프(이것 역시 헤스터가 좋아하는 요리였다), 바삭한 소꼬리 만두, 검은 트러플 치킨 만두.

"천국이 따로 없군." 만두를 먹으며 오렌이 중얼거렸다.

"입에 맞아요?"

"너무 맛있어서 내가 얼마나 멋진 여자와 함께 있는지 하마터면 잊을 뻔했군요."

"말도 잘하시네. 전부인에 대해 물어봐도 돼요?"

젓가락으로 만두를 집은 오렌이 멈칫했다. "정말로 그 얘기를 하고 싶어요?"

"난 돌려서 말하는 거 잘 못해요."

"방금 아주 잘 보여줬어요."

"그리고 자꾸 생각나기도 하고요."

"내 전부인이 자꾸 생각난다고요?"

"물어보고 싶은 게 몇 개 있어요. 난 여기 앉아서 계속 그 생각을 하느라 정신이 팔릴 수도 있고, 아니면 당신에게 물어볼 수 있죠."

오렌은 만두를 들어 올렸다. "당신이 다른 데 정신이 팔리는 건 원치 않아요."

"셰릴의 인스타그램을 보게 됐어요."

"아."

"당신도 봤어요?"

"아뇨. 난 소셜 미디어는 안 합니다."

"하지만 셰릴이 한다는 건 알죠?"

"압니다, 네."

"아직도 셰릴을 생각하나요?"

"그 질문에는 '아니오'라고 대답해야겠죠?"

"셰릴의 사진을 봤어요."

"아."

"그러니까 당신을 나무라지 않을게요."

"물론 아직도 셰릴을 생각합니다. 하지만 그런 식으로는 아니에요. 우린 28년간 결혼 생활을 했어요. 당신은 아직도 아이라를 생각하나요?"

헤스터는 곧바로 대답하지 않았다. 지금 입은 원피스로 결정하기 전까지 여러 벌의 옷을 입어봤다. 거리 쇼윈도에 비친 자신의 모습을 보고서야 헤스터는 이 원피스를 입으면 남편이 늘 그녀에게 섹시해 보인다고 말해주었다는 걸 깨달았다.

"우린 둘 다 과거가 있어요, 헤스터."

"난 그냥……." 헤스터는 어떻게 표현해야 할지 몰랐다. "셰릴과 나는 너무 달라요."

"그렇죠."

"이게 겨우 첫 번째 데이트라는 걸 알지만 셰릴은 너무…… 섹시해요."

"당신도 그래요."

"선심 쓰지 말아요, 오렌."

"아닌데. 무슨 말인지 압니다. 하지만 이건 시합이 아니에요."

"그것 참 다행이네요. 하지만 셰릴이 먼저 헤어지자고 했다면서요."

"그렇기도 하고 아니기도 합니다."

"무슨 말이죠?"

"내가 먼저 셰릴을 떠났을 겁니다. 적어도 감정적으로는요. 셰릴이 날 떠난 건 내 마음이 셰릴에게서 떠났기 때문이죠." 오렌은 젓가락을 내려놓고 냅킨으로 턱을 닦았다. 이제 그의 행동은 조심스러웠다. "아이들이 떠난 뒤에 셰릴은 방황하는 것 같더군요.

우리 동네가 어떤지 알잖습니까. 아이를 키우는 가족을 위한 곳이죠. 아이들이 떠나고 나면…… 헤스터, 당신에게는 일이 있었어요. 하지만 셰릴은 주위를 둘러보니 아이들은 떠났고, 나는 아직도 매일 출근하고, 자기는 집에 있거나 테니스를 치거나 줌바를 하고 있었죠."

"그래서 셰릴은 그냥 결혼을 접은 건가요?"

"꼭 한 사람 탓일 필요는 없습니다. 이혼했다고 해서 그 결혼이 실패했다는 뜻은 아니죠."

"음, 반대해서 미안하지만 이혼의 정의가 곧 실패한 결혼 같은데요."

오렌은 입을 꾹 다물더니 잠시 다른 곳으로 눈을 돌렸다. "셰릴과 나는 28년을 함께 살았습니다. 세 아이를 훌륭하게 키웠어요. 손주도 하나 있고, 또 하나가 곧 태어날 겁니다. 당신이 어떤 차를 28년간 몰았는데 그 차가 고장 났다고 해봅시다. 그렇다면 그 차는 실패작인가요?"

헤스터는 얼굴을 찡그렸다. "그 비유는 좀 지나친데요."

"그럼 이건 어떤가요? 인생이 책이라면 셰릴과 나는 새로운 장을 시작했습니다. 내게 셰릴은 늘 중요한 사람으로 남을 겁니다. 또 난 언제나 셰릴이 행복하길 바라고요."

"그 비유에 따르자면 이제 당신의 새로운 장에 셰릴은 없나요?"

"맞아요."

헤스터는 고개를 저었다. "맙소사, 너무 성숙해서 토할 것 같네요."

오렌이 빙그레 웃었다. "내가 바삭한 소꼬리 만두를 먹을 때까지는 참아줘요."

"좋아요. 마지막 질문이에요."

"해봐요."

헤스터는 양손으로 가슴을 받쳤다. "셰릴이 가슴 성형도 했나요? 가슴이 어찌나 위에 붙었는지 귀걸이로 써도 되겠더라고요."

오렌이 웃는 동안 헤스터의 휴대전화가 진동했다. 헤스터는 머릿속으로 진동 횟수를 셌다.

"세 번 진동했어요. 이 전화는 받아야 해요."

"네?"

"한 번 진동하면 일반 전화, 두 번 진동하면 일과 관련된 전화, 세 번 진동하면 중요한 전화니까 받아야 한다고 설정해 두었어요."

오렌은 받으라고 손짓했다. "어서 받아요."

헤스터는 전화기를 귀에 댔다. 그녀의 비서 세라 맥린이었다.

"무슨 일이야?" 헤스터가 물었다.

"데이트 중이세요?"

"자네가 방해했어."

"몰래 사진 좀 찍어 오세요. 보고 싶어요."

"전화한 이유가 그것뿐이야?"

"꼭 다른 이유가 있어야 해요?"

"세라."

"알았어요. 변호사님 부탁대로 나오미 엄마에게 전화했어요."

"그런데?"

"그런데 변호사님과 통화하지 않겠대요. 자기 딸 일에 간섭하지 말라면서 전화를 끊더라고요."

개빈 체임버스는 맨해튼 미드타운 고층 건물에 있는 대시의 사무실 창가에 서서 건물 중정에 있는 '시위대'를 내려다보았다. 너덜너덜한 그런지 룩(낡아서 해진 듯한 의상으로 편안함과 자유를 추구하는 패션 스타일—옮긴이) 차림의 오합지졸로 스무 명이 넘지 않았다. '영상을 공개하라!'는 구호에는 좀처럼 힘이 실리지 않았다. 노숙자처럼 보이는 그들은 좌파의 온갖 명분이 적힌 피켓을 들고 있었다. 그중 두 여자는 해진 분홍색 니트 모자를 쓰고 있었다. 그들이 들고 있는 온갖 피켓에 의하면 그들은 '팔레스타인 독립'과 '저항', 'ICE(이민세관집행국) 해체'를 원했다. 하지만 오늘은 자신들의 주장에 시큰둥해 보였다. 개빈의 눈에 시위대는 행진한다기보다 그저 나른하게 몸을 흔드는 것처럼 보였다.

딜리아가 창가로 와서 개빈 옆에 섰다. "저 사람들은……."

"사울 스트라우스의 시위대입니다." 개빈이 고개를 끄덕이며 말했다. 그의 예전 전우는 눈에 금방 띄었다. 키가 2미터에 가까웠고, 희끗희끗한 긴 머리를 뒤로 묶어 늘어뜨렸는데 어찌나 멋있는지 오로지 멋지게 보이려고 그런 머리를 한 듯했다.

대시도 통화를 끝내고 아내 옆으로 갔다. 대시와 딜리아 사이에는 늘 편안하고 자연스럽게 통한다는 느낌이 있었다. 지금까지 멋진 연애를 숱하게 했던 개빈도 이 두 사람만큼은 부러웠다. 사람은 타인을 속일 수 있지만—그들은 매일 당신을 속인다—한동안 메이너드 부부와 함께 지낸 개빈은 대시와 딜리아가 진정으로 서로 사랑한다는 걸 깨달았다. 아무리 만족스러운 연애를 하는 사람이라도 두 사람과 비교하면 자신의 연애가 약간 부족하다고 생각될 정도였다. 단지 그들이 주고받는 말 때문이 아니었다. 서로를 바라보는 눈길이나 무심하게 서로를 만지는 손길 때문도 아니었다. 둘 사이에는 딱 꼬집어서 말할 수 없는 무언가가, 돈독한 우정과 성적 매력이 섞인 무언가가 있었다. 어쩌면 그것은 개빈의 투사일지도 모르지만, 사람들이 말하는 소울메이트가 이 세상에서 나와 완벽하게 맞고 찾아내기가 거의 불가능한 단 한 사람이라면 대시와 딜리아는 그 사람을 찾아낸 듯했다.

"시위대가 원하는 게 뭔가요?" 딜리아가 물었다.

"들리잖아요. 영상을 내놓으랍니다." 개빈이 말했다.

"영상은 없어요." 딜리아가 대답했다.

"저들은 그렇게 믿지 않습니다."

"당신은요, 개빈?" 딜리아가 물었다.

"제 생각은 중요하지 않습니다."

"그건 대답이 아닌데요."

"제가 어떻게 생각하든 전 두 분을 보호할 겁니다."

마침내 대시가 입을 열었다. "딜리아가 묻는 건 그게 아닙니다."

개빈은 대시를 바라보았다. 그러고는 다시 딜리아를 보며 말했다. "당연히 영상이 있겠죠. 그 영상이 저 누더기를 입은 사람들의 주장처럼 러스티에게 피해를 줄까요? 전 그걸 대답할 입장이 아닙니다."

대시는 다시 책상으로 다가갔다. "그럼 어떤 상황인지 잘 아시겠군요."

개빈은 굳이 대답하지 않았다.

"우린 안전하지 않아요." 남편 곁으로 가면서 딜리아가 말했다. "크래시가 자기 학교에서 그런 공격을 받을 수 있다면……."

"다시는 그런 일 없을 겁니다."

대시는 한 팔로 아내의 어깨를 감쌌다. 저런 일상적인 행동에서도 편안함과 자연스러움, 애정이 느껴진다는 걸 개빈은 알아차렸다. "그걸로는 부족해요."

"그 남자가 누군가요?" 딜리아가 물었다.

"크래시가 말 안 하던가요?"

딜리아는 고개를 저었다. "남자가 나오미 파인에 대해 계속 물어봤다는 말만 했어요."

"사람들이 그를 와일드라 부르더군요."

"잠깐만요. 숲에서 발견됐다는 그 이상한 남자 아닌가요?"

"맞습니다."

"이해가 안 가네요. 그 남자가 나오미 파인과 무슨 연관이 있죠?"

"와일드는 매슈 크림스틴에게 아버지 같은 사람입니다. 그리고 무슨 이유에서인지 매슈와 그 애의 가족은 나오미의 행방에 관심이 있고요."

"크림스틴." 대시가 그 이름을 반복했다. "혹시 헤스터 크림스틴?"

"맞습니다."

다들 그 사실이 마음에 들지 않았다.

"크래시는 나오미에 대해 아무것도 모른다고 맹세했어요." 딜리아가 말했다. 개빈이 아무 대답도 하지 않자 딜리아가 물었다. "당신은 크래시가 뭔가 알고 있다고 생각하나요?"

"크래시는 그 애와 연락을 주고받았습니다. 나오미 파인요. 아시겠지만 나오미는 일주일쯤 전에 챌린지 게임을 한다면서 사라졌죠."

"엄마들이 그 얘기를 하더군요."

"크래시가…… 나오미에게 그 게임을 하라고 부추겼습니다."

"크래시가 강요했다는 건가요?"

"아뇨. 하지만 친구들로부터 받는 압박이 주요 원인이었습니다."

"크래시가 그 여학생에게 나쁜 짓을 했다고 생각하는 건 아니죠?"

"그럴 가능성은 매우 낮습니다. 크래시는 우리가 철저히 관리하고 있었으니까요." 개빈이 말했다.

둘 다 눈에 띄게 안도하는 기색이었다.

"그럼 이제 어떻게 해야 하나요? 난 이 상황이 마음에 안 들어요." 딜리아가 다시 건물 중정을 내려다보며 말했다. 사울 스트라우스가 그들을 똑바로 올려다보았다. 이 건물의 창문은 밖에서 안을 들여다볼 수 없는데도 자신은 그들을 볼 수 있다는 듯이. "전혀 마음에 안 들어요."

"가족끼리 잠시 여행이라도 다녀오시면 어떨까요. 외국으로요."

"왜요?"

"사람들은 러스티 에거스가 자신들의 생존에 위협이 된다고 생각합니다."

개빈 체임버스는 둘 중 한 명이 자신의 말에 반박하기를 기다렸지만 아무도 나서지 않았다.

딜리아가 말했다. "개빈?"

"네."

"우린 안전한 거죠? 우리 아들에게 아무 일도 일어나지 않게 해줄 거죠?"

"두 분은 안전합니다. 아드님도요." 개빈이 말했다.

매슈는 땅콩버터와 잼을 발라 샌드위치를 만든 다음, 식탁에 혼자 앉아서 먹었다. 그런데도 여전히 배가 고파서 하나 더 만들어서 먹고 있을 때 뒷문을 두드리는 소리가 났다.

매슈는 창밖을 내다보고 깜짝 놀랐다. 놀랐다기보다 충격을 받았다. 밖에는 크래시 메이너드가 서있었다. 무슨 일이 있을지 몰라서 매슈는 문을 절반만 열었다.

"안녕." 크래시가 인사했다.

"안녕."

"잠깐 들어가도 돼?"

매슈는 움직이지 않았고, 문을 더 열지도 않았다. "무슨 일인데?"

"그냥……." 크래시는 소매로 눈을 닦고는 마당을 바라봤다. "어릴 때 저기서 킥볼 했던 거 기억나?"

"5학년 때."

"리처드슨 선생님 수업 시간에 우리 짝꿍이었지. 선생님은 괴짜였어. 안 그래?"

"맞아."

"그래도 좀 멋있었어."

"응." 매슈도 동의했다.

"그땐 우리도 친했는데. 기억해?"

"응. 그랬던 것 같아."

"그땐 더 쉬웠어."

"뭐가?"

"전부 다. 누가 큰 집에 사는지, 다른 사람이 어떻게 생각하는지 아무도 신경 쓰지 않았어. 우린 그저…… 킥볼에만 신경 썼지."

매슈는 꼭 그렇지는 않다는 걸 알고 있었다. 그때가 더 순수한 시절이기는 했지만 그 정도로 순수하지는 않았다.

"우리 집엔 어쩐 일이야, 크래시?"

"미안하다는 말을 하려고."

눈물이 크래시의 볼을 타고 흘러내렸다. 크래시는 좀 더 울먹이는 소리로 말했다.

"진짜 미안해."

매슈는 뒤로 물러섰다. "좀 들어와."

하지만 크래시는 움직이지 않았다. "지금 우리 집에서 너무 엿 같은 일이 일어나고 있어. 핑계가 될 수 없다는 거 알지만, 마치 화산 꼭대기에서 살면서 화산이 터지기를 기다리는 심정이야."

학교 복도에서 자신감에 넘쳐 거들먹거리고 다른 아이들을 조롱하던 크래시가 아니었다. 매슈는 크래시가 무슨 이유로 이렇게 변했는지 알 수 없었지만 무언가 크게 잘못되었다는 기분이 들었다. "들어와." 매슈가 다시 한번 말했다. "예전에 함께 유후(초콜 릿 음료—옮긴이) 마셨던 거 기억해? 엄마가 냉장고에 몇 개 넣어 놨을 거야."

크래시는 고개를 저었다. "안 돼. 그 사람들이 날 찾을 거야."

"누구?"

"그냥 너한테 그 말을 하고 싶었어. 알았지? 너한테 그리고 나 오미에게도 상처를 줘서 정말 미안해. 내가 한 짓은……."

"크래시, 일단 들어와서……."

하지만 크래시는 이미 뛰어가고 있었다.

와일드는 아직 에코 캡슐로 돌아가고 싶지 않았다.

그의 단골집은—굳이 그런 게 있다고 한다면—뉴저지주 마흐 와 17번 고속도로에 있는 유리 건물, 쉐라톤 호텔의 아트리움 로 비에 있는 바였다. 이 호텔은 '무난하지만 고급스럽다'고 광고했 는데, 사실이었다. 하룻밤 혹은 이틀 밤 출장 온 회사원들을 위한 호텔로 투숙객들이나 와일드에게나 모두 만족스러웠다.

쉐라톤 호텔의 유리 아트리움 안에 있는 바는 탁 트인 멋진 분 위기를 자랑했다. 바에 들어서는 와일드에게 환영의 미소를 지어 보이는 니콜 맥크리스털 같은 바텐더는 늘 그 자리를 지키는 반 면, 주로 술을 마시며 화를 삭이는 젊은 경영자들로 이뤄진 손님 은 끊임없이 바뀌었다. 와일드는 두 번째 이유로 호텔 바에 가는 걸 좋아했다. 일시적인 속성, 열린 공간, 필요할 때 엘리베이터만 타고 올라가면 곧바로 침대에 누울 수 있는 편리성.

새로운 사람과 자기에는 너무 이를까?

아마도 그럴 것이다. 하지만 얼마나 더 기다려야 할까? 일주일? 이주일? 정해진 기간도 없었고, 그런 기다림은 불필요했다. 그는 실연한 게 아니었고, 라일라도 마찬가지였다.

어쩔 수 없는 일이었다.

"와일드!" 니콜이 그를 불렀다. 다시 만나서 반가운 표정이었다.

그녀는 와일드에게 맥주를 가져다주었다. 맥주에 관해서라면 와일드는 이 호텔처럼 취향이 '무난'했지만 여기서 파는 수제 맥주는 다 좋아했다. 오늘은 애스베리파크 양조장에서 만든 '블론드 라거'였다. 니콜은 바 너머로 몸을 내밀어 그의 볼에 키스했다. 바 테이블 저쪽 끝에 있던 톰은 그에게 손을 흔들었다.

"오랜만이야." 니콜은 그렇게 말하며 미소 지었다. 다정한 미소였다.

"응."

"다시 먹이를 찾아 나선 거야?"

와일드는 대답하지 않았다. 뭐라고 대답해야 할지 아직 몰랐기 때문이다.

니콜이 그에게 몸을 내밀며 말했다. "예전에 당신이 깃발을 꽂았던 여자들이 다시 찾아와서 당신에 대해 물어봤어."

"그런 식으로 표현하지 마."

"그럼 뭐라고 해줄까?" 그때 반대쪽에 앉아있던 배불뚝이 남자가 손을 들었다. 니콜은 "잘 생각해 둬, 이따 다시 올 테니까"라고 말하고 남자에게 갔다.

와일드는 맥주를 길게 들이켜고는 호텔 내부의 웅성거리는 소리에 귀를 기울였다. 휴대전화가 진동했다. 헤스터였다.

"와일드?"

헤스터가 있는 곳이 어찌나 시끄러운지 겨우 알아들을 수 있었다. "어디세요?" 그가 물었다.

"식당."

"그렇군요."

"데이트 중이야."

"그렇군요."

"오렌 카마이클하고."

"그렇군요."

"넌 정말 최고의 대화 상대로구나, 와일드. 그렇게 뜨거운 반응을 보이다니."

"제가 '만세'라고 외치길 바라세요?"

"나오미 엄마가 나하고는 얘기하지 않겠대."

"그게 무슨 말이에요?"

"그게 무슨 말이겠니? 나랑 얘기하지 않겠다는 뜻이지. 나한테 전화하지 않겠다고 했대. 자기 딸 일에 끼어들지 말라는구나."

"그럼 나오미가 그 여자랑 함께 있다는 건가요?"

"모르겠다. 조사관을 그 여자 집으로 보내려고 했는데 현재 여행 중이더라고. 스페인 남부에 있대."

"그럼 나오미는 엄마랑 여행하는 중일 수도 있겠군요. 나오미는 자신을 괴롭히는 아이들에게서 달아나고 싶었고, 그래서 엄마가 스페인으로 데려갔고요."

"넌 어디니, 와일드?"

"쉐라톤 호텔 바요."

"조심해라. 넌 첫 믹서(학기 초에 학생들끼리 친해지기 위해 열리는 댄스파티나 행사―옮긴이)에 나가는 열여덟 살 여대생처럼 술에 약하잖니."

"믹서가 뭐예요?"

"넌 어려서 몰라."

"말이 나왔으니 말인데 여대생(co-ed, 남녀 공학이 드물던 시절에 남녀 공학 대학에 다니는 여학생을 구분해서 사용하던 단어―옮긴이)은요?"

"작작해라. 아침에 다시 얘기하자. 오렌이 기다려."

"데이트 중이군요." 와일드는 그렇게 말하고 덧붙였다. "만세."

"건방진 녀석."

시간이 흘러 와일드는 손드라라는 30대 초반의 빨간 머리 여자와 이야기하게 되었다. 딱 달라붙는 바지를 입은 손드라는 잘 웃었다. 두 사람은 바의 조용한 한쪽 끝에 앉아있었다. 손드라는 모로코에서 태어났는데 당시 그녀의 아버지는 대사관에서 일했다. "아버지는 CIA였어요. 대사관에서 일하는 거의 모든 직원이 스파이죠. 미국만이 아니라 모든 나라가 다 그래요. 생각해 봐요. 당신이 원하는 사람을 외국 한복판에 있는 보호받는 장소로 보내야 한다면 당연히 최고의 스파이를 보내지 않겠어요?" 손드라는 어릴 때 여러 나라를 돌아다니며 살았는데 주로 아프리카와 중동이었다. "그쪽 사람들은 내 머리에 넋이 나갔죠. 빨간 머리에 관한 미신이 많거든요." 손드라는 UCLA에 입학했고, 만족스러운 대학 시절을 보냈으며, 호텔 경영학 학위를 땄다. 현재는 이혼했고 여섯 살짜리 아들이 있었다. "여행을 자주 하진 않지만 여기는 매년 와요." 현재 아들은 아빠와 함께 있었다. 그녀와 전남편은 사이가 좋았다. 손드라는 이 쉐라톤 호텔에 묵는 걸 좋아했다. 호텔에서는 그녀의 방을 늘 프레지덴셜 스위트룸으로 업그레이드해 주었다. "당신도 꼭 봐야 해요." 손드라가 영화 등급을 전체 관람가에서 청소년 관람 불가로 바꿔버리는 어조로 말했다. "내 방이 꼭대기 층이거든요. 뉴욕의 스카이라인이 다 보여요. 방이 세 개라서 거실에서 술만 마시는 것도 괜찮아요. 그러니까 혹시라도 당신이 오해할까 봐……."

마침내 손드라가 그에게 카드키를 주었다.

"체크인할 때 카드키를 두 개 받았어요." 손드라가 얼른 설명했다. "하나는 거실용이고, 하나는 침실용이에요. 무슨 말인지 알죠?"

두 잔째 주문한 블론드 라거를 아직 마시고 있던 와일드는 안다고 말했다.

"어쨌든 시차 때문에 아직 밤에 잠을 못 자요. 거실에서 일할 거예요. 그러니까 이따가 밤술 한잔하고 싶으면 오세요."

밤술. 믹서. 여대생. 지금이 꼭 1963년 같았다.

와일드는 손드라에게 고맙다고 했지만 아무것도 약속하지 않았다. 손드라는 엘리베이터로 걸어갔다. 와일드는 그녀를 바라보지 않으려고 카드키를 바라봤다. 그냥 술 한잔 하는 거라고 그랬다. 침실이 아닌 거실에서. 어쩌면 그게 다인지 모른다. 그 이상은 아닐지 모른다.

그때 머리를 묶고 키가 큰 남자가 물었다. "올라갈 겁니까?"

그러더니 와일드 바로 옆 스툴에 앉았다. 빈 스툴이 스무 개나 되는데도.

"아주 매력적인 여자네요. 난 빨간 머리를 좋아하죠. 당신은요?" 키 큰 남자가 물었다.

와일드는 아무 말도 하지 않았다.

남자는 손을 내밀어 악수를 청했다. "난 사울이라고 합니다."

"스트라우스." 와일드가 말했다.

"날 알아요?"

와일드는 대답하지 않았다.

"아, 기분 좋군요."

와일드는 헤스터가 진행하는 코너에서 가끔 스트라우스를 봤다. 입담이 좋은 논객으로 극히 진보적인 대학 교수에 진정한 전쟁 영웅의 신뢰성을 호감 가게 섞어놓은 듯한 남자였다. 와일드는 논객이라는 사람들을 별로 좋아하지 않았다. 그들은 자신의 의견이 맞다는 걸 보여주거나 시청자를 열 받게 하려고 출연하는데 어느 쪽이든 누구에게도 득 될 게 없었다.

"당신 이름은 못 들었는데." 스트라우스가 말했다.

"하지만 아실 텐데요."

"본명은 아무도 모르지 않나요?" 스트라우스는 호기심 가득한 눈빛으로 와일드를 바라보았다. 헤스터 세대의 표현을 빌리자면 '여대생들(co-ed)'이 홀딱 넘어갈 만한 눈빛이었다. "사람들이 당신을 와일드라고 부르죠? 숲에서 발견된 그 유명한 소년."

와일드는 지갑에서 술값을 꺼내 바 테이블에 내려놓았다. 그러고는 "만나서 반가웠습니다"라고 말하며 자리에서 일어났다.

스트라우스는 당황하지 않았다. "그래서, 그 여자 방으로 갈 건가요?"

"정말 이럴 겁니까?"

"캐물을 생각은 없었어요."

"이봐요, 사울. 사울이라고 불러도 됩니까?"

"그럼요."

"서론은 생략하고 바로 본론으로 들어가시죠."

"그 여자한테 가서도 그럴 생각인가요?" 스트라우스는 얼른 한쪽 손을 손바닥이 보이게 들어 올렸다. "미안합니다. 내가 지나쳤네요."

와일드는 걸어 나갔다.

스트라우스가 말했다. "당신이 오늘 메이너드가의 아들과 문제를 일으켰다고 들었어요."

와일드는 그를 돌아봤다.

"서론은 생략하자면서요." 스트라우스가 말했다.

"누구에게 들었죠?"

"정보원이 있죠."

"그게 누군데요?"

"익명으로 활동하는 정보원이죠."

"난 이만 가보죠."

스트라우스가 와일드의 팔을 잡았다. 손힘이 놀랄 만큼 셌다. "중요한 일일 수 있어요."

와일드는 머뭇거리다가 자리에 앉았다. 궁금했다. 스트라우스는 당파주의자였지만(요즘에 안 그런 사람이 있을까) 와일드는 그가 정직한 사람이라는 인상을 받았다. 그냥 이 남자를 무시하는 게 최선이겠지만 조금만 생각해 보니 그의 말을 들어서 손해 볼 게 전혀 없을 것 같았다.

밑져야 본전이다.

와일드가 말했다. "난 가출한 여학생을 찾고 있습니다."

"나오미 파인."

와일드는 놀라지 말았어야 했다. "정보원 실력이 좋군요."

"당신만 전직 군인이 아니에요. 크래시 메이너드가 나오미 파인과 무슨 연관이 있죠?"

이제 스트라우스는 아주 사무적이었다.

"아마 아무 연관도 없을 겁니다."

"그런데?"

"나오미는 왕따고, 크래시는 인기가 많습니다. 그런데도 둘은 아는 사이입니다."

"좀 더 구체적으로 말해봐요." 스트라우스가 청했다.

"당신의 그 '정보원'에게 물어보지 그래요?"

"메이너드 부부와 러스티 에거스의 관계를 아나요?"

"메이너드가 러스티 에거스 토크쇼의 제작자였다는 건 압니다."

"대시 메이너드가 에거스를 창조했죠."

"그렇군요."

스트라우스가 와일드에게 몸을 더 내밀었다. "에거스가 얼마나 위험한 인물인지 알아요?"

와일드는 이 질문에 대답할 이유가 없다고 생각했다.

"알아요?" 스트라우스가 다그쳤다.

"안다고 해두죠."

"메이너드가 가지고 있는 영상에 대한 얘기도 들었어요?"

"그게 무슨 연관이 있는지 모르겠군요." 와일드가 말했다.

"연관이 없을 수도 있죠. 와일드, 부탁 하나만 해도 될까요? 엄밀히 말해서 부탁은 아니에요. 당신은 애국자예요. 당신도 틀림없이 그 영상이 공개되기를 바랄 겁니다."

"내가 뭘 원하는지 당신이 어떻게 알죠?"

"나는 당신이 진실을 원한다는 걸 알아요. 정의를 원한다는 걸."

"당신이 그 둘 중 하나라도 이뤄낼지 의문이군요."

"진실은 절대적이에요. 예전에는 그랬죠. 메이너드의 영상은 공개되어야 합니다. 국민은 러스티 에거스에 관한 진실을 알아야 하니까요. 거기에 이의를 제기할 사람은 없어요. 만약 국민이 진실을, 완전한 진실을 알고도 그 허무주의자에게 이 나라의 열쇠를 넘겨주고 싶어 한다면, 좋습니다, 그건 어쩔 수 없죠."

"사울?"

"네."

"요점만."

"그냥 내게 계속 알려줘요. 나도 당신에게 계속 알려줄 테니까. 그게 그 여학생을 찾기 위한 최선책입니다. 당신도 이 나라를 사랑하기 때문에 군대에서 훌륭한 공을 세운 거 아닌가요. 하지만 에거스는 이 나라가 전에는 마주한 적이 없는 위협이에요. 그는 카리스마로 이 나라를 속이고 있지만 그의 이른바 '성명서'는 무정부 상태로 가겠다는 얘기나 다름없죠. 그건 식량 부족과 전 세계적 패닉, 법치 위기로 이어지고 심지어는 전쟁까지 일어날 수 있어요." 사울은 와일드에게 좀 더 몸을 내밀며 목소리를 낮췄다. "메이너드의 영상이 러스티 에거스의 실체를 보여준다고 가정해봐요. 그로 인해 국민이 눈을 뜨고, 자신들이 처한 심각한 위기를 깨닫게 된다고 해봅시다. 이건 우리가 해외에서 맡았던 어떤 임무보다 중대해요, 와일드. 내 말을 믿어야 합니다."

스트라우스는 자신의 휴대전화와 이메일이 적힌 명함을 건네고는 와일드의 등을 툭툭 치더니 호텔 프런트를 지나 문 쪽으로 걸어갔다.

와일드는 사울 스트라우스의 명함을 주머니에 넣고 자리에서 일어났다.

구불구불한 통로를 따라 로비 화장실로 가서 꽤 오랫동안 오줌을 누었다. 그런 다음 브루스 스프링스틴의 노래 가사대로 거울에 비친 자신의 모습을 보았고 옷과 머리, 얼굴을 바꾸고 싶었다. 세수를 하고는 최대한 매무새를 단정하게 다듬었다. 유리로 된 엘리베이터로 걸어가 올라가는 버튼을 눌렀다. 바텐더 니콜이 그와 눈이 마주치자 고개를 살짝 끄덕였다. 그 눈빛을 어떻게 읽어야 할지, 혹은 거기에 무슨 의미가 담겨있는지 알 수 없어서 와일드는 그저 고개만 끄덕였다.

꼭대기 층에 가려면 엘리베이터 투입구에 카드를 넣어야 했다. 와일드는 손드라에게 받은 카드를 밀어 넣었다. 엘리베이터는 위로 올라갔고, 와일드는 유리 벽에 등을 기댄 채 점점 작아지는 로비를 내려다보았다. 마음속에 여러 얼굴이 떠올랐다. 매슈, 나오미, 크래시, 개빈, 사울, 헤스터, 에이바, 라일라. 라일라.

제장.

엘리베이터에서 내려 복도를 걸어갔다. 황동 명판이 달린 문앞에서 걸음을 멈췄다. 명판에는 멋진 글씨체로 '프레지덴셜 스위트'라고 적혀있었다. 와일드는 카드키를 바라보았다. 문을 바라보았다. 손드라는 아름다웠다. 이런 관계를 비난할 수도 있고, 꼬리표를 붙일 수도 있고, 공허하다느니 혹은 어떤 평가든 내릴 수 있지만 이건 모두 관점의 문제다. 그와 손드라가 마음이 통해서 특별한 관계가 될 수도 있다. 오래가지 않는다고 해서 그 관계가 덜 특별해지는 것은 아니다. 식상한 말이기는 하지만 모든 생명은 죽는다. 아름다운 장미는 잠깐 피었다가 시든다. 반면 어떤 흰개미는 60년을 산다.

본 조비 노래가 떠올랐다. "추억을 만들고 싶나요?" 제장, 아까는 브루스 스프링스틴이더니 이제는 본 조비다. 누가 뉴저지 출신 아니랄까 봐.

와일드는 다시 한번 문을 바라보며 손드라와, 자신의 가슴 위로 부채처럼 퍼지는 긴 빨간 머리를 생각했다. 그러고는 고개를 저었다. 오늘 밤은 아니다. 다시 로비로 내려가서 구내전화로 손드라에게 전화해야겠다. 손드라를 기다리게 하고 싶지 않았다.

그때 객실 문이 열렸다.

"여기 얼마나 서있었어요?" 손드라가 물었다.

"1, 2분쯤요."

"그 얘기 좀 해볼래요?"

"안 하는 게 낫겠어요."

"얘기를요?"

"난 말하는 거 별로 안 좋아합니다."

"하지만 난 얘기를 아주 잘 들어줘요."

와일드는 고개를 끄덕였다. "네, 그렇더군요."

손드라가 뒤로 한 발짝 물러섰다. "들어와요, 와일드."

와일드는 그녀의 말대로 했다.

22

잠에서 깬 와일드가 제일 먼저 생각한 것은—지금 자신이 에코 캡슐이 아니라 낯설면서도 익숙한 호텔 방에 있다는 사실조차 깨닫기 전에—라일라였다.

젠장.

손드라는 의자에 앉아있었다. 두 다리를 의자 위로 올려 옆으로 뉜 채 창밖을 바라보고 있었다. 아침 햇살이 얼굴을 비췄다. 길게 느껴지는 몇 분 동안 둘 다 움직이지 않았다. 손드라는 창밖을 바라보았고, 와일드는 그녀의 옆얼굴을 바라보았다. 그녀의 표정을 읽으려 했지만(평온? 후회? 사색?) 자신이 어떤 추론을 내리든 아마 틀릴 거라고 생각했다. 인간은 그렇게 간단히 읽을 수 있는 존재가 아니다.

"잘 잤어요, 손드라?"

손드라가 그를 돌아보더니 미소 지었다. "일어났어요, 와일드?" 그러고는 덧붙였다. "바로 가야 해요?"

아까 인간에 대해 스스로에게 했던 경고에도 불구하고 와일드는 또다시 그녀의 속내를 읽으려 했다. 손드라는 그가 떠나길 바

라는 걸까? 아니면 그가 떠나고 싶을 경우를 대비해 도망갈 구실
을 만들어 주는 걸까?

"난 아무 계획도 없어요." 와일드가 말했다. "하지만 당신이 약
속이 있다면⋯⋯."

"룸서비스로 아침을 주문할까요?"

"좋죠."

손드라는 미소 지었다. "당신은 틀림없이 이 호텔의 아침 메뉴
를 외우고 있겠죠?"

와일드는 대답하지 않았다.

"미안해요. 나는 그냥⋯⋯."

와일드는 넘어갔다. 손드라가 뭘 먹고 싶냐고 물었고, 와일드
는 말해주었다. 손드라는 거실로 들어가 전화기를 집어 들었다.
와일드가 알몸으로 침대에서 나와 조용히 욕실로 걸어가는데 그
의 휴대전화가 요란하게 울어댔다.

진동이나 벨 소리가 아니었다. 경보였다.

"괜찮아요?"

와일드는 휴대전화 화면을 보았다. 괜찮지 않았다.

그는 왼쪽으로 스와이프했다. 누군가가 그걸 봤다면 아이러니
하다고 생각했을 것이다(데이팅 앱 틴더에서는 상대의 사진과 소개
가 마음에 들면 오른쪽으로 스와이프하고, 마음에 들지 않으면 왼쪽으
로 스와이프한다—옮긴이). 하지만 그건 틴더 앱이 아니라 에코 캡
슐의 보안 시스템이었다. 차 한 대가 에코 캡슐 근처의 숨겨진 길
로 들어선 모양이었다. 그건 대수롭지 않은 일이다. 그래서 알람
이 울린 게 아니었다. 원래 차가 그 길로 들어서면 동작 감지기만

켜진다. 벌써 두 개가 켜졌다. 화면을 지켜보는 동안 세 번째 감지기도 켜졌다. 그건 사람들, 적어도 세 사람이 그의 집을 찾아 숲 속을 걸어 다닌다는 뜻이다. 와일드는 다시 왼쪽으로 스와이프했다. 한 남자가 나타났다. 네 번째 동작 감지기도 켜졌다. 그들은 에코 캡슐을 향해 동서남북에서 다가가고 있었다.

"가봐야 하는군요." 손드라가 말했다.

와일드는 설명하고 싶었다. "누가 내 집을 찾고 있어요."

"알았어요."

"괜한 핑계를 대는 게 아닙니다."

"알아요."

"여기 언제까지 있을 겁니까?"

"오늘 떠나요."

"아."

"'아'예요, 아니면 '휴'예요?" 손드라는 한 손을 들어 올렸다. "미안해요. 부적절한 발언이었어요. 당신은 안 믿겠지만 난 이런 적이 처음이에요."

"믿어요."

"하지만 당신에게는 처음이 아니겠죠?"

"네, 아니에요."

"간밤에 잠을 잘 못 자더군요. 소리를 많이 질렀어요. 이불이 답답한지 계속 뒤척였고요."

"나 때문에 잠을 못 잤다면 미안해요."

정말로 더는 할 말이 없었다. 와일드는 얼른 옷을 입었다. 작별 키스는 하지 않았다. 세상에 진정한 작별은 없는 법이다. 그렇게 생각하고 싶었다. 와일드가 떠날 준비를 하는 동안 손드라는 다른 방에 있었다. 그러니 어쩌면 그녀도 그렇게 생각하고 싶은 건지 모른다.

걸어갈 시간이 없으므로 와일드는 호텔 앞에 주차되어 있던 택시를 잡아탔다. 운전사에게 주소를 말하지 않았다. 주소라고 할 것도 없기 때문이다. 와일드는 기사에게 산악 도로를 따라서 가자고 했다. 와일드는 이 도로를 거의 이용하지 않았다. 아픈 기억이 너무 많았다. 아주 오래전 데이비드의 차가 커브를 틀었던 바로 그 자리에서 운전사가 커브를 틀자 와일드는 좌석을 꽉 움켜잡았다. 거칠어진 호흡을 가라앉혔다. 사고 현장에 아직도 하얀색 작은 십자가가 있었다. 헤스터가 봤다면 아이러니하다고는 안 할지라도 신경에 거슬린다고 했으리라. 와일드는 그 옛날에 누가 저 십자가를 놓았는지 알지 못했다. 치워버리고 싶었지만―너무 오랫동안 놓여있었다―그가 무슨 권리로 끼어든단 말인가?

"이 위쪽에는 집이 없는데요." 운전사가 말했다.

"압니다. 그냥 제가 말하는 곳에 세워주세요."

"등산 가시나요?"

"비슷합니다, 네."

1킬로미터쯤 더 간 후에 와일드는 기사에게 내려달라고 했다. 택시비는 8달러가 나왔지만 20달러를 준 뒤에 산 정상 부근에서 내렸다. 에코 캡슐로 가는 숨겨진 길, 즉 그를 찾아오는 방문객들이 들어서는 길은 산발치에서 더 가까웠다. 평소에는 주로 언덕을 올라서 집으로 가지만, 오늘은 언덕을 타고 내려가며 휴대전화 속 보안 지도를 확인했다. 동작 감지기로 볼 때 그를 찾아온 방문객들은 사방에서 캡슐을 향해 천천히, 조심스럽게 접근하고 있었다. 군사 작전이라도 수행하듯 조직적이고 정확하게.

불안했다.

저들은 왜 그를 찾을까? 그보다 더 중요하거나 똑같이 중요한 질문이 하나 더 있었다. '누가' 그를 찾고 있을까?

저들이 침입했을 때 와일드가 마침 집을 비웠다는 사실이 행운이라고 생각할 수도 있지만 사실은 그렇지 않았다. 만약 그가 집에 있었다면 알람 소리에 잠에서 깼을 테고, 저들이 에코 캡슐 반경 500미터에 들어오기도 전에 이미 그 자리를 떴을 것이다. 와일드는 누군가가 그의 집을 찾아내려고 할 경우를 대비해 오래전에 도주로를 확보하고 은신처도 마련해 두었다.

언제든 사라질 수 있었다.

와일드처럼 이 숲을 잘 아는 사람은 없었다. 여기 이 잡목 숲에서 저들이 그를 이길 가능성은 없다. 인원이 아무리 많아도 상관없다.

하지만 여전히 의문이었다. 저들은 대체 누구고, 뭘 원하는 걸까?

와일드는 속력을 늦춰 산비탈을 내려갔다. 중력 덕분에 쉽게 내려갈 수 있었다. 갈라진 나무 옆에서 오른쪽으로 방향을 틀어 아까 울린 동작 감지기 중에서 가장 가까이 있는 감지기 쪽으로 갔다. 짐승과 야생동물이 있는 숲에서는 동작 감지기가 잘못 울리기 쉽다. 사슴이 지나가거나 곰이 지나갈 때, 때로는 다람쥐나 너구리가 지나가도 울린다. 하지만 와일드에게는 나름의 체계가 있었다. 하나의 알람이 울리고 다른 경고가 발생하기 전에 다음

알람이 울린다면, 무언가가 특정한 방향으로 가고 있다는 뜻이고 따라서 사람일 확률이 높다. 에코 캡슐 근처 길에 차 한 대가 주차되면서 첫 번째 동작 감지기가 켜지고, 그다음 감지기들까지 켜진 걸 생각해 보면 이건 잘못 울린 게 아니다. 한 사람이 아니고, 심지어 둘이나 셋도 아니다. 아마 다섯 명 이상일 것이다.

그들이 그를 찾고 있었다.

지금은 오전 8시였다. 숲은 서늘했다. 이른 아침의 그 상쾌함이 아직 대기에 남아있었다. 와일드는 검은 표범처럼 소리 없이 움직였다. 아직 아무 계획도 없었다. 정찰이 주목적이었다. 거리를 두고 적에 대해 알아낼 것이다. 저들의 위치와 인원을 알아낼 것이다.

저들이 대체 뭘 원하는지 알아낼 것이다.

이미 울린 동작 감지기가 있는 바위에 이르자 와일드는 속도를 늦췄다. 감지기를 확인했다. 혹시 어디가 고장 나서 그렇게 많은 동작 감지기가 울린 건 아닌가 확인했지만 멀쩡했다. 와일드는 다시 빠르게 걸었다.

그러자 그들이 나왔다.

둘이서 한 조로 와일드의 집을 찾고 있었다. 똑똑했다. 상대가 하나라면 다른 일행에게 연락하기 전에 때려눕힐 수 있다. 하지만 둘일 때는 훨씬 더 어렵다. 두 사람은 머리부터 발끝까지 검은색으로 차려입고 좌우를 돌아보며 전진했다. 한 사람은 앞서 나가며 전방을 주시했고, 다른 하나는 뒤에서 따라갔다. 둘이 꽤 거리를 두고 있었기 때문에 아까 말했듯이 한 번의 공격으로 해치울 수 없었다.

프로였다.

와일드는 가까이 보려고 다가갔다. 둘 다 이어피스를 끼고 있었다. 아마 다른 사람들과 통신하기 위해서일 것이다. 이들은 북쪽에서 내려오고 있었다. 남쪽과 동쪽, 서쪽에서 다가오는 팀도 있었다. 2인 1조라고 치면 최소한 여덟 명이다.

와일드는 추적에 능했다. 이들 중 누구보다도 뛰어날 것이다. 그렇다고는 해도 그는 투명인간이 아니었다. 지나친 자신감은 실수를 저지르게 한다. 저들은 무기를 가지고 있는 데다 끊임없이 주위 경관을 훑어보기 때문에 와일드가 조심하지 않으면 발각될 확률이 높았다.

둘 중에서 키가 큰 남자가 가끔 휴대전화로 무언가를 확인하면서 방향을 조금씩 바꾸었다. 무슨 앱을 쓰는지 몰라도 그것이 저들을 에코 캡슐로 안내할 것이다. 와일드는 어떤 기술로 그게 가능한지는 몰랐지만, 누군가 그의 집을 꼭 찾아내고 싶어 한다면 결국에는 찾아낼 수 있는 추적 앱이 있을 것이다. 예전부터 그 사실을 알고 있었고, 그에 대비도 해왔다.

저들의 최종 목적지를 알고 있기 때문에 대응하기가 좀 더 수월했다. 바짝 쫓을 필요가 없었다. 와일드는 숲에 숨겨둔 여섯 개의 금속 보관함 중에서 하나를 향해 방향을 틀었다. 여섯 개의 보관함 모두 아무도 찾을 수 없는 곳에 숨겨놓았는데 전부 다 비밀번호가 아니라 그의 손바닥을 대야만 열렸다. 이 보관함은 나무 위에 있었다. 와일드는 나무로 올라가 큼직한 가지 밑에 테이프로 붙여둔 보관함을 찾아내 열었다. 총을 꺼내고 뚜껑을 닫으려다 생각을 고쳐먹고 가짜 신분증도 꺼냈다. 도망가야 할 상황이 생길까?

나중에 후회하느니 대비해 두는 게 낫다.

다시 나무를 타고 내려가 에코 캡슐 쪽으로 갔다. 아까 그가 추적했던, 머뭇거리며 이동하는 팀보다 에코 캡슐에 먼저 도착하고 싶었으므로 이제는 빨리 걸었다.

에코 캡슐에 도착한 다음에는?

그건 그때 가서 생각할 것이다. 와일드는 서둘러서 나아갔고, 수월하게 이동했다.

에코 캡슐에서 200미터쯤 떨어진 언덕에 도착하자 나무에 올라갔다. 높은 곳에서 공터를 내려다보기 위해서였다. 원래는 나무가 빽빽한 곳에 에코 캡슐을 세워두고 싶었지만, 그러면 숲이 태양을 가려서 태양 에너지를 많이 저장할 수 없었다. 하지만 지금은 에코 캡슐이 잘 보여서 오히려 다행이었다. 일단 나무 꼭대기까지 올라가면 에코 캡슐로 다가가는 남자들을 안전한 곳에서 지켜볼 수 있을 것이다.

와일드는 가지를 붙잡고 몸을 끌어 올려 아래를 내려다보았다.

젠장. 그들은 이미 에코 캡슐에 도착했다.

네 남자가 캡슐을 둘러싸고 있었다. 총을 든 채. 아까 와일드가 쫓아갔던 두 사람도 그들에게 합류했다. 그러니 이제 여섯 명이었다.

리더가 조심스럽게 캡슐로 다가갔다.

와일드는 리더를 알아보았다.

휴대전화의 통화내역 목록으로 들어가 스크롤을 내린 다음, 발신 버튼을 눌렀다. 에코 캡슐의 문손잡이를 향해 손을 뻗던 개빈 체임버스의 주머니에서 휴대전화가 진동했다. 개빈은 전화기를 꺼내서 발신자를 본 다음, 주위를 둘러보았다. 그러고는 수신 버튼을 누르고 전화를 받았다.

"와일드?"

"내 집에 손대지 말아요."

개빈은 주위를 더 열심히 둘러보았지만 나무 위에 올라간 와일드를 찾아내기란 불가능했다. "이 안에 있나?"

"아뇨."

"이 문 열어."

"왜요?"

"일이 생겼어. 아주 중대한 일."

"네, 그럴 줄 알았습니다."

"어떻게 알았지?"

"지금 장난합니까? 당신은 무장한 2인 1조를 최소한 네 팀이나 내 집 주위에 배치했어요. 훈련받은 탐정이 아니라도 '아주 중대한 일'이 생겼다는 것 정도는 알 수 있죠. 무슨 일입니까?"

"메이너드가와 관련된 일이야."

"그 사람들이 왜요?"

"먼저 이 안을 봐야 해. 그런 다음, 당신을 그들에게 데려가야 하고. 지금 이 근처에 있는 건가? 아니면 내가 발견하지 못한 카메라 같은 걸로 날 지켜보고 있나?" 개빈 체임버스는 다시 위를 올려다보며 손을 들어 눈가에 그늘을 만들었다. "어느 쪽이든 난 당신을 찾아내지 못하겠지?"

"네."

"난 당신 영역을 침입했어."

"그런데도 안 나가고 있군요."

"어쩔 수 없었어, 와일드. 당신을 은신처에서 끌어내야 했으니까."

"그래서 이제 어쩔 겁니까?"

"도끼로 이 문을 부수고 안에 뭐가 있는지 볼 거야."

"당신 스타일은 아닌데요." 와일드가 말했다.

"맞아, 아냐. 그럼 이렇게 하지. 내가 부하들을 모두 보낼게."

"일단 시작은 좋네요."

"하지만 그런 다음에는 당신이 나와야 해."

와일드는 대답하지 않았다. 개빈 체임버스가 뭐라고 명령을 내렸고 부하들은 군말 없이 그 명령에 따랐다. 그들이 사라지자 개빈 체임버스는 다시 전화기를 귀에 댔다. "이제 나와. 얘기 좀 하지."

"왜요? 무슨 일입니까?"

"또 다른 아이가 실종됐어."

23

잠에서 깬 헤스터는 아직도 마음이 설렜다.

어젯밤 11시부터 이랬다. 오렌이 그녀를 문 앞까지 데려다주고—오렌은 집 앞 보도에 혹은 엘리베이터 앞에 그녀를 남겨두고 떠나지 않았다. 그러기에는 너무 신사였다—키스한 때부터. 아니면 그녀가 키스했던가? 상관없다. 그건 키스였다. 진짜 키스. 오렌은 한 팔로 그녀의 허리를 감쌌다. 그래, 그것도 좋았다. 하지만 다른 손, 큼직하고 멋진 다른 손으로 헤스터의 뒤통수를 부드럽게 잡더니 헤스터의 얼굴을 옆으로 기울여서 위로 올렸다. 한마디로……

황홀했다.

헤스터는 그 자리에서 온몸이 녹아내렸다. 변호사인 헤스터 크림스틴은 자신이 이렇게 녹아내리거나 황홀한 감정을 느끼기에는 나이가 너무 많다는 걸 알고 있었다. 이건 그녀가 열세 살 때 잭 콜커의 바르 미츠바(유대교에서 열세 살이 된 소년이 치르는 성인식—옮긴이)에 갔다가 반에서 가장 잘생긴 남학생 마이클 겐들러와 몰래 빠져나가 랍비의 사무실 뒤에 있는 작은 방에서 서로 껴안고 키스했을 때 느꼈던 바로 그 설렘이었다. 오렌의 키스는 한꺼번에 너무 많은 감정을 불러일으켰다. 당연히 강렬한 감정이 솟구쳐서 흥분되고 아찔했으며 헤스터는 그 순간에 완전히 몰입했다. 하지만 그녀의 일부는 몸 밖으로 빠져나와 눈을 휘둥그렇게 뜬 채 놀라서 자신을 지켜보며 '맙소사, 키스 때문에 제정신이 아니네!'라고 생각했다.

얼마나 키스했을까? 5초? 10초? 30초? 꼬박 1분? 꼬박 1분은 아니다. 모르겠다. 그녀의 두 손은 방황했을까? 그 키스를—대문자 K로 시작해야 하는 키스다—백 번은 돌려봤지만 아직도 확실하지 않았다. 오렌의 단단하고 둥근 어깨에 양손을 올렸던 것까지는 기억했다. 그 어깨가 얼마나 든든하고 완벽하게 느껴졌는지. 아, 그녀는 그런 어깨를 너무 좋아했다. 그런데 왜 자꾸 그 생각만 하는 걸까?

그 키스는 부드럽게 시작되었다가 중간에 오렌이 살며시 몸을 뗐지만 둘은 다시 키스했고, 점점 더 굶주린 듯 열정적으로 변하다가 부드럽게 끝났다. 키스하는 내내 오렌의 손은 그녀의 뒤통수를 감쌌다. 오렌은 그녀의 눈을 들여다보며 말했다.

"잘 있어요, 헤스터."

"잘 가요, 오렌."

"다시 데이트 신청해도 될까요?"

헤스터는 재치 있는 답변 몇 개가 생각났지만 꾹 참고 "네, 좋아요"라고 대답했다.

오렌은 헤스터가 집 안으로 들어갈 때까지 기다렸다. 현관문을 닫는 동안 헤스터는 그에게 미소를 지었다. 문을 닫고 혼자가 된 헤스터는 행복에 겨워 잠시 춤을 췄다. 어쩔 수가 없었다. 경박한 바보가 된 기분이었다. 멍한 상태로 잘 준비를 했다. 잠이 오지 않을 거라고 생각했는데 금세 잠들었다. 아드레날린이 치솟은 뒤라서 지치고 기진맥진했다. 헤스터는 단잠을 잤다.

그러고는 오늘 아침, 설레는 마음으로 깨어났다. 그 감정뿐이었다. 설렘. 이제 지난밤은 꿈처럼 비현실적으로 느껴졌다. 이 감정이 자신이 바라던 것인지 아니면 두려워했던 것인지 알 수 없었다. 그녀의 삶에 이런 감정이 필요할까? 그녀는 이미 만족스러운 삶을 살고 있었다. 사생활이나 일 모두 만족스러웠다. 그런데 왜 이런 위험을 감수한단 말인가? 단지 이렇게 미숙한 감정을 느끼기에는 나이가 너무 많다는 문제가 아니었다. 그녀에게는 정해진 삶의 방식이 있었고, 그 방식이 좋았다. 그녀는 정말로 삶을 송두리째 뒤엎는 이런 감정을 원할까? 마음의 상처를 입거나, 망신을 당하거나, 아마도 잘못될 수 있는 수백만 가지의 경우를 감수하고 싶을까?

지금 이대로 충분히 행복하지 않나?

휴대전화를 집어 들었더니 오렌이 보낸 메시지가 있었다.

문자를 보내기에 너무 빠른가요? 절박해 보이고 싶지 않군요.

미치겠다. 헤스터는 다시 황홀해졌다.

그녀는 답장을 입력했다. 스토커 같으니.

오렌이 답장을 작성 중인지 점 세 개가 나타났지만 이내 사라져 버렸다. 헤스터는 기다렸다. 답장은 오지 않았다. 헤스터는 패닉에 빠졌다.

농담이었어요! 그렇게 빠르지 않았어요!

대답이 없다.

오렌?

아까 헤스터가 걱정했던 게 바로 이런 일이었다. 누군들 이런 일을 겪고 싶을까? 누군들 잔뜩 긴장해서 자기가 실수를 저질렀을지 모른다고 조바심치거나 어쩌면 저 남자에게는 내가 그냥 심심풀이일지 모른다고 걱정하고 싶을까? 이봐, 겨우 한 번 데이트 했을 뿐이고 겨우 키스(대문자 K로 시작하는) 한 번 했을 뿐이야. 그러니까 제발 좀 진정하라고.

그때 휴대전화가 울렸다. 헤스터는 오렌의 전화이길 바랐으나 화면에 뜬 발신인은 다른 사람이었다. 헤스터는 통화 버튼을 누르고 전화를 받았다.

"와일드?"

"도움이 필요해요."

와일드가 에코 캡슐 옆으로 모습을 드러냈다. 휴대전화를 허공에 늘어 올린 채.

개빈 체임버스가 그런 와일드를 보며 눈살을 찌푸렸다. "뭐 하는 거지?"

"영상 통화 중입니다."

"누구(With who)?"

"'누구하고(whom)'라고 해야죠." 전화기에서 흘러나오는 여자 목소리가 말했다. "전치사 다음에는 목적어를 써야 하니까요."

와일드는 개빈 쪽으로 걸어갔다. 개빈은 실눈을 뜨고 화면을 바라보았다.

"안녕하세요, 개빈. 난 헤스터 크림스틴이에요. 헨리 키신저의 디너 파티에서 한번 만났죠."

개빈 체임버스는 믿기지 않는다는 표정으로 와일드를 바라보았다.

"그런 표정 하지 말아요, 버발라(이디시어로 '귀염둥이'라는 뜻의 애칭 ─옮긴이). 난 이걸 전부 녹화하고 있어요. 알겠어요?"

개빈은 눈을 감고 긴 한숨을 내쉬었다. "정말입니까?"

"아뇨, 거짓말이에요. 하지만 분명히 알아둬요. 만약 와일드에게 무슨 일이 생긴다면……."

"아무 일도 없을 겁니다."

"아주 좋아요. 그럼 우린 아무 문제도 없을 거예요."

"이럴 필요까지는 없습니다."

"아, 그거야 물론 그렇죠. 하지만 무장한 열두 명의 남자가 내 의뢰인의 집에 몰래 다가온다면, 게다가 당신은 그 집을 부수겠다고 계속 협박하고요, 날 편집증이라고 불러도 좋지만 와일드의 변호사로서, 여기서 분명히 해두죠, 난 네 변호사다. 맞니, 와일드?"

"맞아요." 와일드가 말했다.

"그러니 와일드의 변호사로서 공식적으로 말해두고 싶네요. 당신, 체임버스 대령은 무장한 부하 직원들을 데리고 내 의뢰인의 집에 접근해서⋯⋯."

"여기는 공유지입니다."

"체임버스 대령, 정말로 나랑 공유지의 법률적 정의에 대해 토론하고 싶어요?"

개빈은 한숨을 쉬었다. "아뇨."

"난 얼마든지 토론할 수 있어요. 급할 게 하나도 없거든요. 넌 급하니, 와일드?"

"시간 많습니다." 와일드가 말했다.

"네, 제가 잘못했습니다. 토론은 생략하고 다음으로 넘어가죠." 개빈이 말했다.

"내가 어디까지 말했죠?" 헤스터가 말했다. "맞다, 당신은 무장한 부하들을 데리고 내 의뢰인의 집에 접근했어요. 그 집을 침입하고 심지어 부수겠다는 협박까지 했고요. 그렇게 어이없다는 표정 짓지 말아요. 나라면 당신을 경찰에 신고했을 거예요. 하지만 내 의뢰인은 고가의 수임료를 받는 내 충고에도 불구하고 당신과 기꺼이 이야기하겠다고 하네요. 내가 생각하기에는 별로 바람직한 일이 아니지만 당신을 신뢰하는 듯해요. 그러니 난 의뢰인의 결정을 존중하는 동시에 우리의 입장을 분명히 밝힐 겁니다. 만약 와일드가 어떤 식으로든 해를 입는다면⋯⋯."

"해를 입는 일은 없을 겁니다."

"쉿! 조용히 하고 들어요. 만약 당신이 와일드에게 해를 입히거나 와일드를 억지로 붙잡고 있다면, 혹은 만약 내가 와일드에게 전화했는데 와일드가 전화를 받지 않는다면, 혹은 당신이 와일드가 요구하지 않은 어떤 일을 한다면, 난 앞으로 영원히 당신 삶의 일부가 될 거예요, 체임버스 대령. 대상포진처럼요. 혹은 치질처럼. 혹은 그보다 더 끔찍한 존재가 되어서요. 내 말 알아듣겠어요?"

"아주 똑똑히 알아들었습니다."

"와일드?"

"고마워요, 헤스터. 이제 끊어도 될까요?"

"너 편한 대로 하렴."

"그럼 끊을게요. 고마워요."

와일드는 종료 버튼을 누르고 휴대전화를 주머니에 넣었다.

개빈은 눈살을 찌푸렸다. "엄마한테 전화한 건가?"

"어, 나 상처 받았어요."

"내가 당신에게 하려던 말은 극비 사항이야."

"그럼 다음부터는 전화하세요. 무장한 부하들을 보내지 말고."

개빈은 캡슐을 가리켰다. "당신 집을 너무 쉽게 찾아낼 수 있어서 좀 놀랐어. 당신이 교란 장치라도 설치했을 줄 알았거든. 2차 세계 대전 때 활약한 고스트 아미에 대해 읽은 적 있나?"

와일드는 읽은 적이 있었다. "제23본부 특수 부대."

"와. 놀랍군." 체임버스가 말했다.

23본부, 일명 고스트 아미는 화가와 특수 효과 전문가로 이뤄진 엘리트 부대로, '기만전술'을 실행했다. 그들은 가짜 탱크와 고무 비행기를 만들었고, 심지어 전투가 벌어지는 소리까지 만들어 냈다. 이 모두가 20세기판 트로이 목마를 만들기 위해서였다.

"이 집을 어떻게 찾아냈습니까?" 와일드가 물었다.

"센서가 달린 드론을 이용했지." 개빈 체임버스는 에코 캡슐을 향해 손짓했다. "이제 문을 열어줘."

"안에는 아무도 없습니다."

"문을 열면 그 말이 증명되겠지."

"날 못 믿는 겁니까?"

개빈 체임버스는 피곤하다는 표정으로 말했다. "그냥 이 내부를 확인하면 안 되나?"

"누굴 찾고 있는 겁니까?"

"찾는 사람 없어."

"하지만 아까……"

"그건 당신이 텔레비전 프로그램을 진행하는 누군가에게 말하기 전의 일이지."

"헤스터는 내 변호사예요. 내가 아무에게도 말하지 말라고 하면 안 할 겁니다."

"순진한 척하지 마." 개빈 체임버스는 눈을 먼 곳으로 돌리더니 고개를 저었다. 어떤 선택을 할지 고민하고 있었지만 답은 이미 정해져 있었다. 달리 방법이 없었다. "크래시 메이너드 일이야."

"그 애가 왜요?"

"사라졌어."

"가출했거나……"

개빈은 총을 꺼냈다. "그냥 저 빌어먹을 문을 열어, 와일드."

"진심입니까?"

"내가 당신하고 수다나 떨고 싶은 거 같아?" 그렇게 보이진 않았다. 개빈은 꽤 지치고 스트레스를 많이 받은 듯했다. "크래시가 사라졌다고 했잖아. 그러니까 어서 이 움막을 용의선상에서 지우고 크래시를 찾을 수 있게 해달라고."

와일드는 총이 두렵지 않았고, 자신의 총을 꺼내고 싶은 마음도 없었다. 하지만 이 남자의 반감을 더 사야 할 이유도 없었다. 와일드는 지금 어떤 상황인지 알게 되었다. 크래시 메이너드가 사라졌고, 와일드는 다른 사람과 마찬가지로 용의자였다.

에코 캡슐 문은 자동차 문을 열 때처럼 리모컨으로 열었다. 와일드는 주머니에서 리모컨을 꺼내서 엄지로 버튼을 눌렀다. 문이 위로 올라가는 동안 개빈은 총을 다시 총집에 집어넣었다. 그러고는 캡슐 안으로 머리를 넣어 둘러보더니 다시 머리를 뺐다.

"아까 총을 겨눈 일은 미안하게 됐어."

와일드는 아무 말도 하지 않았다.

"함께 가지."

"어디로요?"

"메이너드 부부가 당신을 만나고 싶어 해. 사실 그 사람들이 당신을 꼭 데려오라고 했어."

"내가 거절하면 또 총을 겨눌 건가요?"

"정말 그걸 내 약점으로 쓸 생각인가?" 개빈은 길을 따라 걷기 시작했다. "미안하다고 했잖나."

메이너드 장원까지 차를 타고 잠깐 이동하는 동안에는 둘 다 아무 말도 하지 않았다. 아침 햇살을 받은 저택은 잔디밭 위에서 반짝거렸다. 잔디는 어찌나 균일하게 푸른지 마치 초록색 스프레이를 뿌린 듯했다. 공들여 손질한 잔디밭은 거의 완벽한 정사각형이었고, 집은 잔디밭 딱 한가운데 있었다. 와일드가 짐작하기에는 양옆으로 대략 300미터 정도 잔디가 펼쳐져 있고 그 너머가 숲이었다. 오른쪽에는 올림픽 규격에 따른 수영장이, 왼쪽에는 테니스 코트가, 뒤쪽에는 규격대로 만든 축구장이 있었는데 석회 가루로 새 라인을 그려두었다.

두 사람이 탄 SUV가 화려한 별채 옆에 섰다. 개빈은 차에서 내렸고, 와일드도 따라서 내렸다.

"들어가기 전에 이 계약서에 사인해야 돼."

개빈은 그렇게 말하며 볼펜이 붙어있는 클립보드를 내밀었다. 거기에 서류 한 장이 끼워져 있었다.

"일반적인 NDA야. 기밀 유지 협약서."

"네." 와일드는 그렇게 말하며 클립보드를 다시 개빈에게 내밀었다. "NDA가 뭔지는 나도 압니다."

"여기 서명하지 않으면 무슨 일이 있었는지 더는 말할 수 없어."

"그럼 안녕히 계세요."

"젠장, 당신 정말 짜증 나는군. 알았어. NDA는 없던 일로 하지. 따라와."

개빈은 저택 뒤쪽 왼편 구석 너머의 숲을 향해 걸어가기 시작했다.

"정말로 내가 이 집 아들을 납치했다고 생각한 겁니까?" 와일드가 물었다.

"아니."

"그럼 내 캡슐에 그 애를 숨겼다고 생각했나요?"

"아니. 하지만 그럴 가능성은 있으니까."

개빈은 계속 걸어가다가 저택과 숲 중간에서 걸음을 멈췄다. "여기서 크래시를 놓쳤어."

"더 자세히 말해봐요."

"오늘 아침, 크래시는 자기 방에 없었어. 우리가 CCTV를 확인해 봤지. 당신도 짐작하겠지만 여기는 곳곳에 CCTV가 있어. 저택 외부에서 지금 우리가 서있는 곳까지 CCTV에 잡히지." 개빈은 휴대전화를 꺼내 스와이프하더니 와일드에게 동영상을 보여주었다. "지금 우리가 서있는 곳을 지나가는 크래시의 모습이야. 아마 저쪽으로 가는 중일 거야."

개빈은 뒤에 있는 숲을 가리키더니 재생 버튼을 눌렀다. 카메라는 야간 필터를 설치했는지 화질이 좋았다. 집에서 나온 크래시가 지금 그들이 서있는 곳을 가로지르는 모습이 보였다. 숲으로 가는 길인 듯했다. 화면 왼쪽 구석에 적힌 시간은 새벽 2시 14분이었다.

"크래시 전이나 후로 CCTV에 찍힌 사람은 없습니까?" 와일드가 물었다.

"없어."

"그러니까 당신은 크래시가 가출했다고 생각하는군요."

"아마도. 확실한 건 크래시가 저 나무를 향해 갔다는 거야." 개빈은 와일드에게로 몸을 돌렸다. "하지만 숲을 잘 아는 누군가가 저기서 기다리고 있었을 수 있지."

“아, 거기서 내가 등장하는군요.”

“어느 정도는.”

“하지만 내가 정말로 이 일과 연관이 있다고는 생각하지 않는군요.”

“아까도 말했듯이 나는 그저 가능성을 하나씩 확인할 뿐이야.”

“그러니까 내가 마침 어제 크래시를 만났기 때문에 여기 있는 거군요.”

“정말 기막힌 우연의 일치이지 않나?”

“그리고 나오미 파인도 실종됐고요.”

“정말 기막힌 우연의 일치이지 않나?”

“그래서 둘 사이에 연관이 있습니까?”

“같은 고등학교, 같은 반에서 학생 둘이 사라졌어. 만약 연관성이 없다면…….”

“정말 기막힌 우연의 일치겠죠?” 와일드는 개빈의 말을 대신 끝맺었다. “또 알아낸 사실은 뭡니까?”

“둘은 연락을 주고받았어.”

“나오미와 크래시가요?”

“그래.”

“최근에요?”

“그건 모르겠어. 크래시가 사용하는 앱은 늘 우리보다 한발 앞서서 제대로 추적할 수가 없으니까. 왓츠앱이나 시그널, 그 외에 청소년들이 쓰는 온갖 최신 앱을 사용하더군. 그런 앱들은 암호화가 되어있지. 내가 맡은 일은 가족을 감시하는 게 아니라 보호하는 거야.”

"왜죠?"

"뭐가?"

"왜 이 사람들을 보호하는 겁니까, 개빈? 특히 당신이 말이에요. 당신이 나에 대한 기록을 읽었듯이 나도 당신에 대한 기록을 읽었습니다. 당신은 이제 현장 근무를 하지 않아요. 그리고 대시 메이너드는 그저 텔레비전 제작자에 불과하고요. 그러니까 당신이 그저 이 가족을 보호하기 위해 여기 있는 건 아닐 겁니다. 러스티 에거스 때문이죠."

개빈은 미소를 지었다. "대단한 추론이군. 손뼉이라도 쳐야 하나?"

"그게 적절하다고 생각한다면요."

"그런 생각은 안 드는군. 내가 왜 여기 있는지는 중요치 않아. 고등학생 둘이 실종됐어. 당신은 그중 하나를 찾고 싶어 하고, 나는 다른 하나를 찾고 싶은 거고."

"힘을 합치자고요?"

"목표가 같으니까."

"날 여기 데려온 이유가 있을 텐데요."

"사실 메이너드 부부의 강력한 주장이었어. 난 당신이 여기 온 김에 의견을 들을 수 있겠다 싶었고."

숲을 바라보던 와일드는 길을 발견했다. "크래시가 저 길로 갔다고 생각합니까?"

"화면 속에서 크래시가 걸어가는 각도로 볼 때 그럴 가능성이 높아. 하지만 무엇보다 저기는 크래시가 최근에 이 사유지를 무단침입한 나오미 파인을 만난 곳이기도 하지."

크래시는 나오미를 '만난' 게 아니다. 나오미에게 장난을 치고, 겁을 주고, 괴롭혔다. 적어도 매슈는 그렇게 말했다. 하지만 지금은 그걸 따질 때가 아니다. 와일드는 더 자세히 보려고 숲속 길을 향해 걸어갔다.

"지금 우리가 있는 곳엔 CCTV가 없겠죠?" 와일드가 물었다.

"없어. 우린 저택 부근에 있는 사람들만 걱정해. 사람들, 특히 자발적으로 집을 나서는 가족에게는 관심이 없지."

"그러니까 당신은 크래시와 나오미가 여기서 만나서 지금 어딘가에 함께 숨어있다는 겁니까?"

"십중팔구는 그럴 거야."

"그런데도 패닉에 빠졌군요."

"패닉에 빠지지 않았어."

"무장한 직원들에게 내 집을 포위하라고 했잖습니까."

"그 얘기 좀 그만하지. 이건 비상사태야, 와일드. 지금 이 가족은 엄청난 스트레스와 압박을 받고 있어. 사람들의 협박을 받고 있다고. 그것도 폭력적이고 끔찍한 협박을. 당신도 뉴스에서 봤을 거야."

와일드는 고개를 끄덕였다. "메이너드는 러스티 에거스를 파멸시킬 영상을 가지고 있죠."

"그건 사실이 아니야. 하지만 사람들은 인터넷에서 보는 괴상한 음모론은 다 믿으니까."

그들은 길을 따라 숲으로 들어갔다. 와일드는 땅에 찍힌 발자국을 확인했다. 꽤 많았는데 대부분 새것이었다. "오늘 아침에 부하들과 여길 뒤졌습니까?"

"당연하지."

와일드는 눈살을 찌푸렸지만 어떤 의미에서는 상관없었다. 크래시 메이너드는 제 발로 여기에 왔다. CCVT에 다른 사람은 찍혀있지 않았다. 나오미 혹은 다른 누군가가 여기서 크래시를 기다리고 있었을까? 물리적인 증거만으로는 알 수 없었다. 왼쪽에 작은 공터가 있었다. 저기 바위에서 나오미와 매슈가 만났다. 와일드는 바위로 다가가 무릎을 꿇고 바위 아래와 주변을 더듬거렸다. 담배와 마리화나 꽁초 몇 개가 나왔다.

"이쪽에 CCTV가 없는데 크래시가 나오미를 '만났다'는 건 어떻게 알았습니까?"

"부하 직원 하나가 여기를 지나는 중이었어. 아이들 여럿이 웃는 소리를 들었다더군."

"끼어들지는 않았고요?"

"그 친구는 경비원이지 베이비시터가 아니니까."

그때 와일드에게 익숙한 소음이 대기를 갈랐다. 와일드는 고개를 들고 짙은 암청색 하늘을 향해 뻗은 가지 사이를 바라보았다. 웅웅거리며 돌아가는 날갯소리가 점점 더 커졌다. 와일드는 외상후 스트레스 장애에 시달리지 않았다. 적어도 임상 진단을 받지는 않았다. 하지만 해외에 파견됐던 군인치고 저 소리에 움찔하지 않을 사람은 없었다.

헬리콥터가 저택 옆 잔디밭 위를 맴도는 동안 와일드는 공터로 뒷걸음질했다. 헬리콥터가 땅을 향해 내려오자 와일드는 개빈 체임버스를 힐끗 보며 이게 어떤 상황인지 조금이라도 읽어보려 했다. 하지만 개빈의 표정으로 볼 때 그 역시 이게 어찌 된 일인지 전혀 모르는 듯했다. 이렇게 멀리 떨어져 있는데도 와일드는 착륙하는 벨 427 쌍둥이 엔진 헬리콥터 날개의 바람을 느낄 수 있었다. 단거리 비행에 가장 많이 쓰이는 헬리콥터였다. 이를테면 뉴욕시에서 여기로 급히 온다든지 할 때. 엔진이 꺼졌다. 안에 탄 사람이 누구든지 간에 날개가 회전을 완전히 멈출 때까지 기다렸다. 먼저 조종사가 내렸고 그가 문을 열었다.

헬리콥터에서 내린 사람은 헤스터 크림스틴이었다. 그녀는 와일드와 개빈을 보더니 미소 지으며 양팔을 옆으로 벌렸다.

"내가 좀 요란하게 등장했죠, 여러분?"

CHAPTER
24

5분 뒤 그들은 저택 첨탑 속 거창한 서재로 안내되었다. 헤스터는 대시와 딜리아 맞은편에 앉았고, 개빈 체임버스는 메이너드 부부 뒤에 서 있었다. 헤스터 옆에 놓인 버건디색 가죽 윙백 의자는 와일드를 위한 자리였지만 와일드도 서 있었다.

"음료 좀 내올까요?" 대시 메이너드가 물었다.

헤스터는 와일드를 보며 '음료'라는 단어에 한쪽 눈썹을 치켜세웠다. 마치 평범한 대화를 나눌 때 쓰는 단어가 나와서 짜증 난다는 듯이.

"괜찮습니다." 헤스터가 말했다.

"이렇게 빨리 와주셔서 감사합니다." 대시가 말했다.

"헬리콥터까지 보내시고 내 수임료의 두 배를 주겠다고 제안했는데 어떻게 거절하겠어요?"

딜리아 메이너드는 아직 한 마디도 하지 않았다. 그녀의 창백한 얼굴은 살짝 떨렸고, 눈은 헤스터를 멍하니 뚫어지게 바라보았다. 몇 분간 아무도 말하지 않았다.

"저기요, 난 온종일도 기다릴 수 있어요. 내 평소 수임료의 두 배를 준다고 했으니까요. 엄청난 고액이지만 그럴 만한 가치가 있는 돈이죠. 난 그걸로 루부탱 구두를 사면 그만이라고요. 내 말 무슨 뜻인지 아시죠?"

대시는 딜리아를 힐끗 보았다. 와일드는 그들 뒤의 창문을 내다보았다. 기막힌 장관이 펼쳐졌다. 저택은 고지대에 있는 터라 나무들 위로 맨해튼 고층 건물이 보였다.

"농담이에요." 헤스터가 말했다.

"네?"

"당신은 내 수임료의 두 배를 주겠다고 했지만 난 그런 식으로는 일 안 해요. 당신에게도 다른 의뢰인과 똑같은 시간당 수임료를 청구할 거예요. 더 많지도, 더 적지도 않게. 그리고 난 시간을 낭비하는 걸 좋아하지 않아요. 설령 그 시간만큼 돈을 받는다고 해도요. 난 돈이 그렇게 궁하지 않거든요. 이미 부자랍니다. 당신만큼 부자는 아니지만요, 메이너드 씨."

"대시라고 부르세요."

"좋아요, 대시, 훨씬 좋네요. 두 분이 주저하니까 시작하기 전에 내가 몇 가지 기본 원칙을 정하죠. 괜찮을까요?"

"네. 그게 좋겠네요." 대시가 목청을 가다듬으며 말했다.

"첫째, 아까 전화로 날 고용하고 싶다고 했죠?"

"네."

"그러니까 이제 난 당신 변호사예요. 잘하셨어요, 마즐 토브(축하한다는 뜻의 이디시어─옮긴이)." 헤스터는 대시의 어깨 너머로 개빈 체임버스를 힐끗 올려다보았다. "당신은 나가주세요. 여긴 내 의뢰인과 나의 사적인 자리입니다."

"아, 아닙니다." 대시가 끼어들었다. "개빈은 여기 있어도 괜찮⋯⋯."

"내가 괜찮지 않아요." 헤스터가 대시의 말을 잘랐다. "이제 난 공식적으로 당신 변호사예요. 당신이 내게 털어놓는 이야기는 변호사와 의뢰인 간의 비밀 유지 특권에 의해 보호됩니다. 한마디로 누구도 내게 이제부터 당신이 하려는 말을 털어놓으라고 강요할 수 없어요. 하지만 체임버스 씨는 그런 법적 대응책이 없죠. 체임버스 씨는 본인이 좋든 싫든, 이 대화를 털어놓으라는 강요를 받을 수 있어요. 그러니까 난 저 사람이 여기서 나가주면 좋겠어요." 헤스터는 오른쪽을 힐끗 보았다. "너도 마찬가지야, 와일드. 어서 나가라."

대시가 말했다. "하지만 우린 개빈을 믿습⋯⋯."

"대시? 대시라고 불러도 된다고 했죠? 대시, 이건 아주 간단한 문제예요. 난 아까 말한 대로 기본 원칙을 정하고 있어요. 첫 번째 원칙, 날 고용하고 싶다면 당신은 내 말을 들어야 해요. 내 말을 듣고 싶지 않다면, 내 운전사가 날 데리러 여기 올 거예요. 고맙지만 그 시끄러운 헬리콥터를 타고 돌아가고 싶지는 않아요. 아무튼 난 곧 맨해튼으로 돌아갈 거고 오늘 만난 일로 당신에게 수임료를 청구할 겁니다. 그걸로 우리는 남남이 될 거예요. 우리는 민주적인 관계가 아니에요. 난 독재자고, 당신은 무조건 내 명령을 따라야 해요. 첫 번째 규칙을 이해했나요?"

대시는 그 말에 반박하려는 듯했지만 딜리아가 그의 다리에 손을 올리며 대신 대답했다.

"이해했어요."

"좋아요."

개빈이 말했다. "전 마음에 안 듭니다."

"다음 생에서는 당신 의견도 고려하죠." 헤스터가 말했다. "정말이에요. 당신을 위해 눈물을 흘릴 거예요. 하지만 지금은 입 다물고 나가줘요."

대시는 개빈에게 고개를 끄덕였다. 개빈은 포기했다는 듯이 양손을 들어 올리더니 문으로 걸어갔다. 와일드도 그 뒤를 따랐다.

"잠깐만요." 딜리아가 말했다.

두 남자는 걸음을 멈췄다.

딜리아는 헤스터를 보았다. "우린 와일드의 뒷조사를 지시했고 그 내용을 보고받았어요."

"그랬어요?"

"와일드는 아직도 크로 경비 회사에 자격증이 있는 조사관으로 소속되어 있더군요. 변호사님도 예전에 재판 때문에 와일드를 고용한 적이 있죠?"

"그랬다면요?"

"이번에도 고용해 주세요. 우리 문제를 해결하기 위해서요. 그러면 와일드가 여기서 무슨 말을 듣든지 변호사와 의뢰인 간의 법률 자문 보호 특례 제도에 포함되죠?"

"그거 좋은 생각이네요." 헤스터는 몸을 돌려 와일드를 보았다. "날 위해 일하고 싶니?"

"물론이죠." 와일드가 말했다.

"그럼 자리에 앉아라. 내 옆에 우두커니 서있지 말고. 현기증 나니까."

몇 분 뒤, 개빈 체임버스는 서재에서 나갔다. 네 사람은 가죽 의자에 앉았다. 딜리아와 대시가 한쪽에 앉고, 맞은편에 헤스터와 와일드가 앉았다.

"이해가 안 되는군요. 와일드를 조사원으로 고용할 수 있다면 개빈을 고용하면 되잖습니까." 대시가 말했다.

"내 마음이에요." 헤스터가 말했다.

"네?"

"내가 아니라면 아닌 거예요. 당신은 헬리콥터까지 보내서 날 여기로 데려왔어요. 급한 상황이라서 그런 거 아닌가요? 그러니 어서 시작하세요."

와일드가 한 손을 들어 올렸다. "아직 안 됩니다."

헤스터가 그를 돌아보았다. "왜?"

"체임버스 대령은 당신 아들이 친구들과 주고받는 문자까지 감시하려고 했습니다."

"당연하죠. 그게 개빈이 하는 일이기도 하니까요." 대시가 말했다.

하지만 헤스터는 이미 두 손을 팔걸이에 올리고 끙 소리를 내며 몸을 일으켰다. "밖으로 나갑시다."

"왜요?" 대시가 물었다.

"당신의 보안 담당자가 이 서재에 도청 장치를 설치해 뒀을 테니까요."

그 말에 대시와 딜리아 둘 다 깜짝 놀랐다.

"이해를 못 하시네요. 우린 개빈을 전적으로 믿습니다." 대시가 말했다.

"이해를 못 하시네요." 헤스터가 반박했다. "난 못 믿어요. 그리고 당신 부인도 그런 것 같은데요?" 헤스터는 문을 향해 걸어 갔다. "어서 나와요. 신선한 공기 좀 마시죠. 오늘 날씨가 화창하니까 밖에 나가는 게 우리 모두에게 좋을 거예요."

대시는 다시 한번 딜리아를 바라보았다. 그녀는 고개를 끄덕이고는 남편의 손을 잡았다. 그들은 나선형 계단을 내려가 어리둥절한 표정의 개빈 체임버스를 지나 밖으로 나갔다. 쌍둥이가 축구장에서 코치와 함께 축구를 하고 있었다.

"저 애들은 아직 무슨 일인지 모릅니다. 계속 모르게 하고 싶고요." 대시가 말했다.

그들은 잔디밭 가운데를 향해 걸었다. 어젯밤 녹화된 CCTV 속 크래시와 거의 비슷한 경로로 걸어가고 있었다. 날씨는 끝내주게 좋았다. 그들을 약 올린다고 생각될 정도로. 와일드는 헤스터를 바라보았다. 그녀는 현재 자신의 집이 있는 맨해튼 경관을 발견하고 마치 옛 친구들을 바라보듯 마천루를 바라보았다.

저택에서 충분히 멀어지자 헤스터가 말했다. "자, 왜 날 여기로 불렀죠?"

대시는 곧장 본론으로 들어갔다. "오늘 아침에 일어나 보니 우리 아들 크래시가 사라지고 없었습니다. 처음에는 밤늦게 친구네 집에 놀러 간 줄 알았어요. 최악의 경우에는 가출했거나요. 여기 있는 와일드 씨가 상황을 알고 있습니다."

헤스터가 말했다. "알겠어요."

딜리아는 손을 둥글게 모아 눈 위로 가져가 햇살을 가리더니 와일드를 올려다보았다. "어제 학교에서 왜 우리 아들을 다그친 거죠?”

“자자.” 헤스터가 끼어들었다. “대답하지 마라, 와일드. 그 얘기를 계속하기 전에 먼저 나한테 상황 설명부터 해줘요, 알겠죠?”

“간단해요.” 딜리아가 말했다. “우리의 현재 상황 때문에…….”

“어떤 상황요?”

“어젯밤 사울 스트라우스가 변호사님 프로의 초대 손님이었더군요.” 딜리아가 말했다.

“맞아요. 그래서요?”

“그 사람은 우리를 비난했어요.”

“당신들에게 유죄를 입증할 수 있는 영상이 있다는 얘기 말인가요?”

딜리아가 고개를 끄덕였다. “러스티 에거스의 유죄를 입증할 수 있는 테이프요, 네.”

“스트라우스는 아주 확신에 차있던데요. 그런 영상이 있나요?” 헤스터가 물었다.

“아뇨. 없어요.” 딜리아가 말했다.

조금의 망설임도 없다고 와일드는 생각했다. 물론 그렇다고 해서 그녀가 진실을 말하고 있다는 뜻은 아니었다. 하지만 그녀는 조금도 주저하지 않았고, 말과 어긋나는 몸짓도 없었다. 그저 단호한 부정이었다.

“계속해 봐요.” 헤스터가 말했다.

“크래시가 사라진 걸 알았을 때,” 대시가 말했다. “체임버스 대령과 그의 팀은 즉각 수색에 나섰어요. 초기 흔적들을 볼 때 우리

아들은 자발적으로 도망친 게 분명했어요. CCTV에 크래시가 혼자서 집을 나가는 모습이 찍혔는데 제 발로 나가는 것처럼 보였습니다." 대시는 고개를 돌려 와일드를 노려보았다. "그래도 체임버스 대령은 어제 크래시의 학교에서 우리 아이를 몰아붙인 남자가 이 일에 연루되지 않았는지 확인해야 했습니다. 저도 그게 당연하다고 생각했고요. 변호사님도 당연히 그 일을 아실 겁니다. 영상 통화로 보셨으니까요. 우리는 여기 있는 와일드 씨가 왜 학교에서 우리 아들을 다그쳤는지 알고 싶습니다. 우리가 왜 알고 싶어 하는지는 이해하실 거라고 생각합니다."

헤스터는 고개를 끄덕였다. "그래서 체임버스 대령에게 와일드를 데려오라고 한 거군요."

"네."

"그리고 날 고용하면 와일드가 그 이유를 말해줄 거라고 생각했고요."

이번에는 딜리아가 대답했다. "아뇨. 우리가 변호사님을 고용한 이유는 상황이 변했기 때문이에요."

"무슨 말이죠?"

"우린 이제 크래시가 제 발로 가출했다고 생각하지 않아요."

"왜죠?"

"왜냐하면 조금 전에 협박 편지를 받았으니까요."

협박 편지는 익명의 이메일로 왔다.

대시는 헤스터에게 휴대전화를 건넸다. 헤스터는 햇살을 가리려고 상체를 웅크린 채 휴대전화 화면을 보았다. 와일드는 헤스

301

터의 어깨 너머로 메일을 읽었다.

당신 아들은 우리가 데리고 있다. 우리의 명령을 정확히 따르지 않으면 아들은 처형될 것이다. 우리도 그걸 원치 않지만 우리는 자유가 중요하다고 믿고, 자유에는 늘 대가가 따르는 법이다. 만약 FBI나 경찰에 연락하면 우린 그걸 알게 될 것이고, 그 즉시 크래시를 처형할 것이다. 우리 몰래 경찰에 연락할 수 있다고 생각하면 착각이다. 당신들이 보안에 그렇게 많은 돈을 들였는데도 우리는 당신 아들을 납치했다. 그러니 우린 당신들이 경찰에 연락하는 것도 알 수 있고, 당신 아들은 큰 고통을 받게 될 것이다.

우리 요구는 간단하다. 우리는 진리가 우리를 자유롭게 한다고 믿는다. 그러므로 당신들이 가지고 있는 러스티 에거스의 영상을 우리에게 넘기길 바란다. 전부 다. 특히 옛날 영상들. 협상은 없다. 그러기에는 잃을 것이 너무 많다.

다음의 지시를 정확히 따라주기 바란다.

이 메일 아래쪽에 익명의 드롭박스로 가는 링크가 있다. 이 드롭박스는 흔히 다크웹이라고 알려진 웹에서 작동하는데 몇몇 VPN으로 접속할 수 있다. 이 링크는 아직 활성화되지 않았다.

정확히 오후 4시가 되면 이 링크를 클릭하고, 각 프롬프터에
러스티 에거스 영상을 모두 업로드하라.

러스티 에거스에게 가장 치명적인 영상을 업로드할 특별 폴
더는 따로 마련되어 있다. 우리는 그 영상이 존재한다는 걸
알고 있다. 그러니 없는 척하지 말기를. 링크는 정확히 오후
5시 이후로는 사용할 수 없다.

우리가 원하는 걸 얻지 못하면 당신 아들이 그 대가를 치르게
될 것이다.

그걸로 끝이었다. 메일 맨 끝에는 정말로 숫자와 글자 그리고
온갖 기호가 뒤섞인 하이퍼링크가 있었다.

헤스터는 메일을 몇 번 더 읽었다. 와일드는 그런 헤스터를 지
켜보며 기다렸다. 마침내 헤스터는 휴대전화를 다시 대시에게 건
넸다. 대시와 딜리아 모두 손을 떨고 있었다.

"내 충고를 듣고 싶나요?" 헤스터가 물었다.

"물론입니다."

"FBI에 연락하세요."

"안 돼요." 딜리아가 말했다.

"메일 읽으셨잖습니까. 경찰에 연락하지 말라고 했어요." 대시
가 덧붙였다.

"나도 알아요. 하지만 내 생각에는 전문가들에게 연락하는 게
제일 좋아요. 이 메일을 본 사람은 우리 넷뿐이에요. 맞나요?"

둘 다 고개를 끄덕였다.

"그럼 이제 와일드를 보내죠. 우린 FBI에 아는 사람이 있어요. 이 일을 비밀로 해줄 좋은 사람들이죠. 와일드가 그 사람들에게 이번 일을 말하면…….."

"안 됩니다." 대시가 헤스터의 말을 잘랐다. "절대 안 돼요."

"딜리아?" 헤스터가 말했다.

"저도 남편과 같은 생각이에요. 당분간은 우리끼리 해결해요."

두 사람은 마음을 바꾸지 않을 터였다. 어쨌든 지금은 그랬으므로 와일드는 화제를 바꿨다. "타임스탬프를 보니 메일을 보낸 시간이 한 시간 조금 더 전이네요. 이 메일을 언제 처음 보셨죠?"

대시는 얼굴을 찡그렸다. "그게 이 일과 무슨 상관이 있죠?"

딜리아가 대답했다. "거의 오자마자 본 셈이에요."

"그걸 보고 나한테 전화한 건가요?" 헤스터가 물었다.

"네."

헤스터는 와일드가 무슨 생각을 하고 있는지 알 수 있었다. "우리 의견을 말해도 될까요?"

"당연하죠."

"이 메일이 왔다는 걸 보안 담당자인 개빈 체임버스에게 말하지 않으셨네요."

대시는 한숨을 쉬었다. "전 말하고 싶었습니다."

"네, 하지만 아내분이 말렸겠죠." 헤스터는 그렇게 말하고 딜리아를 마주 보았다. "부인도 나와 같은 생각이었으니까요."

"대체 두 사람만 알고, 저는 모르는 게 뭘까요?" 대시가 약간 짜증을 내며 물었다.

"개빈 체임버스는 러스티 에거스를 위해 일하죠. 그가 충성하는 대상은 러스티 에거스지 당신들이 아니에요. 내가 그를 나가라고 한 건 단지 그가 법적으로 비밀을 지켜야 할 의무가 없기 때문만은 아니에요. 그에게는 당신들이 1순위가 아니기 때문이죠. 러스티 에거스를 보호하는 게 1순위예요. 이해하죠?"

"압니다. 하지만 그렇다고 해도 이 문제에서 러스티와 저는 관심사가 같아요." 대시가 말했다.

헤스터는 고개를 갸웃했다. "정말로 그렇게 생각해요? 만약 당신 아들이 죽거나 당신이 가지고 있는 영상을 대중에게 공개하거나 둘 중 하나를 선택해야 한다면요? 러스티 에거스가 어느 편을 선택할까요?"

침묵이 흘렀다.

"그리고 고려해야 할 사항이 하나 더 있어요." 헤스터가 말을 이었다. "만약 이게 진짜 납치라면 누가 가장 의심스럽나요?"

"급진주의자들이죠." 대시가 말했다.

"음, 그건 너무 모호한 대답이지만 그렇다고 해보죠. 급진주의자들의 소행이라고 가정해 봐요. 그래서 이 급진주의자들은 당신 아들이 자발적으로 집에서 나와 숲으로 가게 했어요. 그런 다음 당신 사유지에서 크래시를 붙잡아 끌고 갔다고요? 어떻게요? 총이라도 겨눴나요?" 헤스터는 턱을 문질렀다. "이게 말이 되나요?"

"무슨 말을 하고 싶으신 건가요?" 딜리아가 물었다.

"아직은 없어요. 그냥 브레인스토밍이에요. 솔직히 그게 다예요. 이를테면 당신 아들이 이 모든 일을 꾸몄을 수도 있고요."

딜리아는 그럴 리 없다는 표정이었다. "그렇지 않을 거예요."

"어쩌면 크래시는 그냥 가출했을지도 몰라요. 안전한 곳에 잘 숨어있을지도 모르죠. 크래시가 그 메일을 보냈을 수도 있고요."

"그 애가 왜 그런 짓을 하겠어요?"

"나도 몰라요. 브레인스토밍이라니까요. 하지만 그럴 가능성도 있어요, 그렇죠? 나오미 파인이 이 일에 연루되었을 가능성도 있어요. 나오미는 이미 가출했죠. 나오미가 크래시를 부추겼을까요? 둘이 함께 있을까요? 크래시와 나오미는 동급생이죠. 그러니 어쩌면 둘이 함께 이 일을 꾸몄을지도 몰라요. 모르겠어요. 하지만 그럴 가능성도 있죠. 여기까지 이해하셨나요?"

대시는 얼굴을 찡그렸지만 딜리아는 "그런 것 같아요"라고 말했다.

"이번에는 다른 가정을 해보죠. 납치는 성공했어요. 너무 냉정하고 분석적으로 들리겠지만 잠시 감정을 배제하고 생각해 보자고요, 네? 누군가가 아드님을 숲으로 나오라고 꾀어내서 데려갈 방법을 알아냈다고 해봐요. 하나의 가능성은, 네, 보이는 그대로예요. 수많은 급진주의자가 러스티 에거스의 몰락을 바라죠. 그러니 CIA나 군사 훈련을 받은 전문가 집단이 이 작전을 수행했다고 해보죠. 별로 믿기진 않지만 어쩌면 그럴 수도 있으니까요. 그렇게 되면 마지막 가능성으로 이어지는데 난 이걸 머리에서 떨쳐 낼 수가 없네요."

딜리아가 말했다. "말씀해 보세요."

"개빈 체임버스가 이 일의 배후에 있다는 거죠. 그자는 철저한 내부인이고 CCTV 위치도 알아요. 전부 다 알고 있죠. 그가 크래시에게 숲에서 만나자고 한 다음에 납치했을 수 있어요."

대시가 비웃는 듯한 소리를 냈다. "그건 말도 안 됩니다."

"동기는요?" 남편의 반응을 무시한 채 딜리아가 말했다.

"러스티가 지시했을 수 있죠. 어쩌면 러스티는 당신들에게 있을지도 모르는 어떤 비밀을 없애버리고 싶었을 수 있어요." 헤스터는 이 말이 그들에게 먹혔을 거라고 생각했다. 적어도 딜리아에게는. 헤스터는 딜리아에게 한 발짝 다가갔다. "딜리아, 당신도 뭔가를 느낀 거죠? 그래서 개빈 체임버스에게 말하지 않은 거죠? 그가 어딘가 꺼림칙해서 망설였던 거 아닌가요?"

"그 정도는 아니었어요." 딜리아가 말했다.

"그럼……."

"전 그냥…… 개빈은 러스티 에거스의 사람이에요. 변호사님 말대로요. 전 그저 조심했을 뿐이에요. 딱히 개빈이 크래시를 납치했다고 생각해서가 아니라요."

헤스터는 와일드를 돌아보았고 그의 표정을 보았다. "덧붙이고 싶은 말이 있니?"

"협박 메일에서 몇 가지 이상한 점이 있어요." 와일드가 말했다.

"말해봐."

"첫째, '가장 오래된' 영상이라는 게 뭘까요?"

"나도 잘 모르겠습니다. 아마 〈더 러스티 쇼〉 1시즌에서 삭제된 부분을 말하나 봅니다." 대시가 말했다.

와일드는 잠시 기다리며 그들을 침묵의 웅덩이에 빠뜨렸다. 사람들은 종종 침묵을 못 견디고 입을 열지만 대시와 딜리아는 걸려들지 않았다.

잠시 뒤에 헤스터가 말했다. "또 뭐가 있지, 와일드?"

"만약 납치범이 그냥 진실만을 원했다면 왜 그 영상을 언론에 공개하라거나 인터넷 커뮤니티에 올리라고 하지 않았을까요? 왜 자기들만 사용하는 드롭박스로 먼저 보내라고 했을까요?"

"무슨 말인지 모르겠군요." 대시가 말했다.

"아무 의미가 없을 수도 있습니다. 아니면 납치범들이 원하는 건 그 영상의 공개가 아니라 자기들이 정보를 통제하는 것일 수도 있고요." 와일드가 말했다.

네 사람은 몇 분 동안 우두커니 서 있었다. 잔디깎이가 그 정적을 박살 내더니 이윽고 대시가 말했다.

"하지만 내가 찍은 영상에는 아무것도 없습니다. 그게 중요하죠. 우리에게는 러스티에게 해가 될 정보가 전혀 없어요."

딜리아도 고개를 끄덕였다. "기껏해야 러스티에게 약간 민망한 장면들뿐이죠. 그게 다예요."

와일드는 부부의 말을 듣고 간단한 결론을 내렸다.

그들은 거짓말을 하고 있었다.

링크가 활성화되기 전까지 거의 여섯 시간이 남았다.

와일드는 납치범들과 협상하는 몇 가지 기본 원칙을 알고 있었다. 첫 번째 원칙; 절대 납치범이 처음 내놓은 제안에 동의하지 마라. 생사가 걸려있을 수 있지만 모든 협상은 권력과 통제의 문제다. 납치범이 대부분의 권력을 쥐고 통제하지만, 피해자 가족은 납치범들이 파는 특정한 '상품'의 유일한 구매자다. 그러니 그들에게도 권력이 있다. 대화를 시도하라. 감정을 배제하라든가 저자세로 시작하라, 인내심을 가져라, 살아있다는 증거를 요구하라 등 나머지 원칙들은 모두 이 기본 전제에서 비롯된다.

그런데 문제가 하나 있었다.

와일드는 납치범들에게 연락할 수 없었다.

이메일도 휴대전화 번호도 아무것도 없다. 와일드는 협박 편지를 보낸 메일 주소로 답장을 보냈지만 메일은 반송되었다.

시간이 많지 않으므로 그들은 일을 분담하기로 했다. 대시는 그가 가진 영상 일부 혹은 전부를 업로드해야 할 경우를 대비해 영상을 준비했다. 딜리아는 크래시와 친한 친구들에게 연락해 혹시 최근에 크래시를 본 사람이 있는지, 크래시가 있을 만한 곳을 아는지 물어보기로 했다.

"차분하게 물어봐요." 헤스터가 딜리아에게 말했다. "당신은 간밤에 아들이 어디에 있었는지 몰라서 걱정하는 엄마일 뿐이에요."

와일드는 계속 나오미의 행방을 추적했다. 왜냐하면 처음에 세웠던 가설이 가장 그럴듯했기 때문이다. 나오미의 실종과 크래시의 실종이 연관이 있다는 가설. 한마디로 나오미 파인을 찾으면 크래시 메이너드도 찾을 수 있을 것이다.

와일드가 처리해야 할 문제는 하나 더 있었다. 개빈 체임버스가 테니스 코트 옆에 서서 담배를 피우고 있었다.

"당신이 담배를 피우다니 놀랍네요." 와일드가 말했다.

"악당은 늘 담배를 피우지." 개빈은 꽁초를 바닥에 버리고 신발 굽으로 꾹 눌렀다. "꽁초도 그냥 땅에 버리고." 그러고는 태양을 향해 실눈을 떴다. "서재에서 나가자는 건 당신 생각이었나?"

와일드는 대답할 이유가 없다고 생각했다.

"서재에는 도청 장치가 없어. 도청 감지기로 조사해 보든가."

"그러죠."

"그럼 이제 당신은 공식적으로 날 버린 건가?"

"아뇨."

"그럼 무슨 일인지 나한테 말해주려고?"

"내가 할 수 있는 한은요."

"이봐, 와일드?"

와일드는 그를 올려다보았다.

"개소리로 나 모욕하지 말게. 헤스터는 단지 내게 비밀을 지킬

법적 의무가 없어서 그런 게 아니야. 내가 러스티 에거스의 사람이라고 생각했기 때문이지."

"흠. 도청 안 한 거 맞습니까?"

개빈은 그 말이 마음에 들었다. "그 정도는 삼척동자라도 알 거야. 날 이 집에 보낸 사람이 러스티니까 내가 그에게 충성할 거라고 생각할 수도 있겠지."

"아닌가요?"

"여기서 아니라고 하면 나한테 조금이라도 이득이 되나?"

"아마 아닐 겁니다."

"어느 쪽이든 난 크래시를 찾고 싶어. 당신 계획은 뭐지?"

"여기 있는 경비원들은 대부분 당신이 합류하기 전에 고용됐어요."

"맞아. 내가 세 명을 데려왔지. 브라이스를 포함해서."

"브라이스?"

"당신하고 계속 얽혔던 금발 말이야."

"그렇군요. 그럼 브라이스와 나머지 두 사람은 내보내죠."

"훈련도 제대로 받지 않은 청원 경찰과 당신에게 이 저택의 경호를 맡기라고?"

"내가 아는 사람 몇 명을 데려올 겁니다."

"아, 그렇군." 개빈 체임버스가 미소 지었다. "예전에 당신이 근무했던 회사에서 말인가?"

와일드는 이미 롤라에게 전화했고, 롤라는 아주 적극적이었다. 사실 벌써 직원을 데리고 오는 중이었다. "네."

"당신들, 납치 사건을 다뤄본 적 있나? 왜냐하면, 기분 나쁘게 듣지는 마, 당신들은 실패할 거야."

"재미있네요."

"뭐가?"

"아까는 크래시가 납치당한 게 아니라 가출했다고 확신했던 것 같던데요."

"그거야 메이너드 부부가 헤스터 크림스틴에게 연락하고 날 쫓아내기 전이지. 또 내가 서재로 가서 두 사람의 얼굴을 보기 전이기도 하고. 두 사람은 태연한 척하려고 했지만 완전히 실패했어." 개빈은 재킷 주머니에 손을 넣어 선글라스를 꺼냈다. "그건 그렇고, 메이너드 부부에게 말했나?"

와일드는 기다렸다. 개빈이 아무 말도 하지 않자 와일드가 말했다. "좋아요. 넘어드리죠. 뭘 말했냐는 겁니까?"

"당신이 쉐라톤 호텔 바에서 사울 스트라우스를 만난 일 말이야."

와일드는 깜짝 놀랐다. 그래서는 안 되었는데도. 또한 미행당하고 있다는 사실을 몰랐던 자신에게 약간 화도 났다. 라일라와 나눈 대화가 그렇게 충격적이었나? "대단하군요."

"대단할 것까지야."

"질문. 만약 당신 부하들이 날 미행하고 있었다면 오늘 아침에 내가 캡슐에 없었다는 걸 알았을 텐데요. 또 내가 크래시를 납치하지 않았다는 것도요."

"질문하는 건가, 그렇다고 말하는 건가?"

"내가 캡슐에 없다는 걸 알았다면 숲에서 왜 그렇게 요란하게 당신의 능력을 과시한 겁니까?"

"우린 몰랐어."

"방금 날 미행……."

"당신이 아니야, 와일드. 우리가 미행한 건 당신이 아니라고."

스트라우스. 그들은 스트라우스를 미행했다.

"사울 스트라우스는 미치광이야. 또 위협적인 존재이기도 하고. 당신도 깨달았을 거야."

"그렇더군요." 와일드가 말했다.

"그자가 당신에게 뭘 원하던가?"

와일드는 이 질문에 어떻게 대답해야 할지 생각했다.

"난 포기하지 않을 거야." 개빈 체임버스가 말했다. "전에 말했듯이 우린 힘을 합칠 수도 있어. 나는 크래시를 잘 알고 당신은 나오미를 잘 아니까. 아니면 당신의 협조 없이 그냥 러스티의 이익을 대변하는 쪽으로 밀고 나갈 수도 있고."

와일드는 여기서 올바른 선택이 무엇일지 확신이 서지 않았지만 머릿속에선 옛 속담이 메아리쳤다. 친구를 가까이하고 적은 더 가까이하라는 속담.

"스트라우스는 나오미가 사라진 걸 알고 있었어요." 와일드가 말했다.

"어떻게?"

"모르겠어요. 하지만 나오미와 크래시가 연관되어 있다는 걸 알더군요."

"대체 왜 사울 스트라우스가 나오미 파인에게 관심을 갖지?" 개빈이 물었다.

무언가가 와일드의 머릿속에 떠올랐다. 스트라우스가 초반에

했던 말 중 하나였다. '당신이 오늘 메이너드가의 아들과 문제를 일으켰다고 들었어요.'

사울 스트라우스는 와일드가 학교에 갔던 일을 알고 있었다.

어떻게 알았을까?

물론 주차장에 목격자들이 있기는 했다. 하지만 진짜 사정을 알고 있었던 사람, 미술실에서 무슨 일이 벌어졌는지 정말로 아는 사람은 에이바 오브라이언뿐이었다.

하지만 아니다. 어떻게 에이바가 이 일에 연루되었을까?

그럴 리 없다. 에이바는 그저 보조 교사일 뿐이다.

와일드가 말했다. "그 사람과 아는 사이죠?"

"사울 스트라우스? 함께 복역한 적이 있지. 어제 메이너드 씨 사무실 앞에서 시위하고 있는 걸 보기도 했고."

"그렇다면 스트라우스를 찾아내는 게 첫 번째 단계일지도 모르겠군요." 와일드가 말했다.

"나라고 그 생각을 안 했겠나?"

"그럼⋯⋯."

"사울이 쉐라톤 호텔에서 어떻게 나갔는지 기억하나?"

와일드는 고개를 끄덕였다. "뒷문을 향해 걸어갔습니다."

"글쎄." 개빈이 말했다.

"왜 그러죠?"

"우리 직원들은 스트라우스가 들어가는 건 봤지만 나오는 건 못 봤어. 스트라우스를 놓쳤지."

메이너드 부부는 와일드가 쓸 수 있도록 렉서스 GS를 내주었다. 운전석에 올라타며 와일드는 에이바 오브라이언에게 전화했다. 전화는 곧장 음성사서함으로 넘어갔다. 그가 아는 사람 중에 음성사서함을 확인하는 사람은 없었으므로 와일드는 짧은 문자를 보냈다.

최대한 빨리 얘기 좀 해.

답장도 없고, 춤추는 점도 나타나지 않았다. 어차피 뭘 물어야 할지도 확실하지 않았다. 만약 에이바 오브라이언이 어떻게든 사울 스트라우스와 연관되어 있다면…… 아니다, 그건 말이 안 된다.

이렇게 된 김에 해야 할 일이 하나 더 있다.

버나드 파인의 집 진입로로 들어서는 동안 와일드는 스트라우스에게 받은 명함을 꺼내 거기 적힌 번호로 전화했다. 곧장 음성사서함으로 넘어갔다.

"나 와일드예요. 새로 알아낸 정보가 있으면 전화하라고 했죠? 있습니다. 당신도 듣고 싶을 거예요."

그 말이 꼭 사실인지는 알 수 없었지만 이렇게 말해두면 스트라우스의 관심을 끌 것이다. 와일드는 에이바를 생각했다. 스트라우스를 생각했다. 개빈과 크래시, 그리고 물론 나오미도 생각했다.

무언가가 빠져있었다.

와일드가 초인종을 누르기도 전에 나오미의 아빠 버나드 파인이 현관문을 열었다.

"사울 스트라우스라는 사람을 압니까?" 와일드가 물었다.

"누구요?"

"사울 스트라우스. 가끔 텔레비전에 나오는데 나오미가 말했을 수 있습니다."

버나드는 고개를 저었다. "한 번도 들어본 적 없어요. 새로 알아낸 거라도 있습니까?"

"당신은요?"

"없어요. 다시 경찰서에 가려던 참이었어요. 내 말은 듣지도 않을 테지만."

"나오미 여권이 아직 여기 있나요?"

"한번 찾아보죠. 들어와요." 버나드가 그렇게 말하며 뒤로 물러섰고, 와일드는 집 안으로 들어갔다. 현관에서 퀴퀴한 냄새가 났다. 커피 테이블에 술이 반쯤 남은 유리잔과 반쯤 남은 버번 병이 있었다. 버나드는 그걸 바라보는 와일드를 보며 말했다.

"오늘 쉬는 날이라서요."

와일드는 대꾸할 필요가 없다고 생각했다.

"나오미 여권은 왜 필요합니까?"

"혹시 나오미가 엄마랑 함께 있을 가능성이 있나요?"

버나드의 얼굴에 무언가가 스쳤다. "그걸 왜 묻죠?"

"나오미 엄마에게 전화했습니다."

"피아에게 전화를 했다고요?"

헤스터 사무실에서 했다는 사실은 굳이 밝힐 필요가 없었다. "지난번에 전화했을 때는 나오미가 오지 않았다고 순순히 말했습니다. 하지만 이번에는 대답하지 않았어요. 지금 해외에 있다더군요."

"그래서 나오미의 여권을 보자고 했군요." 버나드 파인은 와일드를 집 뒤쪽에 있는 서재로 안내했다. 책상, 컴퓨터, 프린터, 서류 캐비닛 같은 평범한 물건들이 있었다. 오른쪽에는 전기세 청구서와 케이블 회사에서 온 편지가 있었고, 수표책이 나와있었다. 컴퓨터 화면보호기는 바닷속 풍경이었는데 아마 컴퓨터에 기본으로 설치된 화면일 것이다. 투명한 사각형 덩어리로 된 문진에는 버나드의 이름이 적혀있었다. '이달의 세일즈맨'이라는 글귀와 함께. 4인 1조의 프로암(프로와 아마추어가 함께 한 팀을 이루는 대회―옮긴이) 골프 대회에서 찍은 사진도 있었는데 버나드는 맨 오른쪽에서 드라이버를 든 채 환히 웃고 있었다.

딸 사진은 없었다.

버나드 파인은 서랍을 뒤적거리더니 더 잘 보려고 고개를 숙였다. "여기 있네요."

그는 여권을 꺼냈다. 와일드가 손을 내밀자 버나드는 머뭇거리다가 나오미의 여권을 건네주었다. 여권에 찍힌 도장은 하나뿐이었다. 3년 전 런던 히스로 공항에서 찍힌 도장.

"나오미는 엄마와 함께 있지 않아요." 버나드가 말했다.

그의 말투에는 추호의 의심도 없었다.

"내가 뭐 좀 보여줄까요?"

와일드는 고개를 끄덕였다.

"날 이상한 사람이라고 생각하지 않았으면 좋겠군요." 버나드 파인은 서류 캐비닛으로 몸을 돌리더니 더듬거려서 열쇠를 찾아냈다. 그 열쇠로 맨 아래 서랍을 열고는 서랍 뒤쪽으로 손을 뻗어 보호용 커버를 씌운 잡지 한 권을 꺼냈다. 《스포츠 글로브》였는데 발행 날짜는 2년 전이었다. 커버에는 수영복을 입은 모델이 있었다.

잡지 안쪽에 페이지를 표시해 둔 노란색 포스트잇이 붙어있었다. 파인은 조심스럽게 그 포스트잇이 붙은 장을 펼쳤다.

"피아예요." 버나드가 말했다. 그의 목소리에서 어찌나 갈망이 묻어나는지 와일드도 집중하지 않을 수 없었다. "정말 근사하죠?"

와일드는 끈 비키니를 입은 모델을 내려다봤다.

"우리가 만나고 1년 뒤에 찍은 사진이에요. 피아는 주로 속옷과 비키니 모델이었죠. 《스포츠 일러스트레이티드》 수영복 특별판에도 응시했어요. 예전에 그 잡지가 얼마나 인기 있었는지 기억하죠?"

와일드는 아무 말도 하지 않았다.

"그래서 그걸 뭐라고 하는지 모르겠지만, 오디션인지 뭔지에 응시했어요. 그런데 잡지사에서 뭐라고 했는지 압니까?"

버나드는 말을 멈추고 와일드가 대답하기를 기다렸다. 와일드는 대화를 이어나가기 위해 "아뇨"라고 대답했다.

"너무 풍만해서 안 된다고 했죠. 정말로 그렇게 말했어요. 너무 풍만한 몸매라고. 그들은 피아의……." 버나드는 손을 둥글게 모아 사진 속 피아의 가슴에 댔다. "가슴이 가짜라고 생각한 거예요. 안 믿기죠? 가슴이 너무 커서 틀림없이 보형물을 넣었다고 생각한 겁니다." 버나드는 사진을 향해 고갯짓했다. "하지만 이 가슴은 진짭니다. 굉장하죠?"

와일드는 아무 말도 하지 않았다.

"내가 호색한 같죠?"

와일드는 버나드가 계속 이야기하도록 거짓말하는 쪽을 택했다. "아뇨."

"피아랑 나는 이스트 빌리지에 있는 클럽에서 만났습니다. 내 행운을 믿을 수가 없었죠. 피아는 모든 남자의 이상형이니까요. 우린 단번에 친해졌습니다. 피아는 너무 아름다웠어요. 난 그녀를 자꾸 바라볼 수밖에 없었습니다. 우린 뜨겁게 사랑했어요. 그때 난 스미스 바니 증권회사에서 일하며 꽤 많은 돈을 벌었어요. 피아는 모델 일로 딱 먹고살 만큼만 벌었고요. 우리 관계가 완벽한 건 아니었습니다. 아름다운 여자들, 이렇게 생긴 여자들은 늘 약간 미쳐있죠. 마치 그 두 개가 세트인 것처럼요. 하지만 난 당시 너무 흥분한 상태였고, 피아는 너무 섹시했어요. 우린 사랑에 빠졌고, 돈도 있었고, 도시에 살았고, 부양해야 할 자식도 없었고……."

버나드는 조심스럽게 잡지를 덮었다. 마치 그게 찢어지기 쉬운 경전이라도 된다는 듯이. 그러고는 다시 보호용 커버에 집어넣은 다음, 서류 캐비닛 맨 뒤쪽에 넣고 서랍을 잠갔다.

"우리가 사귄 지 1년쯤 됐을 때 피아가 자긴 아기를 가질 수 없다고 했습니다. 이상하게 들릴 테지만 우린 그때까지 그 이야기를 한 번도 한 적이 없었어요. 모르겠어요. 피아는 내 반응을 걱정하는 것 같더군요. 하지만, 아마 당신은 놀랄 텐데, 난 오히려 너무 신났어요. 우린 행복한 나날을 보내고 있었고, 난 아이가 그걸 망치는 걸 원치 않았습니다. 이런 얘기 한심하지만 난 그녀의 몸을 너무 사랑했어요. 내 주위에도 섹시한 여자들과 결혼한 친구들이 있습니다. 피아처럼 섹시하지는 않지만 그래도 섹시하죠. 그런데 출산 후에는, 음, 무슨 말인지 알죠?"

와일드는 시큰둥하게 대답했다. "네."

"그냥 솔직히 말하는 겁니다."

와일드는 이번에도 시큰둥하게 "네"라고 말했다.

"그래서 우린 결혼했습니다. 큰 실수였죠. 피아랑 나, 우리는 부부가 되기 전까지는 좋았어요. 하지만 결혼을 하고 나니 다른 부부들과 어울리기 시작했고, 다들 아기가 있었죠. 피아는, 음, 난 그녀가 괴팍하게 군다고 생각했습니다. 약간 변덕스럽기도 하고요. 지금 생각해 보면 우울증이나 조울증에 더 가까운 것 같아요. 그때부터 피아는 온종일 침대에 누워있었어요. 더는 모델 일도 하지 않았죠. 심지어 살까지 쪘습니다."

와일드는 놀란 척 숨을 헉 들이쉬며 "정말 최악이네요"라고 말하고 싶었지만 아무 말도 하지 않았다.

"물론 이제 피아는 아기를 갖고 싶어 했습니다. 난 그게 최선인지는 알 수 없었지만 피아를 사랑했어요. 피아가 행복하기를 바랐죠. 아기가 결혼 생활을 구원해 줄 거라고 생각하는 사람이 우리가 처음도 아니었고요. 그래서 대리모에 대해 알아보다가 결국에는 메인주에 있는 입양 기관을 알게 되었죠. 돈이 조금 더 들기는 했지만 절차가 순조로웠어요. 기관에서는 6개월 뒤면 건강한 아기를 받아보게 될 거라고 하더군요. 피아에게는 그게 효과가 있었습니다. 그 소식을 듣더니 다시 자신을 보살피더군요. 우린 예전으로 돌아갔습니다. 다만 피아는 아기가 언제 오는지에 집착했죠. 그러더니 갑자기 더는 도시에서 살고 싶지 않다는 거예요. 도시는 더러워서 아기를 키울 수 없다고요. 그러고는 《타임스》 부동산 섹션에서 이 집을 찾아냈죠." 버나드는 양팔을 벌렸다. "거기에 올라오는 독특한 집들 있잖습니까. 그래서 우린 이 집을 샀고, 나오미가 오기 이틀 전에 여기로 이사했습니다. 모든 게 순조로웠죠."

버나드 파인은 말을 멈췄다.

"그래서 어떻게 됐습니까?" 와일드가 물었다.

"어딘가에서 읽었는데, 아이를 입양하는 엄마들도 산후 우울증이나 그 비슷한 병에 걸릴 수 있다더군요. 그것 때문이었는지는 모르겠지만 피아는 방황했습니다. 끔찍했죠. 아이에게 전혀 정이 가지 않았던 겁니다. 손톱만큼도요. 마치 나오미가 이식해야 할 새 신장인데 피아의 몸이 거부하는 것 같았습니다."

재미있는 표현이라고 와일드는 생각했다. "그래서 어떻게 했나요?"

"아기 봐줄 사람을 고용했죠. 하지만 피아가 계속 해고했습니다. 나는 피아를 정신과에 데려가려고 했지만 피아는 딱 부러지게 거절했어요. 난 계속 직장에 나가야 했고요. 여기서 맨해튼까지 통근하려면 어떻게 해도 최소한 편도로 한 시간은 걸립니다." 버나드는 눈을 질끈 감았다가 다시 떴다. "하루는 집에 왔더니 나오미의 팔에 멍이 들어있더군요. 피아는 나오미가 굴러떨어졌다고 했어요. 또 어떤 날에는 아이의 눈 위에 찢긴 상처가 있었어요. 피아는 나오미가 몸가짐이 둔해서 그렇다고 하더군요."

버나드는 주먹을 쥐더니 입가로 가져갔다. "말하기가 너무 힘

드네요.”

“물이라도 한잔 마실래요?”

“아뇨, 겁먹고 포기하기 전에 해치우고 싶어요. 이 얘기는 아무에게도 한 적이 없습니다. 단 한 번도요. 아마 더 많이 얘기했어야 했을 겁니다, 피아에게 상담을 받아보라고 우겼어야 했어요. 아니면……..”

버나드는 진이 빠졌는지 다시 말을 멈추었다. 순간적으로 와일드는 버나드가 여기서 영영 멈춰버릴까 두려웠다.

“어서 마저 말해봐요.” 와일드가 말했다.

“나는 나오미의 건강이 걱정됐습니다. 그래서 하루는 출근하지 않았죠. 버스를 타고 가는 척만 하고는 이 동네에 남아있었어요. 정확한 이유는 모르겠습니다. 그날 아침에 뭔가가 특히 더 이상하다는 기분이 들었어요. 아니면 무언가를 예감했을 수도 있고요, 모르겠습니다. 집을 나온 지 한 시간 후에 다시 집으로 돌아갔죠. 미리 알리지 않고서요. 진입로에서부터 비명이 들리더군요. 나오미와 피아 둘 다 비명을 지르고 있었어요. 난 집으로 뛰어 들어갔죠. 두 사람은 2층에 있었습니다. 피아는 나오미를 씻기고 있었는데 물이 어찌나 뜨거운지 수면에서 올라오는 김이 보일 정도였죠.”

버나드는 눈을 질끈 감았다.

“그걸로 끝이었습니다. 그게 결정타였죠. 나는 피아에게 의사의 도움을 받으라고 강요했어요. ‘도움’은 애매한 말이긴 하지만요. 우린 조용히 이혼했습니다. 무슨 일이 있었는지 세상에 떠벌릴 필요는 없으니까요. 피아는 부모로서의 모든 권리를 포기했어요. 아마 내 침묵의 대가일 겁니다. 아니면 나오미가 어떻게 되든 정말로 관심이 없었을 수도 있고요. 그게 15년 전입니다. 그 후로 나오미는 엄마를 만난 적이 없어요."

와일드는 방금 들은 이야기를 무시하려고 했다. 이 끔찍한 이야기를 머릿속에서 털어버리고 조사를 계속하려고 했다. "확실합니까?"

"뭐가요?"

"당신 몰래 나오미와 전부인이 만나기 시작했을 수도 있지 않나요?"

"아닐 겁니다. 피아는 지금도 몇 가지 정신적인 문제에 시달리고 있지만 부자 남편을 낚았죠. 내 생각에 그 여자는 오래전에 나오미를 잊었을 겁니다."

26

헤스터는 전직 FBI 특별 요원으로 납치와 인질 상황을 다룬 경험이 있는 에런 게리오스에게 연락했다. "당신에게 물어볼 게 있어요. 어디까지나 가정이에요."

"가정이라." 게리오스가 그녀의 말을 반복했다.

"네, '가정'이 뭘 의미하는지 알죠, 에런?"

"당신이 말하는 가정은 사실 가정이 아니라 진짜 상황이지만 누구인지 밝힐 수 없다는 뜻이죠."

"그 말도 가정으로 했다고 치죠."

헤스터는 납치와 협박 편지가 온 상황을 설명했다. 에런의 제안은 와일드가 했던 제안과 상당히 비슷했다. 한마디로 지금 상황에서 그들은 모든 걸 제대로 하고 있었다. 에런은 이게 진짜 납치인지에 대해서도 의문을 제기했다.

"아이가 부모에게 장난치는 것 같기도 하네요."

"그럴 수도 있어요." 헤스터가 말했다.

"아니면 아주 예쁜 여학생이 그 애에게 이런 짓을 벌이도록 꼬드겼을 수도 있고요."

"뇌가 아니라 페니스로 생각하는 남자라니. 그런 얘기는 처음 들어보네요." 헤스터가 능청스럽게 말했다.

"당신이야 늘 순진한 어린 양이죠."

"네, 내가 좀 그래요. 고마워요, 에런."

"천만에요. 마지막으로 이미 했던 조언이지만 한 번 더 해도 될까요?"

"물론이죠."

"당신의 그 가정에 등장하는 부모를 설득해서 FBI에 연락하세요. 설사 별일 아니라고 해도 이런 상황은 우리가 개입하지 않으면 잘못되기 십상이에요."

에런은 전화를 끊었다.

헤스터는 아직도 메이너드 장원 경내를 걸어 다니고 있었다. 이 저택이 원래 의도대로 오래된 건물처럼 웅장해 보인다는 데는 의심의 여지가 없었다. 하지만 현대적으로 개조한 몇몇 군데는 저택 전체와 전혀 조화를 이루지 못했다. 지금 헤스터는 '조각 정원'을 지나고 있었다. 정원에는 몇 년 전의 메이너드 가족을 닮은 다소 조잡한 청동 조각상이 있었다. 현재 열네 살인 쌍둥이 소녀의 ─ 헤스터는 아이들의 이름이 생각나지 않았다. 케이티 혹은 카렌처럼 K로 시작하는 이름이었다 ─ 청동 조각상은 일고여덟 살로 보였다. 한 아이는 청동 연을 날렸고, 다른 아이는 발로 청동 공을 찼다. 청동 크래시는 열두 살이나 열세 살쯤으로 보였는데 라크로스 스틱을 어깨에 걸치고 있었다. 낚싯대를 어깨에 걸친 허클베리 핀처럼. 청동 딜리아와 청동 대시는 청동 자녀를 바라보며 웃고 있었다. 청동으로 된 메이너드 가족 전체가 웃고 있었다. 그렇게 웃는 상태로 영원히 정지된 그들의 얼굴은 약간 소름 끼쳤다.

헤스터의 휴대전화가 진동했다. 발신자는 오렌이었다. 이런 상황인데도 그의 이름을 보는 것만으로도 헤스터의 볼이 달아올랐다.

"읊어봐요." 헤스터가 말했다.

"왜 전화를 그렇게 받는 거요?"

"말하자면 길어요."

"그 얘기를 아주 가까운 미래에 들을 수 있을까요?"

헤스터는 미소 지었다. "얼마나 가까운 미래에요?"

"오늘은 지원 요청에 대기해야 해서 이 동네를 떠날 수 없어요. 당신 스케줄은 어때요?"

"난 마침 이 동네에 왔어요."

"매슈랑 라일라를 만나러요?"

"아뇨. 일 때문에요."

"아, 그럼 저녁에 시간 됩니까? 지난번처럼 대단한 식당은 아니지만, 내가 토니스 피자 앤드 서브에 한 자리 정도는 잡을 수 있어요. 심지어 돈도 내가 낼 겁니다."

"지난번엔 고마웠어요."

"뭐가요?"

"내가 저녁을 살 수 있게 해주고, 나한테 잘 먹었다고 해줘서요. 마초처럼 굴면서 당신이 꼭 돈을 내야 한다고 우기지 않아서요."

"현대적이고 세심한 남자가 되려고 노력하고 있습니다. 내가 잘했나요?"

"아주 잘했어요."

"사실 이해는 못 하겠더군요."

"뭘요?"

"이렇게 말하면 내가 대단한 페미니스트라도 되는 줄 알 텐데……."

"해봐요."

"까놓고 말해서 당신은 나보다 돈을 훨씬 더 많이 벌죠. 그 문제에 있어서 난 여전히 구식입니다. 별로 좋게 보이지 않죠. 하지만 여자가 돈을 많이 번다고 화를 내는 남자들도 전혀 이해를 못하겠더군요. 난 늘 이렇게 생각했어요. 만약 내가 엄청나게 성공한 여자를 사귈 정도로 행운아라면, 내가 더 돋보이는 거라고요. 내 여자가 더 크게 성공할수록 나도 더 돋보인다고요. 이해가 되나요?"

"'"내 여자"래. 미치겠다.' 헤스터는 생각했다.

"그러니까 당신이 아주 진보적으로 보이는 건 사실 자기 위주로 생각하기 때문이라는 거군요?"

"그렇죠."

헤스터는 자기가 또 평소에는 절대 볼 수 없는 환한 미소를 짓고 있다는 걸 깨달았다. "마음에 드네요."

"그렇기는 해도 오늘 밤에는 내가 계산할 겁니다. 지난번 식당에서 당신이 냈던 팁보다도 적은 금액일 테지만. 7시쯤 볼까요? 오늘 밤에 당신이 맨해튼으로 돌아가지 않을 거라면."

헤스터는 생각해 보았다. 상황이 어떻게 변할지 알 수 없었지만 어쨌든 계속 여기 머물러야 할 테고, 아마 저녁도 먹어야 할 것이다. 그들은 일단 만나기로 하되 상황을 계속 지켜보기로 하고 전화를 끊었다.

헤스터는 다시 저택으로 걸어갔다. 경내는 엄청나게 넓었지만 헤스터는 전혀 매력을 느낄 수 없었다. 끊임없는 평온이 점점 거슬렸다.

헤스터는 집 안으로 들어갔고, 디즈니 만화영화에 나오는 듯한 서재에서 통화 중인 딜리아를 발견했다. 헤스터를 본 딜리아가 들어오라고 손짓했다. 그러고는 조용히 하라는 뜻으로 손가락을 입술에 대더니 헤스터도 들을 수 있게 스피커폰 버튼을 눌렀다.

딜리아가 말했다. "전화해 줘서 고맙다, 서턴."

"수업 중이 아니었으면 더 일찍 전화 드렸을 거예요." 10대 여자아이로 짐작되는 목소리였다. "크래시는 괜찮나요?"

"그걸 왜 묻니?"

"음, 오늘 크래시가 결석했거든요."

"그 애랑 마지막으로 얘기한 게 언제야?"

"크래시랑요? 어젯밤에 문자를 주고받았어요."

"몇 시에?"

서턴이 머뭇거렸다.

"크래시를 혼내려는 게 아니야. 하지만 어젯밤에 나가서 지금까지 소식이 없구나." 딜리아가 말했다.

"잠깐만 기다려 주시겠어요? 문자를 보면 정확히 알 수 있거든요."

"물론이지."

잠깐 정적이 흐르더니 서턴이 대답했다. "새벽 1시 48분요."

"크래시가 뭐라고 했니?"

"그만 가야 한다고 했어요."

"그게 다야?"

"네. '가봐야 해.' 그게 다였어요."

"크래시가 있을 만한 곳이 어디일지 아니?"

"아뇨, 죄송해요. 하지만 별일 아닐 거예요. 트레버랑 라이언이랑 다른 아이들한테도 물어볼게요."

"그래주면 고맙겠다."

"하나 걸리는 건……." 서턴이 말문을 열었다.

"뭐지?"

"걱정하실까 봐 말씀드리기가 좀 그런데, 크래시는 저한테 문자를 많이 보내거든요. 우리는 단체 톡으로도 얘기하고, 일반 메시지를 보내기도 하고, 스냅챗을 이용하기도 하고, 온갖 메신저를 다 이용해요. 그런데 크래시가 아침에 문자를 안 보낸 건 아주 오랜만이에요."

딜리아는 한 손을 목으로 가져갔다. "넌 크래시에게 문자를 보냈니?"

"딱 한 번요. 하지만 답장이 없었어요. 다시 보내볼까요?"

"그래다오."

"뭐라도 듣게 되면 알려드릴게요."

딜리아는 헤스터를 바라보았다. 헤스터는 소리 없이 "나오미"라고 말했다. 딜리아는 고개를 끄덕였다.

"크래시가 나오미 파인이랑 친했니?"

정적이 흘렀다.

"서턴?"

"그걸 왜 물어보시죠?"

딜리아는 헤스터를 바라보았다. 헤스터는 어깨를 으쓱였다.

"글쎄 나오미도 실종……."

"그래서, 크래시가 나오미랑 함께 있다고 생각하시는 거예요?"

믿을 수 없다는 기색이 역력한 목소리였다.

"모르겠다. 그냥 물어보는 거야. 둘이 친했니?"

"아뇨. 모질게 들리겠지만 나오미와 크래시는 노는 물이 아주 달랐어요."

"그런데도 크래시는 나오미에게 챌린지 게임을 하라고 한 거야?"

"수업이 있어서 끊어야겠어요. 크래시에게 연락 오면 바로 알려드릴게요."

서턴은 전화를 끊었다.

헤스터가 말했다. "크래시 여자 친구인가요?"

"만났다가 헤어졌다가 그래요. 서턴은 아마 학교에서 제일 인기 있는 여학생일 거예요."

"크래시는 가장 인기 있는 남학생이고요." 헤스터가 말했다.

"네."

"그러니까 어쩌면 인기 있는 남학생이 갑자기 따돌림당하는 아이에게 끌렸을 수 있죠."

"싸구려 하이틴 로맨틱 코미디 영화 같네요." 딜리아가 어깨를 으쓱였다. "하지만 아마 현실에서는 그런 일이 숱하게 일어나겠죠."

"어쩌면 크래시가 괴롭힌 것도……."

"우리 아들은 나오미를 괴롭히지 않았어요."

"괴롭혔든 뭐든 상관없어요. 아마 운동장에서 여자아이의 머리카락을 잡아당긴 남자아이가 사실은 그 애를 좋아해서 그런 것과 같은 심리일 수 있겠네요."

딜리아는 그 말이 마음에 들지 않았다. "그런 남자아이라면 자라서 소시오패스가 되지 않을까요?"

"그 영상에는 뭐가 찍혔죠, 딜리아?"

갑작스러운 화제 전환에 딜리아 메이너드는 허를 찔렸다. 당연히 그게 목적이었다. 헤스터는 딜리아의 얼굴을 뚫어지게 바라보며 뭔가 숨기는 조짐이 있는지 살폈다. 숨기는 게 있는 듯했다. 100퍼센트 확실하지는 않았지만. 헤스터는 오랫동안 사람들을 신문해 왔다. 그래서 보통 사람보다 거짓말을 잘 알아차릴 수 있었다. 하지만 누가 거짓말하는지 '백발백중'으로 알아맞힌다고 주장하는 사람들은 대개 바보다.

"중요한 건 전혀 없어요." 딜리아가 말했다.

"그럼 FBI에 연락해요."

"그럴 수 없어요."

"그렇다면 뭔가 숨긴다는 뜻이군요. 미안해요, 난 돌려서 말하는 걸 잘 못해요. 그러니까 그냥 물어볼게요. 난 당신이 거짓말을 하고 있다고 생각해요. 더 나쁜 건 나한테 거짓말한다는 거예요. 그러니까 이 점을 분명히 해두죠. 난 당신이 숨기는 게 뭐든, 어떤 영상을 가지고 있든 관심 없어요. 만약 내가 그 영상에 대해 알게 된다면 난 당신 변호사로서 비밀을 지킬 거예요."

딜리아는 미소를 지었지만 전혀 즐거워 보이지 않았다. "언제 나요?"

"언제나."

"무슨 일이 있어도?"

"무슨 일이 있어도."

딜리아는 서재를 가로질러 창밖을 내다보았다. 전망이 기가 막혔지만 딜리아 메이너드에게는 그다지 마음의 평화나 안정, 즐거움을 주지 못하는 듯했다. "지난번에 제가 변호사님 방송을 봤다고 했죠? 사울 스트라우스가 나왔을 때요."

"그런데요?"

"스트라우스는 '만약 히틀러를 막을 수 있다면' 가설을 꺼내더군요. 변호사님이 잘라버렸지만."

"당연하죠. 그건 여러 면에서 완전 헛소리니까요." 헤스터가 말했다.

"그러니까 가정을 해보죠. 만약에 제가 히틀러를 막을 수 있는 무언가를 알고 있고……."

"아, 그만해요."

"……그걸 변호사와 의뢰인 간의 비밀 유지 특권이 있는 당신에게 털어놓았다고 해봐요."

"내가 그걸 말할 거냐고요? 안 해요."

"히틀러가 권력을 잡는 걸 막을 수 있는데도요?"

"네, 그리고 그건 정말 어리석은 가설이에요. 너무 깊이 파고들고 싶지는 않지만 히틀러 패러독스에 대해 읽어봤나요? 한마디로 만약 과거로 돌아가 아기 히틀러를 죽인다면, 엄청난 변화가 일어나서 모든 게 바뀔 거예요. 그 이후의 거의 모든 탄생이 바뀔 거고 따라서 당신과 나도 여기 있지 않겠죠. 하지만 그 가설이 어리석다는 이유는 그 때문이 아니에요. 내가 미래를 읽을 수 없고, 과거로 돌아갈 수 없기 때문에 어리석다는 거예요. 미래는 모두 추측일 뿐이에요. 누구도 미래가 어떻게 될지 몰라요. 그러니까 분명히 말하지만, 당신의 중대한 비밀이 무엇이든 간에 난 말하지 않을 거예요. 무슨 일이 있어도. 왜냐하면 말한다고 해서 제2의 히틀러가 나타나지 않으리라는 법이 없으니까요. 또 제2의 히틀러를 막는 게 과연 바람직한지도 모르고겠어요. 만약 내가 히틀러를 막는다면 대신 더 유능한 사이코가 나타날 수도 있죠. 하필이면 독일 과학자들이 핵폭탄을 개발한 후예요. 상황이 더 나빠질 수도 있다고요. 무슨 말인지 알겠어요?"

"네. 변수가 너무 많죠. 대량 학살을 막았다고 생각하겠지만 더 지독한 대량 학살이 일어날 수도 있으니까요."

"그거예요. 이 일을 하면서 끔찍한 고백을 몇 번 들었죠. 소름 끼치고 무시무시한……." 헤스터는 잠시 눈을 감았다. "아마 내가 맹세를 깨고 그걸 사람들에게 알렸다면 세상은 더 나아졌을지도 몰라요. 하지만 겨우 손톱만큼 나아졌겠죠. 아마 피해자 가족에게만 정의가 이뤄졌을 거예요. 또 다른 비극을 막고도 상황이 더 나빠졌을 수 있죠. 하지만 결국 난 사법 제도를 믿어야 했어요. 비록 그 제도에 결함이 있다 해도요."

딜리아는 천천히 고개를 끄덕였다. "우리가 가진 영상에는 아무것도 없어요."

"확실해요?"

"네. 러스티의 정적들이 러스티에게 불리하게 사용하고 싶어할 무언가가 있을지는 몰라도 범죄 행위의 결정적 증거 같은 건 없어요."

"그럼 좋아요." 헤스터가 말했다. 그때 그녀의 휴대전화가 울렸다. 와일드에게 온 문자였다.

제가 부른 경호원들이 30분 후에 도착할 거예요.

딜리아는 또 다른 곳에 전화하려는 참이었다. 헤스터는 그런 그녀를 잠시 바라보았다. 헤스터의 시선을 느낀 딜리아가 고개를 들더니 "왜 그러세요?"라고 물었다.

"아까 내가 한 말에 덧붙여서 하나만 더 경고할게요. 엄마 대 엄마로서." 헤스터가 말했다.

"하세요."

"만약 내 아들을 구할 수 있다면 난 말할 거예요."

딜리아는 움직이지 않았다.

"큰 소리로 전부 다 떠벌릴 거예요. 아까 말했던 패러독스 이론은 개나 줘버릴 거예요. 만약 과거로 돌아갈 수 있다면, 진실을 밝히고 그래서 우리 아들이 다시 내 곁에 돌아오게 할 수 있다면 난 당장 말할 거예요. 알겠어요?"

"네."

헤스터는 눈물을 전혀 비치지 않은 채 고개를 끄덕이며 돌아섰다.

CHAPTER
27

와일드가 예전에 다녔던 보안 회사 경호원들이 자동차 두 대에 나눠 타고 도착했다.

첫 번째 차는 초록색 혼다 오디세이 미니밴으로 회사 창립자인 롤라 나세르가 운전하고 있었다. 롤라가 차 문을 열자 와일드는 뒷좌석에서 아이들이 꽥꽥 질러대는 비명을 들을 수 있었다. 라디오에서 흘러나오는 위글스의 노래는 귀청이 따가울 정도였는데 과일샐러드가 맛있다는 내용이었다.

"엄마 금방 올게." 롤라가 말했다.

그렇게 말해도 음악이나 떠들어 대는 소리는 멈추지 않았다. 롤라는 미니밴에서 내려 와일드를 향해 걸어왔다. 푸마 운동화에 하이웨이스트 청바지, 옷깃이 새틴으로 된 푸른색 재킷을 입고, 기저귀 가방처럼 생긴 배낭을 메고 있었다.

롤라는 발을 쿵쿵거리며 와일드에게 다가오더니 고개를 쳐들었다. 150센티미터가 될까 말까 하는 터라 와일드와 눈을 마주치려면 고개를 들어야 했다. 와일드는 마음의 준비를 했다.

"지금 장난해, 와일드?"

"뭘?"

"'뭘?'" 롤라는 빈정거리며, 꽤 그럴듯하게 와일드를 흉내 냈다. "그러지 말아라, 진짜."

"미안해."

"내가 너한테 이런 푸대접을 받아야 할 사람이야?"

"아니지, 당연히."

"그래서, 이게 얼마 만이야?" 롤라가 물었다.

"모르겠어."

"아니, 넌 알아. 자그마치 2년이야. 염병할 2년이라고, 와일드. 에마가 태어날 때 본 게 마지막이었어."

에마는 롤라의 다섯 번째 아이다. 롤라에게는 아들 셋과 딸 둘이 있었는데 모두 열두 살 미만이었다. 오래전 롤라는 브루어 부부 집에서 와일드와 함께 살았다. 세월이 흐르며 거의 마흔 명의 아이들이 브루어 부부의 집을 거쳐갔고, 다들 그 경험으로 더 나은 사람이 되었다. 몇 달만 머문 아이들도 있고, 와일드나 롤라처럼 오래 살았던 아이들도 있었다.

"그리고 네가 계속 바라보는 이 얼룩," 롤라는 옷깃을 가리켰다. "지우고 싶어서 미치겠지? 이건 고맙게도 에마가 토한 자국이야. 어떻게 생각해?"

"역겹다?"

롤라는 고개를 절레절레 흔들었다. 롤라의 출신은 와일드와 마찬가지로 수수께끼에 가까웠다. 롤라의 엄마는 요르단에 살았던 수니파 아랍인으로 미혼에 임신한 상태에서 미국으로 도망쳤다. 고국에 있는 가족 및 친구들과 모든 인연을 끊었고, 그들에 대해

한 번도 말한 적이 없었다. 롤라를 포함해 누구에게도 롤라의 아빠가 누구인지 말하지 않았다.

"이게 말이 돼? 2년 만이라고."

"미안해." 와일드는 다시 사과하며 미니밴 쪽을 바라봤다. "다들 잘 지내지?"

롤라는 한쪽 눈썹을 치켜세웠다. "지금 장난해?"

"왜?"

"'다들 잘 지내지?'" 롤라는 이번에도 와일드를 흉내 냈다. "그게 최선이야? 우리 집에 오지도 않고, 전화도 안 했잖아."

"전화했어."

"언제?"

"오늘. 방금 전에."

롤라는 입을 딱 벌렸다. "그걸 지금 말이라고 해?"

와일드는 아무 말도 하지 않았다.

"그건 도움이 필요해서 한 거잖아."

"그래도 어쨌든 했잖아."

롤라는 고개를 절레절레 흔들고는 진한 후회가 담긴 목소리로 말했다. "아, 와일드. 넌 절대 안 변할 거야. 그렇지?"

롤라가 보안 회사를 설립하면서 와일드에게 풀타임 파트너가 되어달라고 졸랐을 때 그는 그 일을 오래 하는 건 불가능하다고 경고했다. 롤라도 그걸 알고 있었고 심지어 이해도 했지만, 원래 그녀는 믿을 수 없을 정도로 열렬한 낙천주의자였다. 전혀 그럴 상황이 아닐 때조차도. 브루어 부부 집에서 살 때 롤라는 외향적이고, 활달하고, 늘 바쁘고, 사교적이고, 끊임없이 떠들어 댔다.

왁자지껄한 분위기와 브루어 부부가 돌보는 아이들로 집이 북적거리는 걸 좋아했다. 와일드가 생각하기에는 혼자 있는 게 싫어서 그러는 면도 있었다.

와일드가 고독을 갈망하듯이 롤라는 사람들을 갈망했다.

롤라는 장애물을 극복하는 정도가 아니라 아예 월등한 실력을 발휘했다. 그 결과 고등학교 졸업생 대표였고, 부학생회장이었으며, 모든 면에서 축구팀 주장으로 손색이 없었다. 대학교 때는 뛰어난 운동선수여서 FBI에서 데려가려고 눈독을 들였다. 졸업 후에 롤라는 FBI에 들어갔고 빠르게 승진했는데, 와일드가 군 복무를 마치고 귀국하자 와일드를 설득해서 함께 사설 경호업체를 설립하자고 했다. 롤라는 회사 이름을 크로(CRAW)로 정했다. 클로에, 롤라 그리고 와일드(Chole, Rola, And Wilde)의 약자였다.

이제는 죽고 없는 클로에는 브루어 부부가 키웠던 개다.

"크로. 이름 귀엽지?" 당시 롤라는 그렇게 말했다.

"사랑스러워."

와일드는 일을 계속하고, 회사에 적응하고, 매일 출근하려고 노력했지만 결국에는 버틸 수가 없었다. 그에게 맞지 않았다. 그가 가진 회사 지분도 돌려주려고 했지만 롤라는 받지 않았다. 그녀는 와일드의 이름이 계속 회사에 걸려있기를 바랐다. 그래서 와일드도 가끔 롤라를 위해 정식 업무 이외의 일을 해주었다.

더 자주 연락해야 한다는 건 알고 있었다. 부재중 전화가 왔을 때는 다시 전화해 주고, 좀 더 곁에 있어주고, 가끔 먼저 연락도 하고, 만나자는 제안을 승낙했어야 했다. 게다가 그는 롤라와 그녀의 남편 스캇, 조카들을 좋아했다. 아주 많이. 하지만 그 이상은 할 수가 없었다. 그냥 불가능했다.

"다 가져왔어." 롤라가 재빨리 일할 때의 진지한 태도로 돌변했다.

그러고는 어깨를 들썩거려 배낭끈을 내리더니 와일드에게 배낭을 건넸다.

와일드는 얼굴을 찡그렸다. "이거 기저귀 가방 아니야?"

"걱정 마. 완전 새거야. 균도 없다고. 누가 열어보면 깨끗한 아기 옷과 깨끗한 기저귀만 보일 거야. 사람들한테는 조카를 위해서 가지고 다니는 거라고 해. 네 성격을 생각하면 있을 수 없는 일이지만. 숨겨진 포켓이 어디 있는지 알려줘?"

"찾아낼 수 있을 거야."

"GPS 위치추적기 네 개랑 일회용 전화기 세 대도 넣었어. 칼 필요해?"

"아니."

"그래도 똑딱이 단추가 달린 포켓에 들어있어. 물티슈 넣어둔 곳."

"알았어." 와일드는 또 다른 차를 보았다. 검은색 뷰익이었다. "이 집의 보안을 계속 책임질 사람이 세 명 필요해."

"우리 회사 최고 사원 셋이 저 뷰익에 타고 있어." 롤라가 말하며 고개를 끄덕이자 차 문이 열리고 보안팀이 내렸다.

"다 여자네." 와일드가 말했다.

"불만이야?"

"아니."

"넌 정말 진보적이야, 와일드. 그리고 맨 오른쪽에 저 불타는 빨간 머리는 여자가 아니야. 젤다는 논바이너리(non-binary, 남성과 여성, 둘로만 분류하는 기존의 이분법적 구분에서 벗어난 성 정체성이나 성별을 지칭하는 용어로 주로 트랜스젠더를 일컫는다―옮긴이)라고."

젤다는 와일드에게 손을 살짝 흔들었다. 와일드도 손을 흔들었다.

"우리 넷이서 교대 근무할 거야." 롤라가 말했다.

"잠깐만. 너도?"

"응, 나도. 내가 1조야."

"저 아이들을 데리고 여기 오겠다고?"

"안 돼? 몰랐네. 알려줘서 고마워. 좀 적어놔야겠다." 롤라는 한 손으로 펜을 잡은 척하고 다른 손 손바닥에 적는 시늉을 했다. "납치. 사건. 현장에는. 아이를. 데려오지. 말 것." 그러고는 가짜 펜을 손바닥에서 뗐다. "자. 다 적었어."

"아, 롤라." 이번에는 와일드가 그녀를 흉내 냈다. "넌 절대 안 변할 거야. 그렇지?"

그 말에 롤라가 미소 지었다.

와일드는 다시 혼다 오디세이를 바라보았다. "그래서 누굴 데려온 거야?"

"에마랑 쌍둥이."

와일드는 쌍둥이가 여섯 살이라는 게 기억났다.

"조랑 일라이자는 어퍼 새들 리버에 있는 그래비티 볼트에 내려줄 거야. 거기서 애들 친구 생일 파티가 열리는데 한 엄마가 스캇이 데리러 올 때까지 에마를 봐주겠대. 난 30분 안에 다시 여기로 복귀할 거야."

"좋아."

"내가 알아둬야 할 사항은 없어?"

"요령 알잖아."

롤라는 장난삼아 와일드에게 경례했다. "알겠습니다."

이제 뭘 해야 할지 몰라서 두 사람은 잠시 우두커니 서있었다.

"그만 가볼게." 와일드가 어색하게 엄지로 뒤쪽을 가리키며 말하고는 뒤로 빙글 돌았다. 돌아보지는 않았지만 검은 뷰익이 떠나는 소리, 그리고 롤라가 미니밴에 다시 올라타며 차분하게 "조, 오빠 머리 놔줘"라고 말하는 소리가 들렸다.

10분 뒤 와일드는 스위트워터 고등학교와 같은 블록에 있는 세븐일레븐에 도착했다. 에이바가 거기서 만나자고 문자를 보냈기 때문이다. 어제 와일드가 토르이자 브라이스와 몸싸움을 벌인 후로 학교에 외부인 출입이 금지되었다. 와일드는 편의점 안으로 들어가 구운 소시지가 빙글빙글 돌아가는 불판과 슬러시 기계를 바라보았다. 예전과 똑같았다. 세상에서 유일하게 여기만 시간이 흐르지 않았다.

에이바 오브라이언의 차가 세븐일레븐 주차장에 멈췄을 때 와일드의 휴대전화가 진동했다. 화면을 봤더니 발신인이 개빈 체임버스였다.

"지금 어디지?" 개빈이 물었다.

"세븐일레븐이요."

"장난하나?"

"증거로 슬러시 사진이라도 찍어서 보낼까요?"

"거기서 기다려."

"왜죠?"

"당신이 봐야 할 게 있어. 거기 그대로 있어."

개빈은 전화를 끊었다. 에이바가 편의점 안으로 들어오더니 단도직입적으로 물었다. "뭐가 그렇게 중요한데?"

왔냐는 인사도 없이. 어떤 인사도 없이. 어쩌면 에이바는 어제 일로 화가 났는지 모른다. 오늘은 좀 더 정신이 없어 보였다. 그렇다고 덜 아름답다는 뜻은 아니었지만. 와일드를 올려다보는 그녀의 눈이 반짝거렸다.

에이바처럼 와일드도 곧장 용건으로 들어갔다. "사울 스트라우스를 알아?"

에이바는 얼굴을 찡그렸다. "텔레비전에 나오는 그 시민운동가?"

"응."

"누군지는 알지, 당연히."

"개인적으로 아냐고."

"몰라. 왜?"

"어떤 식으로든 사울 스트라우스와 말하거나 연락한 적 없어?"

"없어. 대체 왜 묻는데?"

"어제 당신 학교에서 내가 크래시를 만난 걸 알고 있더라고."

"그걸 모르는 사람도 있나? 주차장에서 끝난 거 기억 안 나?"

"그 이상을 알고 있었어."

"이해가 안 되네. 지금 나한테 뭘 묻는 거야?"

"사울 스트라우스의 정보원이 누군지 알아내려는 거야."

에이바의 반짝이던 눈동자가 불타올랐다. "그래서 자율학습 시간에 날 학교 밖까지 불러낸 거야? 난 스트라우스의 정보원이 아니야, 와일드. 그리고 왜 사울 스트라우스 같은 사람이 이 일에 관심을 갖겠어?"

와일드는 아무 말도 하지 않았다.

에이바는 짜증 난 표정이었다. "내 말 듣고 있어?"

와일드는 에이바에게 어디까지 말해야 할지 알 수 없었다. 스트라우스를 개인적으로 모른다는 에이바의 말은 믿었다. 설사 아는 사이라고 해도 그다음이 논리적으로 이어지지 않았다. 어떤 연유로 에이바가 스트라우스와 함께 일한다고 해보자. 와일드가 나오미 실종을 두고 크래시와 충돌한 일을 에이바가 스트라우스에게 말했다고 해보자. 그다음은? 스트라우스가 크래시를 납치했다? 그게 말이 되나?

빠진 퍼즐 조각이 너무 많았다.

"크래시 메이너드가 실종됐어." 와일드가 말했다.

에이바가 깜짝 놀랐다. "잠깐만, '실종'됐다면…….."

"가출일 수도 있고, 잠적했을 수도 있고, 납치됐을 수도 있고, 뭐든지 간에. 어젯밤에는 집에 있었는데 오늘은 사라졌어."

에이바는 잠시 생각했다. "나오미처럼 말이야?"

"응."

에이바는 편의점 뒤쪽으로 두 발짝 물러났고, 이제 그들은 칩과 짭짤한 스낵들 옆에 서있었다. 와일드는 다른 질문을 던지지 않았다. 아직은. 에이바에게 생각할 시간을 주고 싶었다.

"그 말을 들으니까 많은 게 설명되네." 에이바가 말했다.

"이를테면?"

"난 나오미가…… 모르겠어. '거짓말'이라고 하면 너무 세고, '과장'이라고 하면 너무 약하네."

와일드는 기다렸다. 에이바가 별다른 말이 없자 와일드가 물었다. "무슨 일이 있었는데?"

"크래시."

"크래시가 왜?"

"나오미가 최근에 자기가 비밀 연애를 한다는 식으로 말했어. 아주 인기 있는 남학생하고. 난 홀려들었지. 남자들이 흔히 하는 거짓말 있잖아. '내가 아주 섹시한 여자랑 사귀는데 넌 누군지 모를 거야.'"

와일드는 고개를 끄덕였다. "그 여자가 캐나다에 산다 어쩐다 하는 말."

"그래."

"그래서 당신도 나오미가 지어낸 이야기라고 생각했군."

"아니면 상상이거나. 응, 처음에는 그랬어."

"그런데?"

"내가 좀 더 다그쳤더니 자기랑 사귀는 남자애가 크래시 메이너드라는 거야. 챌린지 게임도 사실 눈속임이었고, 자기가 숲속에 매슈랑 함께 있었기 때문에 크래시가 질투했다고 했어."

매슈.

"그래서 뭐라고 했어?" 와일드가 물었다.

"난 크래시가 나오미를 또 속이는 건 아닌지 걱정되더라고."

"나중에 더 큰 모욕을 주려고 좋아하는 척한다?"

"응. 영화 〈캐리〉처럼. 잠깐만, 그 영화에서 캐리에게 데이트를 신청한 남학생은 착한 애 아니었어? 그 애는 캐리를 보호하려고 했지만 나쁜 놈들이 캐리에게 돼지 피를 부어버린 거 아닌가?"

와일드는 기억나지 않았다. "그래서 당신은 크래시가 정말로 나오미를 좋아할지 모른다고 생각한 거야?"

"모르겠어." 에이바가 아랫입술을 깨물며 말했다. "하지만 아마 가장 단순한 답이 진실일 거야. 나오미와 크래시는 함께 있어. 어쩌면 그저 단둘이서 며칠간 함께 있고 싶었는지 몰라. 우리가 끼어들 일이 아닌지 몰라."

뭔가 앞뒤가 맞지 않았다. 아니면 너무 잘 맞아떨어지거나.

"그만 가봐야 해." 에이바가 말했다.

"차까지 데려다줄게."

둘은 주차장으로 나갔다. 에이바가 잠금 해제 버튼을 눌렀다. 와일드는 에이바를 위해 차 문을 열어주고 싶었지만 너무 부자연스러운 기사도 정신을 발휘하는 것 같았다. 에이바가 운전석에 올라타자 와일드는 잠깐 차창을 내려보라고 손짓했다. 에이바가 차창을 내리자 와일드는 열린 차창으로 몸을 내밀었다.

"나오미 아빠하고도 얘기했어."

"뭐래?"

"나오미가 엄마에게 학대를 당했대."

와일드는 버나드 파인과 나눈 대화를 자세히 들려주었다. 그 이야기를 듣는 에이바의 눈이 눈물로 그렁거렸다. "가여운 나오미. 모녀 관계가 좋지 않으리라는 건 알았지만 그 정도일 줄이야." 에이바는 고개를 저었다. "그만 갈게."

"괜찮겠어?"

"응, 괜찮아."

"나중에 당신 집에 들를까?"

그 말이 와일드의 입에서 불쑥 튀어나왔다. 미리 생각해 둔 말이 아니었다. 그건 와일드답지 않았다.

에이바는 놀란 표정이었다. 눈을 한 번 더 닦더니 그를 돌아보았다. "언제?"

"모르겠어. 어쩌면 오늘 밤. 아니면 내일. 그냥 얘기 좀 하자고."

에이바는 와일드를 보지 않고 앞유리창 너머를 내다보았다.

"부담 갖지 마." 와일드가 덧붙였다. "어차피 시간도 안 날 거야. 크래시와 나오미 일로……."

"아냐, 좋아." 에이바가 그의 말을 자르며 대답했다.

그러고는 열린 차창 너머로 손을 뻗어 와일드의 얼굴을 감쌌다. 와일드는 기다렸다. 에이바는 무언가를 더 말할 듯하더니 결국에는 그의 얼굴에서 손을 뗐다. 그런 다음 차를 후진해 옆으로 빠져나가 다시 학교로 향했다.

28

"아니 포플린은 준비됐어?" 헤스터가 물었다.

헤스터는 메이너드가의 최신식 스튜디오 겸 사무실에서 컴퓨터 모니터를 바라보며 서있었다. 온통 하얀색과 스테인리스스틸로 장식된 내부는 이렇게 고풍스러운 저택보다는 새로 개조한 맨해튼 로프트에서 볼 법한 인테리어였다. 벽을 따라 텔레비전 모니터들이 줄지어 있었다. 헤스터는 그녀의 프로그램 PD인 앨리슨 그랜트와 통화 중이었다.

롤라 나세르가 실시간 영상 통화를 위한 장비를 설치하고 있었다. 헤스터는 오래전부터 롤라를 알고 있었고, 늘 그녀를 좋아했으며, 역경을 딛고 꿋꿋하게 살아온 롤라가 대단하다고 생각했다. 롤라와 데이비드가 같은 고등학교에 다녔을 때는 데이비드가 롤라와 사귀기를 내심 바랐고, 심지어 데이비드에게 살짝 강요하기도 했다. 물론 데이비드는 그녀의 말을 듣지 않았다. 롤라는 '와일드의 여동생이나 마찬가지'이기 때문에 그 애와 데이트하는 건 '어색할' 거라고 했다.

'만약 데이비드가 롤라와 사귀었다면 어떻게 됐을까? 모든 게

바뀌었을까? 데이비드는 아직 살아있을까?'

"네, 이제 연결됐어요." 앨리슨이 말했다.

헤스터는 옛일을 떨쳐내고 롤라 쪽으로 몸을 내밀었다. "들었니?"

"네." 롤라가 키보드를 두드리며 말했다.

헤스터의 아이디어는 간단했다. 비록 신뢰할 수는 없었지만. 사울 스트라우스는 메이너드의 영상에 대해 알려준 정보원이 아니 포플린이라고 했다. 아니 포플린은 누가 뭐라고 해도 '관종'이었다. 헤스터는 앨리슨에게 그를 찾아내 차후에 생방송 출연으로 이어질 수 있는 '사전 인터뷰'를 제안하라고 했다.

롤라가 말했다. "벽에 저 모니터 보이세요?"

"저 초대형 텔레비전 말이야?"

"네, 헤스터, 그거요."

"보여. 저 정도 크기면 우주에서도 보일걸."

"그 앞에 서세요. 저기에 나오는 화면을 통해서 아니 포플린과 통화하실 거예요." 롤라가 말했다.

"정확히 어디에 서야 해?"

"바닥에 스파이크가 있어요."

과연 그랬다. 스파이크는 방송이나 연극 관계자들이 사용하는 용어로 무대에서 어디에 서야 하는지, 혹은 소품을 어디에 둬야 하는지 주로 바닥에 전기 테이프를 붙여서 만들어 둔 표시를 뜻한다. 헤스터는 스파이크 위에 섰다.

롤라가 말했다. "준비됐어요?"

"별로 내키지는 않지만 준비됐어. 아니에게 너도 보이는 거니?"

"아뇨. 그 사람 카메라는 헤스터 얼굴만 잡을 거예요. 그래서 제가 이 모니터를 선택했죠."

"잘했다. 고맙구나." 헤스터는 롤라에게 미소 지었다. "다시 만나서 정말 반갑다, 롤라."

"저도요, 헤스터. 준비됐어요?"

헤스터는 고개를 끄덕였다. 롤라가 키보드를 몇 번 더 두드리자 화면이 켜지면서 아니 포플린의 익숙한(하지만 좀 더 부은) 얼굴이 화면을 가득 채웠다. 어찌나 심하게 클로즈업을 했는지 얼굴이 대문짝만 했고, 모공이 다 보일 지경이었다. 헤스터는 뒤로 한 발 물러나고 싶었지만 아쉽게도 스파이크 위에 계속 서있어야 했다.

"안녕, 아니."

그가 약간 과장되게 얼굴을 찡그렸다. "이게 다 뭡니까, 헤스터?"

두 사람은 오래전에 이런저런 일로 만난 적이 있었다. 25년 전, 아니 포플린은 인기 있는 가족 시트콤에서 웃기는 옆집 사람으로 등장했다. 그때부터 3년간 시청자의 사랑을 받았고 유명해졌다. 그러다 순식간에 끝나버렸다. 많은 사람이 그랬듯이 아니 역시 현대사회에서 가장 강력한 중독 중 하나인 명성 중독의 금단 현상으로 고통받게 되었다. 사람들은 명성이라는 그 밝고 따뜻한 등불의 힘을 간과한다. 그 불이 꺼졌을 때 얼마나 어둡고 추운지도.

그리하여 아니는 절박하게 매달렸다. 앨리슨 그랜트는 농담 반

진담 반으로, 아니 포플린은 온갖 오프닝 행사에 다 참석하니 차고 문만 열려도(opening) 달려갈 거라고 했다. 그는 방송 관계자들에게 굽신거려 퀴즈 쇼와 리얼리티 쇼, 인테리어 프로그램, 요리 프로그램에 단 몇 초라도 출연했다. 명성의 등불을 다시 켜기 위해—설사 그 불빛이 예전보다 덜 환하고, 덜 따뜻하다 해도—무엇이든 했다.

헤스터가 말했다. "당신에게 물어볼⋯⋯."

"누굴 바보로 알아요?"

아니는 얼굴이 상기된 채 땀을 뻘뻘 흘렸다.

"당신 프로에 사울 스트라우스가 출연한 거 봤어요, 헤스터. 당신이 날 뭐라고 했는지 알아요?"

"미치광이 음모론자가 된 유명 인사."

아니는 입을 딱 벌렸는데 헤스터가 생각하기에는 놀란 척하는 듯했다. 그는 몇 초가 지난 후에 다시 엄포를 놓았다. 배우들이란. "그런 말을 하고도 내가 그냥 당신을 용서했을 거라고 생각해요?"

"지금 당신에겐 두 가지 선택지가 있어요, 아니. 이 전화 혹은 스카이프 혹은 이 영상 통화를 뭐라고 부르든지 간에 그걸 끊어버리거나, 아니면 내게 당신이 아는 걸 말해주는 거죠."

"내 말 안 믿을 거잖습니까."

"아마 그렇겠죠. 하지만 당신이 손톱만큼이라도 날 설득한다면, 내 코너에 출연하게 해줄게요."

"단독 게스트로요?" 아니는 턱을 문질렀다. "난 누가 주장하면 옆에서 반격하는 그런 포맷은 싫습니다."

"단독 인터뷰요. 당신하고 나하고만."

아니는 팔짱을 끼고 잠깐 생각하는 척했다. "뭐가 알고 싶은데요?"

"대시 메이너드가 러스티 에거스의 영상을 가지고 있다고 했다면서요? 그 영상에 대해 말해봐요."

"그 영상은 존재해요."

"그걸 어떻게 알죠?"

"난 〈더 러스티 쇼〉 출연자였어요. 그건 알죠?"

"알아요."

"내가 출연했을 때 시청률이 대단했죠. 그 얘기는 아무도 안 하더군요."

헤스터는 한숨을 쉬었다. "아니."

"알았어요, 알았어. 어쨌거나 내가 그들의 대화를 엿들었어요. 러스티와 대시. 둘이 그 영상에 대해 이야기하고 있었죠. 대시는 지워버렸다고 맹세하더군요."

"만약 대시가 영상을 지웠다면……."

"왜 이러세요. 정말로 영상을 지우는 사람은 없어요, 헤스터. 당신도 알잖아요. 러스티도 그걸 알았던 겁니다. 그래서 그렇게 화를 냈던 거고요. 대시가 절대 그 영상을 없애지 않으리란 걸 알았던 거죠. 대시가 그걸 왜 없애겠어요?"

"대시 메이너드는 자기에게 그런 영상이 없다고 맹세하던데요."

"아, 대시는 이기적인 놈이에요. 안 그런가요? 거대한 왕국을 세웠죠. 대시 집에 가본 적 있어요? 개츠비가 살던 집 같더군요."

"그 영상을 본 적 있나요?" 헤스터가 물었다.

"내가요? 아뇨."

"그럼 그 영상이 있다는 걸 어떻게 알죠?"

"들었어요."

"영상이 재생되는 소리를 들었다고요?"

"아뇨. 대시와 러스티가 그걸 두고 언쟁하는 걸 들었습니다."

"정확히 뭐라고 하던가요?"

"늦은 밤이었고, 거기 있던 사람은 나뿐이었습니다. 두 사람은 내가 있는 줄 몰랐어요. 단둘만 남았다고 생각했을 겁니다. 솔직히 말할까요?"

"네, 그게 좋겠네요, 아니."

"난 화장실에서 기절했습니다."

"뭐라고요?"

"네, 거긴 제작사 사무실의 칸막이 화장실이었어요. 난 변기에 앉아서……."

"그만하면 됐어요, 아니."

"어쨌든 난 코로 코카인인지 뭔지를 흡입하고 있었어요. 그러다 기절했고, 정신을 차려보니 화장실이 칠흑처럼 캄캄하더군요. 난 바지를 올렸죠. 바지를 발목까지 내린 상태였거든요."

"참 나, 너무 자세히 말할 필요 없다니까요."

"내 얘기를 들을 겁니까, 말 겁니까?"

"그래서 사각이었나요, 삼각이었나요?"

"네?"

"아무것도 아니에요. 당신이 바지를 올린 데까지 말했어요."

"맞아요, 난 바지를 올렸어요. 하지만 아까도 말했듯이 화장실은 칠흑처럼 어두웠어요. 한 치 앞도 안 보였죠. 난 손을 더듬어서 걸쇠를 찾아냈습니다. 칸막이 문을 여닫는 장치요."

"네, 아니. 나도 걸쇠가 뭔지 알아요. 여자 화장실에도 있으니까."

"어쨌든 칸막이 밖으로 나갔지만 여전히 어둡더군요. 손을 더듬거려 화장실에서 복도로 나갔어요. 경비원들이 문을 다 잠가놓았을까 봐 걱정됐죠. 건물 안에 갇히게 될까 봐요. 무슨 말인지 알죠?"

"알아요. 계속해요."

"그때 목소리가 들렸습니다. 두 남자의 목소리요."

"내가 맞혀보죠. 러스티와 대시?"

"맞아요. 둘이 티격태격하고 있더군요. 난 가까이 다가갔죠. 러스티가 '그 영상은 꼭 없애야 해. 나한테 약속했잖아'라고 했죠. 술 취한 목소리였어요. 러스티는 평소에 자기관리를 잘했지만 여전히 주사가 심했어요. 러스티가 계속 그러더군요. '넌 그게 우리에게 얼마나 치명적인지 몰라. 반드시 없애야 해. 너도 다른 사람이 아는 건 원치 않잖아.'"

"대시는 뭐라고 하던가요?"

"그냥 걱정하지 마라, 아무도 모를 거다, 내가 관리를 잘하겠다, 라고만 했어요. 하지만 러스티는 계속 우겼죠. 대시에게 그 영상을 없애라고 애걸하더니 갑자기 포기하더군요."

"포기했다는 게 무슨 말이죠?"

"러스티는 깨달았던 거예요, 헤스터. 깨달은 겁니다."

"뭘요?"

"대시 메이너드가 절대 그 영상을 없애지 않으리라는 걸요. 대시는 자기가 대단한 다큐멘터리 감독이나 언론인 같은 거라고 생각하거든요. 관찰자라고요. 그 대화마저 녹화하고 있었다고 해도 별로 놀랍지 않아요. 정말이지 사방에 카메라와 도청 장치가 있었어요. 아마 그 화장실에도 있었을걸요."

"네." 이 대화가 점점 더 시간 낭비처럼 느껴졌다. "또 다른 건요?"

"그걸로 부족한가요?"

"네."

"그들은 내가 거기 있다는 걸 알았습니다."

"왜요? 둘이 뭐라고 했나요?"

"아뇨. 하지만 사흘 뒤에 갑자기 소변 검사를 받으라는 연락이 왔어요. 체내에서 마약이 검출됐고, 난 해고됐습니다. 시청률을 끌어 올린 장본인인 내가요. 그뿐 아니라 검사 결과가 언론에 유출되기까지 했어요. 이유를 알겠죠? 내 평판에 흠집을 내려는 음모였던 겁니다. 난 깨끗했어요."

"하지만 아까 코카인을……."

"그건 사흘 전이라고요!"

아니는 점점 더 흥분하며 계속 자세를 바꾸고, 눈동자를 이리저리 돌렸으며, 이마에는 구슬땀이 맺혔다. 헤스터는 아니 포플린이 지금도 약물에 취한 상태라고 장담했다. "그들은 내 평판에 흠집을 내야 했어요. 날 치워버려야 했다고요."

"알았어요. 고마워요."

"러스티는 사람을 죽였습니다."

헤스터는 멈칫했다. "무슨 말이죠?"

"대시가 가지고 있는 영상이 그런 내용이에요."

"그러니까 대시 메이너드가 가진 영상에서 러스티 에거스가 살인을 저지른다는 건가요?" 헤스터가 천천히 말했다.

"난 들은 대로 말할 뿐이에요."

"뭘 들었는데요?"

"러스티가 그러더군요. '처음부터 그 녀석을 죽일 생각은 없었어. 그건 사고였다고.'"

"러스티가 정확히 그렇게 말했나요?"

"아뇨. 모르겠어요. 하지만 그런 뜻이었어요. 러스티는 누군가를 죽였습니다. 그리고 그 영상 때문에 둘이 동지가 됐다고 했고요. 지금 생각해 보니 대시가 그렇게 말했네요."

"뭐라고 말했다고요?"

"그 일로 둘이 동지가 됐기 때문에 절대 말하지 않을 거라고요. 그 비슷한 말이었습니다. 그 뒤에 있었던 좋은 일은 모두 둘의 그런 관계를 바탕으로 이뤄진 거라고요. 정말이에요, 헤스터. 그들은 살인자예요. 아니면 러스티만 살인자거나. 대시에게 그 증거가 있어요. 대시에게는 그 정보를 알려야 할 법적인 의무가 있는 거 아닌가요?"

헤스터는 지난번에 딜리아와 나눴던 대화, 비밀을 알게 되더라도 변호사 의뢰인 간의 특권 때문에 밝히지 않겠다고 했던 말을 생각했다. 그러고는 롤라를 바라보았다. 롤라는 아니의 말을 믿어야 할지 말아야 할지 모르겠다는 듯이 어깨를 으쓱였다.

"그럼 난 이제 당신 프로에 출연하는 건가요? 당신이 원한다면 오늘 밤에라도 출연할 수 있어요." 아니 포플린이 말했다.

CHAPTER
29

개빈 체임버스는 푸른색 쉐보레 크루즈를 몰고 세븐일레븐 주차
장에 들어섰다. 혼자였다. 적어도 지금은 운전사도 없었고, SUV
도 아니었다. 남의 눈에 띄지 않으려고? 아마도. 개빈은 야구 모
자와 선글라스를 쓴 채 차에서 내렸다. 저건 언제나 멍청한 방법
이라고 와일드는 생각했다. 자기 정체를 감추고 싶은 사람만 모
자와 선글라스를 쓰기 때문이다. 하지만 다시 생각해 보면 오늘
은 햇볕이 강하다. 어쩌면 개빈은 그냥 모자와 선글라스를 쓰는
게 편해서 저렇게 했는지도 모른다.

어쩌면 모든 게 빌어먹을 단서가 아닐 수도 있다.

"세븐일레븐에는 왜 온 거지?" 개빈이 물었다.

"슬러시를 먹으러 왔다면 이유가 됩니까?"

개빈은 한숨을 쉬었다. "그래서 뭘 알아냈나?"

"다른 데 가면 안 된다는 걸 알게 됐죠. 당신이 내게 보여줄 게
있다고 했으니까요. 적어도 아까 통화할 때 당신은 그렇게 말했
습니다."

개빈은 고개를 절레절레 흔들었다. "당신 꼭 내 첫 번째 부인

같군."

"그분도 나처럼 섹시했나요?"

"아주 골치 아픈 여자였지."

와일드는 휴대전화를 확인했다. "메이너드 저택까지 태워줄 수 있나요? 가는 길에 얘기하죠."

"그러지." 개빈은 자동차 키의 잠금 해제 버튼을 눌렀다. 차에 올라타자 개빈이 놀라운 말을 했다. "협박 편지가 왔다는 거 알아."

그러더니 시동을 걸고 차를 후진했다.

네 가지 가능성이 있다고 와일드는 생각했다.

첫째, 떠보는 것이다. 하지만 그런 것 같지 않았다.

둘째, 메이너드 부부가 패닉 상태인 걸 보고 틀림없이 협박 편지가 왔을 거라고 단순히 추측했을 수 있었다. 만약 그렇다면 족집게가 따로 없었다.

셋째, 정말로 집 안 특정 구역에 도청 장치를 설치해 놓았다. 매우 그럴듯했다. 롤라가 도청 감지기로 집 안을 다 훑는다고 했으니 곧 알게 되리라.

넷째, 개빈에게 내부 정보원이 있다.

어느 쪽이든 간에 와일드는 그의 말에 긍정도 부정도 하지 않을 작정이었다. 신호에 걸리자 개빈 체임버스는 방향을 틀고 와일드를 바라보았다. 와일드도 그를 바라보았다. 몇 분 동안 둘 다 눈도 깜박거리지 않았다. 신호등이 파란불로 바뀌자 뒤에서 누군가가 경적을 눌렀다. 개빈은 고개를 절레절레 흔들며 조그맣게 중얼거리더니 휴대전화를 꺼냈다.

"내가 했던 말 기억하나? 크래시가 쓰는 앱은 늘 우리보다 한 발 앞서있다고 했던 거? 스냅챗이든 시그널이든 왓츠앱이든 뭐든."

"네."

"우리 기술팀에서 제일 실력이 뛰어난 직원이 어젯밤에 커뮤니케이트 플러스라는 새로운 앱에서 크래시의 ISP가 새벽 2시 7분에 받은 마지막 메시지를 찾아냈어. 암호화되어 있어서 파일을 열고 1분이 지나면 메시지와 발신자는 자동으로 삭제된다더군. 물론 난 자세한 건 모르지만 우리 직원이 마지막 메시지가 지워지기 전에 끝의 몇 줄을 복구해 냈어. 어떻게 했는지는 나한테 묻지 말고."

개빈은 와일드에게 휴대전화를 건넸다. 복구된 메시지는 이런 내용이었다.

물론 널 용서하지. 네 친구들을 속이려고 그랬다는 거 알아. 지금 그때 거기서 기다리고 있어. 너무 신나!!!

메시지 끝에는 하트 이모티콘 세 개가 있었다.

와일드는 답이 뻔한 질문을 했다. "이게 어디서 왔는지 혹은 누가 보낸 건지 압니까?"

"모르지. 이 앱을 쓰는 누군가라는 건 알지만 연락처와 새로 들어온 ISP인지 뭔지는 삭제됐어."

와일드는 메시지를 바라보다가 한 번 더 읽었다.

"협박 편지를 보낸 사람이 누구지?" 개빈이 물었다.

"이미 알고 있다면서요."

"뭐라고?"

"아까 당신은 정확히 이렇게 말했습니다. '협박 편지가 왔다는 거 알아.' 알고 있다면 굳이 나한테 물어볼 이유가 없잖습니까."

"5분만이라도 재수 없게 구는 것 좀 그만할 수 없나? 러스티가 이번 일을 돕고 싶어 해."

"당연히 그러겠죠."

"그리고 누가 그 메시지를 보냈는지는 우리 둘 다 알고 있어."

물론 나오미를 말하는 것이다.

"당신 추측이 맞다고 칩시다. 그래서 어떻게 하고 싶은 겁니까?" 와일드가 말했다.

"나오미의 집에 가봤나?"

"아빠를 만났습니다."

"집 전체를 다 확인했나? 지난번에 나오미는 계속 집에 있었어. 그렇지? 지하실에 있었던가?"

와일드는 아무 말도 하지 않았다. 손목시계를 보았다. 거의 3시가 다 되었다. 범인들이 말한 시한까지 한 시간 남았다. 메이너드 저택의 정문이 나오자 와일드가 말했다. "태워다 줘서 고맙습니다."

"내가 맞다는 거 당신도 알잖아." 개빈이 말했다.

"뭐가요?"

"전부 다. 나오미가 어떻게든 이 일에 연루되어 있다는 걸 당신도 알잖아."

"압니다. 또 어떤 면에서 당신이 옳은데요?"

개빈은 와일드를 무섭게 노려봤다. "당신과 당신 동생 둘이서 이 일을 해결할 수 없다는 거."

"그 결정은 내가 한 게 아니라서요."

"당신이 메이너드 부부에게 우릴 다시 넣어달라고 말하면 그들도 당신 말을 따를 거야."

무언가가, 이 만남 자체가 확연히 이상했다.

"태워줘서 고마워요, 개빈. 계속 연락하죠."

메이너드 장원의 정문 옆에는 골프 카트를 타고 마중 나온 롤라가 기다리고 있었다.

"헤스터한테 데려다줄게."

와일드는 롤라 옆에 앉았고, 골프 카트는 진입로를 올라갔다. 경내 조경은 지나칠 정도로 깔끔하게 다듬어져 있었다. 그걸 아름답다고 생각하는 사람들이 많을 것이다. 와일드는 아니었다. 자연이 캔버스를 칠하면 인간은 자기가 끼어들어 더 낫게 만들 수 있다고 생각하지만 틀렸다. 자연은 원래 거칠어야 한다. 길들이면 자연의 특별한 매력이 사라진다.

와일드가 알아낸 사실을 들려주고 났더니 롤라가 물었다. "그럼 내가 뭘 해줄까?"

"협박 편지."

"그게 왜?"

"범인들은 특히 '가장 오래된' 영상을 요구했어."

"무슨 뜻이야?"

"대시 메이너드와 러스티 에거스는 국회의사당에서 인턴을 하

361

던 시절에 처음 만났어. 그 시절을 조사해 봐."

"이를테면 뭘?"

"모르겠어. 둘이 한방을 썼는지, 자주 어울려 놀았는지, 그런 거. 솔직히 별거 안 나올 거야."

"조사해 볼게."

"그리고 사울 스트라우스를 찾아봐. 지금 그자가 가장 유력한 용의자야."

"알겠어. 또 다른 건?"

와일드는 잠시 생각하다가 나중에 후회하지 말고 미리 대비하는 편이 낫다고 결론 내렸다. "어두워지면 나오미 파인의 집에 가봐."

롤라가 그를 바라보았다. "아까 거기 다녀오지 않았어?"

"그 집을 수색해야 해."

"뭘 찾아야 하는데?"

"크래시와 나오미."

롤라는 고개를 끄덕였다. "알았어."

헤스터는 맨해튼 스카이라인을 마주하는 돌 벤치에 혼자 앉아 있었다. 와일드가 다가가자 그에게로 몸을 돌리며 손을 들어 눈가에 그늘을 만들었다. 다른 손으로는 옆자리를 톡톡 쳤다. "여기 앉아라."

와일드는 그렇게 했다. 잠시 둘 다 아무 말도 없었다. 그저 나무 위로 보이는 스카이라인을 바라보았다. 태양은 건물, 나무, 바위 등 모든 사물이 마치 후광을 두른 듯한 효과를 만들어 내는 높이에 걸려있었다.

"장관이구나." 헤스터가 말했다.

"네."

"근데 지루해." 헤스터는 와일드를 돌아봤다. "네가 먼저 말할래?"

"아뇨."

"그럴 줄 알았다. 아니 포플린하고 얘기했어."

헤스터는 그와 나눈 대화를 말해주었다.

"사람을 죽였다." 헤스터의 이야기가 끝나자 와일드가 말했다.

"자기는 그렇게 들었대."

"아니 포플린이 다른 사람에게 그 이야기를 한 게 이번이 처음은 아닐 거예요."

"당연히 그렇겠지."

"그런데 왜 아무도 경찰에 신고하지 않았을까요?"

"아니 포플린은 관종인 데다 늘 다른 꿍꿍이가 있고 믿을 수 없는 마약 중독자니까."

"그렇군요."

"기자라면 아니를 경계할 거야. 게다가 러스티 에거스는 누구보다 심판들을 잘 다루기도 하고."

"심판들을 잘 다룬다뇨?"

헤스터는 실눈을 뜨며 태양을 바라보았다. "내 친구 하나가 대학 시절에 유명한 농구 선수였어. 고등학교 졸업하고 드래프트 1라운드에서 듀크 대학이 데려갔지. 너 농구 좋아하니?"

"아뇨."

"그럼 넌 누군지 모를 거야. 어쨌든 내가 그 친구를 따라서 매디슨 스퀘어 가든에서 열리는 농구 경기에 몇 번 갔어. 주로 대학 경기였지. 근데 매번 내 눈에 들어오는 게 있었어. 뭔지 아니?"

와일드가 고개를 흔들었다.

"심판에게 버럭 소리를 지르고 호통치는 코치들이었어. 양복을 입고 넥타이를 맨 그 자그마한 남자들은 경기 내내 사이드라인에서 좌우로 뛰어다니면서 사탕을 달라고 떼쓰는 아이처럼 쉬지 않고 성질을 부리더구나. 보기가 민망할 정도였지. 그래서 내가 같이 갔던 친구에게 저 사람들이 왜 저러냐고 물었어. 그랬더니 저게 다 작전이라는 거야. 인간은 원래 사람들에게 호감을 사고 싶어 하지. 너나 나는 안 그러지만 보편적으로 말이야. 그래서 심판이 호루라기를 불 때마다 정당하든 아니든 일단 소리를 지르면 심판이 호루라기를 불 확률이 줄어든다는 거지."

와일드는 고개를 끄덕였다. "러스티가 언론에 그런단 말이죠?"

"그렇지. 러스티는 끊임없이 기자들을 질책해. 그럼 기자들은, 농구의 메타포를 그대로 가져오면, 호루라기를 불어야 할 때마다 움찔하고 겁을 먹어. 물론 모든 정치인이 그러기는 해. 러스티가 더 탁월할 뿐이지."

"그래도 대시에게 아니 포플린이 한 말이 사실인지 물어봐야 해요."

"이미 물어봤다."

"결과는요?"

헤스터는 어깨를 으쓱였다. "어땠겠니? 부인했지. '개똥 같은 소리'라고 하더구나. 정말로 그렇게 말했어. 개똥 같은 소리라고."

"유감이군요. 어떻게 생각하세요?"

"너랑 같은 생각이야."

"저들은 뭔가를 숨기고 있어요."

"맞아." 헤스터가 와일드의 다리를 토닥였다. "좋아, 버발라, 넌 뭘 알아냈지?"

와일드는 버나드 파인에게 들은 이야기, 그의 전부인이 나오미를 학대한 일을 이야기했다. 헤스터는 그저 고개를 흔들었다. "망할 놈의 세상 같으니."

"근데 그 이야기가 어딘가 이상해요."

"무슨 말이니?"

"모르겠어요. 아무래도 나오미의 엄마와 얘기를 해봐야겠어요. 롤라에게 지금 엄마가 어디 있는지 찾아보라고 했어요."

"잘했다. 또 다른 건?"

와일드는 에이바에게 들은 이야기, 즉 나오미와 크래시가 비밀 연애를 시작했다는 이야기는 물론 크래시가 커뮤니케이션 앱을 통해 나오미로 추정되는 상대에게 받은 문자 이야기도 했다.

"모든 정황이 지금 크래시와 나오미가 함께 있다고 가리키는구나." 헤스터가 말했다.

와일드는 아무 말도 하지 않았다.

"그러니까 잠깐 그게 사실이라고 해보자." 헤스터가 말을 이었다. "두 고등학생이 남몰래 사랑에 빠졌고 함께 달아나기로 했고 말이야."

"네."

헤스터는 어깨를 으쓱였다. "근데 왜 그게 협박 편지가 된 거지?"

와일드는 대답하지 않았다. 시간을 확인했다. "납치범이 정한 시한까지 한 시간도 안 남았네요. 집 안으로 들어갈까요?"

"그 사람들이 3시 45분에 서재에서 보자고 했어."

"그 사람들이라면 대시와 딜리아 메이너드요?"

"그래."

"두 사람이 어떻게 할 생각인지 아세요?"

"그때가 되면 말하겠다는구나."

와일드는 다시 경치를 바라보았다 "일반적이지는 않네요."

"그래, 일반적이지는 않지."

이젠 둘 다 경치를 바라보았다. 헤스터는 눈을 감고 따뜻한 햇볕을 쬐었다.

"이 말을 어떻게 해야 네가 기분 나쁘지 않을지 모르겠구나." 헤스터가 말했다.

와일드는 멀리 보이는 마천루에서 눈을 떼지 않은 채 말했다. "그런 쪽으로는 소질이 없으시잖아요."

"맞아. 그러니까 그냥 말하마. 난 오늘 밤에 라일라 집에서 잘 생각이다. 하지만 네가 그 집에서 잘 거라면 난 안 잘 거야."

와일드는 씩 웃지 않을 수 없었다. "전 안 갈 거니까 걱정 마세요."

"아."

"그렇다고 해서 그 집에서 자는 게 좋은 생각이라는 건 아니에요."

"아." 헤스터는 그렇게 말하고 다시 덧붙였다. "어머, 정말이니?"

와일드는 아무 말도 하지 않았다.

"내가 참견 좀 할까?"

"제 대답이 필요 없는 질문 같은데요."

"우리가 대화다운 대화를 한 지도 6년이 됐다."

"유감이네요."

"나도 그래. 그게 데이비드 때문이 아니기를 바란다."

데이비드. 그 이름을 말하자 나무들도 조용해졌다.

"그 일로 널 탓하진 않아. 한 번도 그런 적 없다. 너도 알지?"

와일드는 대답하지 않았다. "참견하고 싶다는 게 그 일이에요?"

"아니. 네가 내 아들이나 마찬가지라는 말은 안 할 거다. 그건 너무 과장이니까. 내겐 아들이 셋이고, 내게 아들 같은 아이들은 그 애들뿐이야. 하지만 난 처음부터 네 옆에 있었다. 네가 숲에서 나온 날부터. 우리 모두 그랬지. 나. 아이라. 물론 데이비드도."

"저한테 아주 잘해주셨어요." 와일드가 말했다.

"그런 말을 하려고 이 이야기를 꺼낸 것도 아니야. 그러니까 단도직입적으로 말하마. 요즘 인터넷에서 그 DNA 혈통 검사가 엄청난 인기야. 나도 몇 년 전에 해봤어."

"놀랄 만한 결과라도 나왔나요."

"전혀. 내 결과는 너무 뻔했다."

"하지만 제가 그 검사를 받았는지 알고 싶으시군요?"

"6년 만이다. 그러니까, 그래, 네가 그 검사를 받았는지 알고 싶구나."

"받았어요. 사실 아주 최근에요."

"놀랄 만한 결과가 나왔니?"

"전혀요. 제 결과도 뻔했어요."

"정말?"

"부모나 형제는 없었고, 가장 가까운 사람이 육촌이었어요."

"거기서부터 시작이지."

와일드는 고개를 저었다. "아뇨, 헤스터, 그렇지 않아요. 아들이든 동생이든 잃어버린 가족을 찾고 있다면 그런 DNA 사이트에 등록했을 거예요. 하지만 절 찾는 사람은 없었고 따라서 아무도 제게 관심이 없다는 거죠. 그렇다고 제가 불쌍하다고 생각하지는 않아요. 하지만 어린아이를 그런 숲에 몇 년간 버려두고……."

"그건 모르는 거야." 헤스터가 그의 말을 잘랐다.

와일드는 그녀를 돌아봤지만 헤스터는 계속 정면을 보았다.

"뭘 모른다는 거예요?" 와일드가 물었다.

"네가 그 숲에 얼마나 있었는지."

"정확히는 모르죠, 물론."

"며칠이었을 수도 있어."

와일드는 이 말을 어떻게 받아들여야 할지 몰랐다. "무슨 소리를 하시는 거예요? 데이비드와 전 몇 년이나 함께 놀았어요."

"몇 년이라." 헤스터는 코웃음을 쳤다. "그건 좀 너무하네."

"네?"

"너희들은 어렸어. 아이들이 몇 년씩이나 비밀을 간직할 수 있다고 생각하니?"

"우린 실제로 그랬어요."

"그건 너희들 *생각*이지. 어릴 때는 시간이 얼마나 느리게 흐르는지 아니? 며칠, 아니면 몇 주였을 수는 있어. 하지만 몇 년?"

"전 똑똑히 기억해요, 헤스터."

"나도 그걸 의심하지는 않는다. 하지만 그냥 며칠이었을 수도 있다는 생각은 안 해봤니? 넌 늘 숲에서 살았던 시절 이전은 기억나지 않는다고 했어. 그러니까 어쩌면, 일단 내 말을 끝까지 들어봐라, 응? 어쩌면 너한테 무슨 일이 일어났고, 그 일이 너무 충격적이어서 네가 예전 기억을 전부 차단해 버렸을지도 몰라. 어쩌면 그 끔찍한 사건 이전의 삶에서는 아무것도 기억하지 못하기 때문에 숲에서 보낸 기억만 확대되어 며칠이 몇 년처럼 느껴질 수 있어."

그건 사실이 아니다. 와일드는 확신했다.

"절 발견한 등산객들이 몇 달, 심지어 몇 년 전부터 있었어요."

"그 사람들은 어린 소년을 봤다고 했어. 너일 수도 있고, 다른 사람일 수도 있지."

하지만 와일드는 그 말을 믿지 않았다. 그는 여러 집에 무단침입했던 일을 기억했다. 몇 킬로미터씩 이동했던 일도 기억했다. 빨간색 계단 난간과 그 비명도 기억했다.

"상관없어요. 설사 그 말이 맞다고 해도 아무도 그 소년을 찾지 않아요." 와일드가 말했다.

"그러니까 네가 진실을 알아내야지. 온전해진 기분을 느끼기 위해서 말이야."

와일드는 얼굴을 찡그렸다. "지금 '온전해진 기분을 느끼기 위해서'라고 하셨어요?"

"그 표현은 실수다, 인정해. 하지만 무슨 말인지 알잖니. 너는 상대와 가까워지고 친밀감을 형성하는 데 문제가 있어, 와일드. 그건 비밀도 아니지. 천재가 아니어도 그 모든 게 네가 숲에 버려진 일과 연관되어 있다는 걸 알 수 있어. 그러니까 왜 그런 일이 일어났는지, 정말로 무슨 일이 있었는지 조금이라도 알게 되면……."

"제가 좀 더 정상이 될 거라고요?"

"무슨 말인지 알잖니."

"안다고 해도 바뀔 건 없어요."

"아마 그렇겠지. 하지만 다른 이유도 있다."

"그게 뭔데요?"

"난 네 출생이 궁금해서 미치겠어." 헤스터는 그렇게 말하며 양손을 들어 올렸다. "넌 안 궁금하니?"

와일드는 손목시계를 보았다. "15분 남았네요. 메이너드 부부를 만나러 가죠."

30

메이너드 부부는 똑같은 버건디색 윙백 의자에 앉아있었다. 당연
히 둘 다 극심한 스트레스에 시달리는 표정이었다. 피부는 축 처
지고, 안색은 창백하고, 눈은 충혈되었다. 하지만 다소 놀랍게도
둘 다 고가의 명품 옷을 멋지게 차려입었다. 대시의 황갈색 바지
는 런천미트라도 썰 수 있을 정도의 칼주름이 잡혀있었다.

　"새로 알게 된 사실이 있으면 우리에게 알려주세요." 대시가
와일드에게 말했다.

　와일드는 최선을 다해서 설명했다. 두 사람은 꼼짝하지 않고
와일드의 이야기를 들었다. 마치 미동도 하지 않고, 어떤 감정도
드러내지 않으려는 듯이. 아니, 그보다는 이 상황을 버텨내려고
안간힘을 쓰고 있었다. 조금이라도 틈이 생기면 그걸로 끝이라
고, 완전히 무너져 내릴 거라고 생각하는 것이다. 와일드의 말이
끝나자 대시와 딜리아는 서로를 바라보았다. 딜리아가 고개를 한
번 끄덕이자 대시가 입을 열었다.

　"딜리아와 전 이 일에 대해 질리도록 이야기를 나눴습니다. 증
거를 검토하고, 어젯밤 크래시의 행적을 시간대별로 정리하기도

했고요. 두 분과도 다양한 이야기를 나눴고, 우리가 들었던 여러 가설을 생각해 보기도 했습니다."

대시는 아내의 손을 잡았다.

"사실 우리는 이 일이 납치인지 장난인지 아니면 완전히 다른 뭔지 알지 못합니다. 두 분도 잘 모르시는 것 같고요."

"난 모르겠어요." 헤스터가 말했다. "와일드 넌?"

"확실히 알기 어렵죠."

"바로 그거예요." 대시가 말했다. "그래서 여러 가능성을 논의한 끝에 최선의 행동 방침, 가장 안전한 방침은 영상을 보내는 거라고 결론 내렸습니다. 전부 다 보낼 수는 없습니다. 그렇게 되면 파일 용량이 너무 클 테고, 게다가 우리에게 영상이 몇 개나 있는지는 아무도 모르니까요. 저도 잘 모르고요."

"왜 그렇게 많이 촬영한 거죠?"

"늘 그랬습니다." 대시가 말했다.

"원래 직업이 다큐멘터리 감독이었거든요." 딜리아가 덧붙였다.

와일드는 고개를 끄덕이며 실내를 둘러보고는 한번 던져보기로 했다. "그래서 지금도 우리를 촬영하는 겁니까?"

정적이 흘렀다. 이윽고 대시가 말했다. "무슨 말이죠?"

와일드는 휴대전화를 내밀었다. "제 휴대전화에는 방에 있는 도청 장치나 카메라를 잡아내는 네트워크 스캐너 앱이 깔려있습니다. 이 앱에 따르면 지금 여기서 여러 개의 네트워크와 ISP가 잡히는데 이 방에 우리를 찍는 카메라가 있다는 것 말고는 설명이 안 됩니다."

대시는 의자에 등을 기대고는 다리를 꼬았다. "난 다큐멘터리 감독입니다. 우리 부부의 삶도 기록합니다. 그걸 다른 목적으로 쓸 생각은 전혀……."

"그 얘기를 지금 꼭 해야 하나요?" 딜리아가 남편의 말을 자르며 퉁명스럽게 말했다.

"아뇨." 와일드가 말했다. "부인 말이 맞습니다. 눈앞의 일에만 집중하죠."

모두 거짓말이었다. 네트워크와 숨겨진 카메라를 찾아내는 앱이 정말로 있기는 하다. 이를테면 사람들은 에어비앤비 호스트가 집에 카메라를 숨겨놓았는지 확인하려고 그런 앱을 사용한다. 하지만 와일드의 휴대전화에는 그런 앱이 없었다.

마감 시한인 오후 4시까지 5분이 남았다. 그들 사이에 있는, 떡갈나무로 만든 커피 테이블에 노트북이 놓여있었다. 대시는 협박 메일 속의 링크를 눌렀다. 화면에 카운트다운 타이머가 뜨면서 링크가 활성화될 때까지 남은 시간을 알려주었다. 4분 47초, 46초, 45초.

"저 링크가 활성화되면 우리 팀이 ISP를 추적할 겁니다. 하지만 아주 간단한 VPN이라도 중요한 정보는 알아내지 못하게 막는다고 들었습니다." 와일드가 말했다.

그들은 노트북 화면 속 타이머가 4분에서 3분으로 줄어드는 걸 말없이 지켜보았다.

"그래서, 어떤 영상을 보낼 거죠?" 헤스터가 물었다.

"방송에 나가지 않은 장면들이 찍힌 영상입니다. 촬영 뒷이야기 같은 거요. 작가실에서 아이디어 회의를 하는 장면 같은 겁니다."

"그렇군요. 협박 메일에서 범인들은 스페셜 폴더에 '가장 치명적인 영상'을 업로드하라고 했어요."

혜스터는 기다렸지만 아무도 말하지 않았다.

"그것도 업로드할 건가요?"

딜리아가 말했다. "네."

"그건 무슨 영상이죠?"

"그게 변호사님과 무슨 상관이 있는지 모르겠군요."

"뭐라고요?"

"우린 그 영상의 내용을 변호사님께 말하고 싶지 않아요. 아들의 안전을 위해 억지로 보내는 거라고요."

"그래서 익명의 납치범하고는 그 영상을 공유하겠지만 변호사에게는 말하지 않겠다고요?"

"누구에게도 보여줄 필요가 없다고 생각합니다." 대시가 말했다. "하지만 여기 있는 와일드 씨가 지적했듯이 그들은 이 영상을 대중에게 공개하라고 하지 않았습니다. 그러니까 어쩌면 그들은 이 영상을 그냥 가지고 있을지도 모릅니다. 아닐 수도 있고요. 어느 쪽이든 우리는 이 영상의 내용을 알리고 싶지 않습니다. 심지어 변호사님이라고 해도요. 아들이 안전하기를 바라기 때문에 어쩔 수 없이 보내는 겁니다."

혜스터는 와일드를 바라보며 고개를 저었다. 그러고는 다시 고개를 돌려 메이너드 부부를 노려보았다. "알아서 하세요."

노트북 속 타이머가 0이 되자 대시 메이너드는 새로고침 버튼을 눌렀다. 새로 뜬 페이지는 단순했다. 두 개의 노란 상자가 있었다. 하나는 '영상-업로드'라고 적혀있고, 다른 하나는 '특별 폴더-업로드'라고 적혀있었다.

그 아래 지시 사항이 있었다.

> 두 개의 링크를 모두 클릭하라. 영상이 업로드되기 전에는 어떤 소통도 없다.

누가 범인인지 몰라도 똑똑하다고 와일드는 생각했다. 협상도, 티격태격하는 논쟁도 없었다.

대시는 긴 한숨을 내쉬었다. 딜리아는 늘 그랬듯이 대시의 어깨에 손을 올려 그를 위로했다.

"시작합니다."

대시는 그렇게 말하며 특별 폴더 버튼을 클릭한 다음, 첫 번째 영상을 클릭했다. 영상이 업로드되기 시작했다. 1분이 지났다. 그리고 또 1분이 지났다. 마침내 새 아이콘이 나타났다. 봉투 아이콘이었다. 대시는 커서를 옮겨서 그 아이콘을 클릭했다.

> 우리는 이 파일을 검토해야 한다.
> 우리 요청대로 했다면 당신 아들은 정확히 내일 자정에 돌아가게 될 것이다.
> 그때 아들의 위치를 알려주겠다.

딜리아의 눈에 눈물이 고였다. "자정이라고?"

대시는 아내의 손을 잡았다.

"우리 아들이 저들과 하룻밤을 더 보내야 한다고?"

"괜찮을 거야. 우리는 할 수 있는 데까지 다 했어."

"정말 그럴까?" 딜리아가 물었다.

정적이 흘렀다.

대시는 와일드와 헤스터를 돌아보았다. "이제 어떻게 해야 합니까?"

"여전히 FBI에 알리고 싶지 않다면⋯⋯."

"알리지 않을 겁니다." 대시가 헤스터의 말을 잘랐다.

헤스터는 어깨를 으쓱였다. "그럼 그냥 기다려야죠."

와일드와 함께 밖으로 나온 헤스터가 말했다. "우린 마냥 기다리지 않을 거지?"

"뭘 할 수 있을지 모르겠네요."

"여기 계속 있을 거니?"

"이 집에는 없더라도 근처에는 있어야죠."

"나도 마찬가지야. 나가서 간단하게 저녁이나 먹고 올까 한다. 그래도 된다면."

"당연히 그래도 되죠."

헤스터가 양손을 맞잡아 비틀자 손가락에 낀 반지들이 돌아갔다. 와일드는 헤스터의 손에서 처음으로 결혼반지가 사라졌다는 걸 알아차렸다. 아이라가 죽은 게 6년 전이던가? 기억나지 않았다.

"오렌 카마이클이랑 저녁 먹기로 했다."

헤스터 크림스틴은 그렇게 말하며 얼굴을 붉혔다. 정말로 얼굴을 붉혔다.

"이틀 만에 두 번째 데이트라니." 와일드가 말했다.

"그래."

"만세."

"건방진 녀석."

"라일라 집에서 자기 싫으시면 오렌 집에서 자면 되겠네요."

"그만해라." 헤스터의 얼굴이 더욱 붉어졌다. "난 쉬운 여자가 아니야."

와일드는 빙긋 웃었다. 몇 초만이라도 일상으로 돌아간 듯해서 기분이 좋았다. "가서 저녁 드시고 즐거운 시간 보내세요."

"좋은 남자야. 오렌 말이다."

"게다가 섹시하기도 하죠. 어깨도 떡 벌어지고."

"그랬니? 미처 몰랐구나."

"가세요, 헤스터."

"무슨 일 생기면 연락할 거지?"

"네."

"와일드?"

와일드가 돌아보았다.

"아이라 이후로 아무도 없었다."

"그럼 때가 됐네요." 와일드가 말했다.

토니스 피자 앤드 서브는 이름 그대로였다.

조리대 뒤에서는 흰 앞치마를 두른 남자 둘이 피자를 뒤집어 댔다. 그들 머리 위로 테이크아웃 손님들이 볼 수 있도록 플라스틱 메뉴판이 있었다. 칸막이 자리에 앉는다면 이 동네 고등학생인 웨이트리스가 끈적끈적한 코팅 메뉴판을 건네줄 것이다. 식탁보는 당연히 빨간색 체크무늬였다. 테이블마다 냅킨 통 그리고 파마잔과 오레가노 등이 들어있는 양념통, 빈 키안티 와인 병에 꽂힌 채 반쯤 타다 만 초가 있었다. 천장에 걸린 텔레비전에서는 스포츠 중계나 뉴스가 방송되는데 지금은 헤스터가 출연하는 채널이 틀어져 있었다.

경찰 제복을 입은 오렌은 식당 뒤쪽 칸막이 좌석에 앉아있다가 헤스터를 보고는 자리에서 일어났다. 이런 식당에서는 너무 격식을 차리는 행동으로 보였다.

"어서 와요."

오렌은 인사를 건네며 헤스터의 볼에 키스하고 그녀의 손을 잡았다. 헤스터는 그의 손을 꽉 잡고는 칸막이 좌석 안쪽으로 들어갔다.

"당신도 여기 많이 와봤겠죠?" 오렌이 물었다.

이 가게는 동네 중심에 있었고, 헤스터가 옛날에 살던 집에서 1킬로미터 정도밖에 되지 않았다. 또한 반경 15킬로미터 내에서 가장 맛있는 피자집이기도 했다.

"아뇨. 사실 여기 마지막으로 온 지 30년도 넘었어요."

"정말요?"

헤스터는 고개를 끄덕였다. "여기로 처음 이사 온 날 저녁에 남편과 나는 아이들을 데리고 이 집에 저녁을 먹으러 왔죠. 우린 지쳐있었고 배가 고팠어요. 이사하느라 힘들었으니까요. 어쨌든 여기 자리가 딱 하나 남아있었는데 우리에게 피자 말고 정식 식사를 시켜야만 자리를 내주겠다는 거예요. 자세한 건 기억이 안 나는데 어쨌든 참 무례하게 굴었어요. 그래서 아이라는 머리끝까지 화가 났죠. 그이는 웬만해서는 화를 잘 안 내는데 한 번 냈다 하면……. 어쨌든 우리는 식사하지 않고 나왔어요. 안 믿겠지만 아이라는 여기 사장에게 편지까지 썼죠. 타자로 쳐서 보냈어요. 하지만 답장은 끝내 오지 않았답니다. 그래서 아이라는 우리에게 이 식당에 절대 가지 말라는 명령을 내렸어요. 그 일 이후로 지난 30년간 이 식당은 몇천만 달러는 손해 봤을 거예요. 우리 아이들은 아빠 말이라면 껌뻑 죽기 때문에 여기서 열리는 친구의 생일 파티에 초대받거나 어린이 야구단 경기가 끝나고 다 함께 이 식당에 올 때도 가지 않았어요." 헤스터는 고개를 들었다. "내가 왜 이 이야기를 하고 있는지 모르겠네요."

"재미있으니까요. 그럼 다른 데로 갈까요? 헤리티지 다이너는 어때요?"

"웃기는 얘기 해줄까요?"

"해봐요."

"내가 비서에게 알아보라고 했더니 이 가게는 4년 전에 다른 사람에게 팔렸더라고요. 만약 예전 사장이 아직도 주인이었다면 난 오지 않았을 거예요."

오렌은 미소 지었다. "그럼 여기서 먹어도 되는 건가요?"

"네." 헤스터는 고개를 저었다. "미안해요."

"뭐가요?"

"갑자기 아이라 얘기를 꺼내서요. 첫 번째 데이트에서는 셰릴을 들먹이더니 두 번째 데이트에서는 아이라 얘기를 했네요."

"껄끄러운 얘기는 미리 다 해버리는 게 좋죠. 그나저나 여긴 왜 온 겁니까? 매슈랑 라일라를 만나려고?"

헤스터는 고개를 저었다. "의뢰인들 때문에요."

"이 작은 마을에 의뢰인이 있어요?"

"더는 말 못 해요."

오렌은 이해했다. 웨이트리스가 두 사람 앞에 마르게리타 피자를 한 조각씩 내려놓았다. 헤스터는 피자를 한 입 먹고 눈을 감았다. 무아지경에 빠질 듯한 맛이었다.

"괜찮죠?" 오렌이 물었다.

"갑자기 아이라가 미워지네요."

오렌은 킥킥 웃으며 자기 피자를 집어 들었다. "아마 메이너드 부부겠죠?"

"뭐가요?"

"당신 고객 말입니다. 메이너드 부부요. 처음에는 대시 메이너드일 거라고 생각했지만 당신이 '의뢰인들'이라고 했잖아요."

"난 긍정도 부정도 할 수 없……."

"기대도 안 해요."

"왜 메이너드 부부라고 생각하죠?"

"헬리콥터. 그 집 헬리콥터가 착륙하려면 우리랑 동선이 겹치지 않도록 미리 알려야 하거든요. 그래서 오늘 아침에 헬기가 맨해튼에서 날아온다는 걸 알고 있었죠. 그리고 당신은 아까 여기 올 때 팀이 운전하는 검은색 에스컬레이드가 아닌 콜택시를 타고 왔고요."

"대단하네요." 헤스터가 말했다.

오렌은 어깨를 으쓱였다. "정식으로 훈련받은 형사니까요."

"그래도 그 얘기는 할 수 없어요."

"안 해도 됩니다. 난 그저 당신이 여기에 나와 함께 있어서 정말 기쁠 뿐이에요."

옛 기억이 떠오르고, 의뢰인의 아들은 인질로 잡혀있고, 분위기 없는 식당에서 먹는 저녁인데도 헤스터는 피자에 바른 토마토 소스만큼 얼굴이 붉어졌다.

"나도 내가 여기 있어서 기뻐요." 헤스터가 말했다.

몇 분간 이 세상에는 그녀 맞은편에 앉아있는 멋진 남자와 신들이 먹는 음식만큼 맛있는 피자만 있는 듯했다. 헤스터는 잠시 현실을 벗어난 이 순간을 즐겼다. 평소에는 이런 도피를 별로 바라지 않았다. 그녀는 일에 파묻혀 있는 걸 좋아했고 일에서 벗어나면 오히려 스트레스를 받았다.

몇몇 사람이 그들 자리에 들렀는데 대부분 오렌에게 인사하기 위해서였다. 그중에는 헤스터가 잘 아는 사람도 있었다. 토요일 아침마다 아이라와 함께 테니스를 쳤던 그로먼 부부. 엄청나게 친절한 도서관 사서인 제니퍼 탤로. 제니퍼의 아들은 제프리와 친했다. 당연히 다들 오렌을 알고 있었다. 이렇게 작은 마을에서 오랫동안 경찰로 일하면 나름의 유명세를 얻게 된다. 헤스터는 오렌이 그런 관심을 즐기는 건지, 아니면 의무감에 예의를 차리는 건지 구분할 수 없었다.

"정확히 언제 은퇴해요?" 헤스터가 물었다.

"앞으로 석 달 뒤요."

"계획은요?"

오렌은 어깨를 으쓱였다. "정해진 건 없어요."

"계속 여기 살 거예요?"

"당분간은요."

"여기서 오래 살았잖아요."

"네."

"도시에서 살고 싶다는 생각은 안 해봤어요?"

"네, 살아보고 싶다는 생각도 듭니다."

오렌의 전화가 울리자 그의 얼굴이 굳어졌다. "이건 경찰서에서 온 전화일 때 울리는 벨소리예요. 이 전화는 받아야 해요."

헤스터는 어서 받으라고 손짓하며 재미있다고 생각했다. 자신은 진동 횟수로 업무 전화를 설정해 두었는데 오렌은 '벨소리'로 설정해 두었다니. 오렌은 전화기를 집어 들고 "응"이라고 말했다. 몇 초가 지났다. "알겠네. 토니스에서 가장 가까이에 있는 사람이 누구지? 좋아, 그래, 그 친구에게 여기 들러서 날 데려가라고 해." 오렌은 전화를 끊었다.

"미안해요. 가봐야겠습니다. 당신이 여기서 기다리고 싶다면 금방 돌아올 수 있을 겁니다. 아니면⋯⋯."

"아뇨, 괜찮아요. 라일라에게 들른다고 말해뒀어요."

오렌이 일어섰다. "정말 괜찮겠어요?"

"네, 그럼요. 우버를 부를 거예요."

"그래요. 고마워요." 오렌은 테이블에 20달러짜리 두 장을 놓아두었다. "나중에 전화하죠."

"비상사태인가요?"

"그냥 산악 도로에서 일어난 교통사고예요. 끝나면 전화할게요.”

오렌은 서둘러 출입문을 향해 갔고, 식당 밖에는 순찰차 한 대가 멈춰있었다. 그는 뒤돌아보지 않은 터라 자신이 뭘 남겨두고 갔는지 몰랐다. 헤스터는 그저 우두커니 앉아있었다. 움직일 수 없었고, 숨도 쉴 수 없었다. 혈관 속 피가 얼어붙었다. 폐가 멈췄다. 헤스터는 자신의 맥박 소리를 들을 수 있었다. 심장박동 소리가 믿기지 않을 정도로 점점 더 커지더니 급기야 그 소리만 들렸다.

‘그냥 산악 도로에서 일어난 교통사고예요⋯⋯.’

마치 늘 그런 일이 일어난다는 듯이. 대수롭지 않다는 듯이.

눈물이 볼을 타고 흘러내렸다. 눈에 더 많은 눈물이 고였고, 목구멍에서 꺽꺽거리는 울음이 점점 올라와서 얼른 풀어놓아야 했다. 시간이 없었다. 헤스터는 간신히 일어나서 비틀거리며 화장실로 갔다. 문을 닫고 잠근 다음, 손으로 비명을 막았다.

화장실에 얼마나 있었는지 알 수 없었다. 그동안 화장실 문을 두드린 사람이 아무도 없었으니 아마 겨우 1, 2분쯤 지났을 것이다. 더는 아니다. 헤스터는 마음을 추슬렀다. 세수하고 거울을 보니 데이비드의 유령이 보였다.

‘그냥 산악 도로에서 일어난 교통사고예요⋯⋯.’

데이비드가 죽던 날 밤에 오렌은 어디에서 전화를 받았을까? 경찰서에 있었을까? 아니면 순찰차를 타고 있었을까? 아니면 오늘 밤처럼 이 식당에 있었을까? 아니면 셰릴과 함께 집에 있었을까? 침대에서 자다가 깼을까? 셰릴이 그를 돌아보며 무슨 일이냐고 물으면 아마 오렌은 고개를 저으며 그녀에게 부드럽게 키스하고 다시 자라고 했을 것이다. 이렇게 중얼거리면서.

"그냥 산악 도로에서 일어난 교통사고야⋯⋯."

이제야 앞뒤가 맞아떨어졌다. 헤스터는 자신을 낙천주의자라고도 회의주의자라고도 생각하지 않았지만 왠지 모르게 이 관계가 오래가지 못하리라는 걸 알고 있었다. 간밤에 그녀가 오렌과 함께 들어가 있었던 행복한 거품은 너무 약해서 터질 수밖에 없다는 걸 알고 있었다. 왜 그런 느낌이 들었는지 이제야 이해가 갔다. 그 비극적인 밤에 오렌은 그 현장에 있었다. 좋든 싫든 오렌은 헤스터 인생의 최악의 순간과 얽혀있었다. 그 사실을 바꾸는 건 불가능했다. 오렌을 만나고, 어쩌면 키스도 하고, 어쩌면 그를 껴안을 수도 있지만 그를 보면 늘 그 끔찍한 밤으로 돌아갈 터였다.

그런 관계가 어떻게 오래갈 수 있을까?

헤스터는 종이 타월로 얼굴을 닦고 휴대전화를 꺼내 우버를 불렀다. 8분 뒤에 도착 예정이었다. 헤스터는 심호흡을 몇 번 더 하고 다시 거울을 봤다. 늙어 보였다. 늙은 여자처럼. 사실이 그랬다. 가끔씩 거울에서 저 여자를 볼 때마다 기분이 더러웠다. 이 거지 같은 화장실의 적나라한 불빛 때문에 주름이 더 도드라져 보였다.

휴대전화가 진동했다. 번호를 보니 PD인 앨리슨 그랜트였다. 헤스터는 전화를 받았다. "무슨 일이야?"

"근처에 텔레비전 있어요?"

"응, 하나 있어. 왜?"

"누가 러스티 에거스의 영상을 유출했어요."

헤스터는 등을 똑바로 폈다. "심각해?"

"아주 많이요. 러스티 에거스가 이 일을 무사히 넘어가기는 불가능해요."

31

러스티 에거스는 자신의 펜트하우스에서 텔레비전을 보고 있었다.

개빈이 그의 뒤에 서 있었고, 러스티의 두 보좌관 잰 슈날과 리아 카파소는 소파에 앉아 메모하고 있었다. 잰은 한때 공화당 출신 사우스캐롤라이나 주지사의 비서실장이었고, 리아는 두 민주당 출신 의원의 선거 사무장이었다. 화면 아래로 지나가는 자막이 붉은색 대문자로 멋없이 소리 지르고 있었다.

속보: 러스티 에거스의 충격적인 영상

뉴스 앵커 스캇 갤럿: "이 영상은 10년 전, 〈더 러스티 쇼〉 시즌 1 때 촬영한 걸로 보입니다……."

"적어도 그건 제대로 알고 있네." 러스티가 말했다.

"화면에 나오는 젊은 여성은 캔디 페이트로, 인기를 끌었던 어린이 코미디 〈어메이징 다시〉에 출연해 어린 나이에 스타가 됐고, 〈더 러스티 쇼〉 시즌 1에 초대 손님으로 세 번 출연했습니다. 이 영상이 찍힐 당시에 캔디 페이트는 열여섯 혹은 열일곱이었던 반면 러스티 에거스는 40대 중반이었습니다. 다시 한번 주의드립니다. 방금 입수한 영상입니다. 이 영상은 합성이 아닌 걸로 보이지만 진짜인지는 아직 저희 쪽에서 독자적으로 확인하지 못했습니다."

"그래도 앞잡이들은 이때다 하고 달려들겠지." 러스티가 말했다.

개빈의 눈에 비친 러스티는 놀랄 정도로 차분했고, 두 보좌관은 아니었다.

화면 속에서 러스티 에거스는 소파에 앉은 캔디 페이트에게 한 팔을 두른다. 그의 손이 닿자 캔디는 움찔하는 듯하다.

러스티 에거스: 네 또래 남자아이들은 대부분 미숙해. 그러니까, 성적으로 말이야. 내 말이 무슨 뜻인지 알지?

캔디 페이트: 네, 제 매니저가 아래층에서 기다리고 있어요.

러스티: 네 매니저는 널 홀대하고 있어.

캔디: (어색한 웃음) 그분이 절 여기까지 끌어주셨는걸요.

러스티: 그래봐야 아역이잖아. 넌 이제 성숙한 여성이야. 거기다 재능도 있고.

캔디: 감사합니다.

러스티: 오늘 밤 내 호텔 방으로 오지 그래? 그 얘기를 좀 더 해

보자고.

캔디: 오늘 밤에요? 글쎄요, 전······.

그러더니 러스티 에거스가 캔디의 입술에 격하게 키스한다.

"저것 봐!" 러스티가 화면을 가리켰다. "여자가 거부하지 않잖아. 안 그래?"

하지만 캔디는 딱히 그를 끌어당기지도 않았다.

러스티의 두 여성 보좌관은 얼굴이 창백해졌다.

개빈이 물었다. "저 영상이 어디서 촬영됐는지 아십니까?"

"메이너드의 녹화장 같은데요." 러스티가 말했다.

키스가 끝나자 캔디 페이트는 얼른 자리에서 일어나 스커트를 매만지고 손등으로 입을 닦는다. 그러고는 억지로 미소를 짓는다.

캔디: 이제 가야 해요.

러스티: 그럼 오늘 밤에 볼까? 9시에. 그냥 얘기만 할 거야.

캔디는 서둘러 방에서 나간다.

러스티는 고개를 돌려 두 보좌관을 바라보며 말했다. "자네들의 첫 번째 질문에 대답하자면, 그날 밤에 캔디는 내 호텔 방으로 왔어."

뉴스 앵커 스캇 갤럿: 캔디 페이트는 〈더 러스티 쇼〉에서 해고되었는데 당시 마약을 복용하고 제작진에게 불손했다는

루머가 돌았습니다. 하지만 저희 프로의 전문가 패널은
이제 그 루머의 진위에 의문을 품고 있으며 혹시 캔디 페
이트가 희생양이 아닌가……

러스티는 텔레비전을 꺼버리며 "전문가 패널 좋아하시네"라
고 중얼거리고는 양손을 비볐다. "리아?"

리아 카파소는 멍한 표정으로 고개를 들었다.

"우리 인터넷 봇(bot, 특정 작업을 수행하도록 프로그래밍된 프로
그램―옮긴이)은 준비됐나?"

"대기 중입니다." 리아가 말했다.

"좋아." 러스티는 서성이기 시작했다. "첫 번째 봇 그룹에게 이
건 설명용 영상이라고 해."

"설명용 영상이요?"

"그래. 그래서 이걸 촬영한 거라고. 캔디와 나는 직장에서 동료
간의 부적절한 행동이 어떤 건지 연기한 거야. 〈더 러스티 쇼〉 제
작에 참여한 모든 사람에게 이런 행동은 절대 용납되지 않는다는
걸 알리기 위해서 말이야."

잰 슈날이 말했다. "그 말이 먹힐까요?"

"그건 시작일 뿐이야, 잰. 두 번째 봇 그룹에게는 캔디가 '미 투
(Me Too)'를 주제로 한 시나리오를 연습하는 중이었다고 해. 시
대를 앞선 영화였지. 캔디는 내게 그 장면을 함께 연기해 달라고
한 거야. 리아, 우리 그래픽디자인 팀에게 저 대화가 그대로 들어
가는 시나리오를 만들라고 해. 10년 전에 많이 썼던 시나리오 프
로그램을 사용해서 말이야. 파이널 드래프트나 무비 매직 같은

거. 그리고 저 대화 앞뒤로 한 페이지씩 더 추가하라고 해. 진짜
시나리오처럼 보이게 하란 말이야. 그런 다음에 그게 캔디 페이
트가 추락하기 전에 출연하고 싶어 했던 '미제작 시나리오'라고
흘리는 거야."

리아는 그 말을 받아 적었다. "알겠습니다."

"내 프로에 출연한 수많은 젊은이에게 멘토 역할을 했던 사람
으로서 나는 캔디가 그 장면을 연습하도록 도와주었지만, 그 역
할을 연기하는 게 아주 불편했다고 말해. 잰, 보디랭귀지 전문가
몇 명을 섭외해서 그 장면에서 내가 확실히 연기를 하고 있었고,
가짜로 키스하는 동안 내가 주저하는 것처럼 보였다고 주장하
게 해."

"네."

"다음에는 좌파, 우파로 가지. 잰, 우파 봇을 맡아서 이런 식의
말을 퍼뜨려. '왜 좌파들은 늘 성적 자유를 외치고 여자들이 스스
로 결정을 내려야 한다고 주장하면서 이제는 캔디 페이트가 누구
와 사귈지 결정하기에는 너무 나약하다고 말하는 걸까?' 리아는
좌파 봇에게 '여자들은 성적 대상으로만 존재하지 않고, 이 성숙
한 여성은 누구랑 잘 것인지 스스로 결정할 수 있어야 한다'는 식
의 말을 하게 해. 어떻게 해야 하는지 알지? 뉴욕주의 성관계 동
의 연령(이 나이 이하 사람과의 성관계는 강간으로 처벌된다―옮긴
이)이 몇 살인지 아나?"

리아는 아이패드를 두드리더니 대답했다. "열일곱 살이네요."

"캘리포니아주는?"

"열여덟 살이요."

러스티는 곰곰이 생각했다. "토론토에도 우리 사무실이 있어. 거긴 몇 살이지?"

리아는 다시 아이패드를 두드렸다. "거긴 열네 살이었다가 지금은 열여섯 살이네요."

"좋아, 잘됐어. 이 일이 토론토에 있는 우리 사무실에서 일어났다는 소문을 퍼뜨려. 또 가짜 프로필로 계정을 만들어서 '마초남' 평계를 대도록 해."

잰이 얼굴을 찡그렸다. "마초남이요?"

"그런 거 있잖아. '혈기 왕성한 미국 남자라면 캔디 페이트처럼 섹시한 여자를 보고 어찌 찝쩍대지 않을 수 있겠는가.' '인터넷에서 징징거리는 놈들은 다 어른 남자가 부러워서 그러는 거다.' 그리고 캔디가 법적으로 성인이라는 사실을 계속 반복해서 말해."

자신들이 맡은 일에 조금은 의욕이 생긴 리아와 잰이 고개를 끄덕였다. 개빈은 그 모습을 말없이 지켜보았다.

"마지막으로 '가짜 뉴스' 그룹에게 저 영상은 어느 모로 보나 조작되었다고 해. 우리에겐 다양한 수준의," 이 대목에서 러스티는 손가락을 까닥거려 인용 부호를 넣었다. "'전문가' 집단이 있잖아. 그렇지? 그 사람들에게 음모론자들을 자극하라고 해봐. 이를테면, 글쎄, 그 영상에 일종의 고르지 못한 그림자가 있는데 이건 포토샵의 명백한 증거라거나 소리가 이상하다고 주장해. 영상의 어느 한 부분에 동그라미를 치고 '와, 이 그림자가 여기 있을 수가 없거든요, 틀림없이 조작한 겁니다, 어쩌고저쩌고' 이런 식으로. 아, 그런 다음에 몇몇 음성 '전문가'에게 이건 내 목소리가 아니고, 누군가가 내 목소리를 어설프게 흉내 낸 거라고 말하게 해. 몇몇 봇에게 저 음성이 예전 필름에서 내 말을 따다가 짜깁기한 것처럼 들린다고 말하게 해. 여기까지 이해했나?"

"이해했습니다." 리아가 말했다.

잰이 덧붙였다. "완벽하네요."

이제 두 사람은 더는 창백하지 않았다. 사실 둘 다 미소 짓고 있었다.

"그런 다음에 우리 봇들끼리 서로 싸우게 해. '그게 포토샵이든 아니든 무슨 상관이야? 어차피 완전히 합법적인 일이잖아!' 혹은 '지금 윤리를 들먹일 때가 아니야. 저 영상은 가짜 뉴스라고. 아예 일어난 적이 없는 일이라니까.' 이런 식으로."

리아가 물었다. "의원님은 이 모든 의견에 동의하는 걸로 할까요?"

"그래. 이거 말고도 몇 개 더 생각해 내자고. 이를테면 왜 방송사들은 저 이전 장면은 보여주지 않는가, 이를테면 캔디 페이트가 러스티에게 꼬리 치는 장면 같은 거. 그래, 그거 좋네. SNS에 '이 링크를 누르면 캔디가 러스티를 적극적으로 유혹하고, 러스티가 피하려는 장면이 있는 영상 전체를 볼 수 있다. 왜 뉴스에서는 이 장면을 보여주지 않았을까?' 같은 글과 함께 링크를 걸어. 그런 다음, 이거 정말 기가 막히네, 링크를 누르면 에러 메시지가 뜨게 해. 봇들에게 주요 방송사나 정부가 이 사이트를 막아놓았다고 주장하게 해. 진실의 은폐라고 외치는 거야. 봇들을 총동원해서 공격하게 해. 우파 봇, 좌파 봇 모두. 이 문제의 어떤 면에서도 날 비난할 수 없다는 걸 두고 사람들끼리 싸우게 만드는 거야."

"마음에 드네요." 리아가 말했다.

"그런 다음에 전형적인 '과정 공격하기'를 실행하자고. 알잖아. 진짜 범죄는 이 영상 속 장면이 아니야. 진짜 범죄는, 누군가가 불법적으로 우리를 촬영했다는 거지. 명백한 속셈이 있는 끔찍한 당파주의자가 내 사무실에 몰래 침입해 불법적으로 우리를 감시했어. 그게 진짜 범죄야. 왜 권력을 가진 자들이 기꺼이 법을 어겨가면서까지 내 메시지가 국민에게 전달되지 못하도록 막는 거지?"

"아, 그거 좋네요." 잰이 말했다.

"그렇지? 또, 리아, 우리 변호사 중 하나에게 캔디에게 연락하라고 해. 캔디에게 그녀가 서명했던 비공개 계약서를 잊지 말라고 전해줘. 캔디는 이 일에 대해 어떤 말도 할 수 없어. 만약 한 마디라도 했다가는 우리가 온갖 방법으로 그녀를 망가뜨릴 거라고 해. 하지만 우리에게 협조하면 새로운 영화의 제작비를 대주겠다고 해. 그 영화가 캔디의 훌륭한 복귀작이 될 거라고."

"알겠습니다." 리아가 말했다.

"질문이 있습니다." 잰이 말했다.

"말해."

"지금 언론은 우리 쪽 의견을 들으려고 안달입니다. 언론에 발표하는 공식 성명에선 뭐라고 할까요?"

"아직은 작성하지 마. 앞으로 몇 시간 동안 SNS 반응이 어떤지 지켜보자고. 그때 가면 더 잘 알 수 있을 거야. 내 생각에, 우리 성명서는 꽤나 모호해야 해. 이런 식이지. '우리는 페이트 씨의 명성에 흠집을 내고 싶지 않기 때문에 어떤 견해도 밝히지 않겠습니다. 페이트 씨는 좋은 사람이고, 취약한 처지에 있는 멘티입니다. 그저 조회 수를 높이기 위해 그녀를 진흙탕 속으로 끌어들이는 언론의 행태는 역겹기 짝이 없으며, 겉보기와 명백히 다른 일을 두고 그런 가십성 쓰레기 기사를 쓰는 데는 동참하지 않을 것입니다.' 하지만 아직은 아냐. 일단 사람들이 어떤 이야기를 가장 많이 받아들이는지 봐야겠어. 뭐가 화젯거리가 될지 국민에게 맡기자고. 그래서 그 화젯거리가 최대한 빨리 방송에 나갈 수 있도록 말이야. 우리가 할 일은 국민을 계속 혼란스럽게 하는 거야."

"알겠습니다." 리아가 대답했다.

두 보좌관은 휴대전화와 태블릿 PC를 집어 들었다.

러스티는 개빈을 옆으로 끌고 갔다. "저 영상이 어디서 유출됐는지 알죠?"

"메이너드겠죠."

"이걸 막았어야죠."

"말했잖습니까. 전 해고됐어요." 개빈은 목소리를 낮춰 덧붙였다. "게다가 의원님은 위험한 영상이 없다고 했고요."

"만약 이게 그들이 가진 최악의 영상이라면 우린 괜찮을 겁니다."

"만약이라고요?"

"네?"

"방금 '만약'이라고 했잖아요. 또 무슨 영상이 있습니까?"

"어서 차에 타요. 메이너드가로 가야겠습니다." 러스티 에거스가 말했다.

뉴스가 시작됐을 때 와일드는 대시, 딜리아와 함께 서재에 있었다. 그들은 말없이 '속보'를 보았다.

첫 번째 중간 광고가 나오자 와일드가 말했다. "저게 그 '치명적인' 영상인 모양이군요."

"우리도 공개하고 싶지 않았어요." 딜리아가 말했다.

그러더니 일어나서 문으로 걸어갔다. 대시가 놀라서 물었다. "이거 안 볼 거야?"

"이미 충분히 봤어. 바람 좀 쐴게."

딜리아는 서재에서 나가버렸다. 와일드는 서재 내부의 스테인드글라스를 올려다보았다. 바깥이 어두운데도 창문은 태양이 비추는 것처럼 이상하게 환히 빛났다. 예전에도 그랬듯이 와일드는 이 서재에 거부감이 들었다. 이렇게 위엄 있는 서재에서는 세월의 냄새가 나야 했다. 책에서 나는 가죽 냄새, 가구의 소나무 냄새, 오래 사용한 물건의 곰팡내.

"저걸로 되겠죠? 안 그래요?"

서재에 다른 사람이 없었으므로 저건 대시의 혼잣말이거나 아니면 와일드에게 한 말이다.

"뭐가 된다는 말입니까?" 와일드가 물었다.

"납치범들을 만족시키는 거요. 러스티의 선거 운동도 끝내고요."

와일드도 알 수 없었다. 또한 저 말에서 느껴지는 대시의 감정이 후회인지 환희인지도 알 수 없었다. 두려움은 확실히 느껴졌다.

"그래서 신실이 뭐라고 생각하시나요?" 와일드가 물었다.

"무슨 말이죠?"

"아드님 말입니다. 아드님이 납치되었다고 생각하세요?"

대시는 손깍지를 끼고는 의자에 등을 기댔다. "결국 딜리아와 난 나중에 후회하느니 조심하는 게 낫다고 생각했습니다."

"그건 내 질문에 대한 답이 아닌데요."

"내가 할 수 있는 최선의 답입니다."

"그래도 영상을 넘기기로 한 결정에는 그 이상의 목적이 있지 않나요?"

"무슨 말인지 모르겠군요."

"이젠 부담감이 사라졌잖습니까."

대시는 짜증 난 목소리로 말했다. "무슨 소리를 하는 겁니까?"

"언론에서는 당신에게 러스티 에거스의 영상을 공개하라고 요구했습니다. 다들 끊임없이 당신에게 올바른 일을 해라, 애국자가 되라고 외쳐댔죠. 당신은 끊임없이 그들에게 시달렸을 겁니다. 프라이버시도 없고, 진정한 자유도 없어요. 당신과 당신 사업, 가족에게까지 가차 없는 압력을 가했죠. 하지만 마침내 그 영상이 공개되었으니 모두 끝났잖아요. 그로 인한 안도감도 있을 텐데요."

대시는 다시 텔레비전을 바라보았다. "무례하게 굴고 싶지는 않지만 잠시 나가줄래요? 혼자 있고 싶군요."

와일드는 일어나서 문으로 걸어갔다. 막 복도로 나갔을 때 휴대전화가 울렸다.

발신자는 나오미 파인이었다.

와일드는 전화를 받았다. "여보세요?"

"안녕하세요, 아저씨."

와일드의 맥박이 빨라졌다. "나오미?"

"우릴 찾지 말아주세요, 네?"

"나오미, 지금 어디에 있니?"

"우린 잘 지내요. 무사해요."

"크래시와 함께 있니?"

"그만 끊어야 해요."

"잠깐만……."

"부탁이에요. 아저씨가 모든 걸 망칠 거예요. 우린 발각되기를 원치 않아요."

"이건 이미 해봤잖니, 나오미."

"네?"

"챌린지 게임 했을 때 말이야. 그때 네가 나한테 했던 말 기억해?"

"지하실에서요?"

"그래."

"전 변하고 싶다고 했어요."

"다른 말도 했어."

"완전히 변하고 싶다고 했어요. 내 과거를 지우고 다시 시작할 수 있을 정도로 큰 변화를 일으키고 싶다고요."

"지금 하는 일이 그거니?"

"그때 아저씨는 제가 실패할 거라고 했죠. 그래서 이제 실패할 거예요."

"아냐, 나오미, 그렇지 않아. 난 널 믿는다."

"아저씨?"

"듣고 있어."

"부탁이에요. 절 돕고 싶다면 그냥 내버려 두세요."

개빈과 함께 자동차 뒷좌석에 앉아있는 러스티 에거스는 다친 다리를 구부렸다 펴기를 반복했다. 그러더니 주머니에서 작은 양철통을 꺼내 뚜껑을 열고 알약 두 개를 덜어내 삼켰다. 러스티가 자신을 지켜보는 개빈을 멍한 눈으로 바라보며 말했다.

"타이레놀이에요."

개빈은 대답하지 않았다.

러스티는 휴대전화를 꺼내 번호를 누르더니 말했다. "응, 나야. 설명할 필요 없어. 지금 그쪽으로 가고 있어. 거기 경호원들이 있다고 들었어. 그러니까 밖에서 만나…… 응, 거기. 고마워."

개빈 체임버스가 물었다. "누구랑 통화한 겁니까?"

"지난번에 내가 말했던 말발굽 이론 기억해요?"

"네, 물론이죠."

"상대적으로 봤을 때 대다수의 미국인이 중도라고 했죠. 지금까지 미국은 그렇게 균형을 맞춰왔다고. 좌파와 우파는 의견이 다르기는 해도 미워할 수 없을 정도로 가까워졌다고요."

"맞습니다."

"그런 세상은 끝났어요, 개빈. 그러니까 이제는 사회 질서를 무너뜨리기가 쉬울 겁니다. 중도는 현실에 안주하게 됐어요. 그들은 똑똑하지만 게으르죠. 회색을 볼 수 있고, 자기와 다른 사람들을 이해합니다. 반면 극단주의자들은 모든 걸 흑백으로만 봅니다. 그들은 자신의 견해가 절대적으로 맞다고 확신할 뿐 아니라 자기와 다른 사람들을 이해조차 못 합니다. 자기들이 하는 일이 모든 면에서 상대보다 우월하다고 믿기 때문에 자신의 신념을 위해서라면 무슨 짓이든 합니다. 난 그런 사람들을 원해요, 개빈. 그리고 중도에 있는 사람들에게 어느 한쪽을 선택하도록 강요해서 그런 극단주의자들을 더 많이 만들어 내고 싶어요. 중도를 전부 극단주의자들로 만들고 싶어요."

"왜죠?"

"극단주의자들은 무자비하니까요. 그들에게는 옳고 그름이 없습니다. 오로지 내 편과 네 편이 있을 뿐이죠. 당신은 야구팬이죠, 개빈?"

"네."

"양키스 팬 맞죠?"

"맞습니다."

"만약 양키스 팀 감독이 바람을 피웠다거나 당신이 좋아하는 양키스 팀 선수들이 전부 스테로이드를 복용했다고 가정해 봅시다. 그럼 당신은 레드삭스 팬이 될 건가요?"

개빈은 아무 말도 하지 않았다.

"네?"

"아뇨."

"바로 그거예요. 양키스 팀이 무슨 짓을 해도 당신이 레드삭스 팬이 될 수는 없어요. 난 그런 힘을 가지고 싶습니다. 최근에 베르너 헤어조크가 한 말을 읽은 적이 있어요. 그 사람이 누군지 압니까?"

"독일의 영화감독이죠."

"맞아요. 베르너 헤어조크는 한때 독일이 그랬듯이 미국 역시 국민의 3분의 1이 지켜보는 가운데 국민의 3분의 1이 나머지 3분의 1을 죽일 거라는 사실을 자각하고 있다고 했어요." 러스티는 개빈의 어깨에 손을 올리며 말했다. "당신과 내가 세상을 바꿀 거예요, 친구." 그러고는 몸을 앞으로 내밀어 운전사에게 말했다. "다음 모퉁이에서 세워줘."

"메이너드 저택으로 가는 줄 알았는데요."

"계획이 바뀌었어요."

"왜 갑자기요?"

모퉁이 옆에서 차가 멈췄다. 버스 정류장 옆에 한 여자가 고개를 숙인 채 서 있었다.

"17번 고속도로에서 5킬로미터 정도 가면 다이너(일종의 간이식당으로 핫케이크나 수프 등 빠르게 조리할 수 있는 저렴한 음식들을 판매한다—옮긴이)가 하나 있어요."

"어딘지 압니다."

"거기서 기다려요. 금방 갈 테니까."

차는 러스티를 내려준 다음 자리를 떴고, 개빈은 여자가 누군지 알아내려고 계속 바라보았다. 확신할 수는 없었지만, 그리고 절대 장담할 순 없지만, 딜리아 메이너드와 무척 닮았다고 생각했다.

CHAPTER
32

이튿날 아침 잠에서 깬 헤스터는 잠시 여기가 어디인지 몰라서 어리둥절했다. 골치가 지끈거렸고, 목이 바싹 말랐다. 아침 햇살 한 줄기가 침실로 살그머니 들어와 눈을 찔렀다. 멀리서, 아래층에서 사람들 목소리가 들렸다.

헤스터는 퍼즐 조각을 맞추려 했고, 오래 걸리지 않았다. 토니스 피자 앤드 서브를 떠난 뒤에 그녀는 옛집으로 왔다. 집에는 아무도 없었다. 매슈는 친구들과 외출했다. 라일라는, 음, 추측하건대 데이트 중인 듯했다. 아마 그래서 아까 와일드가 이 집에서 자고 가지 않는다고 했으리라. 한때 그녀의 가족들(아이라, 제프리, 에릭, 데이비드. 그녀의 남자들. 헤스터는 그들을 늘 그렇게 불렀다. 그녀의 남자들, 그녀의 아름답고 훌륭한 남자들)이 살았던 집에 그녀 혼자 남았다. 깨어난 유령들을 잠재우는 유일한 방법은 알코올로 중재하는 것뿐이었다. 헤스터는 술병이 들어있는 장식장에서 라이터스 티어스(Writers' Tears)라는 위스키를 꺼내 얼음이 든 잔에 따랐다. 그게 시작이었다. 아주 좋은 시작. 유령들은 얌전해져서 그녀 옆에 앉아 손을 잡았지만 완전히 사라지지는 않았다. 그래서 헤스터는 가방 속을 더듬어 약을 찾아냈다. 평소에는 약을 거의 먹지 않았다. 꼭 필요할 때만 먹었는데 오늘이 '꼭 필요한 때'가 아니라면 언제겠는가. 약을 입에 털어 넣으면서도 헤스터는 이게 좋은 선택이 아님을 알고 있었다. 약은 절대 술과 함께 먹으면 안 된다. 라일라나 매슈가 돌아오거나 와일드에게서 연락이 올 경우를 대비해 정신을 똑바로 차리고 있어야 했다.

여느 날이었다면 그 생각만으로도 약을 먹지 않았을 텐데, 다시 말하지만 오늘은 여느 날이 아니었다.

헤스터는 실눈을 뜨고 휴대전화를 향해 손을 뻗었다. 침실까지 어떻게 왔지? 기억나지 않았다. 집으로 돌아온 라일라가 소파에 쓰러진 그녀를 발견한 걸까? 아니면 매슈가? 아닐 것이다. 헤스터는 자신이 어떤 상태였는지, 그리고 정신을 잃기 전에 침대에 누우려고 침실로 올라온 기억이 어렴풋이 떠올랐다. 하지만 확실하지는 않았다.

아직도 아래층에서 올라오는 목소리가 들렸다. 혹시 그녀가 어젯밤에 자고 가기로 한 사실을 라일라가 깜빡하고 다른 남자를 데려온 건 아닐까? 지금 저 소리는 라일라가 그 남자에게 아침을 차려주는 소리일까? 헤스터는 걱정이 되어서 숨을 죽이고 귀를 기울였다.

두 사람 목소리였는데 둘 다 여자였다. 하나는 라일라였고, 다른 하나는……?

헤스터의 휴대전화는 배터리가 4퍼센트밖에 남지 않았다. 화면 속 시계는 오전 6시 11분이었다. 그녀가 자는 동안 오렌이 몇 번 전화한 기록이 남아있었다. 음성 메시지도 하나 있었는데 역시 오렌이 남겼다. 헤스터는 재생 버튼을 눌렀다.

"헤스터, 나예요. 정말…… 미안해요. 내가 왜 그렇게 무신
경했는지 모르겠네요. 전화를 받고 서둘러 나가느라 미처
생각을 못 했어요. 하지만 그건 이유가 못 되죠. 정말로 미
안합니다. 참고로 말하자면, 그건 정말 경미한 사고였어
요. 심각한 부상을 당한 사람도 없고요. 그게 의미가 있을
지는 모르겠지만. 어쨌든 전화 줘요, 알았죠? 당신이 괜찮
은지 알려줘요."

하지만 그녀는 괜찮지 않았다.

헤스터는 오렌의 목소리에서 그가 얼마나 걱정하는지 알 수 있
었다. 오렌은 정말 좋은 남자였지만, 영화에서처럼 마녀가 저주
를 걸어버렸다. 오렌은 데이비드가 죽던 날 밤에 그 현장에 있었
다. 오렌 역시 그날 밤에 사고가 났다는 전화를 받았고, 헤스터로
서는 그 사실을 떨쳐버리고 예전으로 돌아가는 건 불가능했다.
지금은 안 된다. 앞으로도 영원히. 저주가 두 사람이 행복해질 수
있는 모든 가능성을 불운한 결말로 만들어 버렸다. 아직 먼 훗날
의 일이기는 했지만.

헤스터는 오렌을 속상하게 하고 싶지 않았다. 이건 그의 탓이
아니었고, 오렌은 이제 젊지도 않았다. 그가 속을 더 끓이는 건 원
치 않았다. 그래서 오렌에게 답장을 보냈다.

난 괜찮아요. 눈코 뜰 새 없이 바빠요. 나중에 연락할게요.

하지만 그녀는 전화하지 않을 것이다. 혹은 오렌이 전화해도 받지 않을 것이다. 그럼 오렌도 눈치챌 테고, 둘은 더 행복해질 것이다.

아래층에서 들리던 목소리가 점점 더 커지며 이동했다. 이런 걸 기억하는 게 이상했지만 라일라와 데이비드가 손님용 침실로 사용하는 이 방은 예전엔 헤스터의 홈 오피스였다. 아래층에서 들리는 소리의 음량과 여운으로 볼 때 부엌에서 이야기하던 두 여자가 이제는 현관 근처로 갔다는 걸 알 수 있었다. 아마 작별 인사를 하고 있을 것이다. 헤스터는 창밖을 내다보았다. 역시나 젊은 여자가 조약돌이 깔린 길을 내려가 집 앞에 주차해 둔 검푸른색 자동차로 가고 있었다.

헤스터는 라일라가 준비해 둔 손님용 가운을 걸치고 복도로 나갔다. 층계 밑에 라일라가 있었다.

"안녕히 주무셨어요?" 라일라가 말했다.

"잘 잤니?"

"네. 어젯밤에 집에 오니까 이미 침실로 들어가셨더라고요. 불편한 거 없으셨어요?"

"응. 없었어." 머리가 지끈거렸지만 헤스터는 아무렇지도 않다는 듯이 말했다.

"저 때문에 깨셨다면 죄송해요. 근처에 사는 의뢰인이 상의할 게 있다고 해서요."

"아, 그랬구나."

"부엌에 커피 내려놨어요."

"네가 내 구세주야."

라일라는 미소를 지으며 가방을 집어 들었다. "길 막히기 전에 출발해야겠어요. 필요한 거 있으세요?"

"없어, 라일라. 고맙구나."

"매슈가 곧 일어날 거예요. 오늘 저녁에도 여기 계실 거면 함께 식사하실래요?"

"상황 봐서 하자꾸나."

"네."

라일라는 미소 짓는 얼굴로 현관문을 열고 나갔다. 헤스터는 얼굴에서 웃음기를 싹 지운 채 양손으로 지끈거리는 머리를 부여잡았다. 머리가 깨지지 않도록 양옆을 꽉 눌렀다. 그러고는 계단을 내려갔다. 당연히 커피가 도움이 될 터였다.

현관문 옆에 달린 유리창을 내다보니 아까 나갔던 젊은 여자가 아직 떠나지 않고 푸른색 차 옆에 서있었다. 라일라가 그녀에게 다가갔다. 둘은 잠깐 이야기하더니 라일라가 위로하듯이 여자의 어깨에 손을 올렸다. 여자는 그 손길에 힘이 나는 듯했고 고개를 끄덕이며 자동차 키의 버튼을 눌렀다.

"안녕히 주무셨어요, 나나."

계단 꼭대기에서 매슈가 말했다.

"잘 잤니?" 여전히 창밖을 내다보며 헤스터가 말했다. "엄마랑 함께 있는 저 여자 누군지 아니?"

"누구요?"

"저 푸른색 차에 타는 여자."

매슈는 10대 특유의 통통 튀는 걸음으로 계단을 내려왔다. 그러고는 차에 올라타 떠나는 여자를 창문 너머로 바라보며 말했다. "아, 저분은 미즈 오브라이언이에요. 엄마가 재판을 돕고 있을 거예요."

왜 저 이름이 귀에 익지? 헤스터는 생각했다.

"미즈 오브라이언?"

"네. 우리 학교 미술 선생님이에요."

앱에 따르면 우버 운전사는 평점 4.78의 마이크라는 남자였다. 마이크는 메이너드 장원의 대문 앞에 늘어선 사람들을 보더니 달갑지 않은 표정으로 헤스터에게 물었다.

"저기 왜 저러나요?"

열 명이 안 되는 시위대가 '가짜 뉴스!', '스파이는 반역죄로 감옥에 가라'는 피켓을 들고 정문 앞에 서서 구호를 외치고 있었다. 그들과 똑같은 수의 경찰이 시위대가 대문에서 물러나도록 저지하고 있었다. 4.78 마이크가 회색 혼다 어코드를 세우자 경찰 중에서 하필 제복을 입은 오렌이 차를 향해 다가와 조수석 차창으로 머리를 들이밀며 4.78 마이크에게 물었다. "약속하고 온 겁니까?"

뒷좌석에서 헤스터가 말했다. "네."

오렌이 그녀에게 고개를 돌렸다. "아, 당신이군요."

그 말과 함께 데이비드의 유령이 나타나 그녀 옆에 앉았다.

"네."

잠시 둘 다 움직이지도, 말하지도 않았다. 그러자 4.78 마이크가 정적을 깼다. "들어갈 수 있는 겁니까, 뭡니까?"

"경비원이 대문 안쪽에 크림스틴 변호사를 내려주게 할 거요.

좋은 하루 보내시오." 오렌이 말했다.

오렌이 차에서 물러나자 데이비드의 유령도 희미해졌고, 4.78 마이크는 대문을 통과했다. 와일드가 골프 카트에 탄 채 헤스터를 기다리고 있었다. 헤스터가 올라타자 와일드가 말했다. "나오미에게서 전화 왔어요."

"뭐? 언제?"

"어젯밤에요."

"왜 나한테 연락 안 했니?"

"데이트 중이었잖아요."

"나중에라도 하면 되잖아."

와일드는 웃지 않으려고 했다. "데이트가 어디까지 갈지 몰라서요."

"까불지 마라."

"죄송해요."

"그래서 나오미가 뭐라던?"

"자기들을 찾지 말래요."

"자기들? 혼자가 아니란 말이야?"

"네."

"괴로워하는 목소리였니?"

"몸값을 노리고 납치당한 사람의 괴로운 목소리는 아니었어요. 사실 꽤 흥분한 목소리였어요."

"마치 학교에서 제일 인기 있는 남학생과 달아났을 때처럼 말이냐?"

"그럴 수 있죠."

골프 카트가 진입로를 오르기 시작했다.

"나도 할 말이 있다." 헤스터가 말했다.

"뭔데요?"

"오늘 아침에 에이바 오브라이언이 라일라를 찾아왔더구나."

와일드는 어리둥절했다. "왜요?"

"라일라 말로는 의뢰인이래."

"무슨 일로요?"

헤스터는 얼굴을 찡그렸다. "그거야 물어볼 수 없지. 라일라도 대답할 수 없고. 변호사와 의뢰인 간의 특권, 알지?"

와일드는 손목시계를 봤다. "에이바가 곧 학교로 출근할 거예요. 서두르면 출근길에 만날 수 있겠어요."

"만나서 뭐라고 하게? 나도 생각해 봤는데, 에이바가 라일라에게 의뢰한 법적 문제가 이 일과 무슨 연관이 있을까?"

와일드도 알 수 없었다. 하지만 납치범들이 말한 시한까지 아직 다섯 시간이나 남았고, 와일드는 조바심이 났다.

"잠깐만 만나고 올게요."

"메이너드 부부는 어디 있니?"

"서재에요. 먼저 내려다 드리고 갈게요."

지난밤은 한없이 길게 느껴졌다. 와일드는 자지 않고 밤늦게까지 숲에서 달렸다. 밤에 나무들 사이로 달리며 눈이 어둠에 재빨리 적응하고, 오감이 전부 어우러져―그렇다, 사람은 달릴 때 오감을 전부 다 사용한다―부분의 합 이상으로 더 훌륭한 완전체가 되는 게 좋았다. 와일드는 에코 캡슐에도 들렀다. 개빈 체임버스의 부하들이 다녀간 이후로 처음이었다. 와일드는 혹시 그들이 다시 와서 캡슐에 무단침입하지 않았는지 확인했다. 그런 흔적은 없었다. 한동안 샤워도 하지 않고 옷도 갈아입지 않은 터라 두 가지도 해결했다.

캡슐에 머무는 동안 와일드는 교란 작전을 생각했다. 기만전술을 펼쳤던 고스트 아미. 그 부대의 목적은 간단했다. 사람들을 혼란스럽고 헛갈리게 만드는 것이다. 뉴스를 보면 러스티 에거스와 그의 선거 캠프에서도 그 작전을 쓰는 듯했다.

그리고 효과가 있었다. 역사를 돌이켜 보면 그 작전은 늘 효과가 있었다.

와일드는 에이바를 만날 수 있기를 바라며 렉서스를 몰아 스위트워터 고등학교로 향했다. 헤스터의 말이 맞았다. 아마 그 일은 이 사건과 연관이 없을 터였다. 하지만 와일드는 에이바를 좋아했다. 마음 한구석으로는 그 사실을 인정하기 싫었지만, 왠지 그녀를 다시 보고 싶었다. 어제 세븐일레븐에서 에이바에게 다시 사귀자고 말한 이후로 에이바는 늘 그의 마음 한구석에 있었다. 어제 와일드도 자신이 한 말에 깜짝 놀랐다. 물론 진지한 의미로 한 말은 아니었다. 그도 알고 있었다. 한 번 헤어진 사람과 다시 사귀지 않는 이유는 자신은 상대에게 아무런 애착도 생기지 않지만 상대는 그럴 수 있기 때문이다. 그건 옳지 않거나 공정하지 않다. 그래서 그의 사전에 앙코르는 없었다.

다만 솔직히 말하면 에이바와는 그런 동반자 관계를 만들고 싶었다.

그러니까 학교로 찾아가는 것도 그저 그녀를 만나기 위한 핑계인 걸까?

와일드는 교사 전용 주차장 맞은편에 주차하고, 차에서 내려 차에 기대섰다. 몇 분이 지나자 에이바의 차가 주차장으로 들어와 멈췄다. 에이바가 차에서 내리자 와일드는 잠시 그녀를 바라보았다. 에이바 오브라이언은 아름다웠다. 강하고 열정적이고 독립적이고 감성적이었다.

그가 에이바 쪽으로 한 발 내디뎠을 때 차 한 대가 그의 앞을 막아섰다.

운전자가 차창 밖으로 머리를 내밀었다. "어서 타요."

사울 스트라우스였다.

"왜 갑자기 다들 날 찾는 건가요, 와일드?"

"당신이 모르면 누가 압니까."

"나는 그 영상이 공개된 일과 아무 연관이 없어요."

"압니다."

"그럼 왜 개빈이 날 찾는 거죠? 당신은 왜 나한테 전화했나요?"

"말하자면 깁니다."

"차에 타요. 당신에게 보여줄 게 있어요." 좌우를 살피며 스트라우스가 말했다.

와일드는 에이바를 바라보았다. 그녀는 학교 정문을 통과하고 있었다.

"중요한 일입니다." 스트라우스가 말했다. "하지만 개빈 체임버스가 날 노리고 있으니 난 차에서 내릴 수 없어요. 얼른 내 차에 타요. 아니면 난 갈 거요."

와일드는 에이바의 모습이 사라질 때까지 망설였다. 이제는 선택의 여지가 없었다. 와일드는 조수석에 올라탔고, 스트라우스는 액셀러레이터를 밟았다.

"어디로 가는 겁니까?" 와일드가 물었다.

"'진실을 찾아서'라고 한다면 너무 간지러울까요?"

"당연하죠."

"그럼 감옥이라고 하죠. 우린 감옥으로 갑니다."

"감옥이라뇨?"

사울 스트라우스는 계속 두 손으로 운전대를 잡고 있었다. "왜 다들 날 찾으려고 안달이죠?"

"그보다 더 나은 질문은 이겁니다. 그동안 어디 있었습니까?"

"내겐 적들이 있어요. 당신도 잘 알 겁니다. 그러니 러스티 에거스 같은 약쟁이 허무주의자 밑에서 일하는 계산적인 파시스트 개빈 체임버스가 날 찾아다닐 때는 함부로 모습을 드러내지 않아야 해요. 무슨 뜻인지 알죠?"

"그건 모르겠고 대답을 회피한다는 건 알겠네요."

"당신이나 개빈이나 왜 그걸 알고 싶어 하나요?"

와일드는 사실을 숨겨야 할 이유가 없다고 생각했다. "크래시 메이너드가 실종됐습니다."

"그게 무슨 말인가요? 실종이라니. 잠깐만, 그래서 그 영상이 공개된 건가요?"

와일드는 아무 말도 하지 않았다.

"그리고 당신네들은 내가 그 일과 연관이 있다고 생각하는 거고?"

"연관이 있습니까?"

"있고말고요. 내가 크래시 메이너드를 데리고 있어요. 근데 무장한 개빈의 직원들이 그 집을 지키고 있지 않았나요?"

좋은 지적이라고 와일드는 생각했다. "날 어떻게 찾아냈습니까?"

"방금 말인가요? 우리 쪽 사람 하나가 메이너드의 집을 감시하고 있었죠. 그건 그렇고 대체 누가 그 집을 '메이너드 장원'이라고 부르는 겁니까? 그거야말로 지극히 과시적이고 과장되고 터무니없는 명칭 아닌가요? 만약 빈익빈 부익부의 예시가 필요하다면 난 그 집을 증거 1호로 채택할 거예요. 어쨌든 우리 쪽 사람이 당신을 여기까지 미행했어요."

"그리고 당신은 이 근처에 있었고요?"

"당신을 만나야 했으니까."

"날 감옥에 데려가려고요?"

"그래요."

"난 11시 30분까지 메이너드가로 돌아가야 합니다."

"오래 걸리지 않을 거예요. 헤스터가 아니 포플린을 인터뷰했다는 말 들었어요."

"아는 게 많네요, 사울."

"그렇죠. 이젠 헤스터두 그의 말을 믿을 겁니다."

와일드는 화제를 바꿨다. "요전 날 호텔 바에서 왜 나오미 파인에게 그렇게 관심을 보였죠?"

"관심 보인 적 없어요. 내가 관심 있는 건 크래시 메이너드죠."

"마침 그 애는 실종됐고요."

"그때 당신은 내 말을 믿지 않았지만 내가 분명히 말했을 텐데요. 메이너드에게 영상이 있다고."

"그리고 그 영상이 공개됐죠."

"그래요. 나도 뉴스 봤어요. 사람들 반응도 봤고. 하지만 러스티가 어린 여자에게 키스했다는 사실에는 아무도 신경 안 씁니다. 러스티를 절대 찍어주지 않을 사람들 말고는."

그들이 탄 차는 태펀지 대교를 건너 허드슨강을 따라 북쪽으로 향했다. 만약 스트라우스가 말한 '감옥'이 비유가 아니라면, 와일드는 지금 그들이 어디로 가는지 알 수 있었다.

"싱싱으로 가는 겁니까?" 와일드가 물었다.

"그래요."

"왜죠?"

"당신이 직접 보기를 바라니까요, 와일드. 당신이 이해하길 바라니까."

맨해튼에서 채 한 시간도 걸리지 않는 곳에 있는 싱싱 교정 시설은 유명한 감옥이다. 1800년대 초반에 지어졌는데 우리 코앞에 숨어있다. 만약 매일 메트로노스 철도를 타고 그랜드센트럴역까지 통근하는 사람이라면, 매일 싱싱 교도소 한가운데를 통과하는 셈이다. 허드슨강을 오가는 배를 타면 강을 내려다보는 비옥한 땅에 자리한 싱싱을 볼 수 있다. 악명 높은 전기의자 '올드 스파키(Old Sparky)'는 싱싱 안에서 지금까지 600명이 넘는 사람을 처형했다. 그중에는 소련 스파이 혐의를 받아 1953년에 처형된 줄리어스와 에설 로젠버그 부부도 포함되어 있었다. 아내보다 먼저 올드 스파키에 앉은 줄리어스는 금방 죽었다. 그 뒤를 이어 방금 전에 남편이 죽은 바로 그 의자에 에설이 앉았는데―기분이 끔찍했으리라―그녀의 처형은 간단하지 않았다. 처형 현장을 지켜본 사람들 말에 따르면 몇 차례나 전기를 흘려보냈지만 반복되는 전기 충격에도 그녀의 심장은 계속 뛰었고, 머리에서 김이 났다고 한다.

와일드는 왜 사울 스트라우스가 자신을 여기로 데려왔는지 알 수 없었다.

스트라우스는 싱싱 교정 시설의 방문객 주차장에 주차하고 시동을 껐다. "갑시다. 금방 끝날 거요."

스트라우스가 부탁을 해놓았는지 그들은 다른 사람보다 먼저 들어갔다. 호주머니를 비우고, 금속 탐지기를 통과했다. 접견실은 극도로 삭막한 학생 식당 같았다. 여러 개의 테이블과 의자가 있었고, 텔레비전에서 봤던 유리벽은 없었다. 수감자들은 사랑하는 사람과 거리낌 없이 껴안을 수 있었다. 방문객은 성인 배우자나 연인, 부모, 형제가 많을 거라고 생각하겠지만 대부분 어린아이가 딸린 가족이었다. 아이들 천지였다. 몇몇 아이는 어린이집이나 유치원 교실처럼 꾸며진, 알록달록한 '가족 센터'에서 놀았다. 거기에는 보드게임과 그림책, 색종이, 장난감이 있었다. 그런가 하면 밖에 나가 운동장에서 노는 아이들도 있었다.

와일드와 스트라우스는 수감자들이 들어오는 출입문 바로 옆, 4열이라고 또렷이 표시된 테이블에 배정되었다. 수감자들이 나타날 때까지 앉아서 기다려야 했다. 와일드는 자세히 묻고 싶었지만, 여기까지 왔으니 이제는 스트라우스에게 맡겨야 한다고 생각했다. 웅 소리가 나더니 감옥과 연결된 문이 옆으로 스르륵 열렸다. 수감자들이 쏟아져 들어와 서둘러 가족에게로 갔다. 와일드는 스트라우스를 쳐다보았다.

"우리가 만날 사람은 맨 마지막에 올 겁니다." 스트라우스가 말했다.

와일드는 그게 무슨 말인지 알 수 없었지만 곧 알게 될 터였다. 한 무리의 수감자들이(싱싱 교정 시설에는 남자만 있었다) 다 들어온 후에 마지막 남자가 들어왔다. 휠체어를 타고. 와일드는 왜 그들이 입구 근처 자리로 배정되었는지 알 수 있었다.

거기가 장애인 전용 자리였다.

휠체어를 탄 남자는 흑인이었다. 짧게 자른 머리카락은 희끗희끗했고, 피부는 거칠었으며, 눈에는 황달 기가 있었다. 와일드는 그가 50대, 어쩌면 60대일 거라고 짐작했다. 감옥에 있으면 빨리 늙는다는 말은 너무 진부하지만, 때로는 진부한 말이 사실이기도 하다.

사울 스트라우스는 자리에서 일어나더니 큰 키를 구부려 남자를 껴안았다. "잘 있었어요, 레이먼드?"

"반가워요, 사울."

"와일드를 소개할게요. 와일드, 이쪽은 레이먼드 스타크예요."

와일드는 레이먼드 스타크와 악수했다. 그의 손은 힘이 넘쳤다. "만나서 정말 반가워요, 와일드."

"저도 반갑습니다." 와일드는 그렇게 말했다. 달리 뭐라고 해야 할지 몰랐기 때문이다.

레이먼드 스타크는 와일드를 보며 미소 지었다. 그 미소가 얼굴을 환히 밝혔다. "내가 레드 어니언에 있을 때 당신이 숲에서 발견됐죠." 레이먼드가 말했다. "레드 어니언은 버지니아주에 있는, 보안이 아주 철저한 교도소예요. 그때 난 거기 막 수감되었고, 아직 희망이 있었죠. 경찰이 자기들의 실수를 깨닫고 내가 곧 석방될 줄 알았습니다."

와일드는 이 남자가 30년 넘게 수감되었다는 걸 깨달았다.

"당시 난 당신에 관한 기사는 전부 다 읽었어요. 당신은 이 세상에 아는 사람이 하나도 없고, 가족도 없었죠. 과거도 기억하지 못했고요. 맞죠?"

"맞습니다."

"그게 축복인지 저주인지 모르겠군요."

스트라우스는 자리에 앉았고, 와일드에게도 앉으라고 손짓했다.

"와줘서 고마워요." 레이먼드가 와일드에게 말했다.

와일드는 레이먼드를 바라본 다음, 스트라우스를 보았다. "왜 날 여기 데려왔는지 말해주시죠."

"1986년에 레이먼드는 크리스토퍼 앤슨이라는 청년을 살해한 혐의로 체포됐어요. 앤슨은 워싱턴 DC의 딘우드에서 칼에 찔려 사망했죠. 경찰은 앤슨이 마약을 사러 우범 지대로 갔다가 살해됐다고 했어요. 피해자의 명성에 금이 가지 않도록 그 사실은 대부분의 언론 보도에서 빠졌지만. 어쨌든 앤슨은 칼로 심장을 한번 찔렸고 금품을 빼앗겼죠. 당신은 너무 어려서 기억하지 못할 테지만 당시에는 이 일로 떠들썩했어요. 앤슨은 부유한 백인 대학생이었으니까. 범인을 사형에 처하라는 분위기였죠."

레이먼드는 와일드의 팔에 손을 올렸다. 와일드는 고개를 돌려

황달이 있는 눈을 바라보았다.

"난 죽이지 않았어요."

"당시 상황이 어땠는지 상상이 갈 겁니다. 언론은 난리를 치고, 시장까지 나서고, 사건을 해결하라는 압박이 심했죠. 경찰은 앤슨이 딘우드에서 한 흑인 아이에게 마약을 샀다는 익명의 제보를 받았어요. 그래서 찾아낼 수 있는 흑인 아이들은 죄다 끌고 가서 왜 데려왔는지 말해주지도 않은 채 잠도 못 자게 하면서 강도 높은 신문을 시작했죠. 당신도 잘 알 겁니다."

"알죠. 다만 내가 왜 여기 있는지는 모르겠군요." 와일드가 말했다.

스트라우스는 꿋꿋하게 말을 이었다. "마침내 한 아이가 입을 열었어요. 레이먼드가 부유한 백인 남자들에게 마약을 판다고."

"마리화나요." 레이먼드가 끼어들었다. "그건 사실입니다. 운반하는 일이 주 업무이긴 했지만요."

"판사는 수색 영장을 발부했고, DC 메트로의 숀 킨들러 형사가 레이먼드의 매트리스 밑에서 칼을 발견했어요. 검사 결과 살인 흉기였죠. 그때부터 일이 얼마나 빨리 진행됐는지 상상이 갈 거예요."

"그건 내 칼이 아닙니다. 난 죽이지 않았어요." 레이먼드가 이번에도 와일드의 눈을 보며 말했다.

와일드가 말했다. "스타크 씨?"

"레이먼드라고 불러요."

"레이먼드, 저는 희대의 소시오패스들이 지금 당신처럼 제 눈을 보며 면전에서 거짓말하는 걸 숱하게 봤습니다."

"네, 압니다. 나도 그래요. 매일 그렇습니다. 나는 그런 자들에게 둘러싸여 있어요. 하지만 달리 뭐라고 말해야 할지 모르겠네요, 와일드. 나는 내가 하지도 않은 일로 34년이나 감옥에 갇혀있었어요. 최선을 다했습니다. 공부도 열심히 하고, 고등학교 검정고시에도 합격하고, 대학 학위도 따고, 심지어 법학 박사 학위도 땄어요. 다른 제소자들과 날 위해 편지도 씁니다. 하지만 아무 일도 일어나지 않았어요. 지금까지 아무 일도요."

레이먼드는 테이블 위에서 손깍지를 끼고는 먼 곳을 바라보았다. "매일 이런 곳에 갇혀서 당신이 아는 모든 방법으로 진실을 외치지만 아무도 당신 말을 들어주지 않는다고 상상해 봐요. 이상한 이야기 해줄까요?"

와일드는 기다렸다.

"감옥에서 나가는 꿈을 반복적으로 꿉니다." 레이먼드가 살짝 미소 띤 얼굴로 말했다. "마침내 누군가가 내 말을 믿어주고 나는 석방되는 거죠. 그러다 눈을 떠보면 똑같은 감방이에요. 내 심정이 어떨지 잠깐 상상해 봐요. 그게 꿈이었고, 난 그 꿈을 붙잡으려 하지만 연기를 잡으려는 것처럼 불가능하다는 사실을 처음 깨닫는 그 순간을 말입니다. 어머니는 일주일에 두 번씩 날 만나러 왔죠. 20년 넘게요. 그러다 간에서 덩어리를 발견했습니다. 암이었죠. 암이 어머니를 먹어 치운 겁니다. 나는 매일, 매시간 이런 의문이 들어요. 당신 아들이 저지르지도 않은 일로 감옥에 갇힌 모습을 보는 스트레스 때문에 어머니의 면역 체계가 약화되어 돌아가신 게 아닐까 하는."

"레이먼드, 와일드에게 어쩌다 휠체어를 타게 됐는지 말해줘요."스트라우스가 말했다.

레이먼드는 천천히 고개를 저었다. "상황이 달라질 게 없다면 그 얘기는 넘어가고 싶군요, 사울. 슬픈 이야기를 한다고 해서 당신이 날 믿어줄 것도 아니니까요. 그렇죠?"

와일드는 아무 말도 하지 않았다.

"날 동정해 달라는 게 아닙니다. 내 얼굴이나 눈을 보고 날 믿어달라는 것도 아니에요." 레이먼드가 말했다. "그저 나한테 몇 분만 더 내달라는 겁니다. 그게 전부예요. 내가 얼마나 결백한지 호소하지도 않을 거고, 감정적으로 말하지도 않을 겁니다. 그저 사울이 이야기를 마칠 수 있게 해줘요."

와일드는 지금은 시간이 없다고, 자신도 아주 골치 아픈 사건에 휘말렸다고, 설사 자신이 레이먼드 스타크가 누명을 썼다고 믿게 된다 해도 달라질 건 없다고 말하려고 했다. 사울 스트라우스와 그의 단체가 해결하지 못한 일을 와일드가 해결할 능력은 없었다.

하지만 와일드는 그렇게 말하지 않았다. 스트라우스가 그를 여기까지 데려온 데는 분명 이유가, 충분히 그럴 만한 이유가 있다는 걸 깨달았기 때문이다. 스트라우스는 크래시 메이너드와 나오미 파인에게 무슨 일이 생겼는지 대충 알고 있었고, 그런데도 여기에 오자고 고집을 부렸다. 그러니 왜 여기 데려왔냐고 항의해서 시간을 낭비하기보다는 그의 결정을 존중하고 두 사람에게 시간을 좀 더 내줘서 손해 볼 것은 없다고 생각했다. 그런다고 메이너드 장원에서 무언가 달라질 일은 없었다. 여기 있으니 메이너드 장원이 그 어느 때보다 별세계처럼 느껴졌다.

레이먼드 스타크는 스트라우스에게 이야기를 계속하라고 고개를 끄덕였다.

"2년 전," 스트라우스가 입을 열었다. "우리 진실 탐사대는 킨들러 형사가 체포 할당량을 달성하고 정의로운 형사라는 유명세를 얻으려고 적어도 세 사건에서 증거를 심었다는 사실을 알게 됐어요. 현재 DC 법무장관실에서는 킨들러가 범인을 체포한 사건들을 재조사하고 있죠. 이미 억울하게 유죄 선고를 받은 사람 하나를 석방했어요. 하지만 재조사 속도가 워낙 느린 데다 크리스토퍼 앤슨 사건은 아무도 손대려고 하질 않아요."

"왜죠?" 와일드가 물었다.

"워낙 유명했던 사건이니까요. 다들 레이먼드가 범인이라고 생각했죠. 동료 형사, 검사, 언론, 앤슨 가족과 그의 친구들까지. 이제 와서 킨들러가 그 칼을 심어두었다는 사실이 알려지면 여간 당혹스러운 게 아니죠. 설사 그걸 증명할 수 있다고 해도 많은 사람이 여전히 레이먼드가 범인이라고 말할 겁니다. O.J. 심프슨 사건과 똑같아요. 다들 마크 퍼먼이 피 묻은 장갑을 증거로 심어 놓았다고 생각하지만 그래도 범인은 O.J. 심프슨이라고 믿죠."

스트라우스는 흐릿한 사진 한 장을 건넸다. 곱슬머리에 환하게 웃고 있는 백인 청년의 사진이었는데 푸른색 재킷을 입고 빨간 넥타이를 맸다. "이게 살해된 크리스토퍼 앤슨입니다. 죽기 2주 전에 찍은 사신이죠. 당시 스위스모어 대학 3학년이었어요. 크리스토퍼는 어느 모로 보나 이상적인 미국인이죠. 농구부 주장에 토론 팀 소속이었고, GPA 점수는 3.8이었어요. 매사추세츠주의 대단한 명문가 출신으로 여름이면 뉴포트에 있는 대저택에 머물렀습니다. 어느 정도인지 알 거예요."

와일드는 아무 말도 하지 않았다.

"난 킨들러 형사가 증거를 조작했다는 사실을 알려주려고 앤 슨가에 연락했지만 그들은 듣고 싶어 하지 않더군요. 그들이 생 각하기에 범인은 잡혔고, 대가를 치렀다는 거죠. 흔한 반응입니 다. 30년 넘게 하나만 믿다 보면 그게 기정사실이 되고 눈이 멀어 버려요."

"사울?"

레이먼드였다.

"지금까지 와일드는 엄청난 인내심을 발휘했어요. 이제 와일 드에게 또 다른 사진을 보여줘요." 레이먼드가 말했다.

스트라우스는 머뭇거렸다. "전후 사정을 좀 더 설명한 뒤에 보 여주고 싶은데."

"전후 사정을 이해할 거예요. 보여주세요."

스트라우스는 마닐라 폴더로 손을 넣어 또 다른 사진을 꺼냈다.

"처음에 이 사진은 우리에게 별 의미가 없었어요. 그러다 아니 포플런의 말을 듣게 된 겁니다."

스트라우스가 와일드에게 건넨 사진 속에는 서른 명 혹은 마흔 명쯤 되는 젊은 남녀가 있었다. 다들 옷을 잘 차려입었으며 건강 하고 생기가 넘쳤다. 사진을 찍은 장소는 야외에 있는 하얀색 콘 크리트 계단이었다. 몇몇은 앉아있고, 몇몇은 서있었다. 와일드 가 제일 먼저 알아본 얼굴은 맨 윗줄 왼쪽에서 두 번째에 서있는 크리스토퍼 앤슨이었다. 와일드는 아까 스트라우스가 보여준 크 리스토퍼 앤슨의 사진이 이 단체 사진에서 잘라내 확대한 것임을 깨달았다.

웃고 있는 얼굴들 뒤로 눈에 익은 하얀색 돔이 보였다. 워싱턴 DC에 있는 국회의사당 지붕이었다.

와일드의 등줄기를 타고 소름이 돋았다.

"그해 여름 크리스토퍼 앤슨은 매사추세츠주 상원의원 밑에서 인턴으로 일했어요."

와일드의 눈이 사진 속 젊은이들의 얼굴을 따라 이동했다. 그제야 깨달았지만, 그래도 스트라우스가 직접 가리키기를 기다렸다. 스트라우스는 크리스토퍼 앤슨에게서 두 사람 떨어진 얼굴을 가리켰다.

"이게 대시 메이너드죠."

그러더니 오래전인데도 지금과 별로 다르지 않은 젊은 여자를 가리켰다. "이게 딜리아 메이너드고요. 이때는 결혼 전이라서 딜리아 리스였지만." 스트라우스의 손가락이 바로 옆얼굴로 이동했다. "그리고 이 사람이 바로 현재 위대한 뉴저지주 상원의원 러스티 에거스예요, 친구."

CHAPTER

34

다시 싱싱 교도소 주차장으로 나온 와일드는 새로운 소식이 있는지 알아보려고 메이너드가에 전화했다. 새로운 소식은 없었다. 납치범들이 크래시를 풀어주기로 약속한 시간까지 두 시간 남았다.

사울 스트라우스의 차에 올라탄 와일드가 말했다. "내가 당신 가설을 제대로 이해했는지 확인해 보죠."

"말해봐요."

"아니 포플린은 러스티와 대시의 대화를 엿들었습니다. 그 대화에서 러스티는 자기가 누구를 죽였다고 인정했고, 대시는 그런 고백이 담긴 영상을 가지고 있다고 했습니다. 당신은 그들이 말하는 사람이 크리스토퍼 앤슨이라고 생각하는 겁니까?"

"간단히 말하면 그래요. 하지만 그게 다가 아닙니다."

"그럼 또 뭐가 있나요?"

"그날 밤에 그들은 함께 외출했어요."

"누가요?"

"크리스토퍼 앤슨과 러스티 에거스 말입니다. 그걸 알아내기까지 시간이 좀 걸렸어요. 이 인턴들은 모두 꽤나 부유한 집 자제들이라서 기사에는 이름이 전혀 실리지 않았으니까."

"이렇게 유명한 사건인데도요?"

"또 다른 이유도 있었죠. '우리는 소중한 아이들의 이름이 더럽혀지지 않는다는 조건에서만 협조하겠다.' 그들은 증언하기 전에 이런 비밀 유지 계약을 맺었어요. 하지만 나중에는 검사가 그들을 법정으로 부를 필요도 없었습니다. 살인 무기인 칼이 발견된 걸로 충분했으니까. 어쨌거나 록우드라는 동네 술집에서 일하는 바텐더가 그날 밤 남자 인턴 전원이 그 술집에 왔다고 했어요. 바텐더를 찾아낼 때까지 시간이 꽤 걸렸죠. 우리 팀에서 제일 실력 좋은 직원들을 투입했어요. 당시 인턴으로 일했던 사람들은 대부분 입을 열려고 하지 않았죠. 30년도 더 지난 일이니까. 하지만 우리가 알아낸 바로 러스티 에거스와 크리스토퍼 앤슨은 사이가 좋지 않았어요. 둘 다 자기들이 이 인턴 그룹의 리더라고 생각하고 끊임없이 경쟁했어요. 바텐더의 말에 따르면 그날 밤 둘은 말다툼을 했습니다. 한 친구가 그들을 떼어놓아야 했을 정도로."

"러스티와 크리스토퍼 앤슨이 다퉜다는 말입니까?"

"그래요."

"둘을 떼어놓은 게 누구죠?"

"아, 당신도 내 대답이 마음에 들 겁니다. 우린 바텐더에게 아까 그 국회의사당 계단에서 찍은 인턴들 사진을 보여줬어요. 바텐더가 누굴 지목했을 것 같나요?"

이제 와일드는 알 수 있었다. "대시 메이너드."

"재미있지 않나요?"

"그럼 대시가 둘을 떼어놓은 후에 무슨 일이 있었죠?"

"여러 이야기를 종합해 본 바로는 크리스토퍼 앤슨이 화를 내며 술집에서 나갔어요. 앤슨이 먼저 나간 거죠. 그런 다음에 30분이 지났는지 한 시간이 지났는지 모르겠지만, 두 번째로 나간 사람이 러스티 에거스예요."

"경찰도 그걸 아나요?"

스트라우스는 고개를 끄덕였다. "경찰은 앤슨이 마약을 사려고 일찍 나갔다고 생각하더군요. 전에도 그랬으니까. 앤슨은…… 마약상까지는 아니고, 아마 인턴들 사이에서 공급책이었을 겁니다. 경찰은 앤슨이 술에 취했고, 그래서 마약을 사려고 실수로 우범 지대에 들어갔다고 생각해요. 업무가 끝난 직후라서 아직 양복에 넥타이 차림이었으니 만만한 표적이었을 거예요. 레이먼드 스타크가 그에게 접근했거나, 앤슨이 마약을 사려고 그에게 접근했을 수도 있죠. 어쨌든 백인 청년은 만만한 표적이에요. 레이먼드는 돈을 빼앗으려고 칼을 빼 들었죠. 앤슨은 저항했을 겁니다. 아닐 수도 있고."

"레이먼드 스타크는 앤슨을 칼로 찔렀어요."

"맞아요. 하지만 그 이론에는 허점이 많죠."

"이를테면요?"

"앤슨의 시신은 골목에서 발견됐어요. 하지만 우리 진실 탐사대 소속 전문가가 현장 사진을 살펴봤는데 시신이 옮겨졌다고 확신했죠."

"그러니까 크리스토퍼 앤슨이 다른 데서 살해됐다는 겁니까?"

"우리 전문가 말로는 그래요."

"레이먼드의 변호사가 재판에서 그 사실을 언급했나요?"

스트라우스는 고개를 저었다. "국선 변호사였어요. 레이먼드는 실력 있는 변호사를 고용할 돈이 없었어요."

"검찰 측에서는 그 사실을 숨겼겠죠?"

"검찰 측 전문가는 우리와 다른 결론을 내렸을 수도 있지만 아마 전형적인 '묻지 않을 테니 말하지도 마라'는 식이었을 겁니다. 어차피 배심원단에게도 별 차이가 없었을 테고요. 설사 변호사가 그 사실을 언급했다 해도, 검사는 그저 레이먼드가 다른 데서 앤슨을 찌르고 시체를 감추려고 골목으로 옮겨놓았다고 말하면 그만이니까."

와일드는 좌석에 등을 기댔다. 그들이 탄 차는 허드슨강을 가로지르는 태편지 대교를 건너 다시 뉴저지주로 돌아왔다. 헤스터에게서 문자가 왔다.

롤라가 나오미 엄마의 소재를 파악한 것 같아.

와일드는 답장을 쳤다.

30분 뒤에 도착해요.

와일드가 말했다. "그래서 당신은 러스티 에거스가 크리스토퍼 앤슨을 죽였다고 생각합니까?"

"러스티는 그날 밤에 거기 있었어요. 앤슨과 말다툼도 했고."

"그건 아무 의미도 없어요."

"물론 그 자체만으로는 그렇죠. 하지만 세월이 흘러서 아니 포플린은 러스티가 대시 메이너드에게 누군가를 죽였다고 인정하고 영상을 없애달라고 하는 걸 들었어요." 스트라우스는 한 손을 운전대에서 떼고 와일드 쪽으로 내밀었다.

"그리고, 맞아요, 아니 포플린은 자기 속셈이 따로 있는 인간이지만 러스티 에거스가 어떻게 했는지 생각해 봐요. 그는 메이너드에게 미국 최고의 경호원이라고 해도 과언이 아닌 개빈 체임버스를 고용하도록 강요했죠. 이유가 뭐겠어요?"

"그 영상이 정말로 있으니까요. 최근에 유출된 영상처럼."

"러스티가 고작 캔디 페이트가 나오는 영상 때문에 체임버스를 고용했다고 생각합니까?"

"그럴 수도 있죠."

"그럴 수도 있지만 그렇지 않아요. 왜냐하면 우리가 빠뜨린 사실이 하나 있으니까."

"그게 뭡니까?"

"러스티 에거스는 피도 눈물도 없는 소시오패스예요. 원래 그렇게 태어난 건지, 아니면 교통사고로 부모를 잃고 탈선하게 된 건지는 모르겠지만 그건 확실한 사실이에요. 에거스는 매력적이고 엄청나게 똑똑하지만 심각한 결함이 있죠. 그의 과거를 살펴보면 그를 방해했다가 죽은 사람이 한둘이 아닙니다."

와일드는 얼굴을 찡그렸다. 스트라우스는 시야 구석으로 와일드를 보았다.

"왜 그러죠?"

"난 음모론은 별로 좋아하지 않습니다."

"상관없어요. 중요한 건, 러스티 에거스가 대통령이 되면 수백만 명이 죽을 거라는 사실입니다. 러스티처럼 카리스마 넘치는 리더들은 늘 그렇죠. 당신도 역사를 공부했으니 얼마나 위험한지 알 겁니다. 모르는 척하지 말아요."

그들은 한동안 말하지 않았다.

"당신에게는 동기가 많은 것 같군요." 와일드가 말했다.

"무슨 동기요? 고등학생 둘을 납치할 동기?"

와일드는 그를 돌아보았다.

"나한테 정보원이 있다고 했잖아요."

"그런 것 같군요."

"그리고 당신은 내 말의 요점을 파악하지 못하고 있어요. 누군가 간절하게 그 영상을 원하고 있어요. 그들은 그걸 손에 넣기 위해서라면 무엇이든 할 겁니다. 고등학생을 납치하는 일까지도. 그리고 그들의 동기는 이타적이지 않을 거예요. 그게 내가 당신에게 하고 싶은 말입니다. 만약 그들이 우리보다 먼저 영상을 손에 넣으면 없애버릴 거예요. 아니면 은폐하거나. 그렇게 되면 레이먼드 스타크는 자기가 하지도 않은 일로 계속 감옥에서 살게 될 겁니다. 그건 미시적 수준에서 그렇다는 얘기고, 거시적 수준에서는 아마 러스티 에거스가 당선되겠죠. 당신은 모르는 척, 심드렁한 척하지만 사실은 러스티 에거스가 이 나라를 얼마나 망쳐놓을지 알고 있잖아요."

와일드는 그 영상을 생각했다. 러스티 에거스를 생각했다. 하지만 무엇보다도 석방되는 레이먼드 스타크의 꿈을 생각했다. 막 잠에서 깨며 석방이 그저 꿈이었음을, 한 줄기 희망은 곧 사라지고 다시 감방으로 돌아가리라는 걸 깨달았을 때 영혼이 으스러지는 기분이었으리라.

"레이먼드는 어쩌다 휠체어를 타게 된 겁니까?" 와일드가 물었다.

덩치가 큰 스트라우스는 손마디가 불거진 손 역시 큼직했는데, 운전대를 쥔 그의 손에 힘이 들어갔다. "어떤 면에서는 레이먼드가 범인이 아니라는 사실을 앤슨가에서 절대 받아들이지 않을 이유가 그것이기도 하죠. 설사 그 칼이 조작된 증거라는 사실을 우리가 증명한다 해도."

와일드는 기다렸다.

"앤슨가는 레이먼드의 사형을 원했어요. 배심원단이 평결을 내린 후에 뉴스에 크리스토퍼의 아버지가 나온 적이 있죠. 기자가 그에게 정의가 구현되었다고 생각하는지 물었더니 그는 아니라고 했어요. 레이먼드 스타크가 공짜로 감옥에서 자고, 공짜 옷을 입고, 공짜로 하루 세 끼를 먹을 동안에 아름다운 아들의 시신은 구더기가 파먹을 거라고."

스트라우스는 떨리는 손을 운전대에서 떼고 턱을 문질렀다. 그러고는 눈을 깜빡거렸다. "레이먼드가 수감된 지 넉 달이 됐을 때 샤워실에서 몇몇 남자가 그를 붙잡았어요. 그들은 레이먼드를 샤워실에 엎드리게 했죠. 두 남자가 그의 양팔을 붙잡아 잡아당겼고, 다른 두 남자는 그의 다리를 잡아당겼어요. 마치 중세 시대에 사지를 묶어놓고 잡아당기는 고문 장치처럼 말이에요. 또 다른 남자는 레이먼드의 얼굴을 바닥으로 향하게 눌렀어요. 타일에 코가 납작 눌리도록. 그들은 그렇게 레이먼드의 사지를 붙잡고 잡아당겼죠. 세게. 그 상태에서 또 다른 남자가 다가왔는데 레이먼드 말로는 150킬로그램이 넘었다고 하더군요. 그가 레이먼드에게 이렇게 속삭였죠. '이게 앤슨가의 뜻이야.'"

이제 스트라우스의 숨이 거칠어졌다. 그의 옆에 앉아있는 와일드는 움직이기가 두려울 지경이었다.

"덩치 큰 남자는 서있었어요. 쭉 늘어난 레이먼드의 좌우로 다리를 벌린 채 말입니다. 그러고는 공중으로 뛰어올랐어요. 마치 사각 링의 탑 로프에 올라갔던 레슬링 선수가 뛰어오르듯이. 레이먼드의 표현대로라면 그래요. 나머지 남자들은 레이먼드의 사지를 더욱 세게, 아프도록 팽팽하게 잡아당겼죠. 그 상태에서 이 덩치 큰 남자의 체중이 대형 망치처럼 레이먼드의 허리를 강타했어요. 레이먼드는 척추가 뚝 부러지는 소리를 들었다더군요. 강풍에 고목의 마른 가지가 부러지는 듯한 소리였다고 했어요."

정적이 감돌았다. 너무 깊고 너무 순수해서 차내가 터질 듯한 정적이었다. 질식할 듯하고, 도저히 숨을 쉴 수 없는 정적이었다. 비명처럼 느껴지는 정적.

"사울?"

"네?"

"오른쪽으로 200미터 앞에 차를 세울 수 있는 곳이 있습니다. 거기서 내려줘요."

와일드는 숲에 머물 시간이 필요했다.

잠깐이면 될 것이다. 메이너드가로 돌아가야 했지만 싱싱 교도소의 칙칙한 방문과 레이먼드의 허리가 부러지게 된 캄캄한 사연을 듣고 나니 말 그대로나 비유적으로나 차 내부가 점점 좁아지는 기분이 들었다. 이게 일종의 폐소공포증인지는 알 수 없었지만—장애로 분류될 정도로 심각하지는 않았다—확실히 숲이 필요했다. 너무 오랫동안 숲에서 떨어져 있으면 질식할 듯한 기분이 들었다. 마치 폐가 완전히 정지할 준비를 하는 듯했다.

'매일 이런 곳에 갇혀서 당신이 아는 모든 방법으로 진실을 외치지만 아무도 당신 말을 들어주지 않는다고 상상해 봐요…….'

와일드는 눈을 감고 몇 차례 숨을 깊이, 꿀꺽꿀꺽 들이마셨다.

메이너드가에 도착했을 때는 더 강해지고, 원래의 자신으로 돌아온 기분이 들었다. 대문 옆에 헤스터의 에스컬레이드가 주차되어 있었다. 헤스터의 운전사 팀이 뒷문을 열자 헤스터가 내렸다.

헤스터는 와일드를 가리켰다. "꼴이 왜 그 모양이냐?"

"왜요?"

"건조기에 들어갔다 나온 새끼 고양이 같구나."

"괜찮아요."

"정말이냐?"

"정말이에요."

"롤라가 나오미 엄마를 찾아냈어. 만나기로 했다."

"언제요?"

"오늘 만나려면 지금 가야 해. 뉴욕으로 돌아왔다는구나."

"가세요. 여긴 제가 맡을게요."

"그보다 어딜 다녀왔는지부터 말해라. 그래야 왜 네가 이런 꼴인지 알 수 있으니까."

와일드는 사울 스트라우스와 싱싱에 다녀온 일을 과하게 요약해서 말해주었다. 하지만 그 정도 요약으로도 충분했다. 헤스터의 얼굴이 진홍색으로 달아오르더니 그녀가 두 주먹을 불끈 쥐었다. 크래시와 나오미 일에 정신이 팔려서 와일드는 헤스터 크림스틴이 끈질기면서도 명망 있는 피고 측 변호사라는 사실을 잊고 있었다. 그녀가 가장 못 참는 것이 검찰의 불법적인 권한 남용이었다.

"개새끼들." 헤스터가 말했다.

"누구요?"

"경찰, 검사, 판사, 전부 다. 그렇게 죄 없는 사람에게 누명을 씌우다니. 게다가 이제는 그 킨들러라는 형사가 증거를 조작했다는 사실을 아는데도 그 남자를 계속 가둬둔다고? 정말 부끄러운 일이다. 사울의 전화번호 아니?"

"알아요."

"사울에게 내가 레이먼드를 무료로 변호하겠다고 해라."

"아직 자세한 건 모르시잖아요."

"이거 보이니?" 헤스터가 손끝으로 톡톡 쳤다.

"코요?"

"그래. 코는 알고 있어. 이 사건에서 30년 된 쓰레기 같은 악취가 난다. 스트라우스에게 내가 몇 군데 전화해서 본때를 보여주겠다고 해. 그렇게 전해라."

"하나 더요. 혹시 싱싱에 아는 사람 있으세요?" 와일드가 말했다.

"이를테면?"

"이를테면 제게 방문객 명단을 보여줄 수 있는 사람요."

헤스터는 다시 차로 걸어갔다. "자세한 건 문자로 보내렴. 알아 보마."

팀은 벌써 차 문을 열어두었다. 헤스터가 올라타자 팀은 와일 드에게 가볍게 묵례하고 차에 올라탄 뒤에 떠났다.

와일드는 언덕을 올라갔다. 언덕 위에는 롤라가 직원들을 전부 집합시켜 두었다. 모두 매서운 눈초리의 여자들이었다.

"내가 돌아온 거 메이너드 부부도 알아?" 와일드가 물었다.

롤라는 고개를 끄덕였다.

정오가 되려면 아직 30분이나 남았다. 벌써 집 안에 들어갈 필 요는 없었다. 할 말이 있으면 메이너드 부부가 나올 것이다. 와일 드는 숲으로 난 길을 따라갔다. 이 길을 따라가면 매슈가 나오미 와 단둘이 있었던 곳이 나온다. 와일드는 왜 자신이 여기로 왔는 지 알 수 없었다. 아마도 평화와 고요를 갈망했기 때문일 것이다. 그리고 무엇보다도 밖에 있고 싶었다. 그 망할 놈의 서재에 필요 이상으로 오래 있고 싶지 않았다.

휴대전화를 확인했더니 놀랍게도 유전자 웹사이트에서 메시 지가 와있었다. 그의 가장 '가까운' 친척으로 등록된 'PB'가 보낸 메시지였다. 와일드는 메시지를 그냥 지워버릴까, 아니면 적어도 당분간 읽지 말까 고민했다. 아마 별 내용 아닐 것이다. 많은 사람 에게 유전자 검사는 그저 취미였다. 웹사이트 광고 문구대로 '재 미 삼아 그리고 친목을 도모하는 의미로' 자신과 연관된 사람을 찾는 것이다. 혹은 이런저런 질문을 해서 자기 족보의 빈 가지를 채우려고.

와일드는 그런 데는 관심이 없었다. 하지만 다시 생각해 보면 무례함과 의도적인 무지 또한 싫어했다. 일을 미루는 것도 그렇고.

와일드는 메시지 링크를 클릭해 PB의 메시지를 읽었다.

> 안녕하세요. 본명을 밝히지 않아서 미안합니다. 개인적인 이유로 사람들에게 내 정체를 드러내는 게 불편하네요. 내 태생에는 너무도 많은 구멍이 뚫려있고 물음표투성이예요. 이 웹사이트에서 찾아낸 나와 가장 가까운 친척이 당신입니다. 당신도 나처럼 구멍과 물음표가 많은지 궁금하네요. 그렇다면 내가 그 답을 줄 수 있을지도 모릅니다.

와일드는 메시지를 한 번 더 읽었다. 그리고 한 번 더 읽었다.

구멍과 물음표라. 그 역시 지금은 그게 필요치 않았다.

와일드는 휴대전화를 집어넣었다. 고개를 들어 짙푸른 하늘을 향해 뻗은 가지들을 바라보았다. 그의 생각은 레이먼드 스타크에게로 향했다. 레이먼드가 이렇게 밖으로 나와본 게 언제였을까? 교도소의 칙칙한 회색이 아니라 초록과 푸른색에 둘러싸인 게 언제였을까? 와일드는 뒷주머니로 손을 뻗어 사울 스트라우스에게 받은 사진, 국회의사당 앞에서 찍은 인턴들 사진을 펼쳤다. 다시 얼굴을 훑어보며 러스티 에거스를, 그다음에는 대시를, 그다음에는 딜리아를 찾아냈다.

에라, 모르겠다.

와일드는 서둘러 메이너드 저택의 옆 잔디밭으로 나갔다. 한번에 두 계단씩 올라가 서재로 뛰어들었다. 대시 메이너드는 컴퓨터 화면을 바라보고 있었다. 마치 그것이 미래를 보여주는 수

정 구슬이라도 된다는 듯이. 딜리아는 서성거리고 있었다.

"돌아오셔서 다행이에요." 딜리아가 말했다.

와일드는 서재를 가로질렀다. "이 사진 알아보겠습니까?"

와일드는 두 사람이 볼 수 있도록 사진을 들어 올렸다. 그들이 이 사진에 반응하는지 보고 싶었다. 두 사람은 십자가에 다가간 뱀파이어처럼 움찔했다.

대시가 퉁명스럽게 말했다. "당신이 그걸 왜 가지고 있죠?"

와일드는 크리스토퍼 앤슨을 가리켰다. "이 사람 알아보겠어요?"

"지금 뭐 하는 겁니까?"

"이 남자 이름은 크리스토퍼 앤슨입니다."

"우리도 알아요." 딜리아가 말했다. "하지만 그게 무슨 상관이죠? 지금 우린 아들의 납치범에게 연락이 오기를 기다리고 있다고요. 모르겠어요?"

와일드는 대답할 이유가 없다고 생각했다.

"왜 지금 그 얘기를 꺼내는 거죠?"

"당신 아들을 납치한 사람이 큰 파장을 일으킬 영상을 원하는 게 분명하니까요."

"그래서 줬잖습니까." 대시가 말했다.

"아니 포플린은 당신이 러스티 에거스와 살인에 대해 말하는 걸 들었다고 했습니다."

"아니 포플린은 정신병자예요." 대시가 말도 안 된다는 듯이 손을 저으며 말했다.

딜리아가 덧붙였다. "설마 우리가 크리스토퍼에게 일어난 일과 연관이 있다고 생각하는 건가요?"

"당신들은 아닐 수 있죠."

"그럼 러스티요?" 딜리아는 고개를 저었다. "아니에요."

"당신은 모릅니다. 아니 포플린은 절대 믿을 수 없는 자예요." 대시가 말했다. "우리 프로그램에서 해고당한 일로 이를 갈고 있더군요. 평소 약쟁이였는데 거기에 앙심까지 더해지니……."

"이해가 안 가네요." 딜리아가 남편의 말을 잘랐다. "누가 당신에게 그 사진을 줬죠?"

"레이먼드 스타크요."

정적이 흘렀다.

와일드는 기다렸다. 두 사람이 뻔뻔하게 그 이름을 모르는 척하는지 알아보고 싶었다. 그들은 모른 척하지 않았다.

잠시 후에 대시가 입을 열었다. "맙소사."

"뭡니까?"

"레이먼드 스타크가 그렇게 말하던가요? 감옥에서 나오려고 이 일을 꾸민 겁니까?"

딜리아가 남편을 바라보았다. "그 남자가 이 모든 일의 배후라고?"

"뭐라고요?"

"레이먼드 스타크." 대시가 그렇게 말하며 다시 와일드에게 몸을 돌렸다. "어쩌면 감옥에서 만났던 수감자가 그자를 위해 이 일을 벌인 걸 수도 있죠. 우리 아들을 납치해다가 이 일이 크리스토퍼 살인과 연관되었다고 주장하는 거죠. 자신의 결백을 증명해 줄 영상이 필요한 겁니다."

"그럴지도 몰라요." 딜리아도 거들었다. "레이먼드 스타크가 누군가에게 그 이야기를 했고, 그들이 자발적으로 이 일을 꾸몄을 수도 있어요."

"와일드." 대시가 그를 돌아보며 말했다. "레이먼드 스타크가 어떻게 당신에게 연락했죠?"

그때 컴퓨터에서 땡 소리가 났다.

정오였다.

딜리아가 새로고침 버튼을 누르자 메시지가 떴다.

41°07'17.5"N 74°12'35.0"W로 가면 크래시를 찾을 수 있다.

와일드는 입안이 바싹 말랐다.

딜리아가 화면을 가리켰다. "이건……?"

"좌표 맞아요." 와일드가 그녀의 말을 자르며 고개를 끄덕였다.

하지만 그냥 좌표가 아니었다.

누군가 와일드를 완전히 엿 먹이고 있었다.

"이해가 안 되네요. 여기가 어디죠?" 딜리아가 물었다.

와일드는 휴대전화 속 지도를 찾아볼 필요조차 없었다. 저기가 어디인지 알고 있었다. "숲속입니다. 여기서 5킬로미터 정도 떨어졌는데 라마포산 근처죠. 내가 걸어가는 게 제일 빠를 겁니다. 롤라에게 좌표를 알려주세요. 차를 타고 거기로 와서 날 만나라고 하세요."

와일드는 더 이상 설명하지 않았다. 그냥 서재에서 나가 계단을 내려간 뒤 현관문을 열고 끈끈한 공기 속으로 나갔다. 제일 먼저 얼굴에 땀이 맺혔다. 정말로 거기에 크래시가 있을까? 그곳은 여러 면에서 인질을 돌려보내기에 적합했다. 외딴곳이고, 길에서 떨어져 있으며, 주변에 CCTV도 없고, 깊은 숲속이었다.

하지만 왜 하필 거기일까?

누군가 와일드를 혼란스럽게 하려고 작정했기 때문이다.

와일드는 걸음을 멈추지 않은 채 귀에 에어팟을 꽂고 헤스터에게 전화했다. 헤스터가 전화를 받자 와일드가 말했다. "납치범들이 좌표를 보냈어요. 41°07……."

"알아듣게 말해라, 와일드."

"라마포산의 외딴곳이에요. 옛 매장터 옆요."

"잠깐만. 거기는……?"

"어릴 때 제가 경찰들에게 발견된 곳이죠."

"맙소사. 그걸 누가 알고 있지?"

"그 좌표요? 경찰, 그리고 아마 언론에서도 알고 있을 거예요. 모르겠어요. 비밀이 아니니까요."

"하지만 우연의 일치도 아니지."

"네, 우연의 일치가 아니에요."

"너 어디니? 바람 소리가 나는데."

"지금 거기로 달려가고 있어요. 나중에 다시 전화할게요."

당연히 와일드는 거기까지 가는 길을 알고 있었다. 차를 타고 올 롤라와 그녀가 데려올 경호원들은 그보다 시간이 더 걸릴 터였다. 왜냐하면 거기까지 곧바로 이어지는 길이 없기 때문이다. 거기에 가려면 길에서 벗어나 2킬로미터가량 걸어야 했다.

그러니 왜 하필 거기일까?

그제야 와일드는 이해가 갔다. 대체 무슨 일이 벌어지고 있는지 조각을 맞출 수 있었다. 저들은 혼돈과 혼란을 퍼뜨리고 싶어 했다. 하지만 와일드는 처음으로 상황을 또렷이 볼 수 있었다.

몸을 왼쪽으로 휙 틀었다가 나뭇가지 밑으로 몸을 휙 숙이며 걸음을 멈추지 않으려 했다. 수십 년 전 공원 관리인들과 지역 경찰에게 포위당했을 때 어린 와일드는 콜맨 텐트 안에서 에디 바우어 침낭 속에 누워있었다. 텐트와 침낭은 링우드에 있는 주택에서 훔쳐 온 물건이었다. 모든 등산로에서 떨어진 그곳에서 얼마나 오랫동안 캠프를 치고 살았는지 기억나지 않았지만, 자신을 잡으러 오는 경찰들과 관리인들을 보며 어린 와일드는─당시 그는 자신을 뭐라고 불렀을까? 그때는 자신의 빌어먹을 이름이 뭔지도 몰랐다─달아나고 싶은 충동을 느꼈다. 물론 전에도 누군가에게 발각당하거나 누가 가까이 오면 늘 도망갔다.

왜 그랬을까?

왜 늘 달아났을까? 일종의 원시적인 생존 본능이었을까? 타인과 엮이기보다는 타인을 두려워하는 게 인간의 본성일까? 그는 종종 궁금했다. 왜 어린 시절에 그는 본능적으로 도망쳐야 한다고 생각했을까? 유전적인 인간의 본성일까? 아니면 무슨 사고로 그렇게 된 것일까?

하지만 그 상쾌했던 이른 아침에 네 명의 경관과 공원 관리인에 둘러싸인 텐트 속 어린 와일드는 달아나지 않기로 했다. 아마 달아나 봤자 허사라는 걸 깨달았기 때문일 것이다. 혹은 그중 한 명이 오렌 카마이클이었기 때문일 수도 있다. 당시에도 오렌은 차분하면서 믿을 수 있고 안전하다는 분위기를 풍겼다.

이제 그 좌표까지는 3분, 아마도 4분 남았다.

와일드는 바울이라고 불리는 숲의 북쪽 지대에 있었는데, 뉴저지주와 뉴욕주 접경지에서 대략 2킬로미터 떨어진 곳이었다. 두 주의 경계선이 만나는 이곳은 잠복하기에 안성맞춤이었다. 와일드는 이제 목표 지점 근처에 왔으니 속도를 늦추고 각별히 주의를 기울이는 게 낫지 않을까 생각했다. 상대가 실력이 아주 뛰어나지 않은 한 와일드가 빠르게 쓱 훑어보기만 해도 그들을 발견할 터였다. 하지만 만약 그들이 프로거나 나무에 올라가 있는 저격수라면 미리 훑어본다 해도 아무런 도움이 안 될 것이다. 그들은 언제든 원할 때 그를 끌고 갈 수 있다.

하지만 납치범들이 그런 난리를 피울 이유가 없었다.

그러니 그들이 이곳을 선택한 이유는 잠복하기 위해서가 아니었다. 주의를 딴 데로 돌리기 위해서였다.

이제 숲이 점점 울창해져서 앞이 잘 보이지 않았다. 어릴 때도 와일드는 공터에서 야영을 하면 안 된다는 걸 알았다. 너무 쉽게 눈에 띄기 때문이다. 그래서 텐트 주변에 잔가지나 오래된 신문지를 깔아놓았다. 누군가가(동물일 때가 더 많았지만) 다가오면 나뭇가지와 신문지 밟히는 소리가 경고해 주었다. 평소 와일드는 잠을 깊이 자지 못했다. 아마 어린 시절에 포식 동물이 다가오는 소리에 귀를 기울이느라 반쯤 깬 상태로 잤기 때문일 것이다. 지금 두 사람들이 깊은 잠을 자는 시간에 와일드는 자는 둥 마는 둥 했다.

이제 100미터 남았다.

그때 붉은 물체가 눈에 띄었다.

사람은 아니었다. 몇 초 뒤 서둘러 다가가 보니 그 붉은 물체가 꽤 작다는 걸 알 수 있었다. 높이 30센티미터, 길이 30센티미터쯤 되었다.

아이스박스였다. 여섯 개들이 캔맥주와 샌드위치 두어 개가 들어갈 정도의 크기.

와일드는 등골이 오싹했다.

이유는 알 수 없었다. 그냥 아이스박스에 불과했다. 하지만 직감이란 신기하다.

와일드는 달려가 손잡이를 아래로 내리고 뚜껑을 열어 안을 들여다보았다.

마음을 단단히 먹은 터였지만 그걸로는 부족했다. 그래도 비명은 지르지 않았다. 소리는 지르지 않았다.

그저 히죽 웃는 해골 반지를 낀, 절단된 손가락을 내려다보았다.

CHAPTER
35

나오미의 엄마 피아는 맨해튼 파크 애비뉴에 있는 4층짜리 타운하우스에 살았다. 화려한 디자인의 네오르네상스 양식으로 지어진 집이었다. 검은 메이드 유니폼을 입은 여자가 현관문을 열더니 헤링본 무늬 마루로 헤스터를 안내했다. 두 사람은 떡갈나무 패널을 덧댄 벽과 정교하게 조각된 계단을 지나 신록이 우거진 중정으로 나갔다.

피아는 등받이가 뒤로 젖혀진 선베드에 앉아있었다. 선글라스를 끼고, 챙이 넓은 베이지색 모자를 쓰고, 첫 단추를 푼 청록색 블라우스 차림이었다. 헤스터가 다가와도 자리에서 일어나지 않았다. 심지어 고개를 돌려 바라보지도 않았다.

"왜 자꾸 절 괴롭히는지 이해가 안 가네요."

고음에 떨리는 목소리로 피아가 말했다. 헤스터는 앉으라고 할 때까지 기다리지 않았다. 피아 옆에 있는 의자를 끌어당겨 최대한 가까이 앉았다. 피아의 개인 공간에 살짝 침입하고 싶었다.

"집이 예쁘네요." 헤스터가 말했다.

"고마워요. 원하는 게 뭐죠, 크림스틴 변호사님?"

"따님을 찾는 중이에요."

"변호사님 비서에게 들었어요."

"그런데 그 이야기를 하고 싶지 않다고 했다고요."

"변호사님이 제게 연락한 게 이번이 두 번째예요."

"맞아요. 처음에는 당신도 협조했죠. 아무것도 모른다고 했어요. 그런데 이번에는 왜 거절했죠?"

"그만하면 충분히 도와줬다고 생각했으니까요."

"난 그 말 안 믿어요, 피아."

어두운색 선글라스를 낀 탓에 여자가 어디를 보고 있는지는 알 수 없었지만 헤스터를 마주 보지는 않았다. 한때 파인 부인이었던 이 여자는 의심할 여지 없이 아름다웠다. 헤스터는 피아가 왕년에 수영복 모델 일을 했다는 걸 알고 있었다. 사실 그렇게 옛날도 아니었다.

"그 애는 제 딸이 아니에요."

"네."

"전 친권을 전부 포기했어요. 당신은 변호사니까 그게 무슨 뜻인지 알죠?"

"왜죠?"

"뭐가요?"

"왜 친권을 전부 포기했나요?"

"그 애가 입양아라는 거 아시잖아요."

"나오미요." 헤스터가 말했다.

"네?"

"자꾸 '그 애'라고 하는데 당신 딸에게는 이름이 있어요. 나오미. 그 애가 입양아든 아니든 무슨 상관인가요? 그게 친권 포기와 무슨 관계가 있죠?"

"전 도와드릴 수 없어요, 변호사님."

"나오미가 당신에게 연락했나요?"

"말하지 않겠어요."

"자발적으로 친권을 포기했나요? 아니면 박탈당했나요?"

피아는 여전히 먼 곳을 보고 있었지만 얼굴에 살짝 미소가 퍼졌다. "자발적으로 포기했어요."

"포기하지 않으면 기소가 될 테니까요?"

"아." 피아는 고개를 살짝 끄덕였다. "버나드랑 얘기하셨군요."

"당신은 감옥에 가야 해요."

뒤에서 목소리가 들렸다. "골드먼 부인?"

유모차를 끌고 온 젊은 여자가 서있었다.

"네이선을 공원에서 산책시킬 시간이에요."

피아는 여자를 돌아보았다. 얼굴이 환하게 웃고 있었다. "먼저 가요, 앤지. 호수 옆에서 만나요."

젊은 여자는 유모차를 끌고 자리를 떴다.

헤스터는 경악한 내색을 하지 않으려고 애썼다. "아들이 있어요?"

"네이선. 10개월 됐어요. 네, 생물학적으로 나와 남편의 아이죠."

"아이를 못 낳는 줄 알았는데요."

"저도 그런 줄 알았어요. 하지만 물론 그건 버나드가 한 말이었죠. 알고 보니 그 사람에게 문제가 있더라고요." 피아가 고개를 갸웃했다. "변호사님?"

헤스터는 기다렸다.

"전 그 애를 학대하지 않았어요."

"나오미. 그 애 이름은 나오미예요."

"전부 버나드가 지어낸 얘기예요. 그 사람은 거짓말쟁이예요. 처음 만났을 때 알아봤어야 하는데. 다들 그렇게 말하잖아요. 하지만 전 알아보지 못했어요. 제가 너무 나약해서일 수도 있고요. 버나드는 절 학대했어요. 폭언과 폭행으로요."

"다른 사람에게 알렸나요?"

"제 말을 못 믿으시는 것 같네요."

"내가 어떻게 생각하는지는 신경 쓰지 말아요." 그 말은 헤스터가 의도했던 것보다 약간 더 날카롭게 튀어나왔다. "다른 사람에게 알렸나요?"

"아뇨."

"왜 말 안 했죠?"

"매 맞는 여자 얘기를 누가 또 듣고 싶어 하겠어요?" 피아는 미소를 지으며 고개를 갸웃했다. 얼마나 많은 남자가 피아의 저런 모습에 반했을까? 헤스터는 궁금했다. "버나드는 아주 매력적이고 설득력이 넘치죠. 하지만 동시에 극도로 타인을 조종해요. 버나드가 뜨거운 물 이야기를 하던가요? 버나드가 제일 좋아하는 얘기죠. 하지만 그 이야기가 사실이라면 그 애는," 이번에는 피아도 말을 멈추고 정정했다. "그러니까 나오미는 당연히 병원에 가지 않았을까요? 안 그래요?"

'일리 있는 말이야.' 헤스터는 생각했다.

"제 인생사를 주절주절 털어놓고 싶지는 않지만 전 작은 마을에서 태어났어요. 사람들 이목을 끄는 몸매를 타고났죠. 그건…… '축복'이라고 해야 할 거예요. 다들 제가 모델이 되어야 한다고 했어요. 그래서 시도해 봤죠. 하지만 모델로 성공하기에는 키가 너무 작았어요. 또 식욕이 너무 왕성하기도 했고요. 그래도 일을 구할 수 있었죠. 주로 속옷 광고였어요. 그러다 나쁜 남자와 사랑에 빠졌어요. 처음에는 버나드도 제게 잘해줬지만 이내 불안에 산 채로 먹혀버렸죠. 버나드는 제가 바람을 피우고 있다고 확신했어요. 제가 촬영하고 돌아오면 꼬치꼬치 캐물었죠. 너한테 말을 건 남자가 있었냐, 수작 부리는 남자는 없었냐, 거짓말 마라, 분명히 그런 남자가 있었을 거다, 그 남자들에게 웃어줬냐, 네가 그 남자들을 유혹했냐, 왜 늦었냐."

피아는 말을 멈추고 선글라스를 벗어 눈물을 닦았다.

"그래서 헤어졌나요?" 헤스터가 물었다.

"네, 헤어졌어요. 선택의 여지가 없었죠. 그 후로 상담을 받았어요. 아주 오랫동안요. 상태가 약간 좋아졌을 때 지금 남편 해리를 만났죠. 그 후에 어떻게 됐는지는 아실 테고요."

헤스터는 최대한 부드러운 어조로 말했다. "나오미에게 연락이 왔나요?"

"왜 그걸 알고 싶으시죠?"

"말하자면 길지만, 난 절대 나오미를 배신하지 않을 거예요. 알겠어요? 당신이 무슨 말을 하든 내가 나오미를 도울 수 있는 일이라면 뭐든지 할 거예요. 믿어도 돼요."

"하지만 제가 변호사님에게 사실대로 말한다면 전 나오미의 신뢰를 저버리게 돼요."

"난 믿어도 돼요."

"변호사님은 버나드를 위해 일하나요?"

"아뇨."

"맹세해요?"

"내가 걱정하는 사람은 당신 딸이지 당신 전남편이 아니에요. 그래요, 맹세해요."

피아는 다시 선글라스를 썼다. "나오미에게 전화가 왔어요."

"언제요?"

"며칠 전에요."

"뭐라고 하던가요?"

"버나드를 위해서 일하는 누군가가 다시 제게 전화해서 자기에 대해 물을지도 모른다고 했어요. 지난번에 당신이 그랬던 것처럼요. 그러면 아무 말도 하지 말라고 하더군요."

"왜 나오미가 그런 말을 했을까요?"

"잘은 모르겠지만…… 아빠에게서 도망칠 작정인가 봐요. 만약 자기가 엄마와 함께 있다는 소문이 퍼지면 버나드를 따돌릴 수 있을 거라고 생각하는 거 같아요."

"당신은 상관없나요? 나오미가 가출해도?"

"전 다행이라고 생각해요. 나오미는 아빠에게서 도망쳐야 해요."

"이해가 안 가네요. 그가 당신을 학대했다면서요. 당신 전남편 말이에요."

"상상도 못 하실 거예요."

"그런데도," 헤스터는 흥분하지 않으려고 노력했다. "당신은 딸을 남편에게 맡기고 떠난 건가요?"

피아는 다시 선글라스를 벗었다. "전 온갖 상담을 다 받았어요. 제가 얼마나 무력한 상태였는지, 얼마나 엉망진창이었는지 변호사님은 몰라요. 그때 제가 나오미를 위해 할 수 있는 일은 아무것도 없었어요. 그리고 저 자신이 회복되고 치유되고 다음 단계로 나아가려면 받아들이기 힘든 진실과도 대면해야 했고요."

"그 진실이 뭔데요?"

"버나드가 한 가지만큼은 제대로 알았어요. 전 애초에 나오미를 입양하고 싶지 않았어요. 받아들이기 힘든 진실은, 그리고 이런 저를 용서하기까지 오래 걸렸는데, 전 나오미에게 정이 가지 않았어요. 내 혈육이 아니라서 그랬는지도 몰라요. 당시 제게는 엄마가 될 자질이 없었을 수도 있고요. 내 몸이 나오미에게 거부감을 느꼈을 수도 있어요. 혹은 버나드와의 힘든 상황에 거부감이 들었을 수도 있고요. 모르겠어요. 하지만 정말이지 그 애한테는 한순간도 정이 가질 않았어요."

헤스터는 목구멍으로 쓴 물이 올라왔지만 다시 삼켰다. "그래서 그냥 나오미를 버나드에게 두고 나와버렸군요."

"선택의 여지가 없었어요. 변호사님도 이해하셔야 해요."

헤스터는 의자를 뒤로 밀치며 자리에서 일어났다. "나오미에게 연락이 오거든 내게 바로 전화하라고 해주세요."

"변호사님?"

헤스터는 그녀를 내려다보았다.

"누굴 믿으시죠?"

"당신과 버나드 중에서 누굴 믿느냐는 말인가요?"

"네."

"내가 누굴 믿든 달라질 게 있나요?"

"제 생각에는 달라져요, 네."

"아닐걸요. 당신은 딸을 학대했거나 아니면 이기적인 마음으로 딸을 버렸어요. 어느 쪽이든 방금 당신이 괴물이라고 했던 남자에게 어린 딸을 내팽개쳤다고요. 심지어 당신이 '회복되고' '치유된' 후에도, 심지어 결혼해서 이 화려한 타운 하우스로 이사한 후에도 당신은 그 불쌍한 어린애를 그 위험한 남자와 함께 지내도록 내버려 뒀어요. 당신은 나오미를 보호하지 않았고, 생각조차 하지 않았어요. 그냥 달아나 버렸어요, 피아. 나오미를 버렸다고요."

피아는 계속 고개를 숙인 채 테이블만 바라보았다.

"그러니까 버나드가 거짓말을 했든 당신이 거짓말을 했든 난 관심 없어요. 어느 쪽이든 당신은 쓰레기고, 난 당신의 마음이 한순간도 평화롭지 않기를 바라요."

절단된 아들의 손가락을 본 대시와 딜리아 메이너드는 아주 상반된 반응을 보였다.

대시는 힘없이 바닥에 털썩 무릎을 꿇었다. 마치 모든 끈이 동시에 끊어진 꼭두각시처럼. 그의 그런 반응이 너무 갑작스러워서 와일드는 움찔하며 뒤로 한 발짝 물러났다. 아이스팩 위에 놓인 손가락이 흔들리지 않도록 조심하면서. 손가락이 흔들린다고 해서 큰일 나는 건 아니었다. 만약 그랬다면 와일드가 숲속에서 아이스박스를 발견하고 여기까지 전력 질주해서 돌아오는 동안 이미 큰일 났을 터였다.

딜리아는 꼼짝하지 않았다. 몇 분 동안 움직이지 않았고, 옆에서 남편이 바닥으로 주저앉는데도 아랑곳하지 않았다. 그저 손가락만 바라보았다. 천천히, 보일 듯 말 듯 하게 그녀의 얼굴이 무너져 내렸다. 머리가 한쪽으로 축 처졌고, 입술이 떨렸으며, 눈이 깜빡였다. 엄마로서 조금이라도 위로해 주고 싶은 마음에 딜리아는 손가락을 향해 손을 뻗었다. 하지만 와일드는 아이스박스를 뒤로 뺐다. 딜리아가 손가락을 만지거나 훼손하는 건 원치 않았다.

"곧 응급구조사가 도착할 겁니다." 와일드는 최대한 부드럽게 말했다. 그러고는 뒤쪽 대문을 힐끗 보았다. "그들이 최선을 다해 이 손가락을 보관할 겁니다."

와일드가 아이스박스를 닫자 딜리아는 신음을 내뱉었다. 와일드는 롤라에게 아이스박스를 건네며 고개를 끄덕였다. 롤라는 박스를 들고 대문 밖으로 나가서 구급차를 기다렸다. 적절한 의학적 조치를 취하면 손가락을 다시 붙일 가능성이 충분하다는 걸 롤라는 이미 알고 있었다.

잔디밭에 주저앉은 대시는 양손으로 바닥을 짚은 채 무릎으로 기어갔다.

마침내 딜리아가 입을 열었다. "저들이 원하는 게 뭐죠? 대체 뭘 원하는 거예요?" 담담한 말투로 시작된 그녀의 목소리는 서서히 커졌고, 점차 패닉에 빠졌다. "영상을 줬잖아요. 대체 뭘 원하는 거예요? 뭘 원하냐고요?"

그때 땡 소리가 났다.

1초 동안 아무도 움직이지 않았다. 그러더니 초점 없이 멍한 눈의 대시가 주머니에 손을 넣어 휴대전화를 꺼냈다. 그의 손이 떨렸다.

"뭐야?" 딜리아가 물었다.

대시는 메시지를 읽더니 일어나서 아내에게 휴대전화를 건넸다. 와일드는 딜리아 곁으로 다가가 그녀의 어깨 너머로 휴대전화를 들여다보았다.

우리가 원하는 영상을 앞으로 30분 안에 보내라. 그렇지 않으면 이번에는 아들의 팔이 있는 좌표를 받게 될 것이다. 경찰에 연락하면 아들은 고통스럽게 죽어갈 것이다.

"무슨 영상?" 딜리아가 외쳤다. "그런 영상은 없다고. 우리에게는 그런 영상이……."

대시는 서둘러 집을 향해 진입로를 올라갔다.

"대시?" 딜리아가 남편을 불렀다.

대시는 대답하지 않았다.

"대시?"

딜리아가 그를 뒤쫓아 달려갔다.

"세상에, 당신 무슨 짓을 한 거야?"

대시는 여전히 입을 열지 않았지만 얼굴에서는 눈물이 줄줄 흘러내렸다.

"대시?"

"미안해."

"무슨 짓을 한 거야, 대시?"

"크래시의 목숨이 정말로 위험하다고는 생각하지 않았어. 난⋯⋯."

대시는 전속력으로 달리기 시작했다. 딜리아가 그를 불렀지만 대시는 대답하지 않았다. 딜리아는 계속 쫓아갔다. 이미 셔츠가 땀에 젖은 채 와일드도 그들을 뒤쫓아 옆문을 통과해 서재가 있는 탑을 올라갔다. 대시는 서둘러 계단을 올라가더니 책상 뒤로 가서 노트북 키보드를 두드렸다.

"말해봐." 딜리아가 말했다.

대시는 고개를 들더니 와일드를 발견하고는 그에게 말했다. "여기서 나가요."

"싫습니다."

"나가라고⋯⋯."

"들었습니다. 하지만 나가지 않을 겁니다."

"당신 해고야."

"마음대로 하세요."

와일드는 움직이지 않았다.

"당신이 무슨 권리로 여기 있는 거야?"

"그럼 힘으로 날 쫓아내세요."

"대시, 나한테 말해봐. 어서." 딜리아가 말했다.

"지 남자 앞에서는 안 돼."

"아뇨, 대시, 내 앞에서 말해요. 시간 낭비 말고." 와일드가 말했다.

딜리아는 남편 곁으로 다가가 두 손으로 그의 얼굴을 감쌌다.

"자기야, 날 봐." 그러고는 대시의 얼굴을 자기 쪽으로 돌리며 말했다. 그 몸짓이 놀랄 정도로 부드러웠다. "말해봐, 대시. 제발. 나한테 다 말해."

대시는 침을 삼켰고 다시 눈물을 글썽였다. "그가 그랬어. 그가 죽였다고."

"그게 무슨 말……?"

"러스티가 크리스토퍼를 죽였어."

딜리아는 고개를 저으며 대시의 얼굴에서 손을 천천히 내렸다. "이해가 안 돼."

"그날 밤, 다 함께 록우드에서 술을 마셨어. 러스티와 크리스토퍼는, 둘이 어땠는지 당신도 알잖아. 둘이 주먹다짐을 벌이기 일보 직전이었고, 내가 말렸지. 크리스토퍼는 화를 내며 나가버렸어. 그러다 전화가 왔어. 그때가, 잘 모르겠어, 새벽 1시였을 거야. 러스티가 겁에 질려서 전화했더라고. 내게 와달라고 사정했어. 목소리를 듣고 뭔가 문제가 생겼다는 걸 알 수 있었지. 그래서 갔고, 음, 당신도 내가 어떤지 알잖아."

딜리아가 멀리서 들리는 듯한 목소리로 말했다. "촬영했구나."

"난 늘 그러잖아. 당신도 알다시피."

"어떤 카메라였어?"

"그걸 왜……?"

"어떤 카메라였어, 대시?"

"숨길 수 있는 초소형 카메라."

딜리아는 눈을 감았다.

와일드는 휴대전화를 꺼내 앱을 확인했다. 이제 모든 게 맞아

떨어졌다.

"그날 밤 당신은 필라델피아에 있었어." 대시가 딜리아에게 말했다. "그 의회 분과위원회를 위한 무슨 프로젝트 조사를 하러 갔지. 내가 거기 도착했을 때는……."

대시가 뜸을 들였다.

"왜?" 딜리아가 말했다.

대시는 이제 말하기가 힘든 듯했다. 그는 딜리아와 와일드가 볼 수 있도록 노트북을 돌렸다. 그러고는 재생 버튼을 누른 다음, 의자 등받이에 몸을 털썩 기댔다.

몇 초 동안 화면은 흐릿한 검은색으로 보였다. 그러더니 문이 벌컥 열리고 젊은 러스티 에거스가 나타났다. 높이로 볼 때 카메라는 대시의 가슴에 달린 주머니에 들어있었을 것이다. 화질이 좋지 않았고, 어안렌즈 혹은 현관문에 달린 외시경으로 들여다보는 것처럼 화면이 약간 뒤틀려 있었다.

와일드는 동시에 여러 가지 생각이 들었다. 첫째는 당연히 러스티가 지독히 젊다는 것이다. 아마 스무 살쯤 되었으리라. 현재의 나이 든 모습이 그다지 나쁘지 않았는데도 이렇게 젊은 러스티 에거스를 보고 있으니 왠지 기분이 이상했다. 마치 '모든 것이 잘못되기 전'을 보는 듯했다.

둘째로 러스티는 아주 차분하고 절제되어 보였다. 그의 눈은 잠시 카메라 렌즈를 똑바로 바라보았다. 마치 거기 카메라가 있다는 걸 안다는 듯이.

셋째로 러스티는 환하게 웃고 있었다. 지나칠 정도로 환하게.

"와줘서 고마워." 러스티가 말했다.

"급한 일이라며?"

젊은 대시의 목소리였다.

"응, 들어와."

러스티는 옆으로 움직이며 화면에서 사라졌다. 대시가 집 안으로 들어가자 카메라가 앞으로 두 걸음 나아갔다. 빗장을 채우는 소리가 들렸다. 러스티가 문을 닫은 뒤에 잠그는 모양이라고 와일드는 생각했다.

"무슨 일이야?" 대시가 물었다.

러스티가 다시 화면으로 들어왔다. "와줘서 정말 고마워."

"아니, 이건……?" 갑자기 대시가 겁에 질린 목소리로 말했다. "손에 피가 묻은 거야?"

여전히 환한 미소를 얼굴에 바른 채 러스티가 렌즈를 향해 피 묻은 손을 내밀었다.

"러스티?"

러스티의 손이 카메라 위로 다가가 대시의 어깨를 붙잡는 듯하더니 대시를 끌어당겼다.

"뭐 하는 거야, 러스티! 놔줘."

하지만 러스티는 놓지 않았다. 대시를 계속 끌고 갔다. 화면이 옆으로 기울어졌다. 가슴에 달린 주머니 높이의 시점에 어안렌즈로 보는 듯한 화면이라서 대시가 움직일 때는 무슨 일이 벌어지는지 알기 힘들었다. 이후 몇 초 동안은 화면이 대부분 흐릿하게 보였다. 와일드는 책꽂이를 본 것 같았다. 러그도 보였다. 벽에 걸린 장식들도 보였다.

움직임이 약간 느려졌다. 타일이 깔린 바닥. 가스레인지, 냉장고.

부엌이었다.

와일드는 위험을 무릅쓰고 딜리아를 힐끗 보았다. 그녀는 컴퓨터를 뚫어지게 보고 있었다.

화면 속에서 대시가 날카롭게 숨을 헉 내쉬었다.

러스티가 그에게 다가가며 잠시 화면을 가리더니 이렇게 속삭였다. 아마 대시의 귀에 대고 속삭였을 것이다. "소리 지르지 마."

러스티는 대시의 어깨를 놓아주고 뒤로 한 발 물러났다. 카메라가 빙 돌아 타일 바닥을 비추더니 오른쪽으로 살짝 움직였다가 그대로 정지했다.

고인 피 속에 등을 대고 누운 크리스토퍼 앤슨이 보였다. 앤슨은 눈을 뜬 채 깜빡이지 않았다. 몇 초간 카메라는 움직이지도, 움찔하지도, 흔들리지도 않았다. 마치 대시가 숨조차 쉴 수 없었던 듯했다.

그러더니 겁에 질렸으면서도 나직한 대시의 목소리가 들렸다. "세상에."

"정당방위였어, 대시."

"맙소사."

"크리스토퍼가 몰래 들어왔어." 러스티가 말했다. 그의 나직하고 평온한 목소리는 어떤 무시무시한 고함보다도 오싹했다. "난 선택의 여지가 없었어, 대시. 대시? 내 말 듣고 있어?"

카메라기 시신에서 방향을 틀어 다시 러스티에게로 돌아갔다. 어안렌즈 때문에 러스티의 얼굴이 대문짝만 해졌다. 그 얼굴은 여전히 미소 짓고 있었지만 러스티의 뒤틀린 눈은 검고 차가웠다.

"크리스토퍼가 몰래 들어왔다고." 마치 어린아이에게 상황을 설명하듯 러스티가 다시 한번 말했다. 전혀 흥분한 목소리가 아니었다. 아무런 감정도, 패닉도, 광기도 느껴지지 않았다. "약에 취한 것 같았어, 대시. 내가 짐작하기로는 그래. 아마 술집에서 나간 뒤에 약을 샀나 봐. 술집에서 크리스토퍼가 얼마나 화났는지 봤지?"

대시는 아무 말도 하지 않았다. 아마 할 수 없었을 것이다. 러스티가 그에게 다가가더니 여전히 차분하고 완벽히 통제된, 하지만 약간 더 공격적인 목소리로 말했다.

"너도 봤지, 응?"

"어, 응, 그런 것 같아."

"그런 것 같다고?"

"아니, 그래. 봤지, 당연히. 경찰에 신고해야 해, 러스티."

"아니, 그건 안 돼."

"뭐라고?"

"내가 크리스토퍼를 죽였어."

"하지만…… 아까는 이게…….'

"정당방위라고, 맞아. 하지만 누가 내 말을 믿겠어, 대시? 나더러 앤슨가와 그 막강한 인맥에 대항하라고?" 러스티가 대시의 가슴 쪽으로 다가오자 그의 얼굴이 점점 커졌다. 러스티가 다시 속삭였다. "아무도 내 말을 믿지 않을 거야."

"하지만…… 그래도 경찰에 신고해야 하는 거 아냐?"

"아니, 안 할 거야."

"이해가 안 돼."

러스티가 뒤로 물러났다. "대시, 내 말 들어."

카메라가 약간 왼쪽으로 움직였다. 러스티가 무심히, 지나칠 정도로 태연하게 오른손을 들어 올렸다. 대시가 소리를 지르며 움찔하는 바람에 모든 게 흐릿해졌다. 몇 초 뒤에야 다시 화면에 초점이 잡혔다.

그제야 러스티가 손에 든 물건이 보였다.

아직도 피에 젖은 칼이었다.

"러스티……."

"네 도움이 필요해, 친구야."

"난…… 난 가야 할 것 같아."

"아니, 대시, 넌 그냥 못 가."

"제발……."

"넌 내 친구야." 러스티가 다시 미소 지었다. "내가 유일하게 믿을 수 있는 사람. 하지만 네가 날 돕지 않겠다면," 러스티는 손에 쥔 칼을 바라보았다. 대놓고 협박하는 눈빛도 아니었고, 심지어 대시에게 칼을 겨누지도 않았다. "난 어떻게 해야 할지 모르겠다."

정적이 흘렀다.

러스티는 칼을 쥔 손을 내렸다. "대시?"

"응."

"나 도와줄 거지?"

"응. 도와줄게."

거기서 영상이 끝났다.

몇 분 동안 딜리아와 와일드는 그저 우두커니 서서 검은 화면만 바라보았다. 아무도 움직이지 않았다. 멀리서 시계 종소리가 들렸다. 와일드는 이 훌륭하고 화려한 서재를 둘러보았다. 하지만 이 화려함은 허울일 뿐이다. 그들을 보호하지도, 상황을 호전시키지도 못한다. 그저 안전하다는 느낌이 들도록 속일 뿐이다.

대시가 두 손에 얼굴을 파묻더니 손으로 얼굴을 문질렀다.

"말해봐. 내가 러스티의 부탁을 거절해야 했을까?" 대시가 말했다.

딜리아는 떨리는 손으로 입을 막았다. 마치 비명이 나오려는 걸 막으려는 듯이.

"딜리아?"

그녀는 고개를 저었다.

"제발 내 말 좀 들어봐. 당신도 러스티를 알잖아. 만약 내가 도망쳤으면 러스티가 내게 무슨 짓을 했을지."

딜리아는 눈을 감고 방금 자신이 본 것이 사라지기를 바랐다.

"그래서 어떻게 했습니까?" 와일드가 물었다.

대시는 와일드에게로 눈을 돌렸다. "나한테 차가 있었어요. 러스티는 차가 없었고. 그래서 날 불렀을 겁니다. 우리는 크리스토퍼의 시신을 차 트렁크에 실었고, 그 골목으로 가져가 버렸죠. 그런 다음 러스티가 칼에 묻은 자신의 지문을 닦아서 쓰레기통에 버렸어요. 경찰에서는 마약 거래를 하거나 강도가 돈을 빼앗으려다가 살인까지 저질렀다고 생각할 거라 여겼습니다. 어쩌면 나중에, 모르겠습니다, 내 신변이 안전해졌다는 느낌이 들면 그때쯤에는 이 영상을 경찰에 보낼 수도 있을 거라고 생각했죠. 하지만 물론 이 영상에는 내 목소리도 나옵니다. 그리고 가만 보면 러스티는 사실 날 협박하지도 않았어요. 안 그래요?"

마침내 딜리아가 입을 열었다. "러스티가 당신을 선택한 이유는 당신이 나약하기 때문이야."

대시가 눈을 깜빡거렸다. 눈에는 눈물이 맺혀있었다.

딜리아는 그를 내려다보았다. "그래서 이 영상을 계속 가지고 있었어?"

"응."

"그러다 러스티에게 이 영상이 있다고 얘기했고?"

대시는 고개를 끄덕였다. "일종의 보험이었어. 러스티가 한 짓을 아는 사람은 나뿐이니까. 하지만 분명히 말해뒀지. 만약 내게 무슨 일이 생기면……."

"이 영상을 공개할 거라고."

"응. 이 영상 때문에 우리는 이상한 방식으로 동지가 됐어."

"당신은 내게 한 번도 그 이야기를 안 했어. 우리가 함께한 그 오랜 세월 동안. 모든 걸 함께 나눴는데 그 이야기는 한 번도 안 했다고."

"그러기로 합의했어."

"우린 그 일이 있고 바로 헤어졌지. 러스티랑 나 말이야." 딜리아가 말했다.

대시는 아무 말도 하지 않았다.

"그것도 합의의 일부였어, 대시?"

"러스티는 무서운 사람이야. 난 당신이 안전하기를 바랐어."

딜리아기 대시를 노려보았다

"딜리아?"

그녀의 목소리는 냉랭하기 그지없었다. "그 영상을 보내, 대시. 내 아들의 목숨이 위험해. 그 빌어먹을 영상을 당장 보내라고."

와일드는 대시가 버튼을 클릭할 때까지 기다렸다. 대시는 버튼을 클릭하고는 진이 빠져 의자 등받이에 기댔다. 딜리아는 남편 옆에 서서 움직이지 않았다. 그의 어깨에 손을 올리지도 않고, 그를 바라보지도 않았다. 방금 전에 이 서재에서 폭탄이 터졌고, 두 사람은 재건이 불가능한 돌무더기와 폐허 속에 남겨졌다.

그들은 산산이 부서졌고, 다시는 온전해지지 못할 터였다.

그걸 지켜볼 이유가 없었다.

와일드는 몸을 돌려 서재에서 나왔다. 두 사람은 그에게 어디 가냐고 묻지 않았다. 아니면 말문이 막혔을 수도 있고. 어느 쪽이든 상관없었다. 와일드는 대답하지 않았을 것이다. 어차피 아직은 아니었다. 그들에게서 필요한 이야기는 모두 들었다.

어쩌면 이제 답을 알 것도 같았다.

36

와일드는 롤라가 운전하는 혼다 오디세이에 타고 있었다. 뒷좌석에는 카시트 세 개가 놓여있었다. 그의 발치에는 돌려서 여는 뚜껑과 측면 손잡이가 달린 분홍색 빨대 컵 다섯 개가 놓여있었고, 사방에 치리오스 시리얼과 골드피시 크래커가 흩어져 있었다. 천 시트로 된 좌석은 팬케이크 시럽을 한 겹 바르기라도 한 것처럼 끈적거렸다.

롤라가 씩 웃었다. "지저분하니까 미치겠지?"

"괜찮아." 와일드가 간신히 대답했다.

"픽이나 괜찮겠다. 근데 어디로 가는지 말 안 할 거야?"

"87번 고속도로를 따라서 계속 북쪽으로 가."

와일드는 직접 운전할까 생각했지만 여러 이유로 대신 운전해 줄 사람이 필요했다. 그중에서 가장 중요한 이유는 그가 운전에 능숙하시 못하다는 사실이었다. 시내에서는 잘 달릴 수 있었지만 온갖 트럭과 차량이 가득하고, 차선 수가 줄어들 때마다 갑자기 옆에서 차량이 끼어드는 고속도로에는 익숙지 못했다. 게다가 손에 휴대전화를 든 채 GPS 추적기 두 개를 쫓아가야 했는데 붐비는 고속도로를 달리는 일과 동시에 하고 싶지 않았다.

다음에는 어떻게 해야 할지 생각할 시간이 필요했다.

"16번 출구로 빠져." 와일드가 말했다.

"해리먼으로 가는 출구?"

"응."

롤라가 물었다. "지금 우드버리 아울렛 가는 거야?"

"뭐?"

"톨게이트 지나면 바로 나오는 아울렛인데 어마어마하게 커. 나이키, 랄프 로렌, 토리 버치, 오시코시 비고시 외에도 수많은 브랜드가 입점해 있어. 이월 상품 판매하는 거지. 애들이 칠드런스 플레이스 옷을 얼마나 좋아한다고. 가본 적 있어? 엄청나게 할인된 가격이기는 하지만, 내 친구 제인이 쇼핑에는 아주 빠삭한데 그 친구 말로는 여기까지 오는 교통비에 제품 질이 떨어지는 걸 감안하면……."

"아니, 쇼핑하러 가는 거 아냐."

"알아, 와일드. 그냥 떠들어 대는 거야. 네가 과묵한 자연인 흉내를 낼 때면 내가 수다스러워지잖아."

"내가 안 그럴 때도 그러던데."

"웃기시네."

"우회전해. 32번 고속도로를 타고 북쪽으로."

"엄마, 아빠한테 전화한 지 얼마나 됐어?"

브루어 부부를 말하는 것이다. "난 그분들을 그렇게 부르지 않아."

"날 동생이라고 부르기는 해?"

와일드는 아무 말도 하지 않았다.

"브루어 부부는 우리에게 잘해주셨어, 와일드."

"아주 잘해주셨지."

"널 보고 싶어 하셔. 나도 네가 그리웠고. 물론 지금 이렇게 함께 앉아있으니까 내가 왜 널 그리워했는지 전혀 기억이 안 나지만. 이렇게 환상적인 티키타카를 그리워한 건 아니었는데."

"총 가지고 있지?"

"아까 떠나기 전에도 물었잖아. 그래, 가지고 있어. 근데 어디가는 거야?"

"크래시가 어디 감금되어 있는지 알아낸 것 같아."

"정말이야?"

"아니, 농담이야, 롤라. 나 원래 농담 잘하잖아."

롤라가 씩 웃었다. "그게 더 낫다, 오빠. 이거 봐. 난 널 오빠라고 부른다고."

"여기서 몇 킬로미터 더 가면 휴게소가 있어. 거기로 들어가서 주차해. 모든 걸 볼 수 있지만 다른 사람들 눈에는 띄지 않는 곳에."

"알았어."

와일드는 다음 계획을 세웠다. 그들은 주차하고 기다릴 것이다. 오래 걸리지는 않을 것이다. 길어야 20분. 그다음에는…….

"저거 봐." 롤라가 말했나.

'젠장.' 와일드는 생각했다.

푸른색 간판에 익숙한 하얀색 글씨로 이렇게 적혀있었다.

하지만 그 글자를 가로질러 네온 오렌지색 바탕에 검은 글씨가 적혀있었다.

폐쇄

폐쇄? 전혀 예상하지 못한 일이었다.

"이제 어떻게 해?" 롤라가 물었다.

"계속 운전해. 속도를 약간 줄이되 눈에 띌 정도로 줄이지는 말고."

확실히 휴게소는 한동안 문을 닫아둔 듯했다. 진입로에 맹꽁이 자물쇠가 달린 대문이 임시로 설치되어 있었다. 금이 간 보도 사이로 풀이 자랐고, 작은 편의점은 창문을 모두 합판으로 막아놓았다. 위가 평평한 캐노피가 주유소 사무실에서 작동하지 않는 주유기 세 대까지 이어져 있었다. 차 두 대가 들어가는 정비소 차고도 보였다. 오른쪽에 오두막처럼 생긴 건물에는 빛바랜 던킨 도너츠 간판이 걸려있었는데 한쪽이 기울어져 있었다.

와일드는 차량이 있는지 둘러보았지만 보이지 않았다.

말이 되지 않았다.

"이제 어떻게 해?"

와일드는 내비게이션 앱으로 들어간 다음, 손가락 두 개로 지도를 확대했다. "다음 출구로 나가."

"알았어."

램프 구간 끝에 이르자 와일드는 롤라에게 오른쪽으로 방향을 튼 다음, 첫 갈림길에서 다시 우회전하라고 했다. 그러고는 창밖을 내다보며 속도를 줄이라고 했다.

"저기 오른쪽에 데어리 퀸 보이지?"

"거기 들러서 오레오 블리자드 먹자고?" 롤라가 물었다.

"농담하는 타이밍하고는. 정말 별로야."

"그나마 내가 귀여워서 다행이네."

"그래. 데어리 퀸 뒤쪽으로 가. 거기 공터가 아까 그 휴게소 바로 뒤야."

롤라는 방향을 틀었다. 데어리 퀸 뒤쪽에는 주차된 차가 없었다. 와일드는 버튼을 눌러 차창을 내렸다. 경사로를 올려다봤더니 역시나 폐쇄된 주유소 뒤쪽이었다.

"여기서 기다려." 와일드는 그렇게 말하고 문손잡이를 향해 손을 뻗었다.

"그렇게는 못 해."

"그럼 오레오 블리자드라도 사 먹든가."

롤라는 얼굴을 찡그렸다. "내가 농담하는 타이밍이 별로라고?"

"10분마다 연락할 테니까 연락 없으면 경찰 불러."

"나도 갈 거라니까."

"넌 여기 남아서……."

"……10분마다 연락이 안 오면 경찰에 연락하라고. 들었어. 그건 내가 젤다에게 하는 말이야. 무슨 일인지는 모르지만 네가 총도 없이 저기 들어가게 둘 수는 없어."

"그럼 나한테 총을 줘."

"미안하지만 와일드, 넌 총 못 쏘잖아." 사실이었다.

"위험할 수도 있어."

"나 위험한 거 좋아해."

"너한텐 아이들이……."

"그만해." 롤라가 그의 말을 자르며 강조하듯이 한 손을 들어 올렸다. "내게 아이나 가족이 있다는 식의 성차별적인 개소리를 계속할 거면 널 쏴버릴 거야."

와일드는 아무 말도 하지 않았다.

"나도 갈 거야, 와일드. 이건 타협의 여지가 없어. 그러니까 시간 낭비하지 마."

롤라는 차에서 내렸다. 와일드는 얼른 뒤따라가 롤라의 어깨에 손을 올렸다. 롤라는 그게 무슨 뜻인지 이해했다. 와일드가 운전은 잘 못할지라도 조용히 접근하는 건 잘했다. 와일드가 앞장서고 롤라가 뒤따라야 했다.

그들은 몸을 숙인 채 경사로를 올라갔다. 롤라는 만약의 사태에 대비해 총을 꺼내서 계속 오른손에 들고 있었다. 그들은 문 닫은 주유소에서 30, 40미터 정도 떨어진 경사로 꼭대기에 도달했다. 콘크리트 블록을 쌓아 만든 뒷벽은 그래피티로 덮여있었는데 대부분 SPOON이나 ABEONA 같은 글자를 둥글둥글한 버블체로 큼직하게 썼다.

와일드는 계속 사방을 둘러보며 살금살금 다가갔다. 인기척은 전혀 없었다. 차도 보이지 않았다. 위험을 무릅쓰고 휴대전화 화면의 GPS 추적 앱을 힐끗 보았다. 의문의 여지가 없었다. 그가 쫓는 차는 이 근방에 있었다.

와일드는 주유소 뒤쪽으로 이동했다. 공터가 나오자 아무에게도 발각되지 않기를 바라며 재빨리 움직였다. 롤라도 그를 따라 속도를 높였다. 콘크리트 블록으로 만든 뒷벽에 도착해 벽에 등을 바싹 댔다.

롤라는 '이제 어떻게 해?'라고 묻는 듯한 눈으로 와일드를 바라보았다.

와일드는 소리 없이 '여기서 기다려'라고 말하고는 옆쪽으로 살그머니 다가갔다. 수풀은 초등학교 3학년 아이가 숨을 수 있을 정도로 높이 자랐다. 수풀 사이로 타이어와 쇠지레 몇 개, 여러 종류의 녹슨 엔진 부품이 흩어져 있었다. 콘크리트 벽에는 누군가가 오래전에 푸른색과 빨간색 페인트로 적어둔 '타이어 수리'라는 문구가 있었다. 오랫동안 햇볕에 시달리고 벗겨진 탓에 이제는 색이 바랬다.

와일드는 계속 몸을 숙인 채 앞으로 이동했다. 여러 개의 차고가 나왔고, 각각 문이 닫혀있었다. 와일드는 차고 문 아래쪽을 바라보았다. 다른 문은 모두 꼭 닫혔는데 하나만 아래가 빼꼼 벌어져 있었다.

누군가 문을 끝까지 닫지 않은 것이다.

땅에는 그 문으로 이어지는 타이어 자국이 있었다.

처음에 휴게소가 폐업한 걸 보고 와일드는 어리둥절했다. 거기가 만남의 장소일 거라고, 납치범들이 이목을 피해서 납치 계획을 세우는 곳일 거라고 짐작했던 터였다. 그와 롤라가 숨어서 기다렸다가 미행하면 그 차가 크래시가 있는 곳으로 데려다줄 거라고 생각했다.

물론 이편이 더 나았다.

와일드는 바닥에 엎드린 채 아래에 틈이 있는 차고 문으로 다가갔다. 벌어진 틈을 들여다보았더니 역시나 예상대로 그 차가 있었다.

그가 여기 있는 것이다.

와일드는 다시 차고 옆쪽으로 이동했다. 모퉁이 너머로 고개를 살짝 내밀고 주위를 찬찬히 둘러보다가 멈칫했다. 허름한 오두막처럼 생긴 던킨 도너츠 가게. 처음 봤을 때는 특별한 점이 전혀 없었다. 창문은 합판으로 전부 막아놓았고, 달랑 못 하나에 간판이 걸려있었다. 너무 낡고 허름해서 레킹볼(철거할 건물을 부수기 위해 크레인에 매달아 휘두르는 쇳덩이—옮긴이)을 한 번만 휘두르면 순식간에 무너질 터였다. 하지만 딱 하나가 이상했다.

뒤쪽 창문에 달린 에어컨.

새것이었다.

와일드의 심장 박동이 빨라졌다. 다시 롤라에게 돌아갔더니 롤라가 '무슨 일이야'라고 묻듯이 어깨를 으쓱였다. 와일드는 그녀에게 따라오라고 손짓했다. 두 사람은 벽을 따라 이동했다. 던킨 도너츠 가게가 보이자 와일드는 에어컨을 가리켰다. 잠시 후에 그 의미를 이해한 롤라가 와일드에게 엄지를 들어 보였다.

와일드는 다시 위치 추적 앱을 확인했다. 아직 10분이 남았다. 와일드가 휴대전화를 다시 주머니에 집어넣자 롤라가 '그건 뭐야?'라고 묻듯이 그를 바라보았다. 와일드는 무시했다. 설명할 시간이 없었다.

그들은 공터로 나갈 준비를 했다. 던킨 도너츠로 가려면 여기를 지나야만 했다. 롤라는 총을 꺼냈다. 와일드는 자기가 먼저 가겠다고 손짓했다. 누군가가 그를 쏜다면 롤라가 대기하고 있어야 한다. 롤라는 마지못해 동의했다. 와일드는 전속력으로 달렸다. 달리는 동안 어떤 소리가 들리자 아드레날린이 솟구쳤다. 근처 고속도로에서 차들이 쌩쌩 달리는 소리를 뚫고 에어컨 돌아가는 소리가 들렸다.

에어컨이 켜져있었다.

던킨 도너츠 뒤쪽 방에 누군가 있는 것이다.

던킨 도너츠 가게 벽으로 다가간 와일드는 어깨 너머로 롤라를 돌아보았다. 그녀에게 거기서 기다리라고 하고 싶었지만 저 안에 있는 사람이 누군지는 몰라도—빈방에 에어컨을 틀어놓았을 리가 없으니 아마도 안에 누군가 있으리라—아마 무장을 했을 것이다.

롤라에게는 총이 있었다.

와일드는 그녀에게 오라고 손짓했다. 롤라는 총을 든 손을 옆구리에 붙이고 총구를 바닥으로 향한 채 공터를 가로질렀다. 운동선수 출신답게 날렵하고 재빨랐다. 그녀가 와일드에게 합류하자 둘 다 몸을 숙이고 잠시 움직이지 않았다. 두 사람이 움직이는 소리를 들었거나 모습을 본 사람이 있는지 기다려 보았다.

그런 기적은 전혀 없었다.

와일드는 에어컨을 향해 기어갔다. 그러고는 롤라에게 거기 있으라고 손짓했다. 롤라는 고개를 끄덕였다. 와일드는 몸을 일으켰다. 에어컨 뒤쪽에서 나오는 공기가 느껴졌다.

창에는 블라인드가 내려져 있어서 안을 들여다볼 수 없었다.

이제 어떻게 하지?

시간이 얼마 남지 않았다. 와일드는 다시 롤라에게 돌아가서 속삭였다.

"누군가 저기 뒤쪽 방에 있어. 하지만 주유소 사무실에도 누가 있을 거야. 총을 들고 준비하고 있어. 창문을 위로 살짝 들어 올린 다음에 에어컨을 빼낼 거야. 조용히. 가능할진 모르겠지만. 준비됐어?"(미국은 위아래로 여닫는 창문이 많은데 창문을 에어컨 높이만큼 열고, 창틀 중앙에 에어컨을 끼워서 사용한다. 그럴 경우 에어컨 절반은 방 안으로 들어오고, 나머지 절반은 창밖으로 튀어나온다.—옮긴이)

롤라가 고개를 끄덕였다. "응."

와일드는 일어나서 창문을 살펴보았다. 에어컨은 나사 등을 이용해 창틀에 고정해 둔 것 같지 않았다. 그가 할 일은 그저 창문을 위로 살짝 들어 올리고 에어컨을 빼내는 것이다. 한 번에 재빨리. 와일드는 머릿속으로 자신이 할 행동을 연습한 뒤 손을 창문 밑으로 가져갔다.

롤라는 벽에 등을 기댄 채 서서 총을 들어 올렸다.

와일드는 롤라를 바라보며 소리 없이 숫자를 셌다.

하나, 둘…….

셋에 와일드는 창문을 위로 들어 올리고 에어컨을 밖으로 빼냈다. 그와 동시에 롤라도 행동을 개시해 창문을 향해 빙글 돌아 총을 겨눴다.

하지만 방 안에 있는 사람이 누군지 본 롤라는 총을 내렸다. 와일드 역시 에어컨을 바닥에 내리고 방 안을 보았다.

크래시 메이너드가 침대에 쇠사슬로 묶여있었다.

한쪽 손에는 흰 붕대가 칭칭 감겨있었다. 크래시가 놀란 얼굴로 그들을 바라보았다. 와일드는 재빨리 검지를 입술에 대고 열린 창문으로 들어갔다. 그러고는 서둘러 크래시에게 다가가 속삭였다. "조용히 해라, 크래시. 우린 널 도와주러 왔어."

눈물이 크래시의 얼굴을 타고 흘러내렸다. "집에 가고 싶어요." 어린아이 같은 목소리였다.

"가게 될 거야. 약속해. 여기 몇 명이나 있니?" 와일드가 속삭였다.

크래시가 붕대를 감은 손을 들어 올렸다. "저한테 무슨 짓을 했는지 보세요."

"알아. 널 병원에 데려갈 거야. 집중해라, 크래시. 놈들이 몇 명이나 되지?"

"모르겠어요. 그 사람들은 말을 안 해요. 스키 마스크를 쓰고 있어요. 제발요. 제발. 집에 가고 싶어요. 제발."

크래시는 울기 시작했다. 와일드는 크래시를 붙잡아 두는 발목의 샤클(U자형 금속에 입구를 가로지르는 빗장이 달린 형태―옮긴이)을 확인했다. 샤클에 달린 쇠사슬은 벽에 고정된 고리에 연결되어 있었다. 와일드는 롤라에게 말하려고 창문을 돌아보았지만 놀랍게도 롤라가 보이지 않았다.

2초 뒤에 롤라가 다시 나타났는데 아까 수풀 속에 버려져 있던 쇠지레를 들고 있었다. 롤라가 와일드에게 쇠지레를 건넸다.

크래시가 울면서 말했다. "제발……."

"괜찮아, 크래시. 가만있어라."

와일드는 벽에 고리를 고정해 둔 사각형 받침대 밑으로 지렛대를 집어넣었다. 오래 걸리지 않았다. 두 번 힘줘서 들어 올렸더니 받침대가 뽑혔다.

열여섯 살인 크래시는 거의 성인에 가까운 체격이었다. 상황에 따라 와일드는 크래시를 안고 나갈 수 있었지만 크래시는 재빨리 침대에서 내려와 일어났다.

"놈들이 어디 있는지 아니?" 와일드가 물었다.

크래시는 고개를 저었다. "집에 가고 싶어요. 제발."

"나오미는 어디 있지?"

와일드는 이미 그 답을 알고 있었지만 크래시의 어리둥절한 표정을 보니 더욱 확실해졌다. "나오미 파인이요?"

"신경 쓰지 마라."

그들은 창가로 다가갔다. 크래시가 먼저 창문을 넘었다. 롤라가 그를 도와주었다. 그다음에는 와일드가 넘었다. 세 사람은 상체를 숙여 최대한 몸을 낮췄다.

"애 데리고 차로 가." 와일드가 롤라에게 말했다.

"함께 가야지." 롤라가 말했다.

"아니. 난 아직 할 일이 있어."

"혹시 나오미가……?"

"그냥 가. 크래시 데리고."

롤라가 와일드의 눈을 뚫어지게 바라보았다. "그냥 경찰에 신고하면 돼, 와일드. 10분이면 경찰 수백 명이 여기를 포위할 수 있다고."

"아니야." 와일드는 다시 말했다.

"난 이해가……."

"설명할 시간 없어. 크래시 데리고 가. 난 괜찮을 거야."

롤라는 그의 얼굴을 살폈다. 와일드는 못마땅했지만 아무 내색도 하지 않았다. 롤라는 얼굴을 찡그리고는 총을 건넸다. "혹시 필요할지 모르니까."

"고마워."

"15분 줄게. 그때까지 연락 없으면 경찰에 신고할 거야."

"나 기다리지 마. 차에 타면 곧장 밸리 병원으로 가. 거기에 손가락이 있어. 1분 1초가 중요해."

"마음에 안 들어, 와일드."

"날 믿어, 동생아."

와일드가 그렇게 부르자 롤라가 눈물을 글썽이더니 크래시를 바라보았다. "차까지 뛰어갈 수 있겠니?"

크래시는 울음을 그친 상태였다. "준비됐어요."

롤라가 먼저 달려갔고, 크래시가 멀쩡한 손으로 다친 손을 받친 채 그 뒤를 따랐다. 와일드는 그들이 시야에서 사라질 때까지 지켜보았다. 그러고는 다시 위치 추적 앱을 확인했다.

시간이 얼마 남지 않았다.

CHAPTER
37

와일드는 다시 주유소 뒤쪽으로 간 다음, '타이어 수리'라고 써진 벽으로 향했다. 몇 초 뒤에 아래쪽에 틈이 있는 차고 문 앞으로 기어갔다. 최대한 바닥에 납작 엎드렸다.

서둘러야 했다.

바닥에 엎드린 상태로 와일드는 차고 문의 벌어진 틈을 들여다보았다. 이 문이 레일을 따라 롤러가 굴러가며 이동하는 방식이라는 걸 알 수 있었다. 그렇다면 전기로 움직이는 게 아니라 손으로 여닫는다는 뜻이다. 잘됐다. 이제 무릎으로 땅을 딛고 서서 양손을 문 아래로 집어넣은 다음, 이두박근만 이용해 문을 3센티미터 들어 올렸다.

문에서 끼익 소리가 났다.

다른 사람에게도 이 소리가 들렸을까? 알 수 없었다. 이 차고 안에는 아무도 없을 것이다. 납치범이 있을 만한 장소, 그리고 남아있는 유일한 장소는 차고 옆 주유소 사무실이었다.

와일드는 꼼짝하지 않고 누가 오는 소리가 나는지 귀 기울였다. 아무도 오지 않았다. 이제는 귀에 익은, 옆 고속도로를 쌩쌩 달리는 차들의 불협화음만 들릴 뿐이었다. 차를 타고 지나가다가 그를 보는 사람이 없기를 바랐다. 주유소에 이상한 침입자가 있다고 경찰에 신고하는 사람이 없어야 한다.

어차피 아직은 침입하지도 못했다.

와일드는 차고 문을 다시 3센티미터 들어 올렸다. 그런 다음 한 번 더 들어 올렸다.

끼익, 끽끽.

이제 됐다. 문은 대략 15센티미터 정도 열렸다. 이 정도면 충분했다. 와일드는 다시 바닥에 엎드린 다음 몸을 꿈틀거려 차고 안으로 들어갔다. 안은 어두웠다. 먼지가 올라와 코로 들어갔지만 와일드는 개의치 않았다. 차고에서는 바닥에 흘린 휘발유와 곰팡내가 났다. 와일드는 일어나서 몸을 숙인 채 차 오른쪽으로, 사무실에서 제일 먼 쪽으로 갔다.

사무실에서 누군가 노트북 키보드를 딸그락딸그락 두드리는 소리가 났다.

와일드는 롤라에게 거짓말을 하지 않았지만 사실을 다 말하지도 않았다. 이 휴게소를 아주 간단한 방법으로, 롤라가 그에게 가져다준 GPS 추적기로 찾아냈다는 말은 하지 않았다. 이 차고에 있는 차, 지금 그가 몸을 숨기고 있는 차가 지난번 세븐일레븐에서 만날 때 개빈 체임버스가 운전하고 왔던 쉐보레 크루즈라는 말도 하지 않았다.

그 차를 타고 온 건 개빈의 실수였다.

그날 평소와 달리 운전사도 없이, SUV도 아닌 차를 타고 세븐일레븐에 온 개빈을 보았을 때 이미 뿌리내렸던 와일드의 의심은 더욱 커졌다. 왜 갑자기 혼자 왔을까? 돈도 있고, 평소 운전사가 모는 캐딜락 에스컬레이드를 타고 다니는 남자가 왜 지금은 쉐보레 크루즈를 몰고 있을까? 저건 렌터카 매장에서 가장 흔한 차종이었다.

그 사실 하나만으로는 아무 의미도 없었다. 하지만 그걸로 충분했다.

계속 쉐보레 뒤에 숨은 채, 또 계속 누군가가 키보드를 두드리는 소리를 들으며 와일드는 휴대전화 속 위치 추적 앱을 확인했다.

두 번째 차가 도착하려면 2분 남았다.

준비해야 했다.

와일드는 뒤쪽 타이어에서 앞쪽 타이어로 다가간 다음, 앞쪽 범퍼로 갔다. 왼쪽에 있는 사무실 문을 바라보았다.

문은 열려있었다.

남자의 등이 보이기는 했으나 누구인지 확인하려면 더 가까이 다가가야 했다. 와일드는 선반을 향해 좀 더 앞으로 나아갔다. 계속 몸을 숙인 채 뒷벽에서 30센티미터쯤 떨어진 곳으로 나아갔을 때 키보드를 두드리는 남자의 옆모습이 보였다.

개빈 체임버스.

느닷없이 개빈이 와일드 쪽으로 고개를 돌렸다.

와일드는 다시 바닥에 납작 엎드렸다. 등허리춤으로 손을 뻗어 거기에 찔러 넣은 총을 꺼냈다. 개빈 체임버스는 당연히 총을 가지고 있을 터였다. 만약 개빈이 그를 발견해서 지금 이쪽으로 온다면…….

하지만 아니었다.

두 번째 차가 도착했다. 차가 잠긴 문을 지나면서 센서를 건드렸고 그래서 개빈이 경계한 것이다. 그래서 돌아본 것이다.

와일드는 엎드린 채 뒤로 물러나 다시 쉐보레 크루즈와 사무실에서 제일 멀리 떨어진 벽 사이에 숨었다. 1분 뒤, 누군가가 차고 문을 더듬는 소리가 들렸다. 개빈 체임버스가 자리에서 일어났고, 쉐보레 차체 밑에 숨어있던 와일드는 옆으로 지나가는 개빈의 발을 볼 수 있었다. 개빈이 차고 문을 끌어당겨 열자 차 한 대가 들어왔다. 개빈은 얼른 다시 차고 문을 닫았다.

운전자가 차 문을 열고 내렸다.

"메이너드가 영상을 보냈나? 영상 봤어?"

사울 스트라우스였다.

개빈이 말했다. "지금 보는 중이야."

"어때?"

"대박이야. 러스티가 자기 입으로 앤슨을 죽였다고 인정했어. 비록 정당방위라고 주장하기는 했지만."

"맙소사."

"그래."

"당장 그 영상을 보내야 해. 어떻게 될지 몰라."

"동감이야." 개빈이 말했다.

두 사람은 사무실로 향했다. 와일드는 그대로 차 밑에 누워있었나.

"그럴 줄 알았어." 스트라우스가 흥분한 목소리로 말했다. "그 영상이 있을 줄 알았다고. 이렇게까지 하고 싶지는 않았지만……."

"왜 대시 메이너드가 그 영상을 공개하지 않으려고 했는지 알겠더군. 영상이 공개되면 러스티는 당연히 끝장나지만 그자에게도 타격이 있겠더라고. 메이너드가 시신을 운반한 일로 기소가될지는 모르겠어. 아마 공소시효가 지났을 거야. 하지만 이 영상을 보면 다들 그자가 무슨 짓을 했는지 알 거야."

"게다가 대시 메이너드는 레이먼드 스타크가 감옥에 가도록내버려 뒀어."

"그렇지."

"친구를 돕는 건 그렇다 쳐도 다른 사람이 평생 감옥에서 썩는데 가만히 있는 건 용서 못 해."

"쓰레기야." 개빈이 동의했다. "어서 영상을 보내자고."

와일드는 움직이지 않았다. 물론 지금 저들을 막을 수 있었다.일어나서 총을 겨누고 컴퓨터에서 손을 떼게 할 수 있었다.

하지만 그러지 않았다.

와일드는 기다렸다.

"준비됐어." 개빈이 말했다.

"대형 방송사에 전부 다 보낼 거야?" 스트라우스가 물었다.

"거기다가 몇몇 블로거랑 트위터 계정에도."

"드디어 때가 됐어, 친구. 전송 버튼을 눌러."

와일드가 막을 수 있는 마지막 기회였다.

키보드를 탁 치는 소리가 들렸다.

"보냈어." 개빈이 말했다.

확연히 안도하는 목소리였다.

"저 애를 풀어줘야 해. 메이너드에게 보낼 좌표 있나?" 스트라우스가 말했다.

"좀 기다려야 하지 않을까?"

"왜?"

"모르겠어. 더 있을지 몰라."

"더?"

"영상 말이야. 우리에 관한 영상을 가지고 있을 수도 있어."

"안 돼. 우린…… 너무 멀리 왔어, 개빈. 저 애는…….."

"그래." 이제는 개빈의 목소리에서 참담한 심정이 느껴졌다. "그래, 자네 말이 맞아."

"스키 마스크 줘. 내가 끝내고 올게."

와일드는 차 밑에서 나가 두 사람에게 총을 겨눴다. "그럴 필요 없습니다."

개빈 체임버스와 사울 스트라우스가 그를 돌아봤다. 와일드는 총을 들어 올렸다.

"손가락만 까딱해도 둘 다 쏴버릴 거예요. 개빈, 총 있죠?"

"있어."

"왼쪽 겨드랑이 권총집에?"

"그래."

"어떻게 하는지 알죠? 엄지랑 검지로 집어서 여기로 던져요. 천천히. 사울?"

"난 총 없네." 사울은 두 손을 든 채 천천히 돌았다.

"내가 볼 수 있게 두 손을 책상에 올려요. 개빈, 총 던져요."

개빈 체임버스는 총집에서 총을 꺼내 와일드 앞으로 던졌다. 와일드는 총을 집어 허리춤에 찔러 넣었다.

"어떻게 알아냈지?" 개빈이 물었다.

"단서가 너무 많았지만 가장 기본적인 전제가 이상했죠. 계속 의문이 들더라고요. 어떻게 크래시가 자기 집에서, 그것도 당신 같은 사람이 경호하는 상황에서 납치가 됐을까? 가장 간단한 답은, 불가능하다는 거였어요. 당신이 꾸민 일이 아니고서는." 와일드는 개빈을, 그다음에는 사울을 바라보았다. "당신들은 나오미 파인이 가출한 뒤에 이 일을 꾸몄겠죠?"

"그래." 개빈이 말했다.

"납득이 가요. 나오미가 실종됐고, 나오미는 크래시와 조금은 연결되어 있죠. 그래서 당신들은 지금 크래시가 실종되면 다들 그걸 나오미와 연관 지으리라는 걸 알았던 겁니다. 시간을 벌 수 있었죠. 사람들의 주의를 딴 데로 돌릴 수도 있고. 심지어 당신 입으로 내게 말하기까지 했어요, 개빈."

"내가 뭐라고 했지?"

"에코 캡슐 앞에서 고스트 아미 얘기를 꺼냈죠. 당신이 한 모든 행동은 전략적 기만이었어요."

"그런데도 잡혀버렸군."

"그런데도 잡혀버렸죠."

개빈은 미소 지었다. "우리가 너무 과했지?"

"과했어요."

"메이너드가 당신과 헤스터를 끌어들일 줄은 몰랐어."

"맞아요, 당신은 그 사실에 당황했죠. 그래서 계속 내게 나오미를 찾는 데 집중하라고 한 거고요. 설사 내가 나오미를 찾아낸다 해도 그게 크래시의 진실에 조금도 다가가지 못한다는 걸 알았으니까. 문제는 당신들 둘 다 사족을 달았다는 겁니다. 사울, 당신은 크래시가 사라진 날 밤 쉐라톤 호텔 바에 나타나 나오미에 대해 물었어요. 왜? 당시에는 몰랐죠. 설사 당신이 크래시가 나오미와 가깝다고 생각했다 해도 왜 내게 도와달라고 했을까요? 당신은 그저 내가 잘못된 방향으로 가도록 씨를 뿌린 겁니다. 그다음에 당신." 와일드는 다시 개빈을 바라보았다. "당신은 갑자기 무슨 비밀 메시지를 알아냈다면서 세븐일레븐에 나타났죠. 이번에도 역시 내가 크래시의 실종을 나오미와 연관 있다고 생각하게 하려고요."

개빈은 고개를 끄덕였다. 그제야 깨달았다. "내게 메이너드 저택까지 태워달라고 한 이유가 있었군."

"맞아요."

"그때 내 차에 GPS 추적기를 단 거야."

"당신은 돈도 많고 성공한 사람이죠. 늘 기사가 운전하는 차를 타고 다니고, 적어도 비싼 차를 몰죠. 그런데 갑자기 쉐보레 크루즈를 타고 나타났다? 렌터카라고 생각했죠."

"하지만 확신하지는 못했나 보지?"

"확실히 해야 하니까요. 그런데 오늘 공교롭게도 사울이 학교에 나타났어요. 자기 쪽 사람들이 날 미행하고 있었다고, 메이너드가에 내부 정보원이 있다고 했죠. 하지만 누가 정보를 흘리겠어요? 헤스터는 설내 밀힐 사람이 이니고, 내가 데려온 직원들도 그렇죠. 메이너드 부부? 절대 말할 리 없어요. 그러니까 말할 사람은 납치범뿐이죠. 당신, 개빈."

"불가능한 가설을 모두 제외하고 나면, 남은 가설이 진실이다.

그것이 아무리 믿기 어려울지라도." 사울이 아서 코난 도일의 말을 인용했다.

"바로 그겁니다. 그래서 당신이 날 싱싱으로 데려갔을 때 난 당신 차에도 GPS 추적기를 달았어요. 당신은 날 메이너드 저택 근처에 내려주고 나서 이 휴게소로 오더군요. 오래 머물지 않고 바로 떠났어요. 아마 크래시에게 먹을 것만 주고 갔겠죠. 아이를 살펴볼 겸. 그런데 개빈의 차에 붙여둔 추적기를 봤더니 개빈도 어제 여길 들렀더라고요. 왜 당신들 둘이 이렇게 외딴 휴게소에 들렀을까? 둘이 일을 꾸며야 했기 때문이죠. 아, 그리고 손가락을 놓아둔 좌표는 어릴 때 내가 발견된 곳이었어요. 이것 역시 과했죠. 그런 짓을 한 이유는 오로지 날 헛갈리게 하기 위해서예요. 물론 내가 틀린 것도 있습니다. 이를테면 난 당신들이 이 휴게소에서 몰래 만날 거라고 생각했어요. 만나서 의논하든 계획을 세우든 말입니다. 근데 와보니까 놀랍게도 폐쇄됐더라고요."

"그나저나 여기에 어떻게 들어왔지? 모든 출입구에 센서를 달아놓았는데."

"뒤쪽에는 달 수 없었죠. 데어리 퀸이 있으니까."

"그래서 던킨 도너츠 가게에 있는 크래시를 찾아냈군."

"네."

"지금 크래시는 어디 있지?"

"아마 병원에 있을 겁니다. 롤라가 데려갔어요."

"그래서 롤라도 이 일을 알고 있나?"

와일드는 대답하지 않기로 했다.

"우리가 왜 이런 짓을 했는지 당신도 알 거야. 당신도 지금 얼마나 위험한 상황인지 알지?" 사울이 말했다.

"내 눈을 가리고 있던 사리사욕에서 벗어나기까지 시간이 걸렸어." 개빈이 말했다. "카리스마 넘치는 리더에게 푹 빠져 그가 줄 수 있는 것들의 유혹에 넘어가다 보면 그의 단점이 눈에 들어오지 않지. 그때 사울이 내게 부탁했어."

"자네를 오래 설득할 필요도 없었어. 이미 진실을 보고 있었으니까."

"그럴지도 몰라. 늘 약을 먹고, 변덕을 부리고, 남을 쉽게 조종하는 러스티를 보면서 말이야. 나는 사회 질서를 무너뜨려서 재건할 거라는 러스티의 신념이 좋았어. 하지만 점점 더 많은 시간을 함께 보내다 보니 러스티가 재건을 원하지 않는다는 게 확실해지더군. 러스티는 이 나라를 무너뜨리고 싶어 했어. 국민을 둘로 갈라놓고 싶어 했어."

"우리 두 늙은이는 거기에 별로 동의하지 않았지." 사울이 말했다. "개빈과 나는 정파가 다르지만 그래도 둘 다 미국인이야."

"우리의 정치적 견해는 비록 정반대로 보일지라도 정상 범주에 속하지."

"하지만 러스티는 그걸 원치 않아. 러스티는 사람들이 어느 한쪽을 택하게 하려고 해. 모든 사람을 극단주의자로 만들고 싶어 하지."

"성공한 것 같군요." 와일드가 여전히 총을 겨눈 채 말했다.

"무슨 뜻이지?"

"당신들은 고등학생을 납치해서 손가락을 잘랐어요. 그게 극단주의자가 아니면……."

그들의 안색이 어두워졌다. 둘 다.

개빈이 말했다. "우리가 원해서 그런 줄 아나?"

"당신이 뭘 원했는지는 중요치 않아요."

"그럼 말해봐. 이 방법이 아니었으면 대시 메이너드가 그 영상을 내놓았을까?"

"다시 한번 말하지만 상관없습니다. 당신들이 선택한 거예요." 와일드는 천천히, 힘주어 말했다. "당신들이. 고등학생의. 손가락을. 잘랐어요."

개빈 체임버스는 고개를 숙였다. 사울 스트라우스는 고개를 숙이지 않으려고 했지만 입술이 떨렸다.

"우리가 손가락을 잘랐을 때 크래시는 약에 취해있었어. 의식이 없었다고. 우린 통증과 충격을 최소화했어." 사울이 말했다.

"당신들은 아이를 불구로 만들었죠. 그러고는 팔을 잘라버리겠다고 협박했어요. 메이너드가 영상을 보내지 않았다면요? 그땐 팔도 자르려고 했습니까? 메이너드에게 아들의 팔을 보내려고 했어요?"

마침내 개빈 체임버스가 고개를 들었다. "당신은 수백만 명을 구하기 위해서 무슨 짓까지 할 수 있지?"

"이건 내 문제가 아닙니다."

"우리 세 사람은 모두 군인이야. 그러니까 빌어먹을 당신 문제이기도 해." 개빈이 말했다. "여긴 전장이 아닌 것 같아도, 많은 사람의 목숨이 위험에 처했어. 수백만 명의 목숨이. 따라서 한 사람을 불구로 만들거나 죽여서 수백만을 구할 수 있다면 그렇게 하겠나? 설사 그 대상이 아무 죄 없는 고등학생이라고 해도 말이야."

"지금 꽤 미끄러운 경사면에 서 계시네요(논리적 비약이 심하다는 뜻―옮긴이), 대령님."

"원래 최전방 부대는 늘 미끄러운 경사면에 서 있는 법이지. 당신도 알잖나. 다른 사람을 구하기 위해 우리 손가락을 자를 수 있냐고? 당연히 그럴 수 있지. 하지만 그건 해결책이 아니었어. 인생은 흑백으로 나뉘는 게 아니야, 와일드. 요즘 사람들은 그렇게 생각하기를 좋아하지. 인터넷에서 분노하는 사람들을 보면 매사가 절대 선이거나 절대 악이야. 하지만 우리 삶은 회색이야. 절대적인 건 없다고."

"지금도 당신은 우리에게 총을 겨누며 서 있지." 사울이 덧붙였다. "개빈과 난 기꺼이 우리가 한 짓의 대가를 치를 거야. 우리에겐 선택의 여지가 없었어. 하지만 대신 레이먼드를 구했으니……."

"엄청나게 잘못된 일을 바로잡았지. 그건 확실해." 개빈이 끼어들었다.

"……그리고 더 크게 보면 이 나라를 구한 것일 수도 있어. 방금 우리가 보낸 영상이 역사를 바꿨을지도 몰라."

이제 두 남자는 와일드가 말하기를 기다렸다.

몇 분이 흐른 뒤에 개빈이 사울 스트라우스의 팔에 손을 올렸다. "이럴 수가."

"왜?" 사울이 말했다.

"와일드도 아는 거야."

사울이 얼굴을 찡그렸다. "무슨 말이야?"

개빈은 와일드의 눈을 바라보았다. "와일드는 자네가 오기 전부터 이 차고에 숨어있었어."

"그래서?"

"그러니까 기다렸다고, 사울. 와일드는 자네가 여기 올 때까지 기다렸어. 우리가 영상을 보낼 때까지 기다렸어."

정적이 흘렀다.

이제는 스트라우스도 깨달았다. 그는 와일드를 마주 보았다. "당신은 우릴 막을 수 있었어. 2분 먼저 그 총을 들고 뛰어나올 수 있었다고."

"그럼 그 영상은 세상에 영영 나오지 못했겠지." 개빈이 덧붙였다.

"하지만 당신은 그러지 않았어, 와일드." 이제 두 남자는 고개를 끄덕였다. "당신도 우리와 함께 미끄러운 경사면에 서있는 거야."

와일드는 아무 말도 하지 않았다.

"결국 우린 그저 세 명의 군인일 뿐이야." 개빈이 말했다.

"이게 우리의 마지막 임무였어. 당신은 우리가 그 임무를 마치게 해줬고."

"내 경우에 이건 자살 임무였어." 개빈이 사울 앞으로 한 걸음 나서며 말했다.

마침내 와일드가 입을 열었다. "잠깐만요. 뭐라고요?"

"난 감옥에 가도 괜찮아." 사울이 말했다. "거기서도 목소리를 낼 수 있으니까. 내 의견을 밝힐 수 있어."

"하지만 난 늙어서 감옥에 가고 싶지 않아." 개빈은 손을 뻗었다. "내 총을 돌려줘, 와일드. 군인 대 군인으로서. 내가 원하는 대로 끝낼 수 있게 해줘."

자살.

"안 됩니다."

"그럼 내가 당신에게 달려들 거야. 당신이 날 쏠 수밖에 없도록."

"그런 일도 없을 겁니다. 잘 들으세요. 당신들에게는 당신들 임무가 있고, 내겐 내 임무가 있습니다. 내 임무는 실종된 아이 둘을 찾아내는 겁니다. 한 명은 구했습니다. 이제는 또 다른 아이를 찾아 이 근처를 수색할 겁니다. 롤라에게도 그렇게 말할 거고요. 여기 나오미 없죠?"

"없어." 사울이 어리둥절해서 말했다. "나오미에 대해서는 우리도 전혀 몰라."

"그럼 여기서의 내 임무는 끝났습니다."

"이해가 안 되는데." 사울이 말했다.

"아뇨. 이해가 될 겁니다."

와일드는 그렇게만 말하고 총을 내린 다음, 자리를 떴다.

CHAPTER
38

3주 뒤

헤스터는 사이먼 그린과 미팅을 마쳤다. 사이먼 그린은 센트럴 파크에서 부랑자를 때린 동영상에 찍혔던 그 부유한 재무 상담가다. 헤스터는 그린이 마음에 들었다. 그린은 그 동영상 때문에 평판이 나빠졌지만 맨해튼 지방 검사는 그를 기소하지 않기로 했다. 피해자로 추정되는 사람을 찾아낼 수 없다는 이유도 있었다.

헤스터는 그린을 사무실 밖까지 배웅했다.

사이먼 그린은 고맙다고 인사했다. 그의 뺨에 키스하던 헤스터는 대기실에 앉아있는 사람을 보고는 황급히 비서인 세라 맥린에게 달려갔다. "왜 딜리아 메이너드가 여기 있는 거지?"

"변호사님을 15분만 만나게 해달라고 했어요. 중요한 일이래요."

"나한테 말했어야지."

"말했어요."

"언제?"

"문자 확인해 보셨어요?"

"문자는 나한테 말하는 게 아니잖아."

"이게 대체 몇 번째예요? 변호사님이 방해하지 말라면서 스케줄에 변동 사항이 있으면 문자로 알려달라고 하셨잖아요."

"내가?"

"네. 다음 의뢰인이 올 때까지 15분 남았어요. 15분이면 비용을 청구할 수 있고, 딜리아 메이너드는 변호사님 고객이에요. 제가 메이너드 부인에게 그냥 집으로 가시라고……."

"알았어. 어떻게 된 게 자넨 나보다 잔소리가 더 심해. 들여보내."

헤스터는 3주 전, 손가락이 발견되기 직전에 메이너드 장원을 떠난 후로 딜리아 메이너드를 만난 적이 없었다. 세라는 딜리아를 사무실로 안내해 준 뒤 문을 닫았다. 두 여자는 잠시 서서 서로를 바라보았다.

"아드님은 어떤가요?" 헤스터가 물었다.

"나아졌어요. 손가락을 접합할 수 있었어요."

"아, 잘됐네요."

"몸은 괜찮아요."

"정신적으로는요?"

"아직 악몽을 꿔요. 납치범들이 누군지는 몰라도 잘 대해줬나 봐요. 그렇기는 해도……."

"이해해요. 경찰에 신고하지 않기로 했다면서요."

"네."

"크래시의 손가락이 어쩌다 잘렸는지 물어본 사람은 없었나요?"

"의사가 물었죠, 당연히. 낚시하러 갔다가 사고가 났다고 둘러

댔어요. 의사는 그 말을 안 믿는 눈치더군요. 특히나 손가락이 병원에 도착한 시간과 크래시가 병원에 온 시간이 다르니까요. 하지만 아무것도 증명할 수 없죠."

"그래서 다른 사람들은 납치에 대해 전혀 모르는군요."

"전혀요."

딜리아는 개빈 체임버스와 사울 스트라우스가 아들을 납치했다는 사실을 몰랐다. 물론 헤스터는 알고 있었다. 3주 전에 와일드가 그녀에게만 말해주었다. 헤스터는 와일드가 그들을 순순히 보내준 게 마음에 들지 않았다. 사법 제도를 벗어나서는 안 된다. 그 제도에 결함이 있을 수는 있지만 그렇다고 고등학생의 손가락을 잘라서는 안 된다. 설사 누명 쓴 사람을 구하기 위해서라고 해도. 설사―으, 오글거린다―세상을 구하기 위해서라고 해도.

와일드를 안 본 지도 3주가 되었다.

"그래, 여기는 어쩐 일로 왔나요, 딜리아?"

"작별 인사를 하려고요."

"네?"

"당분간 가족끼리 해외에서 지내려고 해요."

"그렇군요."

"영상이 공개되고 나서 우리가 얼마나 시달렸는지 상상도 못 하실 거예요."

"그랬겠죠."

"러스티 지지자들에게서 끊임없이 살해 협박을 받았어요. 그 사람들은 대시가 자기들의 영웅을 무너뜨리려고 가짜 영상을 만들었거나 조작했다고 생각해요."

"가짜 뉴스라는 거군요."

"네, 변호사님도 아실 거예요. 대시가 그에 대해 어떤 말도 할수 없고, 그 영상이 진짜라는 걸 증명할 수도 없다는 걸요."

헤스터는 침을 꿀꺽 삼켰다. "맞아요. 자신에게 불리한 진술을 거부할 수 있으니까요."

대시 메이너드는 그날 밤 시신을 옮기는 중죄를 저질렀다. 헤스터는 레이먼드 스타크를 무료로 변호하고 싶었지만 불행히도 그럴 수 없었다. 그녀의 다른 의뢰인인 메이너드의 이익과 충돌하기 때문이다. 그녀 역시 손이 묶여있었다. 그녀는 대시가 진실을 밝혀주길 바랐으나 그의 변호사로서 그러지 말라고 충고할 수밖에 없었다.

사법 제도에는 결함이 있지만 그래도 여전히 제도였다.

어차피 대시는 진실을 밝히지 않을 터였다. 또한 밝힌다 해도 별 도움이 되지 않을 터였다. 그게 가장 씁쓸한 점이었다. 처음에는 영상이 공개되면서 러스티 에거스가 완전히 무너지는 듯했다.

처음에는.

하지만 괴담 속 짐승은 죽지 않는 법이다. 놈들은 죽이려고 하면 더 강해진다. 사람들은 영상이 가짜라고 믿었다. 대놓고 날조한 게 아니라면 조작한 것이다. 조작한 게 아니라면 어쨌든 다 30년 전에 일어났던 일이니 상관없다. 상관이 있다 해도, 그 영상에서 러스티 에거스는 정당방위로 죽였다고 했다. 그러니 범죄가 아니다. 만약 범죄라 해도 러스티가 아직 어린 학생이었던 30년 전 일이다. 누군가 그를 죽이려고 했고, 러스티는 자신을 방어하는 것 외에는 선택의 여지가 없었다. 나중에 죄 없는 흑인이 누명을 쓴 것은 경찰 탓이지 러스티 탓이 아니다. 부패 경찰인 킨들러를 탓해라. 인종차별적인 제도를 탓해라. 인종차별적인 제도가 없었다 해도 레이먼드 스타크는 열여섯의 나이에 이미 전과가 있었다. 그러니 아마도 다른 범죄를 저질러 결국에는 수감되었을 것이다. 어쩌면 그날 밤에 스타크는 다른 범죄를 저질렀을 수도 있다. 누가 알겠는가? 어쩌면 레이먼드 스타크는 크리스토퍼 앤슨의 죽음과 연관이 있을지도 모른다. 그게 정당방위였다면 레이먼드 스타크는 크리스토퍼 앤슨과 합세해 러스티 에거스를 공격했을지도 모른다. 레이먼드 스타크와 크리스토퍼 앤슨은 함께 러스티 에거스의 금품을 빼앗으려 했고, 레이먼드 스타크가 칼을 들고 도망쳤을지도 모른다. 그래서 그의 집에서 칼이 발견된 것일 수도 있다.

그런 식이었다.

대다수 언론은 이런 가설을 비웃었고, 이 때문에 극좌파와 극우파인 에거스 지지자들은 더욱 완강한 태도를 취하며 자신들의 영웅을 한층 더 지지했다.

"절대 말 안 한다고 하셨죠?" 딜리아가 말했다.

"네?"

"무슨 일이 있어도 안 한다고 하셨어요. 히틀러를 막을 수 있다고 해도. 변호사와 의뢰인 간의 특권에 해당하는 이야기라면 절내 말하지 않겠다고요."

"맞아요." 헤스터는 이 대화가 흘러가는 방향이 마음에 들지 않았다. "당신은 내게 충격적인 영상은 없다고 했죠."

"그 영상에 대해서는 전혀 몰랐어요. 있는 줄도 몰랐다고요. 대시가 러스티를 도와 골목에 시신을 버린 줄 몰랐어요."

"그렇군요."

"왜냐하면 그때는 제가 그 자리를 떠난 뒤였으니까요."

얼음처럼 차가운 손이 헤스터의 척추를 만지는 듯했다. "뭐라고요?"

"둘은 엄청 싸웠어요. 러스티와 크리스토퍼요. 주로 절 두고 싸웠죠. 30년 전에는 세상이 어땠는지 아실 거예요. 여자는 물건이었죠. 빛나는 트로피. 아마 그날 밤 술집에서의 다툼도 저 때문이었을 거예요. 그때 전 러스티와 사귀고 있었어요. 점점 진지해지는 관계였죠. 의원님은 러스티에게만 중요한 임무를 맡기고, 크리스토퍼는 무시했어요. 모르겠네요. 이제 와서 그게 뭐가 중요하겠어요? 그래서 그날 밤에 크리스토퍼가 절 찾아왔어요. 전 그를 집에 들였죠. 크리스토퍼는 취해있었어요. 제게 키스하려고 하더군요. 전 싫다고 했어요. 하지만 크리스토퍼는 멈추지 않았어요. 감히 어떤 여자도 자신을 거부할 수 없다고 생각했던 거예요. 특히나 라이벌의 여자 친구는. 그다음에는 무슨 일이 있었는지 아실 거예요. 전 '데이트 강간'이니 '지인 강간'이니 하는 용어는 쓰기 싫어요. 30년 전에는 그냥 '남자들이 다 그렇지' 하고 넘어가는 수준이었죠. 그만하라고 소리를 질렀더니 크리스토퍼가 주먹으로 제 입을 치더군요. 전 부엌으로 달려갔어요. 크리스토퍼는 부엌 바닥에서 절 강간했죠. 그러고는 또 강간하려고 했어요. 솔직히 말하면 제가 서랍을 열고 칼을 집어 든 기억조차 안 나요."

헤스터는 우두커니 서있었다. "당신이 크리스토퍼를 죽였다고요?"

딜리아는 창가로 걸어갔다. "저는 부엌 바닥에, 크리스토퍼 옆에 앉아있었어요. 칼은 계속 그의 가슴에 꽂혀있었고요. 그때까지는 살아있었던 것 같아요. 하지만 전 움직일 수가 없었어요. 크리스토퍼의 목에서 한동안 꾸르륵거리는 소리가 나더니 멈추더군요. 하지만 전 그냥 앉아있었어요. 얼마나 시간이 흘렀는지 모르겠어요. 러스티가 부엌 바닥에, 시신 옆에 앉아있는 절 발견했죠. 그러더니 뒷수습을 했어요. 절 씻기고, 옷을 입혀준 다음에 유니언 스테이션으로 데려갔죠. 워싱턴에서 필라델피아로 가는 야간열차가 있었어요. 러스티는 절 그 기차에 태우고 자기가 연락할 때까지 돌아오지 말라고 했죠. 전 사흘 동안 메리어트 호텔에 묵었어요. 식사는 룸서비스로만 하고요. 러스티는 시신을 치웠다면서 아무도 모를 거라고 하더군요. 워싱턴으로 돌아왔을 때는 우리 사이가 예전 같지 않았어요. 상상이 가죠?"

헤스터의 심장이 심하게 쿵쾅거렸다.

"우린 헤어졌고, 전 대시와 사귀었어요."

그건 두 남자 사이의 합의였을까? 딜리아는 그저 물건, 반짝이는 트로피였을까? 그래서 물물교환 하듯이 부탁을 들어준 대가로 그녀를 넘긴 걸까? 아니면 러스티는 정말로 그녀를 사랑했을까? 많은 사람이 이 나라를 망하게 할 거라고 믿는 정치인인 러스티는 그녀를 너무 사랑한 나머지 자신의 행복을 희생해 가면서 딜리아를 보호한 걸까?

아니면 더 큰 의미가 있는 걸까?

그날 밤 러스티가 한 일과 그 후에 벌어진 일련의 사건, 다시 말해 피 묻은 시신을 처리하고, 끔찍한 거짓말과 그 여파를 감수하고, 사랑했던 여자를 잃고, 그다음에는 부모님까지 돌아가신 일이 러스티 에거스를 비뚤어지게 만든 건 아닐까? 이 모든 사건이 어린 대학생을 올바르고 정직한 삶에서 슬쩍 밀어내 지금처럼 돌이킬 수 없게 망가진 남자로 만든 걸까?

딜리아는 양손을 들어 올렸다. 그녀의 미소는 슬퍼 보였다. "그 뒤는 아실 거예요."

"그런데도 그의 곁에 남으려는 거예요?"

"대시요? 우리에게는 함께하는 삶이 있어요. 가족, 아이들, 특히 심각한 트라우마에 시달리면서 안정을 취해야 하는 아들이 있죠. 우리 둘 다 서로에게 말하지 않은 비밀이 있었어요. 이제 전 그의 비밀을 알게 됐지만."

"당신 비밀은 말하지 않을 건가요?"

"제가 크리스토퍼를 죽였다는 거요?" 딜리아는 고개를 끄덕였다. "네, 절대 말하지 않을 거예요."

"너무 무거운 짐이겠네요."

"이미 30년 넘게 짊어지고 있었어요." 딜리아는 굳이 시계를 봤다. "그만 갈게요."

"사람들은 당신을 비난하지 않을 거예요." 헤스터는 가능한 한 절박한 어조로 말하지 않으려고 노력했다. "당신은 강간을 당했어요. 아직 옳은 일을 할 수 있어요."

"옳은 일을 하는 거예요. 날 위해서. 우리 가족을 위해서."

딜리아는 사무실에서 나가려고 몸을 돌렸다.

"당신과 대시 둘이 함께 지켜온 비밀도 하나 있죠." 헤스터가 말했다.

"뭔데요?"

"레이먼드 스타크가 크리스토퍼를 죽인 혐의로 체포됐을 때 무슨 생각을 했나요?"

딜리아는 대답하지 않았다.

"당신과 대시, 둘 다 진실을 알고 있었어요. 그렇죠? 서로 말은 안 했지만 죄 없는 사람이 체포됐다는 걸 알고 있었어요. 그런데 도 진실을 밝히지 않았고요."

"뭐라고 밝혀야 하죠?"

"정당방위로 죽였다고요."

"그 말을 누가 믿어줄까요?"

"그래서 그냥 레이먼드 스타크가 누명을 쓰게 둔 건가요?"

"그 사람이 풀려나길 바랐어요."

"풀려나지 않았잖아요." 헤스터는 사무실을 가로질러 그녀를 정면으로 마주 보았다. "자기가 하지도 않은 일로 종신형을 선고 받았잖아요. 구타와 학대를 당했잖아요."

"제가 종신형을 선고한 게 아니에요. 제가 그 사람을 때리고 학 대한 게 아니라고요. 이제 영상이 공개됐으니 그 사람도 풀려나 지 않겠어요?"

"아뇨, 딜리아. 영상이 공개된 것만으로는 부족해요. 레이먼 드 스타크는 계속 감옥에 갇혀있을 거예요." 헤스터는 숨을 들이 쉬고 이성적으로 말하려고 노력했다. "하지만, 제발 내 말을 들 어……."

"아뇨. 전 그만 갈래요."

"레이먼드 스타크가 감옥에 갇힌 데는 당신 책임도 있어요. 그러니까 그렇게 아무것도…….'"

"잘 있어요, 헤스터."

"내가 말할 수도 있어요."

딜리아는 미소 지으며 고개를 저었다. "아뇨, 당신은 말할 수 없어요, 헤스터."

헤스터는 두 주먹을 쥔 채 몸을 떨며 그렇게 서있었다.

"첫째로, 증거가 전혀 없어요." 딜리아가 말했다. "전 그냥 부인할 거예요. 게다가 당신은 변호사 의뢰인 간의 비밀 유지 특권을 위반할 수 없어요. 설사 그걸 밝히면 히틀러에게서 세상을 구할 수 있다고 해도요. 죄 없는 남자를 풀려나게 할 수 있다 해도요."

'결함이 있을지라도 제도는 제도야.'

그 말을 한 뒤 딜리아 메이너드는 사무실에서 나갔다. 몇 분 동안 헤스터는 움직이지 않았다. 세라 맥린이 들어와 말했다. "다음 약속은……."

"취소해."

"그냥 취소할 수는 없어요. 의뢰인이……."

"취소해."

헤스터의 어조는 실랑이할 여지가 없이 단호했다. 헤스터는 빙돌아 자기 책상으로 다시 갔다. 떨리는 손으로 휴대전화를 집어 들고 번호를 눌렀다.

전화기 반대편에서 머뭇거리는 목소리가 들렸다. "여보세요?"

"오렌?"

헤스터는 피자 데이트 이후 3주 동안 그와 이야기하지 않았다.

그의 전화나 문자에도 답하지 않았다.

"별일 없어요, 헤스터?"

"당신과 가고 싶은 곳이 있어요. 지금 날 좀 데려가 줘요."

CHAPTER
39

두 시간 뒤 오렌은 산악 도로 갓길에 순찰차를 세우고 시동을 껐다. 몇 분간 두 사람은 말없이 앉아있었다.

"정말 괜찮겠어요?"

헤스터가 고개를 끄덕이자 오렌은 조수석으로 가서 차 문을 열어주었다. 헤스터는 앞에 보이는, 풍화된 나무 십자가를 바라보았다. 그 자리에 십자가가 놓여있으니 기분이 이상했지만—데이비드는 무신론자와 유대교 중간쯤에 해당되었다—헤스터는 개의치 않았다. 누군가가 데이비드를 신경 써줬다. 누군가가 애쓴 흔적이었다.

헤스터는 도로 가장자리로 걸어가 가파른 경사면을 내려다보았다.

"그럼 여기가……?"

"네."

헤스터는 지금까지 여기 와볼 엄두가—이게 맞는 표현이라면—나지 않았다. 아이라는 다녀갔다. 그것도 여러 번. 하지만 헤스터에게는 말하지 않았다. 그저 드라이브를 하고 오겠다거나 세븐일레븐에서 우유를 사 오겠다고 했다. 하지만 헤스터는 남편이 갓길에, 어쩌면 지금 순찰차가 정차한 바로 그 자리에 차를 세우고 차에서 내려 나무 십자가를 보며 흐느낀다는 걸 알고 있었다.

하지만 아이라는 헤스터에게 말하지 않았다. 말해줬더라면 좋았을 텐데.

"차가 어디 있었나요?"

"저 아래요." 오렌이 언덕 아래를 가리키며 말했다.

"당신은 현장에 처음 도착한 경관 중 하나였죠."

오렌은 그 말이 질문인지 단언인지 알 수 없었다. "네."

"차는 불타고 있었고요."

"네."

"와일드가 이미 데이비드를 차에서 끌어낸 뒤였죠."

오렌은 고개만 끄덕였다.

"와일드는 자기가 운전했다고 했어요." 헤스터가 말했다.

"우리에게도 그렇게 말했습니다. 하지만 우린 와일드를 기소하지 않았어요. 체내에 알코올이 전혀 없었으니까. 도로가 비에 젖어있었죠."

"와일드가 운전하고 있었나요?"

"조서에는 그렇게 적혀있습니다."

헤스터는 오렌을 돌아봤다. "난 지금 조서에 뭐라고 적혀있는지 묻는 게 아니에요."

오렌의 눈은 산골짜기에 머물렀다. "교통사고의 유일한 생존자가 자기가 운전자라고 주장할 때는 그게 사실이 아님을 증명하기가 힘들죠."

"와일드가 거짓말한 거죠?"

오렌은 대답하지 않았다.

헤스터는 오렌과 어깨를 나란히 하고 섰다. "와일드와 데이비드는 단짝이에요. 당신도 알죠?"

오렌은 고개를 끄덕였다. "압니다."

"그날 밤, 둘은 밀러스 태번에 갔어요. 데이비드의 차를 타고요. 우리 데이비드는 술을 많이 마시지 않아요. 술집에도 자주 가지 않고요. 오히려 와일드가 다니는 편이었죠. 하지만 그때 데이비드는 라일라와 다퉜어요. 심각한 건 아니었어요. 그냥 털어버릴 수 있는 문제였죠. 그래서 두 단짝은 화를 식힐 겸 나간 거예요. 그런데 데이비드가 술을 너무 많이 마셨죠. 병원에서는 데이비드가 실려 왔을 때 약물 검사를 했어요. 그때만 해도 데이비드가 죽지 않을 거라고 생각했으니까. 하지만 와일드는 데이비드가 음주 운전으로 비난받는 걸 원치 않았죠. 그래서 자기가 운전했다고 한 거예요."

오렌은 여전히 아무 말도 하지 않았다.

"내 생각이 맞죠, 오렌?"

"와일드에게 물어봤나요?"

"와일드는 자기가 운전했다고 우겨요."

"하지만 당신은 와일드의 말을 믿지 않는군요."

"안 믿어요. 내 생각이 맞죠?"

오렌은 고개를 숙였다. 헤스터는 오렌의 눈을 바라보았다. 그의 눈은 너무 맑고 너무 정직하고 너무 아름다웠다. "오렌?"

오렌의 입에서 놀라운 말이 나왔다. "전부 다 맞다고 할 수는 없어요."

잠시 헤스터는 말문이 막혔다. "그게 무슨 말이에요?"

"밀러스 태번을 수사했는데 당신 말대로 와일드는 단골이었어요. 데이비드는 아니었고요. 하지만 그날 밤에는, 네, 데이비드는 꽤 술에 취했더군요. 어쨌든 증명할 수는 없었지만 한 손님이 와일드가 데이비드보다 적어도 30분 먼저 일어났다고 했어요. 와일드 혼자 나갔다고요."

"왜요?"

"모르겠습니다. 와일드는 자기가 운전했다는 말만 되풀이했으니까요."

"데이비드가 그 술집에 혼자 있었다고요?"

"혼자서 술을 마셨어요, 네. 이건 그냥 가설일 뿐이에요, 헤스터. 하지만 당시 와일드는 여기서 멀지 않은 곳에서 텐트를 치고 살았어요." 오렌은 왼쪽을 가리켰다. "아마 저쪽으로 300미터쯤 떨어진 곳이었을 겁니다. 다시 한번 말하지만 내겐 아무런 증거도 없어요. 와일드는 자기가 운전했다고 우겼지만, 네, 나도 그 말을 믿지 않았죠. 내 생각에 와일드는 사고 현장 근처에 있었습니다. 아마 충돌하는 소리를 들었거나 불꽃을 봤겠죠. 자기 친구를 보호하고 싶었을 겁니다. 그날 밤에 친구를 술집에 혼자 두고 와서 죄책감을 느꼈던, 아니 지금도 느끼는 것 같아요."

헤스터의 가슴 깊은 곳에서 무언가가 쿵 내려앉았다. "그러니까 데이비드가 차 안에 혼자 있었다는 말이에요?"

오렌이 고개를 끄덕이자 헤스터는 털썩 무릎을 꿇었다. 무릎을 꿇은 채 울었다.

오렌은 가만히 있었다. 헤스터가 그를 필요로 할 경우를 대비해 가까이 서있기는 했으나 그저 가만히 있었다. 헤스터에게 손을 내밀지 않았다. 천만다행이었다. 이 남자, 이 훌륭하고 좋은 남자는 이럴 때 그녀를 껴안거나 거짓된 위로의 말을 해줘서는 안 된다는 걸 알고 있었다. 천만다행히.

오렌은 그저 헤스터가 울게 내버려 두었다.

시간이 지났다. 헤스터는 시간이 얼마나 흘렀는지 알 수 없었다. 5분, 10분, 어쩌면 30분일지도 몰랐다. 오렌 카마이클은 그저 우두커니 서서 말없는 파수꾼처럼 그녀를 지켜주었다. 이윽고 헤스터는 다시 순찰차에 탔다. 순찰차는 산악 도로를 내려가기 시작했다. 둘은 한동안 아무 말도 하지 않았다.

그러다 헤스터가 입을 열었다. "오렌?"

"말해요."

"전화 안 해서 미안해요."

오렌은 대답하지 않았다.

"당신이 피자 가게에서 교통사고 현장으로 달려갔을 때 난 우리가 가망이 없다는 걸 깨달았어요. 무슨 일이 있든지 간에 난 당신을 볼 때마다 그 사고 현장에 있었던 당신을 떠올리게 될 테니까요. 당신을 볼 때마다 죽은 내 아들이 보일 테니까요. 당신은 늘 내게 데이비드를 연상시킬 거고, 그래서 우리는 안 돼요."

오렌은 도로에서 눈을 떼지 않았다.

"그런데 당신이 미칠 듯이 보고 싶어졌어요. 가슴에 거대한 구멍이 뚫린 것 같았죠. 그 말이 어떻게 들릴지 알아요. 그러다 고통스러워도 당신과 함께 있고 싶다는 생각이 들었어요. 난 데이비드를 잊고 싶지 않아요. 절대로. 그거야말로 가장 잔인한 일이니까요. 난 데이비드 생각을 절대 멈추지 않을 거예요. 이해해요?"

오렌은 고개를 끄덕였다. "이해합니다."

헤스터는 손을 뻗어 오렌의 손을 잡았다.

"우리 다시 시작할 수 있을까요, 오렌?"

"네. 네, 나도 꼭 그러고 싶네요." 오렌이 대답했다.

CHAPTER

40

와일드는 뉴욕 라과디아 공항에서 보스턴 로건 공항까지 가는 델타 항공 왕복 항공권을 구입했다. 짐은 없었다. 보스턴에 오래 머물지 않을 작정이었다. 길어야 몇 시간이었다. 그런 다음에 다시 집으로 돌아갈 것이다.

사실 와일드는 공항에만 머물 생각이었다.

비행기가 착륙하자 와일드는 터미널 A에서 E로 걸어갔다. 코스타리카행 아메리칸 항공 374기를 타고 갈 승객들을 볼 수 있도록 E7 게이트 근처에 자리 잡았다.

두 시간 남았다.

시간을 때우려고 DNA 혈통 사이트로 들어가서 'PB'가 보낸 메시지를 찾아내 다시 읽었다. 잠시 생각하다가 답장을 쓰기로 했다.

난 좀 더 알고 싶네요, PB. 만날 수 있을까요?

휴대전화를 주머니에 넣으려는 찰나에 전화가 울렸다. 발신자를 보니 매슈였다. 와일드는 얼른 전화를 받았다.

"별일 없니?" 와일드가 말했다.

"꼭 그렇게 전화를 받아야 해요? 그냥 '여보세요' 하면 되잖아요." 매슈가 말했다.

"여보세요. 별일 없니?"

"네, 아저씨. 몇 주 동안 아저씨를 못 본 것만 빼면요."

"미안하다. 학교는 어때?"

"진정되고 있어요. 크래시도 돌아왔고요. 계속 손가락 흉터를 보여주면서 나쁜 놈들이 손가락을 잘랐다고 그래요. 엄마 말로는 낚시 사고라던데. 아저씨?"

"응?"

"다들 나오미가 도망갔다고 생각해요. 나오미가 어느 먼 섬에서 살거나 아니면 뭔가 멋지고 이국적인 일을 하고 있을 거라고요. 너무 아이러니해요. 다들 나오미를 그렇게 루저 취급 했으면서."

"그러게 말이다."

"아직도 나오미를 찾고 있어요?"

와일드는 뭐라고 대답해야 할지 몰라서 그냥 간단히 말했다. "응."

"그렇구나. 지금 어디예요? 굉장히 시끄러워요."

"보스턴이야."

"거긴 왜요?"

"친구 만나려고."

매슈는 와일드의 목소리에서 무언가 알아차린 게 분명했다. "알았어요."

"엄마는 어떠니?" 와일드가 물었다.

"대릴 아저씨랑 계속 만나요."

대릴. 이제 명품 양복에 이름이 생겼다. 대릴.

"진지한 관계로 접어드는 것 같아요." 매슈가 말했다.

와일드는 잠시 눈을 감았다. "너도 아저씨가 마음에 드니?"

"괜찮은 사람이에요." 매슈에게 저 정도는 굉장한 칭찬이었다.

"잘됐네. 아저씨한테 친절하게 굴어라."

"윽."

"네 엄마는 그럴 자격이 있어."

"뭐래. 알았어요."

이제 코스타리카행 비행기가 탑승 수속을 시작했다. 게이트 담당 직원이 특별한 도움이 필요한 승객이나 두 살 이하 자녀가 있는 승객, 미 현역 군인은 먼저 탑승하라고 알렸다.

"또 다른 건?"

"없어요. 다 좋아요."

"뭐든 필요하면 연락해라."

"뭐든요?"

"그래."

"GTA(Grand Theft Auto) 최신판이 나왔는데 엄마가 너무 폭력적이라고 안 사줘요."

"까불기는."

"잘 있어요, 아저씨."

"또 통화하자."

게이트 담당 직원이 1그룹은 탑승을 시작하라고 알리자 와일드는 전화를 끊었다. 그러고는 보딩 라인 근처로 모여드는 승객들을 지켜봤다.

없었다.

직원은 2그룹, 3그룹, 4그룹에게 탑승을 시작하라고 알렸다.

여전히 없었다.

순간적으로 와일드는 자신이 착각했는지, 누군가가 또 전략적 기만으로 그를 속이려는 건지 의아했다. 어쩌면 그들은 와일드를 헷갈리게 하려고 항공권을 여러 장 구입했을 수도 있다. 어쩌면 오늘은 비행기를 안 탈지도 모른다.

하지만 직원이 마지막 그룹을 불렀을 때, 그렇다, 야구 모자를 쓰고 선글라스를 낀 여학생이 탑승하려는 승객들의 줄에 합류했다.

나오미 파인이었다.

그녀 앞에는 항공권 두 장을 들고 있는 에이바 오브라이언이 있었다.

와일드는 잠시 움직이지 않았다. 아무것도 할 필요 없었다. 그들에게 다가갈 필요도 없었다. 개빈 체임버스와 사울 스트라우스에게 그랬듯이 그냥 사라질 수 있었다.

하지만 그러지 않았다.

이 정도면 시간은 충분히 끌었다. 와일드는 두 사람에게 다가가 나오미의 어깨를 톡톡 쳤다.

나오미가 깜싹 놀라서 숨찔헀다. 뒤돌아서 와일드를 보더니 손으로 입을 막았다. "아저씨?"

그러자 에이바도 돌아봤다.

몇 초 동안 세 사람은 그냥 우두커니 서 있었다.

에이바가 말했다. "여기는 어떻게……?"

"세븐일레븐에서 만났을 때 내가 차창 내려달라고 했던 거 기억해?"

"뭐라고?" 에이바는 어리둥절한 표정이었다. "그게 뭐?"

"그때 내가 몸을 내밀고 당신 차에 GPS 추적기를 붙였어."

와일드는 개빈과 스트라우스에게 그랬듯이 에이바에게도 추적기를 붙였다. 에이바 역시 전략적 기만을 과도하게 사용했다. 와일드가 크래시의 실종에 대해 물었을 때 에이바는 갑자기 나오미가 크래시와 사귀고 있다는 식으로 말했다면서 둘이 함께 달아났음을 강하게 암시했다.

에이바 역시 와일드를 따돌리려고 했다.

문제는 왜 그랬냐는 것이다.

에이바는 분명 크래시 메이너드와는 아무런 연관이 없었다.

"당신 고향은 메인주야." 와일드가 말했다.

"그래, 내가 말했잖아."

"그런데 왜 뉴저지주까지 와서 겨우 보조 교사를 할까? 그런 일을 하기에는 당신 학벌이 아깝잖아."

에이바는 어깨를 으쓱였다. "변화를 주고 싶었어."

"아니. 또 당신은 지난 3주 동안 메인주를 세 번이나 다녀왔어."

"거기에 가족이 있으니까."

"다시 한번 말하지만 아니야. 당신은 사우스 포틀랜드에 있는 하워드 존슨 호텔에 머물렀어. 거기에 나오미를 숨겨두었으니까. 그뿐 아니라 윈더햄에 있는 호프 페이스라는 입양 기관도 찾아갔어."

에이바는 눈을 감았다.

"당신이 보조 교사를 한 이유는 뉴저지주에 살고 싶었기 때문이야. 입양을 보내야만 했던 딸 곁에 있고 싶어서."

순간적으로 에이바는 그걸 부인하려는 듯했다. 하지만 아주 잠시뿐이었다.

"이해해 줘. 난 처음부터 나오미를 포기하고 싶지 않아."

그제야 사실대로 털어놓았다.

"그때 난 겨우 열일곱 살이라서 어쩔 수가 없었어. 하지만 그냥 어떤, 모르겠어, 내 딸을 다시 봐야겠다는 느낌이랄까, 욕망이랄까, 다시 보게 될 거라는 예감이 들었어……. 그래서 입양 기관을 다시 찾아갔지. 내 딸이 어떻게 됐는지 알려달라고 애원했어. 하지만 알려주지 않더라. 처음에는. 그래서 직원 하나를 매수했지. 그랬더니 나오미의 이름과 주소를 알려줬어. 하지만 내게는 아무 권리도 없다고 했어. 상관없었어. 난 그저 아이가 보고 싶었을 뿐이니까. 그래서……."

"아이 곁에 있으려고 보조 교사를 한 거야?"

"응. 그런다고 해가 될 건 없으니까."

"아저씨?"

나오미가 그를 불렀다.

"절 데려가지 마세요."

"난 그저 아이가 어떻게 사는지 보고 싶었어." 에이바가 말했다. "그게 다였어. 아이 인생을 망치고 싶지 않았어. 그런데 아이가 얼마나 끔찍하게 사는지 보게 됐지. 매일 난 그저 뒤에 앉아서 내 아이가 부모의 보호도 받지 못한 채 괴롭힘당하는 걸 지켜봐야 했어."

"그래서 나오미의 친구가 된 거로군. 마음을 털어놓을 수 있는 친구."

"그게 그렇게 잘못된 일이야?"

와일드는 나오미를 돌아봤다. "에이바가 언제 사실을 말해줬지?"

"제 생모라는 거요?"

"그래."

"챌린지 게임이 끝나고 다시 학교에 나갔을 때요. 처음에는 선생님이 거짓말하는 줄 알았어요. 꿈이 이뤄진 것 같았거든요. 그때 우리 집 지하실에서 나눴던 얘기 기억하세요? 제가 전부 다 바꾸고 싶다고 했던 얘기?"

와일드는 고개를 끄덕였다.

"학교만이 아니라 전부 다 바꾸고 싶었어요. 우리 아빠는……."

나오미가 말끝을 흐렸다. 버나드 파인 역시 무사히 빠져나가지 못할 것이다. 지금 롤라가 그에게 자기가 한 짓의 대가를 치르도록 준비하고 있었다.

"그래서 둘이 도망치기로 했군." 와일드가 말했다.

"나도 이러고 싶지 않아. 합법적으로 하고 싶었어." 에이바가 말했다.

"그래서 라일라를 찾아갔던 거고."

"응. 라일라에게 나오미의 양부모가 얼마나 끔찍한 사람들인지 이야기했어. 하지만 난 여전히 아무런 권리가 없었어. 라일라는 양부모의 방치나 학대를 증명하려면 몇 달 혹은 몇 년이 걸릴 거고, 이길 가능성도 낮다고 했어."

"그래서 이런 계획을 세웠군. 둘이 함께 도망가서 숨는 걸로. 당신은," 와일드는 에이바를 바라보았다. "계약 기간을 마칠 때까지 학교에 나가면서 나오미에게 가짜 신분증을 만들어 줬어. 학교를 곧바로 그만두면 의심받을 테니까. 그래서 둘은 기다린 거야. 이제야 둘이 함께 해외로 나가는 거고."

에이바는 큼직한 갈색 눈으로 와일드를 말없이 바라보았다.

줄을 서있던 승객들은 모두 사라졌다. 게이트 담당 직원이 다시 한번 탑승하라고 알렸다.

나오미가 앞으로 나와 와일드의 팔에 손을 올렸다. "제발요, 아저씨, 우리가 잡히면 전 다시 아빠에게 돌아가야 해요. 엄마는 감옥에 갈지도 몰라요."

"나오미는 내 딸이야." 에이바가 그 어느 때보다도 확신에 찬 목소리로 말했다. "난 이 애를 진심으로 사랑해."

두 사람은 나란히 서서 와일드를 마주 보았다.

"알아." 와일드가 말했다.

"그럼……?"

"두 사람이 괜찮은지 확인하러 온 거야. 작별 인사도 할 겸."

나오미가 와일드를 와락 껴안았다. 어찌나 세게 안았는지 와일드는 하마터면 넘어질 뻔했다. 평소에는 이런 포옹을 받으면 움찔하는 와일드도 이번에는 가만히 있었다. 나오미가 그를 껴안도록 내버려 두었고, 그게 옳은 일이라는 생각이 들었다.

"고마워요." 나오미가 속삭였다.

와일드는 고개를 끄덕였다. "혹시 나중에 필요한 게 있으면……."

게이트 직원이 다시 마이크에 대고 말했다. "라이베리아, 코스타리카로 가는 374기 파이널 콜입니다."

"어서 타야겠다." 와일드가 말했다.

나오미는 에이바를 바라보았고, 에이바도 나오미를 바라보았다. 그러더니 에이바가 몸을 돌려 와일드의 손을 잡고는 와일드가 전혀 예상치 못했던 말을 했다. "우리랑 함께 가자, 와일드."

"뭐?"

나오미는 양손을 맞잡으며 말했다. "그래요, 아저씨."

와일드는 고개를 저었다. "그럴 수 없어."

에이바는 그의 손을 잡은 채 다시 한번 말했다. "같이 가자, 와일드."

"안 돼."

"왜 안 돼?"

"그건 미친 짓이야."

"그래서 뭐?" 에이바가 숨 막힐 정도로 멋진 미소를 지었다. "우리가 이렇게 떠나는 것 자체가 다 미친 짓인데."

와일드는 가슴에 금이 가는 걸 느꼈지만 그래도 다시 고개를 저었다. "얼른 탑승해."

"함께 가자, 와일드." 에이바가 다시 말했다. "나오미에게는 당신이 필요해. 나한테도 당신이 필요할 거야. 모르겠어. 아니다 싶으면 그냥 돌아오면 되잖아."

"안 돼." 와일드가 말했다.

게이트 직원이 다가와 헛기침을 하며 말했다. "30초 뒤에 게이트를 닫아야 해요."

"지금 갈 겁니다." 와일드가 거론의 여지 없이 단호한 어조로 말했다.

나오미가 눈물을 글썽이며 다시 한번 와일드를 껴안았다. 에이바는 직원에게 항공권을 건넸다. 와일드는 두 사람이 탑승교를 걸어가는 걸 지켜보았다. 나오미는 뒤돌아 손을 흔들었다. 와일드도 손을 흔들었다.

에이바는 그를 좀 더 바라보더니 몸을 돌렸다. 와일드의 가슴속 금이 좀 더 벌어졌다.

그는 두 사람이 시야에서 사라질 때까지 바라보았다.

게이트 직원이 문을 닫으려고 손을 뻗었다. 그녀가 막 문을 닫으려 하자 와일드가 물었다. "이 비행기에 남는 자리가 있습니까?"

"네? 티켓을 사시려고요?"

"네."

직원은 실눈을 뜨고 컴퓨터 모니터를 바라보며 말했다.

"세상에. 자리가 딱 하나 비었네요."

옮긴이_ 노진선

전문 번역가. 옮긴 책으로 매트 헤이그의 《미드나잇 라이브러리》, 니타 프로스의 《메이드》, 피터 스
완슨의 《죽어 마땅한 사람들》, 《여덟 건의 완벽한 살인》, 요 네스뵈의 《스노우맨》, 《레오파드》, 《레
드브레스트》, 《네메시스》 등 〈해리 홀레〉 시리즈와 엘리자베스 길버트의 《먹고 기도하고 사랑하
라》, 존 그린의 《거북이는 언제나 거기에 있다》 등이 있다.

보이 프럼 더 우즈

초판 1쇄 인쇄 2023년 5월 15일
초판 1쇄 발행 2023년 5월 31일

지은이 | 할런 코벤
옮긴이 | 노진선
발행인 | 강봉자, 김은경

펴낸곳 | (주)문학수첩
주소 | 경기도 파주시 회동길 503-1 (문발동 633-4) 출판문화단지
전화 | 031-955-9088(마케팅부), 9532(편집부)
팩스 | 031-955-9066
등록 | 1991년 11월 27일 제16-482호

홈페이지 | www.moonhak.co.kr
블로그 | blog.naver.com/moonhak91
이메일 | moonhak@moonhak.co.kr

ISBN 979-11-92776-60-6 03840